译文经典

反对阐释
Against Interpretation and Other Essays
Susan Sontag

〔美〕苏珊·桑塔格 著

程巍 译

上海译文出版社

译者卷首语

在一九六七年左右,即批评文集《反对阐释》(*Against Interpretaion and Other Essays*,初版于一九六六年,美国版)的英国版出版之时,尽管苏珊·桑塔格(Susan Sontag)女士才发表了一部长篇小说以及若干短篇小说,但她无疑更看重自己作为小说家的才能,因此才会在文集的《自序》中说,这些文章是"从小说创作中漫溢出来而进入批评的那种能量,那种焦虑"。但可能出乎她当初的意料,正是这些在小说创作的间隙写下的批评文字,尤其是收入本文集中的《反对阐释》(一九六四)、《关于"坎普"的札记》(一九六四)、《一种文化与新感受力》(一九六五)等文章,使她在以小说家的身份蜚声文坛前,先以文化批评家的身份广为人知,以致后来任何一个试图写作美国后现代文化史的历史家都不能回避这几篇论文,甚至仅凭这几篇文字,她就可以被《伊甸园之门》(无疑,这是关于六十年代美国文化史的经典之作)的作者莫里斯·狄克斯坦称为与左派批评家欧文·豪齐名的两个"我国现有的目光最敏锐的论文家"。她的名字已与"反对阐释"和"新感受力"这些具有反文化色彩的激进口号或者概念联系在了一起。她此后所写的一系列文化批评文字，尤其是分别发表于一九七八年和一九八九年的长篇论文《疾病的隐喻》和《艾滋病及其隐喻》，更证实了她作为一个文化批评家的犀利眼光。

乔·戴维·贝拉米在一九六五年曾与桑塔格有过一面之交。我之所以特别提到一九六五年的桑塔格，是因为这个时候的桑塔格正是完成了《反对阐释》中所有那些文章的桑塔格。我们可以从她这时的个人风貌，约略看出这些文章的风格。她那时三十四岁，寓居纽约，出入纽约的反文化圈子和前卫艺术家圈子，合力与以莱昂内尔·特里林夫妇为核心的学院派"高级文化"唱对台戏（尽管她的一些文章就发表在特里林小圈子所控制的《党派评论》上），但她几乎——至少在《反对阐释》的那些文章中——从不提及这些暗中的对手的名字，也很少提及那些名声显赫的理论上的盟友的名字（金斯堡根本没被提及，而米勒、梅勒、马尔库塞等人也差不多一笔带过），似乎更乐于谈论纽约的那些不甚知名甚至不为人知的先锋派艺术圈子中人及其创造活动。因此，从这些文章中，几乎看不到特里林、欧文·豪、金斯堡这些名重一时的人物的影子，也难以看到以纽约为背景、发生在高级文化与反文化之间的那场持久而深刻的冲突的全貌。就桑塔格而言，这是一种不指名道姓的文化反叛。这倒不是说桑塔格有意在文章中回避这些人，回避纽约的文化冲突，而是她的注意力主要投向了大西洋彼岸的那些先锋派艺术家和思想家身上。当她偶尔回过头来观察纽约的场景时，也几乎只注意到那些发生在前卫艺术家小圈子里因而当时鲜为人知的艺术实验，如"外外百老汇戏剧"、"地下电影"。在《反对阐释》一书所收录的二十六篇文章中，直接以美国艺术家或思想家为话题的，只有三篇（杰克·史密斯的地下电影，诺曼·O·布朗的著作《生与死的对抗》和阿伦·卡普罗等人的"事件剧"），而直接以欧洲艺术家和思想家为话题的，则多达十三篇。

然而，这个如此轻慢美国本土智力的批评家，却敏感地把握了美国智力的一种变化，这种变化先是悄悄地发生在纽约先锋派艺术家圈子里，后来便大张旗鼓，成了"一九六八年那一代人"的集体追求，并且转化成了一场声势浩大的社会—政治运动，试图以激进政治运动来实现激进文化的目标。这是后话。对一九六五年的桑塔格，贝拉米的描绘如下："她抽着烟，正在讲解她的'新感受力'，把大口大口的烟雾喷到头顶上方。对当时的美国小说，她一律嗤之以鼻，这样一位显然很有声望的作家，发表这样一番让人听了颇不自在的评论，这使我大感意外。"这幅波希米亚艺术家式的肖像，在七年后贝拉米作为采访记者第二次见到桑塔格时（那时，"六十年代"已经偃旗息鼓，美国正在进入一个被称为"新保守主义"的时代，仿佛"五十年代"借尸还魂），仍然清晰入目："她刚下飞机，围着羊皮领，身着仿麂皮短裙，足蹬靴子。她摘下蓝镜片的墨镜，站在出口处的门廊

反对阐释 | 003

下,十分引人注目。她神态率直,毫不做作。中午用餐时,我发现她爱笑,显得十分顽皮,像个孩子。"但数年后,癌症却侵袭了这个爱笑的桑塔格。于是,在后来几年里,作为癌症患者的桑塔格在大西洋两岸的数家肿瘤医院之间来回奔波,身影渐渐在文学界和批评界消失,直到治愈,才又带着墨迹未干的著作《疾病的隐喻》重返人们的视野,而这时,她的写作已深深地渗透了她个人的体验。她至今仍在写作,话题越来越广,而她的声音也为越来越多的人所听到,她的每一篇作品和每一次演讲,都包含着某种启示。

《反对阐释》这部文集的重要性,不在于它对具体的艺术家和艺术作品的分析和评判(实际上,桑塔格后来修正了她当初作出的一些具体判断,如提到自己对萨洛特的小说的评价"未免过于苛刻"),而在于它分析和评判的方式。换言之,它体现了六十年代开始出现的一种"新感受力"。尽管桑塔格肯定不是这种"新感受力"最理论化的阐释者,却是其最初的命名者。这显示出她的眼光的敏锐。左派批评家欧文·豪曾在一篇文章中把五十年代称为"这个顺从的五十年代",这不仅是因为五十年代的麦卡锡主义对一切政治异己进行政治高压造成了公共言论方面的趋同、伪善或谨小慎微,还因为老左派政治力量在自身的理论困境中日渐枯竭。所以,欧文·豪在一九五四年创办《异议》杂志时说:"当知识分子不能从事别的事情时,就转而办杂志。"(这一年美国通过了《共产党控制法案》,为取缔共产党提供了法律依据）这意味着整个左派革命能量从现实政治领域向文化象征领域的转移。无疑，作为一个老左派，欧文·豪会把这种转移看作是左派革命失败的标志，因为他主要是从马克思主义的政治—经济基础的革命模式来理解左派社会革命的。这使他在理论上和情感上留在了老左派的行列，而以赫伯特·马尔库塞为代表的新左派理论家却从弗洛伊德主义化的马克思主义角度出发，把左派从街头向书斋或者从政治领域向象征领域的这种转移视为从"基础"向"基础之下的那个基础，即本能"的暂时战略后撤，试图为未来的社会主义革命奠定生物学的基础（所谓"新人"），因此他们强调的是感性革命，希望藉此塑造人们新的感知习惯。马尔库塞在发表于一九六九年的小册子《论解放》的第二章《新感受力》中称："新感受力已经成为一个政治因素。"换言之，不是美学体现了政治，而是美学本身就是政治。在马尔库塞和桑塔格身上，更能体现六十年代的反文化精神，尽管桑塔格比马尔库塞走得更远，也更坚定，而另一方面，欧文·豪这个老激进派则成了——按狄克斯坦的说法——"新感受力的最尖锐的批评者"。狄克斯坦大惑不解地问："新感受力中到底有什么东西，能把一个老激进派赶入教会的怀抱呢？"

是某种后来被欧文·豪自己称作"新原始主义"的东西，或特里林圈子里某个爱说尖刻话的人称作"无知的波希米亚人"(knowing-nothing Bohemians) 的东西。毫无疑问，欧文·豪是一个激进派，在政治旨趣上与以特里林为核心的保守文人圈子可能大相径庭，但问题在于，一个政治激进派可能同时也是一个文化保守派，正是在这一点上，欧文·豪与特里林小圈子其实又是同路人，都是"高级文化"的守护者（人格各个层面之间的非同一性，在当初同为纽约文人圈子中人的丹尼尔·贝尔后来的自我描绘中，最典型地表现出来，他说："在经济上我是一个社会主义者，在政治上我是一个自由主义者，在文化上我是一个保守主义者。"这正如马克思主义理论家卢卡奇的情形，他评价最高的仍是他在政治上反对的那个阶级的文学，即十九世纪资产阶级的现实主义小说）。甚至，连一度在文化上激进的马尔库塞在六十年代运动偃旗息鼓之后，也放弃了更有弗洛伊德主义生物学色彩的"新感受力"，而走向更有席勒古典主义色彩的"美感"，即重新回到了"高级文化"。

老左派的革命通常是一种不涉及文化和生活方式的政治—经济革命，所以欧文·豪那一代老左派与他同时代的文化保守派特里林小圈子一样，继承了资产阶级的文化遗产（特里林本人就以马修·阿诺德遗产的美国传人自居），而资产阶级当初并没有创造出真正属于自己的文化，不过继承了贵族时代的高级文化。与贵族时代的社会等级制一样，这种文化也是等级制的，不仅与大众文化和先锋派艺术格格不入，而且排斥和贬低大众文化和先锋派艺术，因为它建立在好与坏、高级与低级、崇高与庸俗等一系列二元对立的价值评判基础上，而在六十年代反文化激进派看来，这一基础本身就成问题。"新感受力"的颇具颠覆意义的重大发现之一，是这种二元对立的价值评判的内在的意识形态性，即它实质上不过是某一特定的社会阶层的文化理想，表达的是这个阶级特定的伦理模式、审美旨趣和权力意志，却偏偏要以普世主义的神话出现。当特里林小圈子以"无知"来奚落波希米亚人时，波希米亚人大可把这一恶名抛回给他们，因为他们的确对"高级文化"之外的其他文化（大众文化、先锋派等等）更加无知，仿佛"文化"指的就是"任何一个学习人为学科和当代文明专业的大学生在第一学年就能接触到的那种'高雅'文化"（狄克斯坦语），而狄克斯坦则尖锐地指出："但是，所谓高雅文化者，不就是经过规整的先前的犯上作乱的记录，是那些获得成功的先锋们的历史，是那些被供奉进了万神殿并一直受人膜拜的丑闻集吗？可五十年代的最大特点却是偏爱一成不变地在文化上——在诗与非诗之间，在大众文化与中产文化之间，在高级文化、中级文化与低级文化之间，在诗与宣传品之间，在文化与野蛮之间——作出区分、排斥异己、设置等级。"

从这种意义上说，"新感受力"的提出，意味着大众文化和先锋派艺术开始明确地与高级文化争夺文化领导权的斗争。它所采取的策略不再是对既定的二元对立价值评判标准的逆转（如以大众文化取代高级文化），而是"反对阐释"，即搁置一切价值评判，或者说保持"价值中立"。而实质上，搁置一切价值评判，就意味着对一切价值评判同等对待。先锋派艺术、同性恋以及其他种种不见容于高级文化和传统生活方式的价值和行为，就这样合法地进入了文化和生活方式领域，并从最深处瓦解了等级秩序所依赖的基础。

激进立场当初之所以被文化保守派看作是"新原始主义"或"反智主义"的，是因为它以一种率直的鄙夷态度对待被传统主义者奉为圭臬的那种以"一个国家、一种文化、一种生活方式"为标志的一元论传统（"神圣传统"），在激进派看来，这种传统不外乎是政治压迫的一种象征化形式。我们可能注意到《反对阐释》一文的标题中的"阐释"是一个单数名词，这就意味着，桑塔格并不反对阐释本身，而是反对惟一的一种阐释，即那种通过把世界纳入既定的意义系统，从而一方面导致意义的影子世界日益膨胀，另一方面却导致真实世界日益贫瘠的阐释行为。换言之，她希望以对世界的多元化的复制，来瓦解对世界的单一化的复制。她对"形式"、"表面"或者"身体"的看重，是对这个影子世界作出的一个叛逆的姿态。正因为是一个姿态，所以就具有夸张和故意走极端的色彩，很容易被人误解为"原始主义"或"反智主义"，甚至连一向持论公允的狄克斯坦都遗憾地说桑塔格在这些文章中犯了她"日后机智地加以回避的那种强词夺理和简单化的错误"。

果真如此吗？或许我们应该区分一个人的姿态与他的真实思想。这并不是说姿态与实质之间发生了分裂（桑塔格自己就曾说过，一个人的姿态就是其实质），而是说，一种复杂的思想因为受到了外在的阻力，可能会以一种简单化的偏激姿态来显示自身，这便是任何社会运动之所以采取口号这种形式的原因。而就这种新思想本身来说，它可能比其出于政治策略而外显的那种姿态要复杂得多，也比它所反对的那些思想要复杂得多。狄克斯坦（他并不是惟一一个持这种看法的人）说桑塔格的文章失之于"简单化"，但这些文章恰恰源自"复杂化"思维，因为这是一种怀疑的智慧，一种不相信神话的智慧，一种她后来所说的"非隐喻性的思维"，同时也是一种精细的思维。如果一个人的思维足够精细，那这种思维就势必成为一种怀疑的智慧，因为，唉，关于我们这个世界的知识（所谓"价值"、"意义"等等），很大一部分都是由精心编制的神话和人云亦云的陈词滥调构成的，而既定的权力秩序为了维护自身，必然强化这种作为权力秩序合法性来源的象征秩序，并使人们的意识处于一种自动接受的无意识状态。当现代为权力所操纵的大众传媒越来越成为大众的政治无意识的催眠术的时候，怀疑的智慧就越来越显示出其在政治上的重要性和迫切性。"新感受力"不是别的，它是一种怀疑的智慧。同时，它也是一种带来愉悦的智慧，因为它不想对思维强加一种秩序。

米歇尔·福柯在《何谓启蒙》一文里，对康德一七八四年的《何谓启蒙：一个回答》作了一番读解，认为"启蒙"不是指一个可以在历史中完成的过程（如现代性），一种封闭的理论，一种教条化的学说。既然"启蒙"意味着从"未成年状态"进入"成年状态",那就意味着它不是一个可以完成的过程,而是个人应该永远保持的一种批评的态度,一种怀疑的"气质"。或许,我们可以从这种意义上来理解《反对阐释》这部文集所显示的那种怀疑和批评的智慧。

桑塔格一直不曾放弃她在《反对阐释》和《一种文化与新感受力》这些早期文章中的激进立场,因为她当初反对的那些东西还在那儿,只是更隐蔽一些罢了,变换成层出不穷的神话或者隐喻。换言之,从文化的意义上说,"五十年代"并未终结。阿尔贝·加缪早在一九五七年的一篇演讲中发出的那声感叹——"多么多的教堂,怎样的孤独啊!"——依然回荡不止。另一方面,六十年代的那种批评智力并没有散尽,批评的勇气也一如既往,只是它不再以特里林讥讽地称作"街头现代主义"的那种形式出现,它变得与它的敌人一样耐心、隐蔽、狡黠,潜入到"文化"的形成史中,试图从文化地层的最深处进行挖掘、爆破。特雷·伊格尔顿曾把进入剑桥英语系任教的雷蒙德·威廉斯描绘成"一个打入看守所内部的内奸"。内奸的形象,也是伊格尔顿本人、福柯、巴特、赛义德、桑塔格这些人的形象。另一方面,既然这是一种怀疑的智慧,那它在走向文化地层的深处的同时,也势必走向怀疑者自身内部的深处,在那儿发现文化的一种个体无意识再生产过程——发现似乎耸立在外部的教堂,原来也牢固地耸立在自身的内部。

虽然是"我国现有的目光最敏锐的论文家"之一,但桑塔格从欧洲作家那儿获取的智力资源，远远多于她从本国作家那儿获取的智力资源。读者可以看到，她很少谈到美国作家，即便谈到，也大多带着轻蔑的口吻，除非是那些先锋派艺术家。这并不奇怪，因为美国的批评智慧一直都有一个半公开、半隐蔽的来源，那就是欧洲智慧，例如二十年代美国"迷惘的一代人"自我流放于欧洲，再如三四十年代移居美国的法兰克福学派带来的那种批判理论。批评始于距离。外来的一种智慧，正因为是外来的，在一定距离之外，才会成为本土智慧的一面透视镜。文化保守主义最常采用的一种策略，是文化排外主义，因为外来文化不仅仅是一种异国情调，还是一种不同的价值，会危及本土文化价值的绝对性和惟一性。换句话说，它唤醒一种批判意识，而保守主义却致力于创造一种无意识。

此外，桑塔格的文体也令人联想到罗兰·巴特那一类以明晰和简洁见长的欧洲文体家。她把这一文体传统追溯到《多情客游记》的作者劳伦斯·斯特恩以及德国浪漫派作家那儿，说他们发明了一种反线性叙事的形式，在小说中取消"情节"，在非小说类写作中放弃线性论述，而其理由建立在"任何连续的系统论述之不可能性"这个假定上。桑塔格对巴特的文体特点的描述（见桑塔格《写作本身》），用在她本人身上，也非常合适："他特别喜欢极短的形式，像日本俳句和语录体；而且正像一切真正的作家一样，使他入迷的正是'细节'（他的用语）——经验的简短形式。甚至作为一名随笔家,巴特大多数情况下也只写简短的文章,他所写的书籍往往是短文的合集,而不是'真正的'书,是一个个问题的记叙而不是统一的论证……用片断或'短文'的形式写作,产生了一种新的连载式(而非直线式)的文章布局。这些片断可以任意加以呈现。例如,可以给各片断加上序号。"这种简短的片断写作方法,可能会被当作一种形式主义的怪诞风格,但对桑塔格来说,这种意义上的形式主义恰好体现了那种新的感受力,即对任何建立体系的企图保持充分的警觉。桑塔格谈到巴特偏爱使用类似"Notes on..."打头的题目,因为他无意去写通常意义上那种规范化的论文,而是呈现一系列以非直线形式甚至任意排列的片断。

无疑,桑塔格本人也是这么一位偏爱片断、简短的文体家。或许,收在《反对阐释》这本文集中的所有文章,其标题都以一个或显或隐的"Notes on..."打头,是一则则以序号、星号或者空白彼此分隔的松散的札记片断,而不是一篇篇以章节形式连续排列的高堂讲义,如她在《关于"坎普"的札记》中所说:"札记的形式似乎比论文的形式(它要求一种线性的、连贯的论述)更恰当一些。以一本正经和专题论文似的方式对待坎普,只会使人不知所措。"这些札记以空间上的并置来抵制时间上的连续。打个比喻,这部文集如同一幅大型的拼贴画。如果说一种传统得以维系的纽带是连续性,那么,突出空间的并置性就能有效地使这种基于线性时间观念的传统发生断裂。从这种意义上说,"新感受力"

与其说是一种关注"深度"的时间感受力,还不如说是一种关注"表面"的空间感受力,它类似博物学家的客厅摆设,来自各地的奇珍异玩、动植物标本和人工器皿被随意地摆放在一起,不存在那种习见于宫廷的谨严的秩序感,因为无法以惟一一种价值标准来评判这些来自不同意义系统的东西。如果说"新感受力"意味着一种民主精神的话(这毋庸置疑),那对一个激进主义者来说,它所获得的东西恰恰是民主制所欲获得的那种东西,而对一个传统主义者来说,它所损失的东西也恰恰是民主制所会损失的那种东西:贵族出身却又向往民主的托克维尔早在一八三五年就以一种喜忧参半的复杂心情,用一个中性词预示了它,这个词是——"削平"。

献给保罗·特克

目 录

英国版自序 ………………………………… 001

致谢 ………………………………………… 001

I ……………………………………………… 001
    反对阐释 ……………………………… 003
    论风格 ………………………………… 020

II ……………………………………………… 051
    作为受难者之典范的艺术家 ………… 053
    西蒙娜·韦伊 ………………………… 066
    加缪的《日记》 ……………………… 070
    米歇尔·莱里斯的《男子气概》 …… 082
    作为英雄的人类学家 ………………… 092
    乔治·卢卡奇的文学批评 …………… 110
    萨特的《圣热内》 …………………… 125
    纳塔丽·萨洛特与小说 ……………… 134

III …………………………………………… 151
    尤内斯库 ……………………………… 153

  论《代表》 …………………………… 166
  悲剧的消亡 …………………………… 177
  剧场纪事 ……………………………… 188
  马拉/萨德/阿尔托 …………………… 222

Ⅳ ……………………………………………… 239
  罗贝尔·布勒松电影中的宗教风格 241
  戈达尔的《随心所欲》 ……………… 267
  对灾难的想象 ………………………… 286
  杰克·史密斯的《淫奴》 …………… 310
  雷乃的《慕里埃尔》 ………………… 319
  关于小说和电影的一则札记 ……… 334

Ⅴ ……………………………………………… 339
  没有内容的虔诚 ……………………… 341
  精神分析与诺曼·O·布朗的《生与死的对抗》
  ……………………………………… 350
  事件剧：一种极端并置的艺术 …… 359
  关于"坎普"的札记 ………………… 375
  一种文化与新感受力 ………………… 401

后记：三十年后 …………………………… 417

译后记 ……………………………………… 425

英国版自序

收入本文集的这些文章和评论，是我一九六二年到一九六五年间写下的批评文字的大部分，在我的生活中，这是一个界线十分明确的时期。在一九六二年初，我完成了我的第一部小说《恩人》。在一九六五年末，我开始创作我的第二部小说。因而，从小说创作中漫溢出来而进入批评的那种能量，那种焦虑，既有一个起点，又有一个终点。当美国版的《反对阐释》出版之时，这一探索、反思和发现的时期对我来说就已经似乎有些遥远了，而一年后的现在，当这本文集即将在英国出版之际，就显得更是如此。[①]

尽管在这些文章中我的确谈及了一些具体的艺术作品，也委婉地谈及了批评家的责任，但我意识到，本文集所收录的文章都不能算作地道的批评。除少数几篇报刊文章外，本文集的大部分文章或许可被称为元批评——如果这个名称不显得过于自负的话。我带着强烈的偏爱，就某些艺术作品向我提出的一些问题进行写作，这些作品大多是当代作品，而且属于不同的体裁：我试图揭示和澄清隐含在种种特定的评判和趣味之下的那些理论假定。尽管我并不打算就艺术或现代性虚设某种"立场",但某种一般的立场似乎还是显露出来了,而且以越来越迫切的声音表达自身,不管我谈到的是哪一部具体的作品。

对这些过去所写的文字,其中一部分,我现在的看法并不相同。但这种不相同,并不意味着我对以前的看法做了某些适当的部分更改或者修正。尽管我认为我对若干我所讨论的作品的价值做了过高或过低的评价,但我现在的不同看法,并不归因于我在某些特定的判断上发生了转变。不管这些文章具有怎样的价值,就它们并非仅是我自己逐步演变的感受力的个案研究而言,它们所拥有的价值并不依赖于我在其中所做的那些特定的估价,而依赖于所提出的那些问题的兴味。我对给艺术作品评定等级,终归不感兴趣(这就是我为什么尽量避免谈及我不欣赏的作品的原因)。我以一个爱好者兼某个派别的支持者的身份——此外,在我现在看来,还带着某种程度的天真——进行写作。我那时还不明白,就艺术中某些新出现的或鲜为人知的创造活动写些东西,在一

---

① 这篇序言写于一九六七年。时隔五年,在一九七二年接受乔·戴维·贝拉米的采访时,桑塔格几乎以相同的词语又一次谈到她对自己的文集《反对阐释》的看法:"我在大约一九六三年到一九六七年间——也就是在第一部小说《恩人》与第二部小说《危险的猫》之间——写了一连串的论文:我写这些论文的基本立足点,是作为一个读者,一个电影观众,作为一个绕了一个大圈子以后接触了大量新作的人所作出的反应,这些新作使我重新考虑自己的一些假说和鉴赏力。如我所说,几乎所有这些论文都写于第一和第二小说之间。现在我不再写那类论文了。与纳塔丽·萨洛特和罗伯-格里耶不同,我认为,我绝不是从一个小说作家的角度阐述自己的写作构想,而是作为一个读者,从自己的体验出发,阐述读后感及看法。"从这些文章最初发表的时间看,应该是一九六一年到一九六五年之间。——译者

个即时"传播"的时代,居然会产生巨大的影响。我那时还不知道——费劲的是,我又得去弄清楚——《党派评论》上一篇长篇累牍的论文居然会迅速成为《时代杂志》上的一则热门消息。即便我的语调有劝诫的色彩,我也无意引领任何人进入这片福地,除了我自己。

  对我来说,这些论文已经起到它们的作用。我由此以更新的眼光、不同的方式看待这个世界;对自己作为一个小说家的职责所持的观念,也发生了重大变化。我可以这样来描述这一过程:在我写作这些论文前,我并不相信这些论文中谈到的许多思想;当我写作这些论文时,我相信我所写下的东西;随后,我又开始怀疑其中同一些思想——不过,是从一个新的角度,一个融合了在这些论文的探讨中出现的真实见解并受了此类见解的启发的角度。批评的写作,业已证明是一个摆脱智力重荷的过程,也同样是一个智力自我表达的过程。我有这么一种感觉,与其说我解决了一定数量的引人入胜而又颇为棘手的问题,还不如说穷尽了这些问题。然而,这无疑是一个幻觉。那些问题仍然存;它们有待其他一些好奇而又习于思考的人作进一步的探讨;而这本辑录了我最近对艺术的思考的集子或许对此具有某种抛砖引玉的作用。

苏珊·桑塔格

致 谢

对下列刊物的编辑，本作者谨致谢意，承蒙他们慨允，使我最初发表于这些刊物的文章得以重新结集出版：

《书评周刊》：《乔治·卢卡奇的文学批评》、《论〈代表〉》

《评论》：《对灾难的想象》

《常青评论》：《反对阐释》

《女士》：《一种文化与新感受力》（节选）

《影迷》：《戈达尔的〈随心所欲〉》

《国家》：《杰克·史密斯的〈淫奴〉》

《纽约书评》：《西蒙娜·韦伊》、《加缪的〈日记〉》、《米歇尔·莱里斯的〈男子气概〉》、《作为英雄的人类学家》、《尤内斯库》

《党派评论》：《萨特的〈圣热内〉》、《悲剧的消亡》、《纳塔丽·萨洛特与小说》、《剧场纪事》、《关于"坎普"的札记》、《马拉/萨德/阿尔托》、《论风格》

《基督复临》：《没有内容的虔诚》、《作为受难者之典

范的艺术家》、《事件剧：一种极端并置的艺术》

《第七艺》：《罗贝尔·布勒松电影中的宗教风格》

《增刊》（《哥伦比亚旁观者报》）：《关于小说和电影的一则札记》、《精神分析与诺曼·O·布朗的〈生与死的对抗〉》

I

反对阐释

> 内容是对某物之一瞥，如刹那间之一遇。它微乎其微——微乎其微，内容。
>
> 威廉·德·库宁，采访
>
> 惟浅薄之人才不以外表来判断。世界之隐秘是可见之物，而非不可见之物。
>
> 奥斯卡·王尔德，书信

1

最早的艺术体验想必是巫术的，魔法的；艺术是仪式的工具（请参照拉斯柯、阿尔塔米拉、尼奥、拉帕西伽等地的洞窟绘画）。最早的艺术理论，即古希腊哲人们的艺术理论，提出艺术是模仿，是对现实的摹仿。

正是在这一点上，艺术价值的独特问题出现了。这是因为，模仿说，就其术语本身来说，要求艺术证明自己有正当的理由。

提出这一理论的柏拉图似乎就已经这么做了，为的是判定艺术的价值不可靠。由于他认为平常诸物自身就为模仿物，是对超验的形式或结构的模仿，因此即便是对床的最出色的摹画，亦不过是"模仿的模仿"罢了。对柏拉图来说，艺术既无特别之用（画出来的床并不能用来睡觉），在严格的意义上说也无真实可言。亚里士多德为艺术辩护而提出的那些理由并没有对柏拉图的以下观点形成真正的挑战，即所有艺术皆为精巧的以假乱真之物，因而是谎言。然而他的确对柏拉图的艺术无用论提出了异议。根据亚里士多德的看法，不管艺术是否是谎言，都具有某种价值，因为它是一种治疗方式。亚里士多德反驳道，毕竟，艺术是有用的，在唤起和净化危险情感方面有医疗作用。

就柏拉图和亚里士多德而言，艺术模仿论是与艺术总不外乎是具象艺术这一假定相辅相成的。不过，模仿论的拥护者们却不必无视装饰艺术和抽象艺术的存在。但用不着超出模仿论所划定的那些问题，就能修正或抛弃艺术必定是"现实主义"这一谬见。

事实上，西方对艺术的全部意识和思考，都一直局限于古希腊艺术模仿论或再现论所圈定的范围。正是因为这一理论，艺术本身——而不是既定的艺术作品——才成了问题，需要辩护。也正是对艺术的这种辩护，才导致那种奇怪的观点，据此我们称为"形式"的东西被从我们称为"内容"的东西分离开来，也才导致那种用意良苦的把内容当作本质、把形式当作附属的转变。

即便是在现代，在大多数艺术家和批评家业已放弃艺术是外部现实之再现这一理论而赞同艺术是主观之表现的理论时，模仿说的主要特征依然挥之不去。无论我们是基于图像（作为现实之图像的艺术）的模式来思考艺术作品，或是基于声明（作为艺术家之表达的艺术）的模式来思考艺术作品，头一个想到的仍是内容。内容可能已发生变化。它现在或许不那么有具象性，不那么有明显的现实色彩。然而人们依然断定，所谓艺术作品就是其内容。或者，正如现今人们通常表述的那样，艺术品原本就是说什么的（"X说的是……"，"X想说的是……"，"X说过……"，等等，等等）。

2

我们谁都无法回归到当初在理论面前的那种天真状态，那时，艺术并未感到需要去证明自己的正当性，人们也不去探问艺术作品在说什么，因为人们知道（或自认为知道）艺术作品在做什么。从现在起，一直到我们意识的终结，我们都无法摆脱为艺术辩护的责任。我们顶多是不赞成这种或那种辩护的手段而已。确实，我们有义务去推翻一切对当代的需要和实践来说已经变得特别愚钝、烦琐或者迟钝的为艺术辩护或证明艺术正当的手段。

内容说本身在今天就是这种情形。无论内容说以前是怎样的，它在当今看来主要是一种妨碍，一种累赘，是一种精致的或不那么精致的庸论。①

尽管众多艺术门类中已发生的那些切切实实的变化似乎已使我们远离了那种认为艺术作品首要地是其内容的观点，但该观点仍在起着非同小可的支配作用。我要指出，之所以这样，是因为该观点现已伪装成一种接触艺术作品的方式而被永恒化了，根深蒂固于大多数以严肃的态度来看待一切艺术的人们之中。对内容说的这种过分强调带来了一个后果，即对阐释的持续不断、永无止境的投入。反之，也正是那种以阐释艺术作品为目的而接触艺术作品的习惯，才使以下这种幻觉保持不坠之势，即一定存在着艺术作品的内容这种东西。

3

当然，我不是指最广泛意义上的阐释，不是尼采所说的

---

① "庸论"原为"philistinism"，其意作"平庸"、"缺乏文化方面的修养"、"外行"解，是"Philistine"（非利士人）一词的转义。非利士人在《圣经》中指居住在巴勒斯坦西海岸的非利士国（Philistia）的人，常与以色列人发生战争。《圣经·旧约》的《撒母耳记上篇》第十七章就描写了非利士人与以色列人的一场战争：作为挑战者的非利士人想凭借刀枪的优势压倒以色列人，而以色列人在耶和华的护佑下把侵略者打得狼狈逃窜。本来，在《圣经》中，非利士人只是一个不信神（即不信仰基督教的神）的族群，但通过十九世纪初的浪漫派以及随后的一些文化批评家（当然也是熟知《圣经》的学者，尤其是英国的马修·阿诺德及其著作《文化与无政府状态》）的引申，却被等同于"平庸"、"缺乏文化修养"、"外行"，其特征是看重物质性力量而忽略精神性力量（正如非利士人看重刀枪而缺乏宗教信仰一样），用来形容中产阶级或资产阶级，成了一个贬义词。——译者

(他这么说是正确的)"没有事实,只有阐释"意义上的阐释。我这里所说的阐释,是指一种阐明某种阐释符码、某些"规则"的有意的心理行为。

谈到艺术,阐释指的是从作品整体中抽取一系列的因素(X, Y, Z, 等等)。阐释的工作实际成了转换的工作。阐释者说,瞧,你没看见 X 其实是——或其实意味着——A? Y 其实是 B? Z 其实是 C?

是什么样的状况能激发起这种对文本转换的好奇的投入?历史为这一答案提供了一些材料。阐释最先出现于古典古代晚期①的文化中,那时,神话的影响力和可信度已被科学启蒙所带来的"现实主义的"世界观所瓦解。一旦那个困扰后神话意识的问题——即宗教象征的适宜性问题——被提出来,原初形式的古代文本就不再能被人接受。于是,阐释应召前来,以使古代文本适宜于"现代"的要求。因而,斯多葛派把荷马史诗中所描绘的宙斯及其性情狂暴的一族的粗野特征以寓言化的方式予以消除,以符合他们原初的观点,即诸神一定是有道德的。他们解释道,荷马描写宙斯与勒托

---

① "古典古代晚期",原文为"late classical antiquity",不是一个确切的时代概念,正如它下面一行的那个"后神话意识"(post-mythic consciousness)。"古典"一词通常是指古希腊和古罗马时期,也即从公元前八世纪(荷马生活的时代,英国哲学家罗素在《西方哲学史》上卷第一篇中,把荷马称为"希腊文明第一个有名的产儿")一直到西罗马帝国灭亡时的公元五世纪。以继起的中世纪的基督教立场看,这是一个异教的、世俗的时代。考虑到后面提到的斐洛为公元一世纪时人,那么所谓"古典古代晚期"或"后神话(时期)"可以粗略地指基督教纪元开始后的五个世纪。——译者

反对阐释 | 007

的通奸，其真实用意是寓示力量与智慧的结合。以同一种腔调，亚里山大城的斐洛把希伯来语《圣经》的那些如实的历史叙述阐释为灵魂的种种范式。斐洛说，出埃及、在沙漠流浪四十年、进入迦南这个应许之地的故事，其实是个人灵魂解放、受难以及最终获救的寓言。阐释于是就在文本清晰明了的原意与（后来的）读者的要求之间预先假定了某种不一致。而阐释试图去解决这种不一致。情形因而成了这样，即因某种原因，文本已变得不能为人所接受；但它还不能被抛弃。阐释是以修补翻新的方式保留那些被认为太珍贵以至不可否弃的古老文本的极端策略。阐释者并没有真的去涂掉或重写文本，而是在改动它。但他不能承认自己在这么做。他宣称自己通过揭示文本的真实含义，只不过使文本变得可以理解罢了。不论阐释者对文本的改动有多大（另一个出名的例子是拉比和基督徒对具有明显色情色彩的《众歌之歌》的"精神"阐释[1]），他们都必定声称自己只是读出了本来就存在于文本中的那种意义。

然而，在我们这个时代，阐释甚至变得更为复杂。这是因为，当代对于阐释行为的热情常常是由对表面之物的公开

---

[1] 《众歌之歌》通译为《雅歌》，即《圣经·旧约》（译者依据的是詹姆斯王版）的"所罗门之歌"，其第一行吟诵道："众歌之歌，此为所罗门之歌。"《众歌之歌》以忧伤哀凄的色调表达了"新妇"的相思之苦，其间不乏男女之情以及身体的描写。《众歌之歌》是希伯来《圣经》的一部分，又是基督教《圣经·旧约》的一部分，自然引起严厉的拉比（犹太教律法师）和基督教的经学家的尴尬，便双双对它作出"'精神'阐释"。——译者

的敌意或明显的鄙视所激发的,而不是由对陷入棘手状态的文本的虔敬之情(这或许掩盖了冒犯)所激发的。传统风格的阐释是固执的,但也充满敬意;它在字面意义之上建立起了另外一层意义。现代风格的阐释却是在挖掘,而一旦挖掘,就是在破坏;它在文本"后面"挖掘,以发现作为真实文本的潜文本。最著名、最有影响的现代学说,即马克思和弗洛伊德的学说,实际上不外乎是精心谋划的阐释学体系,是侵犯性的、不虔敬的阐释理论。用弗洛伊德的话说,所有能被观察到的现象都被当作表面内容而括入括号。这些表面内容必须被深究,必须被推到一边,以求发现表面之下的真正的意义——潜在的意义。对马克思来说诸如革命和战争这样的社会事件,对弗洛伊德来说个人生活中的事件(如神经官能症症状和失言)以及文本(如梦或者艺术作品)——所有这些,都被当作阐释的契机。根据马克思和弗洛伊德的看法,这些事件只不过看起来可以理解罢了。实际上,若不对它们进行阐释,它们就没有意义。去理解就是去阐释。去阐释就是去对现象进行重新陈述,实际上是去为其找到一个对等物。

因而,阐释不是(如许多人所设想的那样)一种绝对的价值,不是内在于潜能这个没有时间概念的领域的一种心理表意行为。阐释本身必须在人类意识的一种历史观中来加以评估。在某些文化语境中,阐释是一种解放的行为。它是改写和重估死去的过去的一种手段,是从死去的过去逃脱的一种手段。在另一些文化语境中，它是反动的、荒谬的、懦怯的和僵化的。

4

当今时代，阐释行为大体上是反动的和僵化的。像汽车和重工业的废气污染城市空气一样，艺术阐释的散发物也在毒害我们的感受力。就一种业已陷入以丧失活力和感觉力为代价的智力过度膨胀的古老困境中的文化而言，阐释是智力对艺术的报复。

不惟如此。阐释还是智力对世界的报复。去阐释，就是去使世界贫瘠，使世界枯竭——为的是另建一个"意义"的影子世界。阐释是把世界转换成这个世界（"这个世界"！倒好像还有另一个世界）。

世界，我们的世界，已足够贫瘠了，足够枯竭了。要去除对世界的一切复制，直到我们能够更直接地再度体验我们所拥有的东西。

5

在现代大多数情形中，阐释无异于庸人们拒绝艺术作品的独立存在。真正的艺术能使我们感到紧张不安。通过把艺术作品消减为作品的内容，然后对内容予以阐释，人们就驯服了艺术作品。阐释使艺术变得可被控制，变得顺从。

阐释的这种平庸作风在文学中比在任何其他艺术门类中更为流行。几十年来，文学批评家们一直在把诗歌、戏剧、小说或故事的成分转换成别的什么东西，视之为己任。有时，作家面对自己的艺术显露出来的力量太感不安，以至在作品本身之中塞进一段关于作品的清晰明确的阐释——尽管这么做时，他显得有点迟疑，显出一丝得体的反讽。托马斯·曼是这种过度合作型的作者的例子。对那些更固执一些的作者来说，批评家倒是非常乐于代劳这项工作。

例如，卡夫卡的作品一直经受着不下于三拨的阐释者的大规模劫掠。那些把卡夫卡的作品当作社会寓言来读的批评家从中发现了卡夫卡对现代官僚体制的层层阻挠、疯狂及其最终沦为极权国家的案例研究。那些把卡夫卡的作品当作心理分析寓言来读的批评家从中发现了卡夫卡对父亲的恐惧、他的阉割焦虑、他对自己性无能的感觉以及对梦的沉湎的种种绝望的显露。那些把卡夫卡的作品当作宗教寓言来读的批评家则解释说，《城堡》中的K试图获得天国的恩宠，而《审判》中的约瑟夫·K经受着上帝严厉而神秘的法庭的审判……萨缪尔·贝克特的作品也吸引着吸血鬼般的阐释者。贝克特描绘孤立意识——被减缩成彼此分离的一些要素，常以身体呆滞表现出来——的那些细腻的剧本，经常被读解为有关现代人疏离于意义或上帝的表达，或被读解为精神机能障碍的寓言。

普鲁斯特、乔伊斯、福克纳、里尔克、劳伦斯、纪德……人们可以一个作者接一个作者地列举下去；这些被厚厚的阐释硬壳所包裹的人的名单无穷无尽。不过，应当指出，阐释并不仅是庸人献给天才的恭维之辞。它实际是理解事物的那种现代方式，被运用于一切品位的作品。因此，在伊利亚·卡赞发表的《欲望号街车》的演出说明中，显然，为执导这个剧本，他得让人们明白，斯坦利·柯瓦尔斯基代表着吞食我们文化的那种感官的、寻衅报复的野蛮主义，而布兰奇·杜·波瓦则代表着西方文明、诗、精致的外表、朦胧的光线、高雅的情感以及诸如此类的一切，尽管她的确显得有点萎靡不振。田纳西·威廉斯的那部具有感染力的心理情节剧如今也变得可以理解了：它另有所指，有关西方文明的衰落。显然，假若卡赞的那个剧本仍是一出有关一个名叫斯坦利·柯瓦尔斯基的英俊野蛮小子和一个名叫布兰奇·杜·波瓦的憔悴而低贱的可人儿的剧本，那它就不好驾驭了。

6

对那些将被阐释的作品而言，艺术家本人的意图无关紧要。或许田纳西·威廉斯认为《欲望号街车》所要表达的东西正是卡赞认为该作所要表达的东西。或许柯克托在《诗人之血》和《奥菲斯号》中原本就要求人们从弗洛伊德象征主义和社会批评的角度给予这些电影作品那种细致入微的解读。然而，这些作品的价值肯定存在于别处，而不是在其

"意义"中。的确，正因为威廉斯的剧作和柯克托的电影暗示了这些自命不凡的意义，这些作品才显得有缺陷、不真实、不自然、缺乏说服力。

从采访得知，雷乃和罗伯-格里耶似乎对《去年在马里安巴德》作了有意的谋划，使其适合一种阐释的多重性，即种种阐释都具有同等的可信性。但必须抵抗对《去年在马里安巴德》进行阐释的诱惑。《去年在马里安巴德》之关键所在，是其中一些意象的那种纯粹的、不可替换的、感性的直接性以及它对戏剧形式的一些问题提供的生动的即便失之狭隘的解决方式。

此外，英格玛·伯格曼或许是在以《沉默》中沿空空荡荡的夜晚街道隆隆行驶的坦克来意指阳具象征。但如果他果真这样的话，那将是愚蠢的想法（"永远不要相信讲故事的人，要相信故事。"劳伦斯如是说）。作为一个粗野之物，作为旅馆内正在发生的神秘、鲁莽、隐蔽之事当下的感性对应物，坦克的连续镜头是该片中最惹人注目的段落。那些想从坦克意象中获得一种弗洛伊德主义阐释的人，只不过显露出他们对银幕上的东西缺乏反应。

情形往往是，这种方式的阐释暴露出阐释者对作品的不满（有意或无意的不满），希望以别的东西取代它。

建立在艺术作品是由诸项内容构成的这种极不可靠的理论基础上的阐释，是对艺术的冒犯。它把艺术变成了一个可用的、可被纳于心理范畴模式的物品。

7

当然,阐释并不总是奏效。实际上,今天众多的艺术被认为是受了逃避阐释的鼓动。为逃避阐释,艺术可变成戏仿。或者可变成抽象艺术。或者可变成("仅是")装饰性艺术。或者可变成非艺术。

逃避阐释似乎尤其是现代绘画的一个特征。抽象绘画试图避免通常所谓的内容;因为没有内容,就无所谓阐释。在这一点上,波普艺术以相反的方式达到了相同的结果;它使用如此明显、如此"本来就是这样"的内容,以至到头来也不可被阐释。

从法国伟大的实验诗(包括"象征主义"这个容易引起误会的名称所指的那场运动)开始,通过将沉默置于诗歌中和恢复词语的魅力,大量的现代诗也从阐释的粗野控制中逃脱出来。当代诗歌趣味中最近的那场革命——那场贬黜了艾略特、抬举了庞德的革命——代表着诗歌对传统意义上的诗歌内容的偏离,代表着对使现代诗歌深受阐释家热情之害的那些东西的厌烦。

当然,我主要谈及美国的情形。在美国,在那些只具有微不足道、可忽略不计的先锋派色彩的艺术门类(小说和戏剧)中,阐释到处滋生蔓延。大多数美国小说家和剧作家其实要么是记者,要么是业余的社会学家和心理学家。他们在创作标题音乐的文学对等物。与小说和戏剧中的形式有关的那种意识一直如此发育不全、缺乏创见、死气沉沉，以至甚至当内容不只是信息、消息时，这一点仍然表现得特别明显，而且更为顺手，更为露骨。与诗歌、绘画和音乐不同，（美国的）小说和戏剧并没有显示出任何对自身的形式变化的令人感兴趣的关切，因而容易遭到阐释的侵袭。

不过，标题音乐式的先锋主义——这主要是指以内容为代价的形式实验——并不是抵御艺术受阐释之骚扰的惟一的一道防线。至少，我不希望是这样。因为这会使艺术永远处在疲于奔命的状态（也将使形式与内容之间那种终归是虚幻的区分永久化）。原则上，可以通过另一种方式，即创作一些其外表如此统一和明晰、其来势如此快疾、其所指如此直截了当以至只能是……其自身的艺术作品，来躲开阐释者。现在有这个可能吗？我相信，在电影中这种情形已经发生。这正是电影之所以是当今最活跃、最激动人、最重要的艺术形式的原因。也许人们说某种特别的艺术形式如何生动，是就该艺术形式容许有瑕疵却仍不失为一种好的艺术形式而言。例如，伯格曼的若干影片——尽管充斥着有关现代精神的蹩脚之辞，因而容易招徕阐释——就超越了其导演自命不凡的意图。在《冬日之光》和《沉默》中，意象的美及其视觉复杂性颠覆了情节以及某些对话的那种幼稚的伪智性（显示出这种不一致的特征的最突出的例子，是 D·W·格里菲斯的作品）。在好电影中，经常有一种直率性，使我们从阐释的欲望中全然摆脱出来。许多好莱坞老影片，如库柯、瓦尔希、霍克斯以及其他不胜枚举的导演的作品,就具有这种自由的、反象征的性质,无逊于欧洲新导演的最佳之作,如特吕弗的《枪击钢琴师》和《朱尔与吉姆》、戈达尔的《精疲力尽》和《随心所欲》、安东尼奥尼的《奇遇》以及奥米尔的《新婚夫妇》。

电影之所以尚未被阐释者所侵占,其部分原因,仅仅是因为电影作为一门艺术还是新鲜事。也多亏这么一个幸运的巧合,即这么长一段时间以来,电影只不过是一些影片;换句话说,电影被认为是与高级文化格格不入的大众文化的一部分,被大多数才智之士所忽视。此外,对那些想分析电影的人来说,电影中也常常存在某种需要加以把握的内容之外的东西。因为电影不像小说,它拥有一套形式词汇——即电影制作过程中有关摄影机的运动、剪辑和画面的构成那一套详尽、复杂并且大可商榷的技术。

8

当今,哪一种批评、哪一种艺术评论是可取的呢?我并没有说艺术作品不可言说,不能被描述或诠释。它们可以被描述或诠释。问题是怎样来描述或诠释。批评要成为一个什么样子,才会服务于艺术作品,而不是僭取其位置?

首先,需要更多地关注艺术中的形式。如果对内容的过度强调引起了阐释的自大,那么对形式的更广泛、更透彻的描述将消除这种自大。其次,需要一套为形式配备的词汇——一套描述性的词汇，而不是规范性的词汇。[①]最好的批评，而且是不落常套的批评，便是这一类把对内容的关注转化为对形式的关注的批评。分别就电影、戏剧和绘画而言，我能想到的最好的批评是厄文·帕诺夫斯基的论文《电影的风格和媒介》、诺思罗普·弗莱的论文《戏剧体裁概述》和皮埃尔·弗兰卡斯特尔的论文《造型空间的毁灭》。罗兰·巴特的著作《论拉辛》和他有关罗伯-格里耶的两篇论文是把形式分析运用于单个作者的作品的分析的范例（艾里克·奥尔巴赫《模仿论》中最好的一些章节，如《奥德修斯之伤痕》，也属此类）。把形式分析同时运用于体裁和作者的分析的范例是瓦尔特·本雅明的论文《故事讲述者：论尼古拉·列斯科夫之作品》。

同样有价值的是那些提供了对艺术作品外表的一种真正精确、犀利、细致周到的描述的批评论文。这似乎甚至比形式分析更难。马里·伐勃的一些电影批评，多萝西·凡·根特的论文《托杰斯眼中的狄更斯的世界》，兰德尔·雅热尔关于瓦尔特·惠特曼的论文，属于我所说的这种批评的为数不多的范例。这些论文揭示了艺术的感性表面，而不是对其

[①] 困难之一是，我们有关形式的思考是空间性的（古希腊有关形式的隐喻全都取自空间概念）。这就是为什么我们拥有一套更方便的有关空间艺术而不是时间艺术的形式词汇的原因。当然，空间艺术中也有例外，那就是戏剧：这或许是因为戏剧是一种以视觉和画面延伸到舞台上的叙事性（即时间性）形式……我们尚且没有一种有关小说的诗学，一种对叙事形式的清晰概念。也许电影批评提供了一个突破的契机，因为电影主要是一种视觉形式，尽管它们也是文学的分支。

敷衍了事。

9

如今，透明是艺术——也是批评——中最高、最具解放性的价值。透明是指体验事物自身的那种明晰，或体验事物之本来面目的那种明晰。这正是诸如布勒松、小津安二郎的电影和雷诺阿的《游戏规则》一类的艺术作品的伟大之处。

曾几何时（例如，对但丁来说），为使艺术作品能够在不同层面上被体验而对艺术作品进行谋篇布局，想必是一种革命性、创造性的举措。现在它不再是革命性和创造性的了。它只不过强化了作为现代生活主要苦恼的那种冗余原则。

曾几何时（高级艺术稀缺的时代），阐释艺术作品，想必是一个革命性、创造性的举措。现在不是这样了。我们现在需要的绝不是进一步将**艺术**同化于**思想**，或者（更糟）将**艺术**同化于**文化**。

阐释视艺术作品的感性体验为理所当然之物而不予重视，并从这一点出发。现在，这种体验不能被视为理所当然的了。想一想我们每个人都耳闻目睹的艺术作品的纯粹复制吧，我们的感官本来就遭受着城市环境的彼此冲突的趣味、气息和景象的轰炸，现在又添上了艺术作品的大量复制。我们的文化是一种基于过剩、基于过度生产的文化；其结果是，我们感性体验中的那种敏锐感正在逐步丧失。现代生活的所有状况——其物质的丰饶、其拥挤不堪——纠合在一起,钝化了我们的感觉功能。要确立批评家的任务,必须根据我们自身的感觉、我们自身的感知力(而不是另一个时代的感觉和感知力)的状况。

现在重要的是恢复我们的感觉。我们必须学会去更多地看,更多地听,更多地感觉。

我们的任务不是在艺术作品中去发现最大量的内容,也不是从已经清楚明了的作品中榨取更多的内容。我们的任务是削弱内容,从而使我们能够看到作品本身。

现今所有艺术评论的目标,是应该使艺术作品——以及,依此类推,我们自身的体验——对我们来说更真实,而不是更不真实。批评的功能应该是显示它如何是这样,甚至是它本来就是这样,而不是显示它意味着什么。

10

为取代艺术阐释学,我们需要一门艺术色情学。

[一九六四]

论风格

如今，难得找到这么一位名声卓著的文学批评家，他会乐意被人发觉是在为作为一种思想的风格与内容的古老对立进行辩护。在这一问题上，流行着一种可贵的共识。每个人都迫不及待地公开表示，风格与内容密不可分，每个重要作家的鲜明的个人风格是其作品的有机部分，而从来不只是"装饰性的"东西。

尽管如此，在批评实践中，这一古老的对立依然我行我素，差不多未受攻击。那些随口否认风格是内容的附加物这一观点的同一些批评家，每当他们专注于特定的文学作品时，大多仍保留了这种双重性。毕竟，要摆脱这种区分，并非如此轻而易举，因为它实际上拢合着批评话语的经纬，有助于使某些本身未受挑战而且如果没有获得一种足够明确、有效的替代物便难以割舍的智力目标和既得利益永久化。

事实上，把某一特定的小说或诗歌的风格只当作一种"风格"来谈，而不暗示——无论出自有意，还是无意——该风格仅仅是装饰性的、附加性的，极不容易做到。一个人只要采用这一观念，就几乎一定会乞灵于（即便表现得委婉含蓄）风格与其他什么东西之间的对立。许多批评家似乎没有意识到这一点。他们认为自己既已从理论上否定了从内容中滤除风格的那种粗野做法，也就完全可以免蹈故辙，然而他们对具体作品的判断仍在继续强化他们在理论上恰恰渴望否定的那种东西。

在批评实践中，在具体的评判中，这种古老的两重性之得以苟延残喘，是因为人们频频地为一些相当令人钦佩的艺术作品辩解，说它们是上乘之作，尽管承认它们的那种被误称为风格的东西是粗糙的或马虎的。另一个原因是，人们频频地以一种几乎不加掩饰的矛盾态度来看待一种非常复杂的风格。具有一种复杂、深奥、紧凑——不用说还有"美"——的风格的当代作家和其他艺术家获得了他们应得的慷慨的赞美。然而，显而易见的是，这种风格又常常令人感到不真诚：它是艺术家侵扰其素材的证据，而他们本该听凭这些素材自己以一种纯粹的状态传达出来。

惠特曼在《草叶集》一八五五年版的序言中，表达了对"风格"的否定态度，认为自十八世纪末以来的大多数艺术中，风格是引入一套新的文体词汇的一个标准伎俩。"最伟大的诗人具有一种不那么明显的风格，他更是他本人的一个自由的传达渠道。"这位伟大的、趣味高雅的诗人争辩道，"他对自己的艺术说，我可不想没事找事，我可不想在我的

反对阐释 | 021

写作中把典雅、效果或原创性像帷幕一样挡在我与其他事物之间。我不想让任何东西挡在这之间，更别提那些最华丽的帷幕了。我只按照事物的本来面目来表述它。"

当然，正如每个人都知道的，或声称自己知道的，并不存在中性的、绝对透明的风格。萨特在他对《局外人》的出色评论中曾表明，加缪小说的那种著名的"白色风格"——不动声色、简洁、明晰、平实——本身是默尔索眼中的世界意象（由荒诞、偶然的瞬间组成）的表达手段。罗兰·巴特称为"写作零度"的东西，正因为是反隐喻的和非人化的，所以与任何传统写作风格一样具有选择性和人为性。然而，那种有关一无无风格、透明的艺术的观念，是现代文化的最顽固的幻象之一。艺术家和批评家假装相信，不可能把技巧从艺术中分离出去，正如一个人不可能丢掉他的个性一样。然而这种强烈的愿望却挥之不去——与风格变化快得令人眼花缭乱的现代艺术始终格格不入。

✓　✓

谈论风格，是谈论艺术作品的总体性的一种方式。正如一切有关总体性的话语一样，谈论风格，也必须有赖于隐喻。而隐喻却使人误入歧途。

举惠特曼的那个非常具有物质色彩的隐喻为例。他将风格比作帷幕，当然就把风格与装饰混为一谈，也会因此立刻受到大多数批评家的怪罪。把风格想象为一种覆盖在作品实体之上的装饰性累赘物，这就是在暗示，帷幕可以被拉开，实体可以被显露出来；或者，若把该隐喻略作改变，帷幕可被处理得透明。不过，这并不是这个隐喻的惟一歧义。这个隐喻还暗示，风格是一个具有或多或少（之数量）、或厚或薄（之密度）的实体。尽管这一点不那么明显，但它和那种认为艺术家有真正的自由去选择拥有一种风格或不拥有一种风格的幻觉在荒谬程度上不相上下。风格既不是数量的，也不是附加的。说一件艺术作品拥有一种更复杂的风格惯例——如剔除日常用语中的用词和节奏中的平淡之处的惯例——并不意味着该作品具有"更多"的风格。

的确，一切有关风格的隐喻都实际等同于把实体置于内部，风格置于外部。把这个隐喻倒转过来，或许更得要领：实体或题材在外，风格在内。如柯克托所言："装饰性风格从未存在过。风格是灵魂，而我们的不幸在于，灵魂却呈现为身体的形式。"即便有人把风格定义为我们的外表风度，这也决不必然地在一个人所表现出来的风格与他的"真实"存在之间产生对立。实际上，这种分裂是极为罕见的。在几乎任何一种情形中，我们的外表的风度就是我们的本质的风度。面具就是脸。

不过，我应说明，以上我就那些令人误入歧途的隐喻所说的话，并不排除使用一些限定的、具体的隐喻来描绘某种特别的风格的影响。取用那些用来传达身体感觉的粗词俗语，如"光鲜"、"够味"、"没劲儿"或"无味"，或采用情节的意象，如"不连贯"，以此来谈论风格，似乎有益无害。

✓ ✓

对"风格"的反感,常常是对某种既定风格的反感。不存在一种没有风格的艺术作品,只有属于不同的、或复杂或简单的风格传统和惯例的艺术作品。

这意味着,一般来看,风格观念具有某种特定的、历史的含义。这不仅因为风格属于某个时间、某个地点,而我们对某个既定的艺术作品的风格的感知总是充满了对该作品的历史性及其在编年史中的位置的意识。还因为,风格的可辨性本身就是历史意识的产物。如果不是因为与我们所知的那些先前的艺术规范发生了背离,或是对这些规范进行了革新实验,那我们永远也辨认不出一种新风格的轮廓。再者,"风格"这个观念本身也需要历史地加以理解。只有在某些特定的历史时刻,艺术欣赏者中间才会出现这种意识,即风格在艺术作品中成了一个有问题的、可孤立开来的因素——它成了一个表征,在它后面,隐藏着这个时代正在争论的其他诸种问题,最终是伦理的或政治的问题。"有风格"这种观念,是自文艺复兴以来屡屡出现的用来解释那些危及古老的真理观、道德操行观和自然观的危机的方式之一。

✓ ✓

但是,即便假设所有这一切都为人们所承认,即一切再现都体现了某种既定的风格(说起来容易),并因此,严格地说,不存在现实主义这种东西,除非它自身作为一种特殊的风格惯例(说起来更难),即便如此,风格仍然层出不穷。谁都熟知艺术中的那些运动——举两个例子，其一是十六世纪晚期和十七世纪早期的风格主义绘画，其一是绘画、建筑、家具和室内物品中的新艺术——它们所做的并不仅仅是拥有了"一种风格"。诸如帕米吉阿尼罗、庞托莫、罗梭、布朗契罗以及高迪、吉玛尔、比尔兹莱、蒂凡尼这样的艺术家，以某种明显的方式发展了风格。他们似乎为风格问题迷住了，更多地关注说的方式，而不是说什么。

为处理这一类似乎要求那种我一直主张予以废止的区分方式的艺术，需要一个类似"风格化"这样的术语或近似的术语。"风格化"是当艺术家在题材与方式、主题与形式中间作出决非不可避免的区分时，艺术作品中所显露出来的那种东西。只有当发生这种情形时，只有当风格与题材被如此区分开来，也就是说被彼此对立起来时，人们才能合乎逻辑地谈到题材被以某种风格加以对待（或虐待）。创造性的虐待更成了规则。这是因为，当艺术的素材被设想为"题材"时，它同样被感到是能够被耗竭的。既然题材被认为在这一耗竭过程中相对比较持久，它们可被用于进一步的风格化。

例如，比较一下斯登堡的某些默片（《救世猎人》、《地下世界》、《纽约码头》）和他在二十世纪三十年代与马尔琳·蒂特里奇合作的那六部电影。斯登堡早期最出色的电影宣称自己具有风格特征，一种非常复杂的美学外表。不过，比起蒂特里奇在《金发维纳斯》或《红色快车》中扮演的人物的冒险经历来，我们并没有在《纽约码头》的水手和妓女的叙述中感觉到风格的运用。贯穿于斯登堡后期电影中的特征，是对题材的一种反讽态度（浪漫之爱，夺魂美妇），认定题材只有在被夸张所转化（一言以蔽之，即风格化）时才有趣……立体主义绘画，或齐亚柯莫蒂的雕刻，并不是与艺术中的"风格"迥然有别的那种风格化的一个例子；不论人的面孔和形体扭曲得如何厉害，这种扭曲都不是为了使面孔和形体有趣。但克里维里和乔治·德·拉·图尔的绘画则是我所说的那种风格化的例子。

艺术作品中的"风格化"与风格不同，反映出对题材的一种矛盾态度（爱慕与鄙视、着迷与反讽的对立）。处理这种矛盾的方式，是通过风格化这个修辞外饰来与题材保持某种特定的距离。但通常的后果是，这种艺术作品要么显得过于狭窄和重复，要么不同部分似乎散了架，脱了节（后一种情况的一个典型例子是奥尔森·威尔斯《上海来的女人》中视觉色彩艳丽的结局部分与其他部分之间的关系）。无疑，在一种确保艺术的功用（尤其是道德功用）并被那种徒劳无益的把严肃艺术与那些提供娱乐的艺术隔离开的需要所拖累的文化中，风格化艺术的怪异提供了一种正当的、有益的满足。有关这种满足，我在另外一篇题为"坎普"趣味的文章中已加以描述。然而，显而易见的是，风格化艺术，即一种显然过剩的、缺乏和谐的艺术，永远不可能成为最伟大的艺术。

✓　✓

风格观念在当代的运用，无不受到形式与内容之间那种假定的对立的困扰。人们怎样才能消除与形式观念作用相当的"风格"是对内容的颠覆这种感觉？有一点似乎是确定无疑的，即在内容观念找对自己的位置前，对风格与内容之间的有机关系的任何肯定，都不真正具有说服力——或真正能够指导那些作出此番肯定以改写他们特定的批评话语的批评家。

大多数批评家都赞同艺术作品并不"包含"一定数量的为"风格"所装饰的内容（或功能——如建筑中的情形）。但他们几乎无人受到他们似乎赞同的那种东西的正面影响。什么是"内容"？或者，更确切地说，当我们超越了风格（或形式）与内容之间的对立时，内容观念还剩下什么？部分答案在于这一事实，即对艺术作品来说，去拥有"内容"，本身就是一种非常特别的风格惯例。留给批评理论的重大责任是去细究题材的形式功能。

✓　✓

在这一功能被认可，并被以适当的方式探讨前，批评家们不可避免地仍一如既往地把作品当作"声明"来对待（当然，就音乐、绘画和舞蹈这些抽象的或大体上表现为抽象的艺术而言，情况稍好一些。就这些艺术而言，批评家没有去解决这一问题，而是把它从这些艺术中排除掉了）。当然，一部艺术作品可以被认为是一个声明，也就是说，被认为是对一个问题的回答。在最初级的层面上，戈雅绘制的威灵顿公爵的肖像可以被看作是回答这一问题：威灵顿公爵长得什么样子？《安娜·卡列尼娜》可以被看作是对爱情、婚姻和通奸诸问题的一个调查。尽管艺术对生活的再现的真实性问题在诸如绘画中差不多已被放弃，但在对严肃小说、戏剧和电影所作的大多数评价中，真实性仍然构成一个重大的评判标准。在批评理论中，真实性观念已十分古老了。至少自狄德罗以来，艺术诸门类中的批评主流传统都求助于逼真性和道德正确性这些显然有别的标准，实际上都把艺术作品当作以艺术作品的形式表达的声明加以对待。

以这种方式来对待艺术作品，并非全然不着边际。然而，它显然把艺术套在了功用上——为的是这样一些目的，如考察观念的历史、诊断当代文化或创造社会团结等等。这种对待艺术的方式，与那些受了某种艺术训练并具有美学感受力的人以适当的方式看待艺术作品时实际产生的体验几乎无关。被作为艺术作品来看待的艺术作品是一种体验，不是一个声明或对某个问题的一个回答。艺术并不仅仅关于某物；它自身就是某物。一件艺术作品就是世界中的一个物，而不只是关于世界的一个文本或评论。

我并不是说，艺术作品创造了一个全然自我指涉的世界。当然，艺术作品（不包括音乐这个重要的例外）指涉真实的世界——指涉我们的知识、我们的体验、我们的价值。它们提供信息和评价。然而它们独特的特征在于，它们并不导致概念知识（而这是话语性或科学性知识的不同特征——例如哲学、社会学、心理学和历史学），而是引起某种类似兴奋的情感,某种类似在入迷或着迷状态下情感投入和进行判断的现象的东西。这就是说,我们通过艺术获得的知识是对某物的感知过程的形式或风格的一种体验,而不是关于某物(如某个事实或某种道德判断)的知识。

这可以解释艺术作品中表现力的价值何以如此突出,可以解释表现力的价值——这就是说,风格的表现力——何以获得了对内容的优先权(当内容不恰当地脱离了风格的时候)。《失乐园》给我们带来的满足并不在于它对上帝与人的看法,而在于这首诗所体现的那种高超的能力、活力和表现力。

因而,不管艺术作品具有怎样的表现力,它都奇特地依赖于那些有此种体验的人的合作,这是因为,一个人或许可以看出艺术作品所"说"的东西,但出于麻木迟钝或心不在焉,依然无动于衷。艺术是引诱,而不是强奸。艺术作品提供了一类被加以构思设计以显示不可抗拒之魅力的体验。但艺术若没有体验主体的合谋,则无法实施其引诱。

✓ ✓

那些把艺术作品看作声明的批评家,势必提防"风格",即便他们口头上说要对"想象力"予以关注。但他们所说的想象力,其实是对"现实"的超敏感的表达。他们关注的东西,仍是艺术作品所捕捉到的那个"现实",而不是艺术作品使心灵发生转变的程度。

不过,一旦艺术作品作为声明的隐喻失去影响力,对"风格"的那种暧昧态度就会瓦解;这是因为,这种暧昧态度反映了声明与表达声明的方式之间的一种假定的紧张关系。

✓ ✓

然而，对待风格的态度最终不能仅仅依靠诉诸于看待艺术作品的"适当的"（即与功用主义方式相反的）方式来加以改变。对待风格的那种暧昧态度并非根植于简单的错误——要是这样的话，就可以轻易地将它连根拔起——而是根植于一种激情，即整个文化的激情。这种激情保护和捍卫传统上被设想为存在于艺术的"外部"却又处在被艺术所损害的永恒危险中的那些价值，即真理和道德。说到底，在对待风格的这种暧昧态度的背后，是西方对艺术与道德、美学与伦理之间关系的历史性的混淆。

这是因为，艺术对立于道德的问题，是一个伪问题。这种区分本身是一个圈套；它的由来已久的可信性有赖于这一事实，即不对伦理问题进行质疑，而只对美学问题进行质疑。在这种基础上讨论问题，试图捍卫审美对象的自主性（我曾勉为其难地这样做过），已经是在认可那些本不该认可的东西了——这就是说，存在着两种互不搭界的反应，一为审美的，一为伦理的，当我们体验艺术作品时，这两种反应彼此竞争，以求获得我们的耿耿忠心。倒好像在体验的过程中，人们果真不得不两者取其一，要么是有责任感的、人道的教益，要么是意识的愉快的骚动！

当然，对艺术作品，我们从来就没有一种纯美学的反应——对描绘人类选择和行动的小说或戏剧来说是如此，对杰克逊·波洛克的绘画或希腊古瓮来说也是如此，尽管后者不那么明显（拉斯金曾敏锐地描述过绘画形式属性的道德侧面）。然而，对我们来说同样不适当的是，我们以我们对真实生活中某个行为作出道德反应的相同方式，来对艺术作品中某个因素作出道德反应。如果我所认识的某个人谋杀了他的妻子却逍遥法外（从心理上或法律上说），那我无疑会义愤填膺，可是，当诺尔曼·梅勒《美国梦》中的男主人公谋杀了他的妻子却免于受罚时，我几乎不会愤慨，而许多批评家却似乎不这样。热内《花之圣母》中的圣者、爱者和其他角色并非真实人物，没有人会提请我们斟酌一下是否把这些人邀进我们的客厅；他们不过是某个幻想场景中的人物。这一点似乎显而易见，但当代文学（以及电影）批评中假斯文—假道学评判的盛行，却使这一点值得一遍遍重复。

正如奥特加·加塞特在《艺术的非人化》中指出的，对大多数人来说，审美快感是一种与其日常反应根本无法分离的心理状态。他们把艺术理解为一种途径，通过它，他们被带进与有趣的人类事务的接触中。当他们为戏剧、电影或小说中的人类命运悲伤和喜悦时，与他们为真实生活中的类似事件感到的悲伤和喜悦，并无真正差别——除了对艺术中人类命运的体验包含更少的暧昧外，此外，它相对来说公正无私，也不会有痛苦的后果。从某种程度上说，这种体验也更强烈，因为当苦难和喜悦被间接地体验时，即使再多，人们也能承担得起。然而，如奥特加所说："对［艺术］作品中人性内容的全神贯注,与审美判断大体无关。"①

在我看来,奥特加所说极是。但我并不想像他那样处理这一问题,即暗中把审美反应从道德反应中孤立开来。我宁可认为,艺术与道德相关。它之所以与道德如此相关,是因为艺术可以带来道德愉悦,但艺术特有的那种道德愉悦并不是赞同或不赞同某些行为的愉悦。艺术中的道德愉悦以及艺术所起的道德功用,在于意识的智性满足。

✓ ✓

"道德"的含义,是指一类习惯性的、长期性的行为(包括情感和行动)。道德是行为的代码,也是评判和情感的代码,据此我们强化了以某种方式行事的习惯,它规定了我们自己的行为和我们对待一般他人(即那些被认为是人类的人)的行为的标准,倒好像我们全都被爱所激励。不消说,爱是我们真实感受到的对某些少数个人的一种情感,其中一些人是我们在现实中或在想象中所熟知的人……道德是行为的一种形式,而不是一种特别的包含全部选择的大全。

---

① 奥特加继续写道:"当艺术作品的观看者只想从作品中寻找约翰和玛丽或特里斯坦和伊索尔德的摇摆不定的命运并把眼光盯在这上面时,艺术作品就从他的视野中消失了。只有当特里斯坦的悲伤被当作是真实的时,他的悲伤才成了悲伤,而能引起同情。但只有当艺术品不是真实的时,它才成其为艺术……然而,只有很少的人才把他们的感知器官转向艺术作品之为艺术作品的那种透明性,他们透过它来看,陶醉于作品所描绘的人类现实……在十九世纪,艺术家们开始采用一种太不透明的方式。他们尽量地减少美学因素,而让作品几乎全然存在于人类现实的虚构中……这一类〔既包括浪漫主义,又包括自然主义〕的作品只部分地是艺术作品或艺术品……无怪乎十九世纪的艺术一直如此流行……它不是艺术,而是生活的截取。"

如果将道德作如此解——视之为人类意志的成就之一，为自己强行规定在世界中行动和存在的一种方式——那显然在道德这种以行动为旨归的意识的形式与作为意识滋养的审美体验之间就不存在一般的对立。只有当艺术作品被缩减为一种提供某种特定内容的声明时，只有当道德被等同于某种特定的道德（任何特定的道德都有其杂质，即那些不过是维护某种特定的社会利益和阶级价值的因素）时——只有在这种时候，艺术作品才被认为瓦解了道德。的确，只有在这种时候，审美与道德之间的绝对区分也才得以确立。

不过，如果我们把道德理解为单数，把它当作意识方面的一般选择，那么，只要我们对艺术的反应恰好活跃了我们的感受力和意识，那么这种反应就似乎是"道德的"。这是因为，正是感受力才滋养了我们进行道德选择的能力，激励我们为行动做好准备，就好像我们的确是在选择（这是我们称某个行为是道德行动的先决条件），而不只是在盲目地、不加思考地服从。艺术担当着这种"道德的"责任，因为审美体验所固有的那些特征（无私、入神、专注、情感之觉醒）和审美对象所固有的那些特征（优美、灵气、表现力、活力、感性）也是对生活的道德反应的基本构成成分。

在艺术中，"内容"似乎是将意识介入那些本质上是形式的转换过程中的托词、目标和诱饵。

这就是我们何以问心无愧地对那些就内容而言令我们产

生道德反感的艺术作品抱有好感的原因（这种难堪与欣赏诸如《神曲》这一类其前提对我们来说在理智上显得陌生的艺术作品时的难堪同属一类）。把莱妮·里芬斯塔尔的《意志的胜利》和《奥林匹亚》称为杰作，并不是在以美学的宽容来掩盖纳粹的宣传。其中存在着纳粹宣传，但也存在着我们难以割舍的别的东西。这是因为，里芬斯塔尔这两部影片（在纳粹艺术家的作品中别具一格）展现了灵气、优美和感性的复杂动态，超越了宣传甚至报道的范畴。我们发现自己——当然，不太舒服地——看见了"希特勒"，而不是希特勒；看见了"一九三六年奥林匹克运动会"，而不是一九三六年奥林匹克运动会。通过作为电影制作人的里芬斯塔尔的天才，"内容"已——我们即便假设这违背了她的意图——开始扮演起纯粹形式的角色。①

---

① 桑塔格为纳粹时代的电影制作人莱妮·里芬斯塔尔的那些再现纳粹国家与军队煌煌声势的纪录片进行辩护所依据的艺术理由，与盟军军事法庭当初对莱妮免予起诉的法律理由一致，即莱妮拍摄的那些纪录片是艺术品，而不是纳粹宣传品。这就如同盟军军事法庭以艺术和哲学的名义不予追究音乐指挥家卡拉扬（时任第三帝国文化局音乐处处长，其顶头上司戈培尔说：文化，这是帝国的工具。）和哲学家海德格尔的法律责任一样。考虑到美国的法学家在盟军军事法庭里所起的指导性作用，那么，可以说，该法庭暗中依据的法律条文可能恰恰是美国《宪法》修正案第一条，该条款保障言论和思想（当然也包括艺术）的自由，哪怕是反对自由的言论和思想。诚如美国法学家阿兰·德肖维茨在为黄色影片《深喉》进行辩护时所说，如果政府禁止某一种据认为"有害"的思想、道德或艺术，那它就得禁止一切思想、道德价值或艺术（在这种情况下，就产生了专制国家），否则，就一视同仁地一概不禁，为判定哪一种思想、道德或艺术"有害"所依据的价值标准并非一个客观标准。但把纳粹军队的阅兵仪式和集会仪式拍摄得如此壮观，以至产生一种崇高的美感，却是一种令人不安的东西。从纳粹制度下逃离出来的T·W·阿多诺在同一种心情下写道："奥斯威辛之后，写诗是野蛮的。"从美学中剔除政治，正如从政治中剔除美学，可能都是一种假鹜，因为既存在一种美学的政治，也存在着一种政治的美学。——译者

艺术作品，只要是艺术作品，就根本不能提倡什么，不论艺术家个人的意图如何。最伟大的艺术家获得了一种高度的中立性。想一想荷马和莎士比亚吧，一代代的学者和批评家枉费心机地试图从他们的作品中抽取有关人性、道德和社会的独特"观点"。

再以热内为例——尽管在这个例子中，有额外的证据来证明我所提出的那个观点，因为艺术家热内的意图已经为人所知。热内在其作品中似乎是在请求我们赞同残忍、狡诈、放荡和谋杀。然而只要热内是在创作艺术作品，他就根本没有提倡任何东西。他在记录、咀嚼和转化他的体验。可是，碰巧，在热内的著作中，这一过程本身成了直接的题材；他的著作不仅是艺术作品，而且是关于艺术的作品。不过，即便当（常常会有这种情形）这一过程并没有浮现在艺术家热内的想象展示的前景中，它（即对体验的加工）仍是我们应该予以关注的东西。在真实生活中热内的那些人物或许令我们反感，但这无关紧要。《李尔王》中的大多数人物在真实生活中也令我们反感。热内的兴趣在于以何种方式，凭借他的想象力的明澈和灵悟，来使他的"题材"消失掉。

对艺术作品所"说"的内容从道德上赞同或不赞同，正如被艺术作品所激起的性欲一样（这两种情形当然都很普遍），都是艺术之外的问题。用来反驳其中一方的适当性和相关性的理由，也同样适用于另一方。就题材消失这种观念而言，我们或许只有惟一的一个严格标准，来把作为艺术的色情文学、色情电影或色情绘画与那些姑且称作"黄色物品"(因缺乏一个更恰当的词)的文学、电影或绘画区分开来。黄色物品有"内容",而且有意对其进行设计以使我们与这种内容发生联系(带着厌恶或者欲望)。它是生活的替代。然而艺术并不激发性欲;或者,即便它激起了性欲,性欲也会在审美体验的范围内被平息下来。所有伟大的艺术都引起沉思,一种动态的沉思。无论读者、听众或观众在多大程度上把艺术作品中的东西暂时等同于真实生活中的东西而激动起来,他最终的反应——只要这种反应是对艺术作品的反应——必定是冷静的、宁静的、沉思的,神闲气定,超乎义愤和赞同之上。有趣的是,热内最近说,他现在认为,如果他的著作激发了读者的性欲,"那这些著作就写得太糟糕了,因为诗的情感是如此强烈,读者哪会被激起性欲呢?即便我的著作是黄色的,我也不会厌弃它们。我只会说我缺乏优美罢了。"

艺术作品可以包含一切种类的信息,并以新的(而且有时是大可称道的)态度提供指导。我们或许可以从但丁那儿了解到中世纪的神学和佛罗伦萨的历史;我们或许是从肖邦那儿第一次体验到了激情的忧郁;我们或许是通过戈雅才相信了战争的野蛮性,通过《美国的悲剧》才相信了极刑的非人道。但只要我们把这些作品当作艺术作品来对待,那么它们给予的满足就是另一种类型的满足。它是对人类意识的品性或形式的体验。

说这种方法把艺术减缩成了仅仅"形式主义"的东西，这种反对意见肯定站不住脚（"形式主义"一词应该留给那些机械地死抱着过时的、业已枯竭的美学成规不放的艺术作品）。只要我们拒绝放弃形式与内容之间的浅薄区分，那么看来就不会接受一种视艺术作品为意识的生动、自主的模式的方法。这是因为，艺术作品可以没有形式的感觉，与世界可以没有内容的感觉，并无不同。两者都言之凿凿。两者都无需任何正当的理由；它们大概也没有什么正当的理由。

在诸如风格主义绘画和新艺术中，风格的那种高度发展是把世界当作一个审美现象进行体验的一种突出形式。然而它只不过一种特别突出的形式而已，其崛起是为了对抗现实主义的压抑性教条风格。一切风格——也就是说，一切艺术——都声称自己是一种形式。世界最终是一个审美现象。

这就是说，世界（一切存在）最终不能被证明有正当的理由。证明某物有正当理由，这是一种心理运作，只有当我们把世界的此一部分与彼一部分联系起来加以考查时——而不是当我们考查一切存在时——这种运作才能进行。

只要我们全神贯注于艺术作品，它就会对我们行使一种全面的或绝对的影响力。艺术的目的不是成为真理的助手，无论是特定的、历史的真理，或是永恒的真理。如罗伯-格里耶所言："如果艺术是任何一样东西，那它就是一切东西；在这种情况下，它必定是自足的，在它之外无他物。"

但这一立场容易招致歪曲，因为我们生活在世界中，而且正是在这个世界中艺术品被制作出来并被欣赏。一旦人们认可在艺术品作为艺术品发生作用的过程中美学与伦理之间的那种区分毫无意义，那么以上我为艺术作品的自主性——即艺术作品不去"意指"什么的自由——所做的声明，就不排斥考虑艺术的效用、作用或者功用。

好几次，我把滋养的隐喻运用到了艺术作品上。全神贯注于艺术作品，肯定会带来自我从世界疏离出来的体验。然而艺术作品自身也是一个生气盎然、充满魔力、堪称典范的物品，它使我们以某种更开阔、更丰富的方式重返世界。

✓　✓

雷蒙·贝耶写道："每一个审美对象以适宜的节奏赋予我们的，是我们的活力之流的一个独特的、独一无二的形态……每件艺术作品都体现了一种行进的原则，一种停留的原则，一种浏览的原则，体现了活力或者松弛的意象，体现了［艺术家］那只用来爱抚或毁坏的孤单的手的印记。"我们可以把这称为作品的外貌，或作品的节奏，或作品的风格（我宁可这样称呼）。当然，当我们历史地使用风格的观念，把艺术作品分类为流派和时期时，我们就倾向于消除风格的个性。然而，这并不是我们从审美的（对立于概念的）视角看待艺术作品时的体验。因而，如果作品是成功的，并且仍有力量与我们发生沟通，那么，我们体验到的只是风格的个性和偶然性。

我们自己的生活也是如此。如果我们从外部看待我们的生活，如越来越多的人受了那些影响甚大、广为流传的社会科学和精神分析学的劝说而做的那样，我们就是在把我们自己看作普遍性的例子，而这样就使我们深刻而痛苦地疏离于我们自身的体验和我们的人性。

正如威廉·艾尔最近所说，如果《哈姆雷特》是"关于"什么的，那就是关于哈姆雷特及其独特处境的，而不是关于人类状况的。艺术作品是一种展现、记录或者见证，它赋予意识以可感的形式；它的目的是使某物独一无二地呈现。如果我们只有进行概括方可进行判断（从道德上或概念上）这种说法是真实的话，那么，说对艺术作品的体验以及艺术作品中所再现的东西超越了评判，也同样真实——尽管作品本身或许被评判为艺术。这难道不正是我们所认可的最伟大的艺术的特征吗，如《伊里亚特》、托尔斯泰的小说以及莎士比亚的戏剧？难道这一类的艺术不正超越了我们的心胸狭窄的判断以及我们信口开河地给人物和行动贴上的或好或坏的标签的行为？如果真是这样的话，那只会有好处（这甚至于道德事业有所得）。

因为道德不像艺术，它最终是由其实用性来证明自己的正当性的：它使得或理应使得生活更有人情味儿，对我们所有人来说更值得一过。但是，意识——曾经被极带偏见地常常称为沉思的官能——可能而且确实比行动更宽广，更丰富多彩。它有自己的养料，即艺术和思想，这些活动要么被说成是有其自身的正当理由的，要么被说成是无须任何正当理由的。艺术作品的所作所为，是让我们看到或理解独一无二之物，而不是判断或概括。这种伴随着感官快感的理解行为是艺术作品惟一可取的目标，也是艺术作品惟一充足的理由。

✓ ✓

也许使我们对艺术作品以及对艺术与人类其他情感和作为的关系的体验变得明晰的最好方式，是乞灵于意志的观念。这是一个有用的观念，因为意志不仅是意识、被灌注了活力的意识的一种特别的状态，也是一种对待世界的态度，主体面对世界的一种态度。

艺术作品所表达和传达的那种复杂的意愿，既离弃世界，又以一种令人称奇的强烈而特殊的方式接近它。贝耶言简意赅地说明了艺术中意志的这种双重方面，他说："每个艺术作品都唤起了我们对意志的图式化的、不受约束的回忆。"只要是图式化的、不受约束的回忆，那么，艺术中所融入的那种意愿就会将自己置于与世界的一定距离上。

所有这些都回荡着尼采《悲剧的诞生》中那个著名的主张："艺术不是自然的模仿，而是其形而上之补充，它崛起于自然之侧，为的是超越它。"

✓ ✓

一切艺术作品都基于某种距离，即与被再现的生活现实拉开的一定距离。这个"距离",从某种程度上说,其实是非人性的或非人的;这是因为,艺术作品为了以艺术的面目出现在我们眼前,必须对起着"密切"作用的情绪干预和情感参与予以限制。正是距离的程度、对距离的利用以及制造距离的惯用手法,才构成艺术作品的风格。归根结底,"风格"是艺术。而艺术不过是不同形式的风格化、非人化的再现。

然而,这种观点——奥特加·加塞特是其阐述者之一——容易被误解,因为它似乎在暗示,一旦艺术接近自己的标准,就成了一种无足轻重、毫无作用的小摆设。奥特加自己为这种误解出了大力,因为他忽略了在对艺术作品的体验过程中自我与世界之间不同的辩证关系。奥特加太把注意力集中在艺术作品作为某种特定的物品并有其自身的精神贵族般的欣赏标准这一观念上。艺术作品首先是一件物品,不是一种模仿;诚然,所有伟大的艺术都以距离、人工性、风格或奥特加所说的"非人化"为基础。但距离的观念(也包括非人化的观念)使人误入歧途,除非补充一句说,这种距离运动不仅是指从世界移出,而且也指朝世界移入。艺术中对世界的超出或超越,也是接触世界的一种方式,是培养、教育意志使其面对世界的一种方式。看起来奥特加甚至这一观念最近的鼓吹者罗伯-格里耶仍没有完全幸免于"内容"观念的符咒。这是因为,为了限制艺术的人道内容,为了避开诸如将艺术服务于某种道德或社会思想的人道主义或社会

反对阐释 | 041

主义现实主义这些陈腐的意识形态，他们感到有必要忽略或忽视艺术的功用。然而，当艺术最终被看作无内容之物时，它也并不变成无功用之物。尽管奥特加和罗伯-格里耶对艺术的形式特征的辩护不乏说服力，但遭到废黜的"内容"的幽灵仍游荡在他们的观点的边缘，赋予"形式"以一种目空一切却虚弱不堪、貌似健康却已元气大伤的外观。

除非在思考"形式"或"风格"时不受那个被废黜的幽灵的影响，并且没有一种失落之感，那么这种论点才会显得彻底。瓦雷里对这个论点的大胆倒转——他说："文学嘛，对别人而言是'形式'的东西，对我来说是'内容'。"——绝不是在玩花样。人们难以在一个如此习以为常、显然不证自明的区分模式中思考自己。要做到这一点，非得采取一种不同的、更有机的、更有理论色彩的视点不可——例如意志的观念。这个视点的可取之处，在于它对艺术的两方面一视同仁：既作为艺术品，又作为功用，既作为技艺，又作为意识的生动形式，既作为现实的超越或补充，又作为与现实的接触方式的显现，既作为自主个人的创造，又作为从属的历史现象。

✓ ✓

艺术是意志在某物品或某表演中的客观化，是意志的激发或振奋。从艺术家的视角看，艺术是意志力的客观化；从观赏者的视角看，艺术是为意志创造出来的想象性装饰品。

的确，种种不同艺术的全部历史可以被改写为对待意志的种种不同态度的历史。尼采和斯宾格勒就这一主题写出了开山之作。在让·斯塔罗宾斯基的著作《自由的发明》中，可以看到一种最新的可贵的尝试，该书主要涉及十八世纪的绘画和建筑。斯塔罗宾斯根据那时新涌现的关于自我主宰和主宰世界的那些思想来审视这一时期的艺术，认为它们体现了自我与世界之间的新关系。艺术被看作是对情感的命名。被命名为情感、渴望、抱负的东西，实际是被艺术发明出来的，也肯定是被艺术传播开来的：譬如十八世纪所布置的那些花园以及那些令人肃然起敬的废墟所激发出的"情感寂寞"。

因此，显而易见，我提纲挈领地谈到的有关艺术自主性的描述（从这些描述中，我归纳出艺术的特征，即艺术是意志的想象性场景或装饰），不仅不排斥把艺术作品当作具有明确历史所指的现象加以审视，反倒鼓励这种审视。

例如，现代艺术固有的风格的错综复杂，显然是人类意志凭借技术获得的史无前例的技术扩张以及人类意志对基于无休无止变化的一种新型社会和心理秩序的毁灭性投入所产生的作用。不过，也难以匆忙下结论说，技术的极度膨胀以及当代的自我与社会的分裂的可能性，取决于部分地是由艺术作品在某个特定历史时刻所发明和传播开来、并进而以对永恒的人性的"现实主义的"理解的面目出现的那些对待意志的态度。

✓ ✓

风格是艺术作品中的选择原则，是艺术家的意志的标记。既然人类意志可以有无穷无尽的姿态，那么对艺术作品来说就有无穷无尽的潜在的风格。

从外部看，即历史地看，风格选择总是与某种历史发展有关——如书写或活字的发明，如乐器的发明或改进，如雕刻或建筑的新材料的获得。然而，不管这种方法多么出色，多有价值，它看待作品的眼光必定粗糙；它讨论的是"时期"、"传统"和"流派"。

从内部看，即当人们审视单个的艺术作品并试图说明其价值和影响时，每一种风格选择都包含着一种任意性的因素，无论这种因素因为出自选择而看起来多么有根有据。如果说艺术是意志与自己玩的高超的游戏，那么"风格"就包含着一系列这一游戏据以进行的规则。而规则终归总是人为的、任意的限制，无论它们是形式的规则（如隔句押韵法、十二音阶或正面描绘法），或是某种"内容"的呈现方式。艺术中任意的、说不出理由的因素的作用，从来没有得到充分的承认。自亚里士多德《诗学》始开批评之事业以来，批评家一直沉迷于强调艺术中的必然性（当亚里士多德说诗比历史更有哲学意味时，他之所以显得有理，是因为他想以此把诗或艺术从人们把它当作事实性的、特殊性的、描述性的表达的看法中拯救出来。但只要他的说法暗示着艺术能够为我们提供哲学提供给我们的东西，即论点，那他的说法就不免误导人。把艺术作品比作有前提和承继性的"论点"的隐喻，渗透到了此后大多数批评家的思考里）。那些想对某部艺术作品聊表赞美之情的批评家常常会感到自己被迫去论证该作品的每个片断都有其理由，论证这个片断只可能是这样，不可能是别样。而每一个艺术家，当他谈到自己的作品时，回忆起当初他进行创作时意外事件、疲劳和走神起了作用，知道批评家所说的是假话，知道自己的作品完全可以创作成另外的样子。伟大艺术作品所显示出来的那种必然性感觉，并不是由该作品各部分的必然性或必要性所构成，而是由该作品的整体所构成。

✓　　✓

换言之，艺术作品中的必然之物是风格。当一部作品看上去恰当、合理、从好的角度看（没有丧失或者损害什么）不可思议时，我们对它的反应，是对其风格品性的反应。最吸引人的艺术作品，是那些使我们产生一种艺术家似乎别无选择的幻觉的艺术作品，他是如此全神贯注于他的风格。请把《包法利夫人》和《尤利西斯》的构造中那种牵强、费劲和混杂的风格与诸如《危险的关系》、卡夫卡《变形记》这些同样讲究的作品的那种轻松、和谐的风格做一个比较。前两部作品的确伟大。然而，最伟大的作品似乎是被分泌出来的，而不是被构造出来的。

这是因为，一个艺术家的风格光是拥有这种娴熟、沉着、浑然一体、逼真的品格，当然还不足使其作品达到艺术成就的最高水准。拉蒂格的那两部小说与巴赫音乐一样具有这种品格。

✓ ✓

我在"风格"与"风格化"之间所做的区分,或许类似于意志与任性之间的区分。

✓ ✓

从技术的角度看,艺术家的风格不是别的,不过是艺术家在其中安排其艺术形式的一种特别的习惯。正因如此,"风格"概念所提出的问题才与"形式"概念提出的那些问题交叠在了一起,而对这些问题的解答也具有颇多共同之处。

例如,风格的功用之一,因其只不过是柯勒律治和瓦雷里所指出的那种重要的形式功能的一种更有个性色彩的具体化,因而就与这种形式功能一致:保留内心之作品,不使其湮没。这一功用在一切原始口头文学的富有节奏感、有时甚至押韵的特征中毫不费力地就可以获得证实。节奏和韵脚,以及诸如格律、对称、对仗这些更为复杂的诗歌形式策略,是物质符号(书写)发明以前词语为了创造自身的记忆而提供的手段;因而,远古文化一旦希望把某事加以记忆时,就把它置于诗歌形式中。正如瓦雷里所表述的:"作品的形式,是其可感特征的总和,其身体动作推动了记忆识别过程,并试图抵抗威胁思想表达的种种不同的消失状况,无论是漫不经心,还是遗忘,或者甚至是内心涌起的对这种思想的反感。"

因而,形式——就其特定习惯即风格而言——是感觉印象记忆的方法，是稍纵即逝之感官印象与记忆（无论是个体记忆，还是文化记忆）之间交往互通的载体。这种帮助记忆的功能，可以解释为何每种风格都有赖于某种重复或冗余的原则，并能依据这种原则予以分析。

它同样可以解释当代艺术的难度。当今，风格不是缓慢发展，不是彼此渐次取代，它们各自都不会维持多久，以给予艺术观众足够的时间来全部消化艺术作品得以建立于其上的重复原则；而是如此快速地一个取代另一个，以至似乎没有给观众任何喘息的机会。这是因为，如果人们没有感知一个作品如何重复自己，那么，这个作品实际上几乎是不可感知的，因而同时也是不可理解的。正是对重复的感知，才使艺术作品变得可以理解。在人们把握莫斯·肯宁汉的《冬枝》、查尔斯·伍厄洛宁的某部室内协奏曲、巴勒斯的《赤裸的午餐》或阿德·莱因哈特的"黑色"绘画中的那种差异和重复的原则（以及差异与重复的均衡）而不是其"内容"前，这些作品势必显得乏味、丑陋或混乱，或三者兼而有之。

✓　✓

除了我刚才所指出的那种广泛意义上的帮助记忆的功用外，风格还有其他一些功用。

例如，每种风格都体现着一种认识论意义上的选择，体现着对我们怎样感知以及感知什么的阐释。这一点，在艺术的具有自觉意识的当今时代，极易看出来，尽管并非一切艺术都是如此。因而，罗伯-格里耶小说的风格表现了对人与物之间关系的一种完全令人信服、即令失之狭窄的洞见，即：人也是物，而物不是人。罗伯-格里耶以行为主义的方式看待人以及拒绝将物"人格化"，这等于是一种风格选择——它对物的视觉属性和形貌属性给予一种确切的描述；它实际排除了视觉之外的那些感觉属性，这或许是因为用来描绘它们的语言并不那么确切，不那么中性。格特鲁德·斯坦因《梅兰克塔》的那种循环往复的风格，表达了她对记忆和预感带来的稍纵即逝的意识的淡化过程的兴趣，她把这种即刻的意识称之为"联想"，而在语言中"联想"却被动词时态系统弄得暧昧不明。斯坦因对体验的现时性的强调，与她选择坚持使用动词现在时态、选用常见的短词、不断重复这些词群、采用一种极其松散的句法以及放弃大多数标点的做法一致。每种风格都是对某种东西进行强调的手段。

可以看出，风格选择通过将我们的注意力集中于某种东西，也使我们的注意力狭窄化了，不让我们看到别的东西。然而一个艺术作品之比另一个艺术作品更有兴味，并不取决于该作品的风格选择是否让我们注意到了更多的东西，而是取决于这种注意的强度、可信度以及是否机智，不管其焦距如何狭窄。

✓　✓

在最严格的意义上，意识的一切内容都是难以言表的。即便最简单的感觉，也不可能完整地描绘出来。因而，每个艺术作品不仅需要被理解为一个表达出来的东西，而且需要被理解为对那些难以用语言表达出来的东西的某种处理方式。在最伟大的艺术中，人们总是意识到一些不可言说之物（"规范性"的规则），意识到表达与不可表达之物的在场之间的冲突。风格的技艺也是回避的技巧。艺术作品中最有力的因素，常常是其沉默。

✓ ✓

以上我就风格发表的看法，主要是为澄清某些有关艺术作品的误解以及如何谈论艺术作品的方式。不过，风格是否是一个可运用于一切体验的观念（每当我们谈论体验的形式或性质时），还有待评说。正如依我所提出的标准而论许多强烈吸引我们的兴趣的艺术作品是不纯的、混杂的一样，我们体验中诸多不能被归类为艺术作品的因素也具有艺术品的一些性质。一旦我们的言论、动作、举止或物品展现出某种与我们在现实世界中最直接、有用、无感觉的表达和存在模式相偏离的因素，那么，我们就把它们看作是拥有一种"风格"，把它们看作既是自主的，又是表征的。

[一九六五]

II

作为受难者之典范的艺术家

> 最丰富的风格,是主人公的虚假的声音。
>
> ——帕韦哲

切萨雷·帕韦哲[①]在一九三〇年左右开始写作生涯,这里翻译和出版的几部长篇小说——《山间小屋》、《月亮与篝火》、《妇人之间》和《山中魔鬼》——全都写于一九四七到一九四九年间,因而只读英译本的读者不能据此推断他的作品的总体风格。不过,单从这四部小说就可以看出他作为一个小说家的主要长处,即雅致、经济和节制。他的风格平铺直叙、不事渲染、不动声色。有人提到帕韦哲小说的冷静风格,尽管其题材常常是一些暴力题材。这是因为他的作品的真正主题从来就不是暴力事件(例如《妇人之间》里的自杀、《山中魔鬼》里的战争),而是叙述者审慎的主观性。帕韦哲的主人公的典型的作为是想做到洞彻事理,而典型的问题是交流的丧失。这些小说涉及良知的危机以及拒绝承认良知的危机。主人公被设想为情感处在某种萎缩状态，情绪和身体活力萎靡不振。对那些受过高等教养、过早幻灭、摇摆于冷嘲热讽与拿自身情感做些充满忧郁色彩的实验之间的人的痛苦，我们并不陌生。然而，与其他探索现代感受力的这一特征的作品——如近八十年间法国的许多小说和诗歌——不同，帕韦哲的小说显得冷静、淡漠。主要的行动常常发生在幕后，或发生在过去；而色情场面则被谨慎地回避。

似乎是为了补偿他的人物彼此之间的疏远关系，帕韦哲特别地赋予他们一种与地点的紧密性——通常要么是帕韦哲自己度过了他的大学岁月以及成年后大部分时光的都灵市的城市景象，要么是周围的皮德蒙乡下，这是他的出生地，他在这里度过了少年时代。然而这种地点感以及那种想去发现和揭示地点的意义的愿望，并没有给帕韦哲的作品染上地方小说的任何特征，这或许可部分地解释帕韦哲的小说何以不能在英语读者中唤起很大的热情，像希隆纳或莫拉维亚的作品唤起的那种热情一样，尽管帕韦哲比起这两位作家来更有天赋，更有原创性。帕韦哲对地点和人的感觉，不是人们希望从一个意大利作家那儿读到的东西。尽管帕韦哲是一个意大利北部人，但北部的意大利并不是外国人梦想中的意大

---

① Ceasare Pavese（一九〇八——一九五〇），意大利作家、诗人、评论家、翻译家。意大利（二十世纪）三十年代文化过渡到大战后新民主文化阶段文人投入政治、社会的代表人物。终其一生都在对自己及与他人的关系的分析中挣扎。一九五〇年自杀。他是大战后在意大利文化界扮演了重要角色的埃伊瑙迪出版社的创办人。——译者

利,而都灵是一个缺乏历史回音和风流韵事的大型工业城市,而正是历史回音和风流韵事才吸引外国人到意大利。在帕韦哲的都灵和皮德蒙,人们没有找到历史遗迹、地方色彩和异域魅力。地点就在那里,但却显得遥不可及,没有特色,毫无人情味儿。

帕韦哲对人与其地方的关系的意识(即意识到人受制于地点的非人格力量),对那些看过阿兰·雷乃尤其是米开朗奇罗·安东尼奥尼的电影——《女友们》(据帕韦哲最好的小说《妇人之间》改编而成)、《奇遇》和《夜》——的人来说并不陌生。但帕韦哲的小说的长处并不是那种讨人喜欢的长处,也不是诸如安东尼奥尼电影的那种长处(那些不喜欢安东尼奥尼电影的人说这些电影"充满文学色彩"、"太主观")。帕韦哲的小说雅致、精炼(但并不晦涩)、静谧、反戏剧化、自制。尽管帕韦哲不是一个大小说家,如安东尼奥尼是一个大导演那样,但他在英国和美国应该获得比现在更多的关注。[1]

---

[1] 对另一个创作了大量短篇小说和长篇小说的意大利人托马索·兰多菲来说,情形也是如此。兰多菲与帕韦哲出生在同一年(一九〇八),但至今健在,仍在写作。到目前为止,兰多菲只有一部作品被翻译成了英语,即一部由九篇短篇小说组成、取名为《果戈理的妻子》的小说集。兰多菲是一个非常不同于帕韦哲的作家,而且在最好的情形下,要比帕韦哲更出色。他的带有病态色彩的才华,他的一丝不苟的才智,他对灾难的现实主义的看法,使他更接近诸如博尔赫斯、以萨克·戴尼森这样的作家。但他与帕韦哲有一些共同点,使他们两个人的作品不同于当今英国和美国作家所创作的小说,而且对这一类小说的读者来说显然缺乏吸引力。他们共同拥有的,是一种基本上不动声色的、克制的写作方式。就这种写作方式而言,组织故事的行为主要是一种智力行为。去叙述,就是去运用智力;具有欧洲和拉丁美洲 (转下页)

帕韦哲在一九三五到一九五〇年（他在这一年自杀，时年四十二岁）间写的日记最近翻译成英语出版了。[①]并不见得非要熟悉帕韦哲的小说才可读懂这些日记，可以把它们当作一种特别现代的文学体裁的一个范例来读——即作家的"日记"、"札记"或"手记"。

我们为什么要读作家的日记呢？因为它为他的著作提供了说明吗？通常它并不提供这种说明，这大概只是因为日记这种形式具有粗糙性，即便作家在写作日记时考虑到了未来的发表。在日记中，我们读到了以第一人称出现的作家本人；我们看到了藏在作家著作中那个自我面具背后的自我。小说再怎么暴露作家的隐私，也提供不了这些，即便作家以第一人称叙事者出现，或采用显然指代自己的第三人称。帕韦哲的大多数长篇小说，包括这四部被翻译成英语的作品，都是以第一人称叙述的。但我们知道帕韦哲小说中的那个"我"并不等同于帕韦哲本人，正如讲述《追忆逝水年华》的那个"马塞尔"不等同于普鲁斯特，《审判》与《城堡》中

（接上页）小说特色的那种叙述统一性，是作者智慧的统一性。但今日美国常见的那种小说写作几乎用不上这种耐心的、坚持不懈的、不事卖弄的智慧。美国作家大多希望事实显现自身，解释自身。如果出现了一种叙述性的声音，那也可能纯粹是无意的——要不然就显得勉强笨拙、狂妄自大。因而，美国多数写作大体显得浮词泛语太多（这就是说，手段过多，与目的不相称），与欧洲那种以反修辞的风格来获得效果的经典写作模式形成对照——这是一种克制的、以不偏不倚的透明性为最终目标的风格。帕韦哲和兰多菲同属于这种反修辞的传统。

① 切萨雷·帕韦哲：《烧红的烙铁：一九三五——一九五〇日记》，A·E·穆奇、让娜·默里合译，纽约，沃克出版公司 [在意大利原版中，帕韦哲的日记有另一个名称：《生活的本领》——译者]。

的"K"不等同于卡夫卡。我们并不满足于此。现代读者要求作家袒露,正如宗教信仰的时代要求活人祭。

日记向我们打开了作家心灵的创作室。但我们为什么对作家的心灵感兴趣呢?这不是因为我们对这些作家如此感兴趣,而是因为现代人对心理学的不知餍足的着迷,这是圣保罗和圣奥古斯丁所开启的基督教内省传统的最后的、最有影响的遗产,它把对自我的发现等同于对受难自我的发现。对现代意识来说,艺术家(取代了圣徒们)是典型的受难者。而在各类艺术家中,作家,即使用文字的人,是我们所期待的那种最能表达他的苦难的人。

作家是受难者的典范,是因为他既发现了最深处的苦难,又有使他的苦难升华(就实际意义上而非弗洛伊德意义上的升华而言)的职业性途径。作为一个人,他受难;作为一个作家,他把苦难转化成了艺术。作家是发现受难在艺术经济中的用处的人——正如圣徒们发现受难在救赎经济中的有用性和必要性。

可以在帕韦哲对如何利用和如何运用他的受难的思考中,找到他的日记的整体性。文学是用来受难的一种形式,孤独是另一种形式,它们既可用作激发和完善艺术的一种技巧,又可当作一种价值本身。自杀是第三种、也是用来受难的最终形式——但它不被设想为苦难的终结,而是运用苦难的最终方式。

于是,我们在帕韦哲一九三八年的一页日记上看到了如下的一连串思想。他写道:"文学抵御着生活的攻击。它对生活说:'你欺骗不了我。我了解你的习惯,预测并玩味你的反应,通过陷你于巧妙的障碍中而停顿你的正常流动,以此偷取你的秘密。'……抵御一般事物的其他一种方式是沉默,正如我们聚集力量以便纵身向前一跃。不过,这种沉默必须是自我施加的,而不是被人施加的,甚至不是被死神施加的。为我们自己选择一种艰难,是我们抵御艰难的惟一方式……那些就其天性来说能完全承受苦难的人,显然占了优势。这正是我们何以能够解除苦难的力量、使其成为我们自己的创造、我们自己的选择的原因;这正是顺从苦难的原因。它为自杀提供了正当理由。"

如果我们考察一下现代形式的作家日记的一些范例——如司汤达、波德莱尔、纪德、卡夫卡以及这里所论的帕韦哲的日记——就会发现,它们展现出一种奇特的演化。个人主义的无拘无束的显露转变成了自我弃绝的极端需要。帕韦哲没有纪德的那种清教主义的意识,把自己的生活当作艺术作品,看重自己的雄心壮志,对自己的情感深信不疑,爱自己。他也不像卡夫卡那样有一种敏感的献身意识,不拿自己的痛苦自嘲。帕韦哲在小说中大量使用"我",可到了他的日记里,谈到他自己时,却通常使用"你"。他并不描绘自己,而是对自己说话。他是他自己的一个含讥带讽、苦言相劝、指手画脚的旁观者。对自我持这种事不关己的看法,最终的结果似乎必然是自杀。

这些日记实际上是一长串自我估价和自我审问。它们没有记录一丝一毫的日常生活或耳闻目睹之变故；从中也找不到任何有关家庭、朋友、情人、同事的描绘或对公共事件的反应（如纪德在其《日记》中所做的那样）。所有能够满足那种更为传统的对作家日记内容的期待的东西（如柯勒律治《笔记》以及纪德《日记》中的内容），不过是对风格和文学创作的没完没了的反思以及对自己所读之书的连篇累牍的心得体会。帕韦哲是一个"好欧洲人"，尽管他的足迹从未出过意大利。但这些日记足以表明，他熟悉全欧洲的文学和思想，也熟悉美国的写作（他对此尤感兴趣）。帕韦哲不仅是一个小说家，而且是一个文化人：诗人、长篇小说家、短篇小说家、文学批评家、翻译家以及意大利一家顶尖级出版社（埃伊瑙迪出版社）的编辑。"作为文人的作家"占据了日记的大量篇幅。日记里有他对毕生所读之书的敏锐的、细致的评论，这些书如此千差万别，从里格-维达、欧里庇德斯、笛福到高乃依、维柯、克尔恺郭尔、海明威，无所不包。但我这里要探究的不是《日记》的这方面，因为这并不构成作家日记吸引现代读者的那种独特的兴味。但应当注意，当帕韦哲谈论自己的写作时，他不是以作者的身份，而是以读者或批评者的身份。他从来不谈还在写作过程中的作品，或某个尚未动笔的故事、小说和诗歌的写作计划及写作提纲。他谈论的只是已经完成了的作品。《日记》中还存在一个明显的遗漏，那就是帕韦哲对自己从事的政治活动只字不提——既没有提到他那些反法西斯的行动（他为此在一九三五年坐了十个月的牢），也没有提到他与共产党长久的、暧昧的以及最终失望的关系。

或许可以说，《日记》中存在着两个人：作为一个人的帕韦哲和作为一个批评家和读者的帕韦哲。或者：一个前瞻地思考的帕韦哲和一个回顾地思考的帕韦哲。他对自己的情感和计划的分析充满了自责、自劝；他思考的中心是自己的才能——作为作家的才能，作为女人们的情人的才能，以及作为一个未来自杀者的才能。再就是回顾性的评论：对自己的一些已完成的作品及其在自己全部作品中的地位的分析，对自己所阅读的书的心得体会。倘若说帕韦哲"实际"的生活进入了《日记》的话，那主要是以这种形式进入的，即对自己的种种才具和前景的思考。

除写作外，还有两个方面是帕韦哲反复提到的。一个是自杀的前景，它早自大学时代起就开始诱惑帕韦哲（那时，他的两个密友自杀了），也是出现在《日记》几乎每一页上的一个主题。另一个是对浪漫爱情的向往和对色欲消退的预感。帕韦哲这样表露自己，似乎自己受着性无能的根深蒂固的感觉的折磨，只得用各种各样的有关性生活技巧、无望之爱以及性战争的理论来支撑自己。他对女人的强旺而贪婪的性欲所作的酷评，与他对自己在爱情上或给女人性满足上的无能的坦承交织在一起。从来就没有结过婚的帕韦哲在《日记》中记录了他对长久的恋情和随随便便的性体验的反应，尤其是当他感到要遇到麻烦或性体验实际失败了时。帕韦哲在《日记》里从来没有描绘过这些女人；对他与她们关系中发生的大小诸事更无片言只语提及。

正如帕韦哲自己所体验的，这两个主题紧密联系在一起。在他生命的最后几个月里，当他陷入与一个美国女电影明星的不愉快的关系时，他写道："一个人不会因为爱一个女人而自杀，而是因为爱——任何爱——把我们显露于裸露、苦恼、脆弱和一无所有中……我感到失望，深深地感到失望，在这份美妙的情爱到来时，我却没有想去抓住它……我回复到我由来已久的那个想法——那个挥之不去的诱惑，我有了一个藉口，来把这个诱惑重新思考一下：爱与死。这是传统模式。"另一处，帕韦哲以一种讥讽的笔调写道："不去想女人，这能做到，恰如人们不去思考死亡。"女人与死亡这两个主题一直吸引着帕韦哲，其焦虑程度和病态程度不相上下，因为在这两种情形中，他思考的主要问题都是他能不能胜任那个时刻。

帕韦哲对情爱的思考，是我们所熟悉的浪漫主义理想化的另一面。如司汤达当初一样，帕韦哲再度发现爱情本质上是虚构；这并不是说爱情有时导致错误，而是爱情本质上就是一个错误。被人们当作是对另一个人的爱慕之情的东西，揭夫其伪装的话，其实是孤独自我的又一次舞蹈。容易看出这种情爱观如何特别适合现代作家的使命。在亚里士多德式的那种视艺术为模仿的传统看来，作家是一种媒介或传达手

反对阐释 | 061

段，用来描绘他自身之外的东西的真相。在视艺术为自我表达的现代传统（大致说来，自卢梭以降）看来，艺术家叙说他自己的真相。因此，那种把伪装成对所爱之人或物的价值的体验或揭示的情爱视作自我之体验或揭示的理论，势必只关乎情爱自身。情爱，正如艺术，成了自我表达的媒介。然而，由于结交一个女人不像创作一部小说或一首诗歌那样是个人独自的行为，它注定要失败。如今严肃文学和电影的一个流行主题便是失败的爱情（当我们听到相反的表白时，如《查泰莱夫人的情人》或露易·马勒的电影《情人们》中的情形，我们就倾向于把它描绘成"童话"）。爱情注定要死亡，因为它的出生就是一个错误。然而，只要人们把世界看作是（用帕韦哲的话说）一个"自利的丛林"，那这个错误仍是一个必要的错误。孤独自我永远在受难。"生命是痛苦，而情爱享受是一帖麻醉剂。"

现代对情爱关系的虚幻性的深信不疑，导致了一个更深远的后果，即新出现的对那种得不到回报的情爱的无法回避的吸引力的一种自觉的默认。因为爱情是孤独自我所感受到的一种被误投到外部的情感，因而被爱之人的自我的不可征服性对浪漫主义想象力产生了一种催眠术般的吸引力。得不到回报的爱情之所以有诱惑力，在于它契合帕韦哲所说的"完美的行为"以及强大、孤绝和冷漠的自我。"完美的行为产生于彻底的冷漠。"帕韦哲在一九四〇年的一阕日记中写道，"这或许就是我们常常疯狂地去爱对我们冷漠以待的人的原因；她代表了'风格'，代表了令人着迷的'品位'，代表了令人心驰神往的一切。"

帕韦哲有关情爱的诸多评说，看起来像是一例个案史，是德尼斯·德·鲁日蒙以及其他历史学家有关西方想象力的论点的佐证，这些历史学家追溯了自特里斯坦和伊索尔德以来西方把性爱视作一种"罗曼蒂克痛苦"、一种死亡愿望的意象的演变过程。不过，帕韦哲的日记在修辞上令人注目地纠缠于"写作"、"性"、"自杀"这些词汇，显示出这种以现代形式出现的感受力更为复杂。鲁日蒙的论点或可说明西方对情爱的过高评价，但不能说明有关情爱的现代悲观主义，即情爱以及感官满足乃毫无指望之事的看法。鲁日蒙完全可以借用帕韦哲自己的文字："爱情是各种信仰中最廉价的一种。"

我自己的观点是，现代对情爱的崇拜，并不是如鲁日蒙所说的，是基督教的异端（诺斯替教、摩尼教和清洁派）传说的一部分，而是表达了对情感失落的集中的、特别具有现代色彩的关注。帕韦哲说希望磨炼"我们看待自身的艺术，就好像我们是我们某一部小说中的人物……就如同我们把自己置于一个可以建设性地思考问题并从中获益的位置"，这显示出他是在满怀希望地谈论自我疏离这一处境，而在他的日记里这是一个充满无尽忧伤的话题。这是因为"生命肇始于身体"，如帕韦哲在另一则日记中所说的；帕韦哲不停地抖露身体对心灵的指责。如果文明可以被定义为人类生活的

反对阐释 | 063

一个阶段,在这个阶段上身体客观上成了一个问题,那么,我们所处的文明时期可以被描绘成这么一个阶段,在这个阶段上我们主观地意识到了这个问题,也感到被这一问题所困扰。即使我们渴望身体的活力,反对犹太教和基督教的禁欲传统,我们仍然挣脱不了这种宗教传统留传给我们的那种无所不在的感受力。我们因而抱怨;我们消沉,我们冷漠;我们抱怨。帕韦哲没完没了地祈求一种力量,能使他过上一种充满活力的隔绝而孤独的生活("惟一崇高的规则是孤独、孤独、孤独。"),这种祈求,与他对自己感觉的无能的反反复复的抱怨(例如他谈到当他最要好的朋友、著名教授、抵抗运动领导人里奥拉·金斯堡在一九四〇年被法西斯折磨至死时,他却无动于衷)完全一致。这正是现代情爱崇拜的登场亮相之处:它成了我们测试自己的情感力量、发现自己的缺陷的主要途径。

谁都知道,我们对两性之间的情爱的看法不同于古希腊人和东方人,远比他们看重情爱,也知道现代情爱观是基督教精神的一个延伸,不论其以怎样稀薄和世俗化的形式出现。但正如鲁日蒙所说的,情爱崇拜并不是基督教的异端。从其肇端(圣保罗)之始,基督教就是一种罗曼蒂克的宗教。西方的情爱崇拜是受难崇拜(受难被当作庄严的最崇高标志,如十字架意象)的一个组成部分。我们从古希伯来人、古希腊人和东方人那里找不到给予情爱的那种相同的评价,因为我们在他们那里找不到给予受难的那种相同的肯定评价。［对他们来说］受难不是庄严性的标志，毋宁说，一个人的庄严性，是由他躲避或超越苦难的惩罚的能力来衡量的，是由他获得宁静和均衡的能力所衡量的。与此不同，我们所继承的那种感受力把精神性和庄严性等同于骚动、受难和激情。两千年来，在基督徒和犹太人中间，受难一直被认为是一种精神时尚。因而，我们予以高度评价的，不是情爱，而是受难——更确切地说，是受难带来的精神上的价值和好处。

现代对这种基督教感受力的贡献，是发现了艺术作品创作和性爱冒险是受难的两个最完美的源泉。我们想从作家的日记中寻找的，也是帕韦哲喋喋不休地提供的，正是这种东西。

［一九六二］

西蒙娜·韦伊[①]

我们自由主义的资产阶级文明的文化英雄，是反自由主义和反资产阶级的；他们是些啰啰嗦嗦、纠缠不放和放肆无礼的作家，是些靠强力来给人留下深刻印象的作家——这不仅是靠其充满个人权威色彩的语气及其智力的锐气，而且也靠其为人上和智力上突出的极端倾向。偏执狂、歇斯底里患者以及自我的毁坏者——这些人，就是作为我们生活于其中的这个充满恐惧的、彬彬有礼的时代的见证人的作家。这通常是一个语气问题：要相信那些以通情达理的不动声色的语气说出来的思想，几乎是不可能的。有这么一些时代，它们过于错综复杂，过于为相互冲突的历史和智力的体验的声浪所淹没，以至听不进通情达理的声音。通情达理变成了妥协、逃避和谎话。我们这个时代，是一个有意识地追求健康、却又只相信疾病包含的真实性的时代。我们所尊重的真理，是那些诞生于磨难中的真理。我们衡量真理，是根据作家在受难中付出的代价——而不是根据作家的文字与之对应的某个客观真理标准。我们的每一个真理都必须有一个殉道者。

年轻的克莱斯特曾向德国文学界的元老歌德"五体投地地"奉上自己的作品,他身上令成熟的歌德大为反感的东西——病态、歇斯底里、不健康的意识、过度沉迷于苦难(此乃克莱斯特挖掘其戏剧和故事的素材的地方)——正是我们当今予以高度评价的东西。如今,克莱斯特的作品带来欢乐,而歌德的大部分作品却成了课堂上让人打呵欠的东西。同样,诸如克尔恺郭尔、尼采、陀思妥耶夫斯基、卡夫卡、波德莱尔、兰波、热内——以及西蒙娜·韦伊——这样的作家也因为他们那种病态的气质,现在对我们拥有了威望。他们的病态正是他们的可靠处,是带来说服力的东西。

或许,有这么一些时代,它们并不像需要现实感的深化和想象力的拓展那样需要真理。就我自己来说,我不怀疑健康的世界观是真实的世界观。然而,难道真理果真总是必不可少的吗?对真理的需求,并非持续不断,这正如对休息的需要。扭曲的思想或许比真理具有更大的智力上的魄力;它或许能更好地服务于精神的种种不同的需要。真理是均衡,但真理的反面,即不均衡,或许也不是谎言。

因而,我并不想贬低一种时髦,而是强调指出隐藏在当代艺术和思想中的那种爱走极端的爱好后面的动机。我们所

---

① Simone Weil(一九〇九——一九四三),法国女神秘主义者、社会哲学家,第二次世界大战期间法国抵抗运动的积极参加者。死后汇集出版的作品对法、英两国的社会思想影响深远。主要作品有宗教散文和格言集《重负与神恩》(一九四七)、心灵自传《等待上帝》(一九五〇)等。——译者

需要的，是不虚伪，是去承认我们为什么阅读和钦佩诸如西蒙娜·韦伊这样的作家。我不相信，她死后发表的著作和论文所赢得的成千上万的读者中，有多少人真正分享着她的思想。此外，也没有必要分享——没有必要去分享西蒙娜·韦伊对天主教的极度痛苦、无法排遣的爱，或去接受她的有关上帝缺席的诺斯替神学，或去拥护她弃绝肉身的理想，或赞同她对罗马文明以及犹太人的极不公正的仇恨。对克尔恺郭尔和尼采，也应该采取相似的态度；他们的大多数当代崇拜者不能接受或不去接受他们的思想。我们之所以阅读这些具有如此犀利的原创性的作家，是因为他们的个人威望，是因为他们堪称典范的严肃性，是因为他们献身于自己的真理的明显意愿，此外——只不过零碎地——因为他们的"观点"。正如堕落的亚西比德追随苏格拉底，尽管他不能、也不愿改变自己的生活，但他被感动了，内心丰富了，充满了爱，而敏感的现代读者则对某个不属于自己、也不可能属于自己的精神现实层面表示自己的敬意。

有些生活是典范的，另一些则不是；在那些堪称典范的生活中，有一些吸引我们去模仿，有一些我们则带着一种混杂着反感、遗憾、敬畏的心情远远地打量。粗略地说，这正是英雄与圣人之间的差别（如果是在美学而不是宗教的意义上使用后一个词的话）。这样一种就其夸张之处和自我毁灭的程度而言显得荒诞的生活——例如克莱斯特的生活，克尔恺郭尔的生活——正是西蒙娜·韦伊的生活。此刻，我想到了西蒙娜·韦伊生活中狂热的禁欲主义，她对快乐和幸福的不屑，她高贵而可笑的政治姿态，她煞费苦心的自我弃绝，她对磨难的不知疲倦的追求；我注意到她并不出众的相貌，她身体的笨拙，她的偏头痛，她的肺结核。热爱生活的人，没有谁希望去模仿她对磨难的献身精神，也不希望自己的孩子或自己所爱的任何人去模仿。但只要我们既热爱严肃性，又热爱生活，那我们就会为严肃性所感动，为它所滋养。在我们对这样的生活表示的敬意中，我们意识到世界中存在着神秘——而神秘正是对真理、对客观真理的可靠把握所要否定的东西。在这种意义上，所有的真理都是肤浅的；对真理的某些歪曲（但不是全部歪曲），某些疯狂（但不是全部疯狂），某些病态（但不是全部的病态），对生活的某些弃绝（但不是全部的弃绝），是能提供真理、带来正常、塑造健康和促进生活的。

[一九六三]

加缪的《日记》

伟大的作家要么是丈夫，要么是情人。有些作家满足了一个丈夫的可敬品德：可靠、讲理、大方、正派。另有一些作家，人们看重他们身上情人的天赋，即诱惑的天赋，而不是美德的天赋。众所周知，女人能够忍受情人的一些品性——喜怒无常、自私、不可靠、残忍——以换取刺激以及强烈情感的充盈，而当这些品性出现在丈夫身上时，她们决不苟同。同样，读者可以忍受一个作家的不可理喻、纠缠不休、痛苦的真相、谎言和糟糕的语法——只要能获得补偿就行，那就是该作家能让他们体验到罕见的情感和危险的感受。在艺术中，正如在生活中，丈夫和情人不可或缺。当一个人被迫在他们之间做出取舍的时候，那真是天大的憾事。

同样，在艺术中，犹如在生活中，情人常常不得不位居其次。在文学的繁盛时代，丈夫比情人为数更众；在所有的文学繁盛时代——这就是说，除了我们自己的这个时代。倒错是现代文学的缪斯。如今，小说的家庭里充斥着发疯的情人、得意的强奸犯和被阉割的儿子——但罕有丈夫。丈夫们感到内疚，全都想去当情人。甚至像托马斯·曼这样如此有大丈夫气的、可敬的作家，也为对德性的一种暧昧态度所苦，并把这种暧昧态度装扮成资产阶级与艺术家之间的冲突，唠叨个没完。但大多数现代作家甚至不去理会曼的问题。每一位作家，每一场文学运动，都与其前辈较上了劲，竞相炫耀性格、顽念以及奇特之处。现代文学过多地充斥着天才的疯子。因而，怪不得当一位才华横溢、可才华肯定没有达到天才高度的作家崛起，大胆地担当起理智的责任时，他所获得的喝彩必定超出了他的纯文学价值。

我这里所说的自然是阿尔贝·加缪，当代文学的理想丈夫。作为一个当代人，他不得不贩卖疯子们的主题：自杀、冷漠、罪咎、绝对的恐怖。不过，他这样做时，却带着一种如此理智、适度、自如、和蔼而不失冷静的气质，以至使他与其他人迥然有别。他从流行的虚无主义的前提出发，然后——全靠了他镇静的声音和语调的力量——把他的读者带向那些人文主义和人道主义的结论，而这些结论无论如何也不可能从其前提得出来。这种从虚无主义深渊向外的非逻辑的一跃，正是加缪的才华，读者们为此对他感激不尽。这正是加缪何以唤起了读者一方的挚爱之情的原因。卡夫卡唤起的是怜悯和恐惧，乔伊斯唤起的是钦佩，普鲁斯特和纪德唤起的是敬意，但除了加缪以外，我想不起还有其他现代作家能唤起爱。他死于一九六〇年，他的死让整个文学界感到是一种个人损失。

每当人们谈到加缪，就把个人的、道德的和文学的评价混杂在一起。有关加缪的讨论，无一例外地都会对加缪作为一个人的美德和魅力颂扬一番，或至少暗含了颂扬。因而，要动笔写加缪，就得考虑是什么东西介入了他的作家形象与其作品之间，这相当于道德与文学之间的关系。这不仅是因为加缪自己常常向他的读者抛出道德问题（他所有的短篇小说、剧本和长篇小说都涉及一种有责任感的情感的经历，或涉及这种经历的缺失），还因为加缪的作品，就其仅仅作为一种文学成就而言，还没有重要到足以承担得起读者想要给予它的那种沉甸甸的褒奖。人们希望加缪是一个真正伟大的作家，而不仅仅是一个非常出色的作家。然而，他并不是一个伟大的作家。把加缪与乔治·奥威尔以及詹姆斯·鲍德温在这里作一番比较，或许颇有助益，后两位也是试图将艺术家的作用与公民的良知结合起来的大丈夫气的作家。奥威尔和鲍德温作为随笔作者都比其作为小说作者出色。这种不一致不见于加缪这个比他们重要得多的作家。然而，实际情形是，加缪的艺术常常服务于他在随笔中更完整地加以表述的某些理智观念。加缪的小说是图解性的、哲理性的。它并不十分关注它的人物——默尔索、卡利古拉、让·克拉芒斯、里厄医生——如它关注无知与罪孽、责任感与虚无主义的冷漠这些问题一样。他那三部长篇小说以及短篇小说和剧本全都具有一种单薄的、有点枯瘦的特征，这使得它们从艺术的标准看难以跻身于绝对一流作品之列。卡夫卡却不同，他的大多数小说尽管极具图解性和象征性，但同时也是想象力的自主行为，而加缪的小说却总是泄露出它在理智思虑中的源头。

加缪的那些随笔、政论、演讲、文学批评和报道又怎么样呢？它们是极为出色的作品，但加缪是一位具有重要性的思想家吗？答案为"不是"。不论萨特的某种政治同情心令英语国家的读者多么反感，他都给哲学的、心理的和文学的分析带来了一种富有感染力和原创性的思想。而不论加缪的政治同情心多么有吸引力，他都没有带来这种东西。他那些著名的哲理随笔（如《西绪福斯神话》、《反抗者》）不过是一个极有天赋和文采的模仿者的作品。加缪作为一个思想史家和一个文学批评家，其情形也好不到哪里去。加缪最出色的时候，是当他卸掉存在主义文化的包袱（尼采、克尔恺郭尔、陀思妥耶夫斯基、海德格尔、卡夫卡）、以他本人的声音说话的时候。这种情形出现在他反对死刑的那篇伟大的文章《论断头台》以及那些信笔写来的作品里，如对阿尔及尔、奥兰以及地中海地区其他一些地方的随笔描绘。

在加缪那里，既找不到最高质量的艺术，也找不到最高质量的思想。能够解释他的作品的非同寻常的吸引力的，是另一种类型的美，即道德之美，此乃二十世纪大多数作家无意以求的一种品性。其他作家或许更有立场，更有道德色彩，但他们在宣示其道德旨趣时，无一显示出比加缪更多的美、更多的说服力。不幸的是，艺术中的道德美——如人的身体美——是极其容易消失的。艺术美或智性美远远谈不上经久不衰。道德美易于迅速衰败，转眼就化作了警句格言或不合时宜之物。这种情形尤其频繁地发生在诸如加缪这一类作家身上，他们直接诉诸于一代人对人们在某个既定历史处境里应体现出怎样的楷模之举的想象。除非作家拥有一种非同寻常的艺术原创性库存，否则，在他死后，他的作品就有可能突然间被掏剥一空了。在少数人看来，还在加缪的有生之年，这种衰败就赶上了他。例如萨特，他在那场了结了他与加缪的著名友谊的著名争论中，残忍地、然而却坦诚地指出加缪随身携带着一个"便携式的台座"。随后，诺贝尔文学奖这个致命的荣誉找上了他。在加缪去世前不久，一位批评家就预言加缪将重蹈亚里斯泰迪斯的命运：我们可能会厌倦于听到他被人称为"正义者"。

也许，对作家来说，在读者中激起感激之情，总是危险的，感激之情是最强烈却也最短命的那些情感之一。但人们不能把这些不友好的评说仅仅当作以怨报德而不予考虑。如果说加缪道德上的严肃有时失去了吸引力，开始变得令人不快，那是因为它里面存在着某种智性上的弱点。人们从加缪身上感觉到，他有一种完全真实的、与历史相关的激情，正如人们从詹姆斯·鲍德温身上所感觉到的。但也正如鲍德温一样，加缪的这种激情似乎太容易蜕变为庄严的语言，蜕变为一种用之不竭的、自身流芳万古的华丽言辞。他所提供的那些用来缓和不可忍受的历史的或形而上的困境的道德律令——如爱、适度——太笼统，太抽象，也太巧于辞令。

在整整一代文学读者看来，加缪是一个生活在永恒的精神革命状态中的英雄人物般的作家。但他也是一个提倡这一悖论——文明化的虚无主义，承认限度的绝对反抗——并把这一悖论转化为成为良好公民的良方的人。多难弄懂的美德啊！在加缪的写作中，美德被迫同时去寻找与自己相称的行为和让自己站得住脚的理由。反抗也是如此。在一九三九年，在对那场刚刚爆发的战争进行思考的过程中，年轻的加缪在他的《日记》中打断自己的话，评论道："我为自己到目前为止还没找到正当理由的反抗寻找理由。"他的激进姿态比那些使他的激进姿态显得正当的理由跑得快。十多年后的一九五一年，加缪发表了《反抗者》。该书中对反抗的反诘同样是性情的一种姿态，是自我劝说的一种行为。

令人注目的是，虽然加缪性情高雅，他还是可以尽可能真诚地去行动，去作出真正的历史选择。应该记住，加缪在他短暂的一生中被迫作出了至少三次堪称典范的抉择——亲身参与法国抵抗运动，与共产党分道扬镳，在阿尔及利亚叛乱问题上拒绝采取立场——在我看来，在这三次选择中，有两次他表现得令人钦佩。加缪在他生命最后几年里的问题，并不是他变得有些宗教色彩了，或退入了资产阶级人道主义的严肃性里，或失去了他的社会主义的神经，而是他搬起自己的美德石头砸了自己的脚。充当公共良知的作家需要非同一般的神经和敏锐的直觉，像一个拳击手。过了不久，这些直觉能力势必衰退。此外，他也必须在情感上坚韧一些。加缪没有那么坚韧，不像萨特那么坚韧。我并不低估四十年代末众多法国知识分子放弃亲共立场时所拥有的勇气。作为一个道德评判，加缪的决定那时是对的，而且自斯大林死后，他也屡屡被证明在政治意义上是清白的。但道德评判与政治评判并不总能幸运地重合在一起。他在阿尔及利亚问题上痛苦地不能采取一个立场——作为一个阿尔及利亚人，同时作为一个法国人，他本来尤其有资格去谈论这一问题——是他的道德美德最后的、也是不愉快的证明。在整个五十年代，加缪一直表白说，他个人的忠诚和同情使他不可能作出决定性的政治评判。他悲哀地问道：为什么对一个作家要求这么多呢？当加缪坚持沉默的态度时，曾因共产主义问题而紧随加缪离开《现代》集团的梅洛-庞蒂，以及萨特本人，却双双在为那两份旨在抗议没完没了的阿尔及利亚战争的历史性声明书募集有影响的人物的签名。这真是一个尖刻的嘲讽：在政治观和道德观上大致与加缪相近的梅洛-庞蒂以及在政治上早在十年前就似乎与加缪分道扬镳的萨特，正在把法国有良知的知识分子引导到那个无法回避的立场上，那个惟一的立场，也是人人希望加缪采取的立场。

在莱昂内尔·阿贝尔数年前所写的一篇有关加缪某部著作的眼光犀利的书评中，他谈到加缪是一个体现了与诺贝尔奖条例迥然有别的诺贝尔奖情感的人。这说得恰如其分，而且并不意味着加缪的道德感中有某种伪善的成分。它意味着行动并不是加缪首先关切的东西。行动的能力，或克制行动的能力，是次于感觉的能力或感觉的无能的。与其说这是加缪所详尽阐发的那种理智立场，还不如说是对感觉的一种规劝——并不惜冒因此带来的政治无能的一切危险。加缪的作品显示出一种寻求某种境遇的性情，一些寻求高尚行为的高尚情感。实际上，这种脱节正是加缪的小说和哲理随笔的主题。在那里，人们发现了他对某种态度（高贵，禁欲，冷漠而又不失同情之心）的规定被拴在了对一些令人极为痛苦的事件的描绘上。那种态度，那种高贵的情感，并没有真正与事件联系在一起。它是对事件的超越，而不是对事件的反应，或事件的解决办法。加缪的生活和作品与其说涉及道德，不如说涉及道德立场的偶然性。这种偶然性正是加缪的现代性。而他以一种不失尊严的、男子气概的方式承受这种偶然性之苦的能力，正是令他的读者热爱他、钦佩他的东西。

我们再回过头来看这个人，这个如此为人厚爱却又知之甚少的人。加缪的小说中存在着某种脱离现实的东西；这一点也见于他那些著名随笔的冷淡、平静的腔调里。的确是这样，尽管他那些照片令人难以忘怀，显出一种随意的美。他嘴里老是叼着一支烟，无论身上穿的是战壕雨衣，套在领口敞开的衬衣外面的毛衣，或是日常服装。怎么看这几乎都是一张理想的脸：孩子气，英俊但又不特别英俊，瘦，粗糙，表情既认真又温和。谁都想认识这个人。

加缪自一九三五年到去世前所保留下来的日记，被辑录成三卷，即将出版。在第一卷《日记，一九三五——一九四二》[1]中，他的崇拜者们自然希望看到这些日记不会吝惜笔墨来谈论这个使他们感动的人及其著作。可我不得不抱歉地说，首先，菲利普·托迪的译文委实不敢恭维。很多地方都译得不准确，有时甚至严重曲解了加缪的原意。它显得笨拙，没有在英语中找到与加缪紧凑、随意、非常有说服力的风格对应的风格。此外，这个译本还带着一种冲鼻的学究气，这可能不会让有些读者反感，却惹恼了我（好奇的读者若想体会加缪著作在英语中的高妙，不妨看一看安东尼·哈特利两年前发表于《交锋》杂志上的准确而灵动的《日记》选译）。不过，任何译文，无论是忠实的，还是走样的，都不能使《日记》本来的兴味增一分，或减一分。这些日记并不是伟大的文学日记，如卡夫卡和纪德的日记那样。它们既没有卡夫卡《日记》中的那种使人激动的智性之美，又缺乏纪德《日记》中的那种文化上的复杂性、艺术上的勤奋以及人性的厚度。它们倒是堪与切萨雷·帕韦哲的《日记》相提并论，尽管缺乏后者的那种自我暴露、从心理上探幽掘秘的成分。

加缪的《日记》无所不包。它们是为他的写作预备的文学工作手册和问题汇编，草草记录着句子、偷听到的谈话片

---

[1] 阿尔贝·加缪：《日记，一九三五——一九四二》，菲利普·托迪译自法文，纽约，诺普夫出版社。

断、小说构思，有时甚至是日后将被整段整段挪入小说和随笔的完整段落。《日记》的这些部分只不过是些草图似的材料，因此我怀疑它们是否会让人大感兴奋，即便是对加缪小说的狂热爱好者而言，尽管托迪先生热心地提供了一些注释和对照，把它们与加缪已出版的那些著作扯在一起。《日记》还包含一些范围相当有限的杂七杂八的读书札记（斯宾格勒、文艺复兴史等）——写作《反抗者》时大量阅读的著作肯定没有记录在内——以及就心理和道德主题写下的一些箴言和思考。其中一些思考不乏胆量和技巧，值得一读，而且或许有助于驱散时下有关加缪的一个意象——依据这一意象，加缪乃是雷蒙·阿隆一类的人物，一个被德国哲学弄得晕头转向而太迟地转向盎格鲁-撒克逊的经验主义以及那种名之为"地中海"美德的常识的人。加缪的《日记》，至少是其中的第一卷，散发出一种被驯化了的尼采主义的宜人气息。年轻的加缪写作时像是一个法国尼采，尼采显得残酷的地方，加缪则显得忧郁，尼采显得肆无忌惮的地方，加缪却显得节制，尼采的语调个性而主观，近乎狂躁，而加缪的语调则不动声色、客观。最后，《日记》还充斥着显然具有非个人性特征的个人评论——人们或许更恰当地称之为"宣言"和"决议"。

  非个人性，这或许是加缪《日记》最显著的东西；这些日记具有如此反自传的色彩。我们阅读《日记》时，难得想起加缪是一个有着非常有趣的生活的人，说这种生活（不同于其他作家的生活）有趣，不仅是就内在方面而言，而且也是就外在方面而言。但这种生活鲜见于《日记》。没有片言只语提到他的家庭，尽管他与家庭保持着密切的关系。也根本没提到发生于这一时期的任何事件：他在队友剧院的工作、他第一次和第二次婚姻、他加入共产党以及他作为阿尔及利亚一家左翼报纸编辑的生涯。

当然，不必以日记的标准来衡量一位作家的日记。作家的日记有一种非常特别的用途：他在日记里一点点地树立自己的作家身份。通常，作家日记充斥着有关意志的表白：写作的意志、爱的意志、否弃爱的意志以及活下去的意志。日记是这么一个所在，作家在其中比他本人更有英雄气概。在日记中，他只以一个感觉的、受难的、抗争的人而存在。这就是为什么加缪《日记》中所有那些个人评论具有如此非个人性的特征、全然不提他生活中的人与事的原因。加缪写到自己时，只把自己当作一个离群索居之人——一个孤独的读者、窥淫癖者、阳光与大海的崇拜者、在世界游荡的人。在日记里，他更是一个作家。孤独，这是现代作家的意识之不可或缺的隐喻，不仅用来隐喻像帕维斯那样自诩的患情感不适应症的人，而且也用来隐喻加缪这样好交际的、难以忘怀社会的人。

因而，尽管《日记》吸引人去阅读，却没有解决加缪的永恒的道德境界的问题，或加深我们对作为人的加缪的认识。按萨特的话说，加缪"是一个人、一种行动和一部作品的可敬的结合"。如今，只有作品留了下来。不管人、行动、作品的这种结合在加缪成千上万的读者和崇拜者的理智中和心灵中曾经唤起过什么，它现在都不可能单由对作品的体验完整地复原出来。如果加缪的《日记》在他死后依然幸存下来，为我们提供了比了解加缪这个人更多的东西，那倒是一桩重大和幸运的事件，然而，不幸的是，它们并没有提供这些。

[一九六三]

米歇尔·莱里斯^①的《男子气概》

米歇尔·莱里斯出色的自传体记叙文《成人年龄》的译本于一九六三年问世时，一开始颇为令人迷惑不解。其英译本书名为《男子气概》，没有任何说明性的附言。^②英语读者无从知道莱里斯是一个重要的诗人，二十世纪二十年代巴黎超现实主义一代人的老资格的幸存者，而且是一个相当杰出的人类学家，现已年届六旬，出版过大约二十几本书，但无一被译成英语。美国版也没有说明《男子气概》并非莱里斯的近作——它实际上写于二十世纪三十年代早期，于一九三九年首度出版，一九四六年（那时该书已享有轰动一时的恶名）再版时附了一篇重要的序言性文章《文学之被视为斗牛》。尽管自传本身就能吸引人，即便我们此前对该作者并没有什么兴趣——或没有理由感兴趣——然而，莱里斯在我们这儿不为人知的事实，还是把事情弄复杂了，因为他的这本书很可以说是他个人经历的一部分，也是他毕生从事的工作的一部分。

一九二九年，莱里斯遭受了一场严重的心理危机，其中包括患上了阳痿,并进行了一年左右的心理治疗。一九三〇年他三十四岁时,开始写作《男子气概》。那时,他是一个诗人,深受阿波利奈尔和他的朋友马克斯·雅可布的影响;他那时已发表数卷诗作,其中第一卷是《幽灵》(一九二五);在他开始写作《男子气概》的同一年,他以超现实主义的风格创作了一部引人注目的长篇小说《奥罗拉》。然而,《男子气概》刚一动笔(直到一九三五年才完成),他就投身于一项新的事业——作为一个人类学家的事业。在一九三一到一九三三年间,他在非洲(达卡尔和吉布提)做实地调查旅行,一俟返回巴黎,就成了人类博物馆的工作人员,并在一个重要的主管职位上供职至今。这种令人称奇的转变——从波希米亚人和诗人到学者和博物馆官员——竟丝毫没有笔之于《男子气概》这本全然袒露隐私的自传。该书没有片言只语提到他作为诗人或人类学家的成就。人们有一种感觉,该书不能提到这些成就;若扯上这些成就的话,就会有损于它刻意制造的那种失意的印象。

  莱里斯没有给我们展示他的生活史,却提供了他的生活的一系列弱点。《男子气概》并不是以"我出生于⋯⋯"这样的句子开始的,它一开篇就如实地描绘起作者自己的身体来。在头几页我们就得知,莱里斯很早就秃顶了,眼睑患慢

---

① Michel Leiris(一九〇一—一九九〇),法国作家及人类学家。其作品执著地探索作者本人的脆弱、恐惧和幻想。——译者
② 米歇尔·莱里斯:《男子气概》,理查德·豪沃德译自法语,纽约,格罗斯曼出版社。

性炎症，性能力不足，得知他一坐下双肩就习惯性地耸起，独自一人时就习惯性地伸手去挠肛门处的痒痒，得知他小时候经历过不愉快的扁桃体切除手术，得知他的阴茎处曾遭受同样不愉快的感染；随后，我们得知，他患了疑病症，得知他在任何稍有一点危险的场合都胆小如鼠，得知他不能流利地说任何一种外语，在体育运动上自感遗憾地力不从心。对自己的性格，莱里斯也只拣弱点来说：他把它描绘为"被腐蚀的"性格，充满与身体、尤其是与女人有关的病态的、侵犯性的幻想。《男子气概》是一本关于失意的便览——以一个处于半麻木状态、好奇地触摸自己伤口的男人的口吻娓娓道来的秘闻、幻想、词语联想以及梦幻。

人们或许会把莱里斯这本书看作法国文学特有的那种对诚实的令人崇敬的执着劲儿的一个特别突出的例子。从蒙田的《随笔》和卢梭的《忏悔录》，中经司汤达的《日记》，一直到纪德、儒昂多和热内这些现代作家的忏悔录，法国的大作家们独一无二地一直致力于不动声色地表现私密情感，尤其是那些与性和野心有关的情感。以诚实的名义，并以自传体和小说体（如贡斯当、拉克罗斯、普鲁斯特）的形式，法国作家们一直在冷静地发掘自己的色情癖好，并琢磨着不动声色的写作技巧。正是这种由来已久的对诚实的执着——即不搀进情感表达——赋予了法国浪漫主义时期的大多数作品一种朴质色彩，甚至是某种古典风格。但仅仅以这种方式来看待莱里斯这本书，却不公正。《男子气概》比这一路数的作品显得更古怪，更严厉。莱里斯可比我们在法国自传性文献中看到的对乱伦情感、性虐待狂、同性恋、性受虐狂和粗俗乱交行为的袒露走得远得多，他袒露的东西令人作呕，让人反感。这并非说莱里斯的所作所为特别让人震惊。行动并非他之所长，此外，他的恶习只是一种冷静得可怕的感觉禀赋——更经常的是为人不齿的失败和缺陷，而不是骇人听闻的行为。这是因为莱里斯的态度不可救药地没有一丝一毫的自尊。正是缺乏自尊或自重，才令人反感。法国文学中所有其他的忏悔类作品都源自于自爱，并怀有一个清晰的目的，即为自己辩护或开脱。莱里斯厌恶自己，既不会为自己辩护，也不会为自己开脱。《男子气概》是一部名为自传、实为伤风败俗的书——是怯弱、病态、被损毁的性情的一连串自我暴露。因此，在叙述的过程中，莱里斯暴露自己的恶心之处，就并非偶然了。恶心之处，这是他这本书的主题。

有人或许会问：谁会看重这本书呢？无疑，《男子气概》具有某种作为临床文献的价值；它不乏为研究心理失常的专业学者所需要的那种知识。然而，如果该书不具备作为文学的价值的话，那它也不值得人们去关注。我认为它确有文学价值——尽管它本想以反文学的面目出现，像如此之多的现代文学作品那样（的确，众多的现代艺术运动都以反艺术的面目出现）。具有讽刺意味的是，正是对文学观念的这种反感才使《男子气概》——一部写得非常用心（尽管写得不美）、制作精细的作品——作为文学令人感到有趣。同样，也正是通过《男子气概》所暗含的对理性主义自我理解模式的摈弃，莱里斯才对这种模式有所贡献。

莱里斯在《男子气概》中所回答的那个问题，并不是一个理智问题。我们宁可称之为心理问题——法国人则宁可称之为道德问题。莱里斯并不想去了解自己。他写作《男子气概》，也不是为了获得宽恕或为人所爱。莱里斯写作此书，是为了吓一吓读者，从而从他们那里获得一种强烈情感的回赠——他需要这种情感，以使自己抵御那种他希望在读者那里唤起的义愤和厌恶。文学变成了一种心理技术学。正如他在序言性文章《文学之被视为斗牛》中所解释的，光是做一个作家，一个文人，还不够。这太乏味，了无生气。它缺乏危险。正如他所写到的，他必须去感觉与斗牛士的知识相当的东西，甘冒被牛角戳伤的危险。只有这样，写作才是值得的。但一位作家如何才能获得这种能激发斗志的致命危险感呢？莱里斯的答案是：通过自我暴露，通过不为自己辩解；通过亲自置身于火线，而不是通过制造文学作品，把自己客观化。然而，我们这些读者，这场血腥表演的旁观者，知道当它表演得不错时（想一想人们讨论斗牛时，是怎样把它当作一出极具美感和仪式性的剧目的吧）它就成了文学——无论它怎样否认自己是文学。

有一位作家，他出于自我撕裂和自我暴露的需要，对一种与莱里斯的方案类似的轻慢文学创作的方案颇为赞同。我说的是诺曼·梅勒。这些年来，梅勒一直把写作设想为一场血腥的体育运动（更经常地以拳击而不是斗牛的意象呈现），而且坚持认为，一个作家之所以比另一个作家更好，在于他胆量更大、冒险更多。正因如此，梅勒越来越把自己用作自己的文章和准小说的主题。然而，在梅勒与莱里斯之间，存在着巨大的差别，而且这些差别一眼就看得出来。对梅勒来说，这种对危险的狂热很多时候是以一种卑劣的方式出现的——如夸大症，如令人厌烦地与其他作家争高低。在莱里斯的作品中，却看不出他在意文学圈子，在意其他作家，即那些为最迷人的危险而你争我夺的公牛同侪（恰恰相反，差不多认识艺术圈里所有画家和作家的莱里斯，当他谈到朋友们的作品和为人时，总显得极为恭敬）。梅勒在自己的作品中最终显得更在乎成功，而不是危险；危险只不过是成功的途径。莱里斯在自己的作品中却显得压根儿不在乎成功不成功。梅勒在他最近的文章和公开露面中，把他的理想自我展示为一个颇具阳刚之气的文字工具；他总是在训练，在准备，好把自己从自己的火箭发射坪发射到一个高远的、美丽的轨道上；甚至他的失败也可以被转化为成功。莱里斯却只展示了自己的阳刚之气的受挫；在身体艺术上，他全然力不从心，因此就总是在训练，好消灭自己；甚至他的成功在他看来也不过是失败而已。也许在这里可以看出大多数美国作家的那种乐天派的、平民主义的性情与最出色的欧洲作家的那种极端疏远的姿态之间的重大差别。莱里斯是比梅勒更多主观性、更少意识形态性的作家。梅勒向我们展示他的个人痛苦和缺陷如何带来了他的公共作品的力度——并想让他的读者也加入到这一转化过程中。但莱里斯没有看出他的公共自我（事实上是颇为文雅高贵的）与他的私人缺陷之间有什么连续性。梅勒自我暴露的动机或许可描绘为精神（不用说这个词是世俗意义上的）的野心——一种想通过反反复复的磨难来证明自己的欲望——而莱里斯的动机却更为绝望：他希望去证明的，不是自己有没有英雄气概，而是压根儿没有英雄气概。莱里斯厌恶自己的身体方面的怯懦和笨拙。但他一点也不因自己丑陋的缺陷而开脱自己，似乎他希望的无非是让自己相信这个不如人意的身体——以及这个不合礼仪的性格——是确实存在的。莱里斯为世界的非现实感以及最终他自己的非现实感所困扰，想寻找一种强烈的、明确的情感。然而，像一个标准的浪漫主义者一样，莱里斯所认可的惟一情感是那种有死亡危险的情感。"刚才，在一种始料不及的苦涩中，我才意识到，为拯救我自己，我所需要的无非是某种热情。"他在《男子气概》中写道，"不过，这个世界上没有什么东西，我能为之献身。"对莱里斯来说，所有的情感都是致命的，否则就什么都不是。惟一真实的情感是那种被定义为有死亡危险的情感。从莱里斯的那些著作中，人们了解到他曾几度当真要自杀；可以说，对他而言，只有当生命被置于自杀的威胁下时，它才变得真实了。对文学职业来说也是如此。以莱里斯的眼光看，文学只有作为提升阳刚之气的途径或自杀的途径时，才有价值。

不用说，文学的价值不在于它的这两种用途。文学通常产生文学。不论《男子气概》中的自我暴露有何治疗价值，莱里斯对自己动手术的方式并没有随这本书而告终。战后，他的文学作品显示他并没有解决《男子气概》中提出的那些问题，相反，这些问题倒变得复杂了。在《游戏规则》的总标题下，莱里斯写了一些随笔，涉及儿时的感觉记忆、个人死亡意象、性幻觉、某些词语的联想意义——这是比《男子气概》更东拉西扯、更庞杂的自传性写作尝试。计划中的三卷本已出版两卷：《删》于一九四八年出版，《杂拌儿》于一九六一年出版。这些有嘲弄色彩的题目就已说明这都是些什么故事了。在《杂拌儿》里，人们又读到以前那种抱怨："如果我可以为之去死的爱情——或趣味——中一无所有，那我就只不过在搅动空荡荡的空间，一切都在自我消亡，这其中也包括我。"同一主题继续出现在他的近作《未名的活灰》中，这是一九五八年他试图自杀时作为"日记"而写的一组组诗，由他的朋友基阿柯莫蒂用线条画作插图。这似乎是因为，莱里斯面临的最大问题是他的情感始终单薄。他分散在他所有的作品里的那种生活，在那种他称之为"其他一切由之产生的厌倦的巨大容量"与那种由病态幻觉、儿时伤害的回忆、对惩罚的恐惧以及忐忑不安所构成的巨大负担之间被极化了。通过描述自己的弱点，他追求着他所恐惧的那种惩罚，希望在他自身中唤起一种前所未有的勇气。他给人们留下这样的印象，仿佛一个为了让自己的肺部吸进一点空气而鞭打自己的人。

然而,《男子气概》的语调肯定不是激烈的。莱里斯在该书的某个地方谈到他更喜欢英国服装,喜欢一种持重得体的衣着风格,"实际上带点僵硬的色彩,甚至是丧服的色彩——我相信,这倒非常适合我的性情。"这对他这本书的风格,倒是一个不错的描绘。他解释说,他在性倾向上的极端冷漠,使他对雌性的、液体的和情感的东西产生了一种深深的厌恶;他终生的一个幻觉是,他自己的身体变成了石头,变成了矿物,通体晶莹明澈。一切不动声色和冷漠的东西都吸引着莱里斯。例如,他为卖淫所吸引,因为它有一种作为仪式的特点,他解释说:"妓院就像是博物馆。"看起来他对人类学家的职业的选择,也是同一种趣味使然:他为原始社会极端的形式主义所吸引。这明显地见于莱里斯描述他为期两年的实地考察旅行的书《非洲之灵》(一九三四)中,也见于他的几篇出色的人类学专论中。莱里斯反映在《男子气概》中的冷漠、节制的风格中的那种对形式主义的热爱,可解释一种似是而非的悖论。因为,这个致力于无情自我暴露的人居然就面具在非洲宗教仪式中的作用写了一篇出色的专论(《贡德尔的埃塞俄比亚人中精灵附身仪式及其戏剧因素》,一九五八),这个把诚实观念推向痛苦的极致的人居然也以职业的眼光关心起暗语的观念来(《桑伽的多贡人的暗语》,一九四八),这肯定令人觉得不可思议。

《男子气概》语调的冷静——与该书主题的极为理智和

微妙一起——使该书在相当普通的意义上成了一本有吸引力的书，尽管我们对该书的其他特点可能感到厌烦，因为这些特点冒犯了众多的成见。除了那篇出色的序言性文章外，《男子气概》整个行文迂回曲折、绕来绕去、往复折回；在毫无理由打住的地方，它偏偏就打住；这一类的自我醒悟没完没了。该书没有什么情节变化，没有指向，也不提供最终结局或者高潮。《男子气概》是那些非常现代的只有被当作生活工程的一个部分方可全然理解的著作中的又一部新作：我们把它当作一个行动，一个继以其他行动的行动。这一类的文学通常是深奥的、晦涩的，有时是乏味的，它一个片断接一个片断，而每个片断，回想起来，都不构成作品整体的一部分。如今，把深奥和晦涩当作是那些极其密实的文学作品的一个可能的先决条件为之辩护，并非难事。但是，乏味怎么说？难道它也有正当的理由吗？我想，有时，它是有理由的（难道伟大的艺术有义务始终保持有趣吗？我想它没有这个义务）。我们应该承认对乏味的某种利用是现代文学的那些最有创造性的风格特点之一——正如那些从传统看来丑陋、肮脏的东西业已成为现代绘画的基本资源，而沉默（自韦伯后）业已成为当代音乐的积极性的、结构性的因素。

[一九六四]

作为英雄的人类学家

此一悖论无法解决：一种文化与另一种文化交流越少，它们就越不可能为对方所腐蚀；但另一方面，在这种情形下，这两种文化各自的使者也就越不可能掌握它们之间差异的丰富性和重要性。选择在所难免：要么，我作为一个在古代旅行的旅行者，面对一个奇异的景象，或许我几乎全然无法理解它，或许它让我确实感到好笑或者恶心；要么，我作为一个在自己时代旅行的旅行者，匆匆地寻觅着那已失去踪影的现实。在两种情形下，我都是一个失败者……因为如今，当我悲伤地走在现实的影子中时，我势必错失此刻正在成形的那个景象。

——摘自《热带的忧郁》

对我们这个时代进行极其严肃的思考，免不了要与那种无家可归感相抗争。历史变迁的非人性的加速所带来的人类体验的不可靠感，使每一个敏感的现代心灵都记录下了某种恶心、某种智力晕眩。治疗这种精神恶心的惟一方法，似乎是加深这种恶心，至少一开始是这样。现代思想被典押给了某种实用的黑格尔主义：在他者中寻找自我。欧洲在异域寻找自我——在亚洲，在中东，在那些还没发明文字的民族间，在一个神话中的美洲；疲惫不堪的理性在性麻醉或毒品的没有人情味的能量中寻找自我；意识在无意识中寻找意义；人文问题在科学"价值中立"和量化分析中寻找自身的解决之途。"他者"被体验为是对"自我"的严格的净化。然而，与此同时，"自我"却忙于把所有这些外来的体验领域殖民化。现代感受力摇摆于两种似乎彼此冲突但实际互相关联的冲动之间：屈从于异域、外国、他者；主要通过科学，将异域因素本国化。

尽管哲学家们对这种精神无家可归感的表达和认识有所贡献——而且，在我看来，也只有那些对此有所贡献的哲学家才吸引我们的兴趣——但体验这种痛苦的精神冲动的，主要是诗人、小说家以及少数画家，他们以自愿的疯狂、自我施加的放逐以及带有强迫症色彩的旅行来体验它。不过，还有其他一些同行们，他们的生活状况被用来作为异域的这种令人晕眩的现代吸引力的证明。康拉德在他的小说中以及T·E·劳伦斯、圣埃克絮佩里、蒙瑟朗等人在他们的生活和写作中创造了作为一种精神职业的冒险者职业。三十五年

反对阐释 | 093

前,马尔罗选择了考古学家的职业,去了亚洲。后来,克洛德·列维-斯特劳斯发明了一种全职的人类学家的职业,其精神寄托如同创造性艺术家、冒险家或心理分析家的精神寄托。

列维-斯特劳斯与上面提到的那些作家不同,他不是一位文人。他大多数作品都是学术性的,而且他总是被与学术界联系在一起。自一九六〇年至今,他一直担任着一个显赫的学术职位,即新设立的法兰西学院社会人类学教席,领导着一个庞大的资金充足的研究所。然而,他学术上的卓越以及他为别人提供资助的能力,几乎不是衡量他在法国当今知识生活中所占据的令人仰止的位置的合适尺度。在更为看重智力历险或智力冒险的法国,一个人既可以是专家,又可以是公众的知识方面的兴趣和争论的对象。在法国,几乎每一个月,在某个严肃的文学期刊或某个重要的公开讲座中,都会有一篇重头文章,来颂扬或攻击列维-斯特劳斯的思想和影响。除了那个不知疲倦的萨特以及那个差不多已沉默下来的马尔罗,列维-斯特劳斯是法国当今最令人感兴趣的知识"人物"。

到目前,列维-斯特劳斯在美国还鲜为人知。他一九五八年以《结构人类学》为题出版的由先前所写的一些有关人类学方法和概念的散篇结集而成的那本书以及一九六二年出版的《当今图腾崇拜》,去年在美国翻译出版。即将在美国出版的还有他的一个更有哲学色彩的论文集,题名《野性的思维》，以及一九五二年联合国教科文组织出版的他的一本小册子《种族与历史》，此外就是他就原始部落人群的亲族关系所写的那本出色的著作《亲族关系基本结构》（一九四九）。①其中一些作品把自己的读者假想为这么一些人，他们比普通的受过教育的读者更熟悉人类学方面的著作以及语言学、社会学和心理学方面的概念。不过，如果列维-斯特劳斯的著作全部被译成英语在美国出版，却只找到了一小撮专业读者，那将是一件大憾事。这是因为，从人类学的角度看，列维-斯特劳斯占据着那为数不多的既有趣又合适的知识地位之一——就这句话最宽泛的意义而言；而且，他的著作中有一部堪称杰作。我指的是那部无与伦比的《热带的忧郁》，该书一九五五年在法国出版时成了畅销书，但当它被译成英语并于一九六一年在美国出版时，美国人却令人汗颜地忽视了它。《热带的忧郁》是我们这个世纪最伟大的著作之一。它生动，细腻，思想大胆。它写得美。此外，正如一切伟大著作一样，它带着鲜明的个人印迹；它以人的声音说话。

表面看，《热带的忧郁》是事隔十五年后作者对其当初"实地考察"经历的记录，或更可谓之回忆。人类学家们乐于将实地考察比作为原始部落社会成员带来地位的那种青春期磨难。第二次世界大战前，列维-斯特劳斯的磨难是在

---

① 在一九六五年，列维-斯特劳斯出版了《生的与熟的》，这是对原始部落人群有关食物制作的"神话"的长篇研究。

反对阐释 | 095

巴西。他出生于一九〇八年,与萨特、波伏瓦、梅洛-庞蒂以及保罗·尼赞这些人同代,而且是同一个圈子。他在二十年代末期开始研习哲学,而且,与他那个圈子里的人一样,在外省的某个公立中学教了一段时间的书。由于对哲学不满意,他很快辞去了教职,返回巴黎学习法律,随后开始钻研起人类学来,一九三五年他以人类学教授的身份前往圣保罗。从一九三五到一九三九年,他利用大学十一月到次年三月的漫长假期,再加上长达一年的一段时间,在巴西内陆的印第安人部族中生活。《热带的忧郁》记录了他与这些部族的接触情况——如诺马蒂克族、杀传教士的兰比夸拉族和图匹-卡瓦依布族,这都是白种人从未见过的民族,还有把什物涂得色彩华丽的波罗罗族以及制作了大量抽象画和雕刻、讲究仪式的卡杜维奥族。然而,《热带的忧郁》之伟大,并不仅在于这种目光敏锐的报道,而在于列维-斯特劳斯利用他的经历的方式——他反思着风景的自然状态,反思着身体艰辛的意义,反思着新旧世界的城市,反思着旅行的观念,反思着日落,反思着现代性,反思着识字与权力的关系。这本书的钥匙是第六章《我怎样成了人类学家》,在这一章里,列维-斯特劳斯从自己的选择史中发现了一个案例,以此来研究人类学家们容易屈从的一种特别的精神危险。《热带的忧郁》是一部具有强烈个人色彩的书。像蒙田的《随笔》和弗洛伊德的《释梦》一样,它是一部精神自传,一部堪称典范的个人史,其中详尽阐明了对人类处境、全部感受性的整体看法。

《热带的忧郁》充满了那种基于深刻理解的同情，这使得其他有关那些前文字时代的民族的生活的回忆显得不自然、抵触、褊狭。但这种同情处处被一种来之不易的超然态度所调节。西蒙娜·德·波伏瓦在她的自传中回忆列维-斯特劳斯时，把他描绘成一个带着"超然的嗓音……和视激情为愚蠢之举的不动声色的表情"进行描述的年轻的哲学学生-教师。《热带的忧郁》并非唐突地以卢克莱修《物性论》中的一句箴言作开场白。列维-斯特劳斯的目标很接近于卢克莱修的目标，这个仰慕希腊文明的古罗马人鼓励把自然科学研究当作伦理的精神疗法的一种方式。卢克莱修的目标不是独立的科学知识，而是情感焦虑的缓解。他认为人被分裂成了两部分，一是性的快乐，一是情感失落的痛苦，并被宗教引发的那些迷信所折磨，被对身体的衰退和死亡的恐惧所困扰。对此，他荐以能使人学会超然、平和的明智处世之道的自然科学。对卢克莱修来说，科学知识是保持心理平正的方式。它是一种学习放弃的途径。

列维-斯特劳斯以一种卢克莱修式的悲观主义以及一种视知识为予人慰藉和必要的醒悟之物的卢克莱修式的观点来看待人。然而，对他来说，惑人的魔鬼是历史——而不是身体或欲望。本来具有神秘的匀称结构的过去在我们眼前断裂了，碎裂了。因而，热带地区陷入了忧郁。在白人传教士第一次到达兰比夸拉族部落的一九一五年，还有近两万左右裸体的、贫穷的、游牧的、漂亮的兰比夸拉人；但当列维-斯特劳斯一九三八年到达当地时，只剩下不到两千；如今，他们悲惨、丑陋、身患梅毒、濒临灭绝。但愿人类学带来历史焦虑的缓解。有趣的是，自十七岁起，列维-斯特劳斯就把自己描绘成了马克思的一个忠实门徒（"每当我着手处理一个社会学或文化人类学方面的问题前，我都会把《路易·波拿巴的雾月十八》或《政治经济学批判》重新读上一两页，以启动我的思考。"），而他自己的众多门徒据说都是前马克思主义者，他们投在他的门下，似乎是为了把虔敬之情献给过去的祭坛，因为它不可能献给未来。人类学成了讣告。"趁原始人还没消失，"列维-斯特劳斯及其门徒说，"让我们赶紧去研究他们吧。"

想到这些前马克思主义者——即哲学乐观主义者，如果存在过这种人的话——居然顺从于正在分崩离析的史前过去的忧郁景象，真让人觉得不可思议。他们不仅从乐观主义移入了悲观主义，而且从确定性移入了系统性的怀疑。因为，根据列维-斯特劳斯的看法，"怀疑之产生与孕育，乃一切文化人类学事业之始，此尤为哲学之态度。"在列维-斯特劳斯《文化人类学》为那些从业的人类学家制订的规划中，列入了笛卡儿的怀疑方法，作为一种永远铭记在心的不可知论。"这种'人类学方面的怀疑'不仅仅指知道自己一无所知，也指义无反顾地以自己的所知甚至是自己的无知来面对与自己最珍视的想法和习惯最相冲突的那些想法和习惯所强加的侮辱和拒绝。"

因此，成为一个人类学家，就是面对自身的怀疑、自身的知识不确定性采取一种非常灵活的立场。列维-斯特劳斯明示，对他来说，这是一种非常哲学的立场。同时，人类学调和着众多各个不同的个人要求。人类学是那种并不要求人们牺牲自身的男子气概的罕有知识行业之一。勇气、对冒险的热爱、身体的吃苦耐劳——以及头脑——全在吁求之列。它同样为异化感这种令人沮丧的智力副产品提供了一种解决方法。人类学通过将智力的疏离功能机构化来战胜它。对人类学家来说，世界从职业上被划分为"家里"与"外头"、国内与异邦、城市学术世界与热带地区。人类学家并不是一个中立的观察者。他是一个控制、甚至有意利用自己的精神异化的人。列维-斯特劳斯在《文化人类学》中将自己的职业称之为一种去国离乡的手段。他对现代科学"价值中立"的平庸准则信以为然。他所要做的是为这种中立性提供一种精湛而高贵的版本。实地调查中的人类学家——这已成为二十世纪意识的真正典范："在家是批评者"，但"在外是入乡随俗之人"。列维-斯特劳斯承认，这种具有反讽意味的精神状态使人类学家不可能成为一个公民。就自己的国家而论，人类学家已经在政治上消了毒。他不能寻求权力，他只能成为一种批判的、异议的声音。尽管列维-斯特劳斯自己在最宽泛和最法国味的意义上是左派中人（他在那份为反对阿尔及利亚战争而提议公民不服从的著名的《一百二十

反对阐释 | 099

一人宣言》①上签了名),但以法国标准来看他是一个对政治不感兴趣的人。在列维-斯特劳斯看来,人类学是从政治中脱身的一种手段;人类学家的行业要求一种深刻的超然态度。"他在任何地方都不能感到自己'在家';从心理上说,他将总是一个被截去肢体的人。"

当然,最早访问那些前文字时代的民族的人远不是一些超然之人。最初对后来被称作文化人类学的领域进行实地考察的人是传教士,他们热衷于从愚昧中拯救野蛮人,使其脱胎换骨,成为基督徒。让女人遮住乳房,让男人穿上裤子,把他们全都送进主日学校去念福音书——这,就是来自约克郡的而无表情的老处女和来自美国中西部的瘦骨嶙峋的农夫之子组成的宗教社团的目标。随后是世俗的人文主义者——这些不偏不倚、令人尊敬、持不干涉态度的观察者并不是来向野蛮人推销耶稣的,而是为了回去向西方资产阶级文学公众传布"理性"、"宽容"和"文化多元主义"。于是,在西

---

① 《一百二十一人宣言》原来的名字是《关于阿尔及利亚战争中拒绝权的声明》,是一九六○年秋发表于法国《真理—自由》上的一篇旨在反对法国针对其殖民地阿尔及利亚的战争的文章,在文章后面签名声援的人达一百二十一,几乎都是法国知识界的著名人物,如《世界报》随后的评论:"一百二十一位作家、大学界人士和艺术家签名发表了一份关于在阿尔及利亚战争中有权不服从的请愿书。"至于为何是一百二十一人(实际上没被列入签名者中的人还大有人在),热罗姆·兰东解释道:"这样会使请愿书显得漂亮。"很难说这一百二十一人都是左派,但法国知识界有一种左派政治传统,尽管这种传统已经从行动主义逐渐弱化为请愿书、抗议书等象征主义的形式。对那些更多出于自己的良知而非政治考虑的人来说,他可能在一系列的政治性请愿书和抗议书上签名,因而显示出某种政治行动色彩,但他可能仍是一个不关心政治的人,至少按法国标准来看。——译者

方出现了大肆消费人类学方面资料的消费者，如弗雷泽、斯宾塞、罗伯特·史密斯以及弗洛伊德，他们建立起一种理性主义的世界观。然而，人类学总是在与一种对其主题的强烈的、挥之不去的厌恶感作斗争。对原始人的恐惧（弗雷泽和列维-布留尔天真地表达了这一点）从来就没有离开过人类学家的意识。列维-斯特劳斯标志着对这种厌恶感的最大程度的克服。以列维-斯特劳斯的方式行事的人类学家是一种全新的类型。他不像近几代美国人类学家那样仅仅是一个不偏不倚的收集资料的"观察者"。他也没有个人打算——如像基督徒、理性主义者、弗洛伊德主义者或者其他什么人那样。本质上，他是在通过一种新奇的野心勃勃的精神净化行为来拯救自己的灵魂。

这样的人类学家是一个目击者——根据列维-斯特劳斯的看法，这正是人类学家与社会学家的区别所在。"人类学可以从纯理论的角度传授，这不过是一个幻觉。"（人们不禁疑惑，为什么一个像马克斯·韦伯这样的社会学家可被允许去写作有关古代犹太教或儒教中国的题目，如果一个像弗雷泽一样的人类学家不被允许去描绘菲律宾塔格巴奴阿人的活羊祭仪式的话？）为什么？因为，根据列维-斯特劳斯的观点，人类学像心理分析学一样是一个有强烈个人色彩的知识学科。该领域的魅力等同于申请精神分析师资格的人从事的训练性分析的魅力。列维-斯特劳斯写道：实地调查工作的目的，是"创造那种标志着人类学家训练的决定性

反对阐释 | 101

转折点的心理转变"。不是笔试，而是那些业已经历过相同的心理磨难的"该行业的有经验的成员"的评判，才能"根据实地调查工作的结果"决定一个申请人类学家资格的人"是否和何时完成真正能使他成为一个新人的那种内在转变"。

然而，必须强调，这种对人类学家职业的颇带文学色彩的描述——为保证系统地连根拔起而从事转世再生的精神冒险——为列维-斯特劳斯大部分著作中那种对毫无文学色彩的分析和考察的方法的强调所补充。《结构人类学》中他那篇有关神话的重要文章勾勒了分析和记录神话因素的一种方法，以便这些因素能被计算机处理。欧洲对在美国被称作"社会科学"的那些领域的贡献，在美国所享的名望甚低，因为它在经验性文献资料上不充分，因为它具有隐含文化批评的"人文主义"弱点，因为它拒绝将量化方法当作研究的基本工具。列维-斯特劳斯《结构人类学》中的文章自然避免了这种指责。实际上，列维-斯特劳斯不仅不蔑视美国人对传统问题采取精确的量化测量方法的偏好，甚至觉得这种方法不够复杂，或在方法论上不够生动。在某种程度上，列维-斯特劳斯以有损于与他有千丝万缕联系的法国学派（涂尔干、默斯及其追随者）的名望的代价，通过《结构人类学》中的那些篇什对美国人类学家们——尤其是洛维、波阿斯和克虏伯——的著作大加赞赏。①但最吸引他的还是经济学、神经病学、语言学和游戏理论的更有先锋色彩的方法论。对列维-斯特劳斯来说，人类学无疑必须是一门科学，而不是人文色彩的研究。剩下的惟一问题是怎样成为一门科学。"多少个世纪以来，"他写道，"人文学科和社会科学一直在自我退缩，视自然世界和精确科学为其永远无缘进入的一个天堂。"不过，最近，诸如雅可布森及其学派中人那样的语言学家已开启了通向天堂的一道门。语言学家们如今知道如何去重新阐释他们的问题，以使他们能够"获得一个由工程师所制造的机器，从事与自然科学实验完全相同的一种实验"，这种实验将告诉他们"假设是否经得起检验"。语言学家——还包括经济学家和游戏理论家——已经向人类学家展示了"一条凭借对具体资料的充分了解和熟悉而从混乱中摆脱出来的途径"。

---

① 列维-斯特劳斯在《热带的忧郁》中提到，尽管他长期以来熟知法国人类学家和社会学家的著作，但对他从哲学向人类学转变起了作用的，是他一九三四或一九三五年阅读的洛维的《原始社会》。"于是开始了我与英美人类学的长期的亲密关系……我开始以一个公开的反涂尔干学说者的身份出现，敌视把社会学用于形而上学用途的任何企图。

不过，列维-斯特劳斯让人明白，他认为自己是涂尔干-默斯传统真正的使者，至今仍毫不犹豫地认为自己的著作与马克思、弗洛伊德和萨特所提出的那些哲学问题有关。此外，就分析方法的层面而言，他充分意识到他从法国学者那儿获益匪浅，尤其是涂尔干和默斯合著的《论分类的某些原始形式》（一九〇一——一九〇二）以及默斯的《论赠与》（一九二四）。从前一本书里，列维-斯特劳斯获得了他在《野性思维》中有关原始人的分类学和"具体科学"的研究的出发点。在后一本书里，默斯提出了这么一种观点，即亲族关系、经济性交换与仪式性交换的关系、语言关系基本上属于同一类关系。列维-斯特劳斯从这本书里获得了一种方法，这在《亲族关系的基本结构》中极其充分地表现出来。他反复说，他从涂尔干和默斯那儿获得了"所谓原始思维就是一种量化思维"的关键性洞见。

反对阐释 | 103

因此，当人类学家把自己的目标设定为通过把自己的研究对象转换成纯粹形式的代码而征服它时，那他就不会为了证实自己作为城市知识分子的内在异化感而把自己交给异域。但对异域、对原始社会的那种暧昧感毕竟没有因此被克服，只不过提供了一种复杂的重新阐释。作为一个人，人类学家想拯救自己的灵魂。但他同时也致力于以一种高效率的形式分析方法——列维-斯特劳斯称之为"结构"人类学——来记录和了解自己的研究对象，而这种方法消除了所有个人体验的痕迹，并确实抹去了他的研究对象（即一个给定的原始社会）的人性特征。

在《野性的思维》中，列维-斯特劳斯称自己的思想具有"轶事与几何学"的色彩。《结构人类学》中的那些文章大体显示了他的思想的几何学色彩的一面；它们是把一种严格的形式主义运用于那些传统主题的尝试——例如亲族关系、图腾崇拜、青春期仪式以及神话与仪式的关系等等。一场大清扫行动正在进行中，而清扫一切的那把扫帚是"结构"这个观念。列维-斯特劳斯与那种他称之为英国人类学"自然主义"倾向、以诸如马林诺夫斯基和拉德克里夫-布朗这些顶尖人物为代表的东西断然划清界线。英国人类学家一直是那种把不同习俗阐释为创造普遍社会目标的不同策略的"功能分析"最坚定不移的支持者。因而，马林诺夫斯基认为，对某一单个的原始社会的经验观察有可能使我们了解出现于所有社会的那些"普遍动机"。在列维-斯特劳斯看来，这不过是胡话。人类学的目标只能是去了解其本身的研究对象，而不是其他。从人类学方面的材料里不能推演出任何东西，可资心理学或社会学之用，因为人类学很有可能不能获得它所研究的那个社会的全部知识。人类学（即"结构"而不是"功能"的比较研究）既不能成为描述性科学，也不可能成为演绎性科学；它全神贯注于一个社会之区别于另一个社会的那些形式特征。它对［原始社会的］生物学基础、心理学内容或结构、习俗的社会功能没有兴趣。因而，举例来说，当马林诺夫斯基和拉德克里夫-布朗提出生物关系乃各种亲族关系之始、之模型时，诸如列维-斯特劳斯这样的步克庞伯和洛维后尘的"结构主义者"则强调亲族关系规则的人为性。他们宁可从那些把数学处理方法纳入其中的观念来讨论亲族关系。简而言之，列维-斯特劳斯及结构主义者们宁可把社会看作是一种并不存在惟一一种正确玩法的游戏；不同的社会赋予游戏者以不同的动机。人类学家只能把仪式或禁忌当作一系列的规则，而根本不在意"那些依据这些规则进行游戏的游戏者（无论是个体，还是群体）的天性"。列维-斯特劳斯分析原始机构和信仰时最乐于使用的一个隐喻或模型是——语言，而人类学与语言学之间的类比则是《结构人类学》中那些文章的首要主题。根据列维-斯特劳斯的见解，所有行为都是一种语言，是一种有序的词汇和语法；人类学除了证实对秩序本身的需要外，并不证实任何有关人性的东西。在宗教与社会结构的关系中并不存在什

反对阐释 | 105

么普遍真理。只存在着显示一个研究对象相对于另一个研究对象的差异性的模型。

对一般读者来说，列维-斯特劳斯理论上的不可知论最令他们吃惊的例子，是他对神话的看法。他把神话当作心理的纯形式运作，没有任何心理内容，或与仪式没有任何必然关联。特定的叙事被揭示为对社会游戏规则的描述的逻辑设计，或可能是这些规则的软化（当这些规则引起了紧张状态或者冲突时）。对列维-斯特劳斯来说，神话思想的逻辑与现代科学的逻辑一样严格。惟一的差别在于，神话的逻辑被运用于不同的问题。列维-斯特劳斯与他在原始宗教理论领域最著名的对手梅西亚·埃里亚斯相反，认为赋予内容以形式的心灵活动对一切心灵来说都基本相同，无论是古人，还是现代人。列维-斯特劳斯没有看出在现代"历史"社会的科学性思维与前历史共同体的神话性思维之间存在什么质的差别。

对列维-斯特劳斯来说历史以及历史意识观念所具有的那种魔化特征，在他的《野性的思维》的最后一章即对萨特的精彩而恶毒的攻击文字中，最出色地显露出来。列维-斯特劳斯用来攻击萨特的那些观点，并未使我信服。但我应该说，列维-斯特劳斯是自梅洛-庞蒂去世以后对萨特存在主义和现象学的最妙趣横生、最有挑战性的批评家。

不仅就思想而言，而且也就整个感受力而言，萨特都与列维-斯特劳斯形成对照。萨特显示出哲学上和政治上的武断作风以及永不衰竭的才智和复杂性，常常具有一个狂热分子的举止（常常是糟糕的举止）。完全恰如其分的是，最能引发萨特巨大热情的作家是让·热内，一个让自我抹去了一切客观叙述的巴罗克式的、好说教的、傲慢无礼的作家，其书中人物无异于仍处在自淫阶段的生物体，他自己则是游戏和奸计的大师，具有一种丰富的、过于丰富的风格，塞满了隐喻和别出心裁的比喻。但在法国思想和感受性中，还存在另一种传统——对冷漠的膜拜以及几何精神。这种传统体现于一些新小说家身上，例如纳塔丽·萨洛特、阿兰·罗伯-格里耶以及米歇尔·布托尔，他们在追求一种无穷无尽的精确性上，在素材的狭窄和干枯以及风格的冷漠和纤毫毕现上，与热内大相径庭，也体现于一些电影导演身上，如阿兰·雷乃。这种传统——我将列维-斯特劳斯置于其中，正如我把萨特与热内搁在一起——的配方是怜悯和冷漠的混合物。

正如"新小说"和电影的形式主义者一样，列维-斯特劳斯对"结构"的强调，他的极端的形式主义和知识上的不可知论，被鼓动来对付一种巨大的然而被完全克制着的怜悯。有时，这样做的结果，是产生了一部类似《热带的忧郁》的杰作。该书的书名显得颇为轻描淡写。热带地区不只是忧郁而已。它处在痛楚中。该书对强奸的恐怖以及对到处都在发生的前文字民族的最终的、无可挽回的毁灭——此乃列维-斯特劳斯该书的真正主题——的描述，都隔着一定的

反对阐释 | 107

距离，即十五年前个人体验的距离，而且带着一种对感觉和事实的自信，从而使读者的情感多少感到自在。但在列维-斯特劳斯的其他著作中，这位眼光透彻、深感痛苦的观察者却被理论的严谨性所控制和净化。

列维-斯特劳斯以罗伯-格里耶否弃小说的传统经验内容（心理学和社会观察）的相同方式，把"结构分析"的方法运用于经验人类学的传统材料。习俗、仪式、神话、禁忌都是一种语言。正如在语言中，用来组成词语的那些声音本身毫无意义一样，习俗、仪式或神话的各个构成部分本身（据列维-斯特劳斯看来）也没有意义。当他分析俄底浦斯神话时，他坚持认为该神话的各个部分（迷路的孩子、十字路口的长者、娶母、弄瞎眼睛等等）分开来看毫无意义。只有当所有这些部分被一起置于一个整体的语境中时，它们才获得一个意义——即一个逻辑模型所拥有的意义。这种知识上的不可知论的确达到了匪夷所思的程度。人们无需动用弗洛伊德或者社会学对神话的构成因素的阐释来反驳它。

然而，对列维-斯特劳斯的任何严肃的批评，都必须正对这一事实，那就是列维-斯特劳斯的极端形式主义最终不过是一种道德选择，是（更令人惊讶）一种有关社会完善的看法。作为一个偏激的反历史主义者，他拒绝对"原始的"社会和"历史的"社会进行区分。原始人有历史，但这种历史不为我们所知。他在攻击萨特时说，历史意识（原始人所不具备的东西）并不是意识的一种优越形式。只存在他富于启迪性地称作"热"社会和"冷"社会这两种社会。所谓"热"社会,即现代社会,为历史进步的魔法所推动。所谓"冷"社会,即原始社会,静止,明澈,和谐。对列维-斯特劳斯来说,乌托邦或许是对历史高烧的一种降温。在法兰西学院的就职演讲中,列维-斯特劳斯勾勒出了一种有关自由的后马克思主义观点,认为人最终将摆脱进步的强迫,摆脱"那种由来已久的为使进步成为可能而以历史来奴役人的符咒"。然后,

> 历史才会被搁置在一边,而被置于历史之外和历史之上的社会则能再度呈现出那种正常的、准晶状的结构——那些保存得最好的原始社会告诉我们,这种结构与人性无相悖逆。社会人类学正是在这种公认的乌托邦看法中找到了自己存在的最正当的理由,因为人类学所研究的那些生活形式和思想形式将不再仅仅具有历史的和比较的兴趣。这些形式将对应于人的一种永恒可能性,社会人类学负有监督这种可能性的使命,尤其是在人的最黑暗的时代。

人类学家因而不仅是原始人的冷世界的哀悼者,而且也是其监护人。他在阴影中悲叹,力图把古代与伪古代区分开来,体现着一种颇有英雄气概的、煞费苦心的、复杂的现代悲观主义。

[一九六三]

乔治·卢卡奇的文学批评

匈牙利哲学家和文学批评家乔治·卢卡奇是当今生活在共产主义世界边界内的一位老资格的人物，而他所表述的那一种马克思主义，却可能受到聪明的非马克思主义者的认真对待。

我不认为（如许多人那样）卢卡奇所表述的马克思主义是马克思主义在当今最有趣或最可信的形式，他也不是（如他一直被称呼的那样）"马克思之后最伟大的马克思主义者"。然而，毫无疑问，他有一种特别的卓越之处，对我们有一种特别的吸引力。他不仅是东欧和俄罗斯的新的思想觉醒运动的导师，而且长期以来在马克思主义圈子之外一直颇受看重。例如，他早期的一些著作成了卡尔·曼恩海姆的众多思想（有关艺术、文化和知识的社会学）的来源，并且通过曼恩海姆影响了整个现代社会学；他对萨特也产生了巨大的影响，并经由萨特影响了法国的存在主义。

他一八八五年出生于匈牙利一个新近被册封为贵族的犹太银行家家庭，一出生就叫格奥尔格·冯·卢卡奇。[①] 从一开始，他的智力生涯就卓尔不凡。当他还是十几岁的孩子时，他就开始撰写演讲辞并进行公开演讲，成立了一个剧社，并创办了一家自由派报纸。当他负笈前往德国，在柏林大学和海德堡大学就读时，他的聪颖令他的伟大的老师马克斯·韦伯和格奥尔格·席美尔着实吃了一惊。他的主要兴趣在文学，但他对一切其他东西也感兴趣。他写于一九〇七年的博士论文是《悲剧的形而上学》。他第一本重要著作，是写于一九〇八年的两卷本的《现代戏剧发展史》。一九一一年，他发表了文学论文集《心灵与形式》；一九一六年，又发表《小说理论》。在第一次世界大战期间的某个时候，他从作为他最早的哲学观的新康德主义转向了黑格尔哲学，再转向马克思主义。他于一九一八年加入了共产党（从此舍弃了姓氏前的"冯"）。

从此时起，卢卡奇的生涯就成了这么一种自由知识分子所遇到的种种困境的绝妙证明：他把自己献给了一种越来越具有封闭体系特征的观点，此外，他生活在一个带着极为阴沉的表情来看待知识分子的言论和著作的社会。这是因为，

---

① "一出生就叫格奥尔格·冯·卢卡奇"的意思是，他一出生便是贵族，名字中间的"冯"是贵族标志。不过，从生平而不是隐喻的角度说，格奥尔格·冯·卢卡奇并不是他出生时的名字，因为他出生时双亲给他取的是匈牙利语名字"György"（格奥尔吉），而不是后来更有德国色彩的"Georg"（格奥尔格，本译文采用国内对卢卡奇一名的通译，即"乔治·卢卡奇"）。此外，他的家族以前也不姓匈牙利语的"Lukács"（卢卡奇），而是德语的"Lowinger"（卢文格尔），是他的父亲自己改动的。在那个时代，犹太人往往改变自己的姓名，消除其原初的犹太色彩或外国色彩，以融进所居国的风俗和文化。——译者

从一开始，卢卡奇对马克思主义理论的阐释就是自由的，带有探询意味。

入党后不久，卢卡奇就参加了革命，这是他平生两次参加革命的第一次。他返回匈牙利，于一九一九年成了为时不长的贝拉·库恩共产党专制政府的教育部长。库恩政权被推翻后，卢卡奇逃到了维也纳，在那儿客居了十年。他这一时期最重要的著作是一部探讨马克思主义理论的哲学论著，即现在几乎已名扬四海的《历史与阶级意识》（一九二三）——在他的全部著作中，或许这一部著作最受非马克思主义者的敬重，而该著作一问世，他就随即受到了来自共产主义运动内部的言辞激烈的、持续不断的攻击。

围绕这部著作的争论，标志着卢卡奇在流亡维也纳的那些年头里进行的与库恩争夺匈牙利共产党领导权的斗争失败了。在遭受上至列宁、布哈林和季诺维也夫，下至各色人等的整个共产主义世界的攻击后，他被赶出了匈牙利共产党中央委员会，并被剥夺了《共产主义杂志》的编辑之职。然而，在整个这段时间内，卢卡奇一直在为自己的著作辩护，态度坚决，拒不悔改。

随后，在一九三○年，在柏林呆了一年后，他前往莫斯科，在著名的马恩学院（其杰出的院长 N·里亚扎诺夫将在三十年代后期的大清洗中失踪[①]）以工作人员的身份从事为

[①] "失踪"（disappear）这个词有一种特定的恐怖政治时代色彩，在苏联三十年代末期的政治大清洗中，当一个持不同见解的人或任何被怀疑有不同见解的人被秘密警察带走、从此不见踪迹时，亲友们就说他"失踪"了，仿佛他是自己走失的，因为亲友们不敢说是谁使他失踪的。"disappear"一 （转下页）

期一年的研究工作。这一时期卢卡奇在主观上到底发生了什么，我们不得而知。我们只知道一些事实：他一九三一年返回柏林后，又于一九三三年重返莫斯科，那时希特勒正好上台；同年，他以最卑躬屈节的词语公开否定《历史与阶级意识》以及他先前所有的著作，说它们受了"资产阶级唯心主义"的污染。

卢卡奇以避难者的身份在莫斯科继续生活了十二年；甚至在他公开认错以后，在他屡屡尝试把自己的著作进一步与正统马克思主义保持一致以后，他仍遭冷遇。但不管怎样，他不像里亚扎诺夫那样没有躲过可怕的大清洗。他写得最出色的那些著作中，有一本写于这个时期，即《青年黑格尔》（写于一九三八年，但十年后才发表），写于这一时期的另一本著作是《理性的毁灭》（一九四五），一部以反对现代哲学为主题的微不足道、过于简单化的小册子。①这两部著作之

（接上页）词通常是一个不及物动词，具有"自己消失"的色彩，然而，那些被秘密杀害的人并不是自我消失的，因此，这个词的被动语态用法（be disappeared），才显示出一种既神秘又恐怖的色彩，因为一个人"被消失"，却没有由"by"（被……）引导的施动者出现，仿佛那不是一个具体的人，而是一种可怕的不可名状的黑暗暴力，像河底的那些深不可测的暗洞，它们形成一种强大的吸力，悄悄吞没水中的浮游生物，而水面上却依然保持平静。——译者

① 原文此处可能有误。卢卡奇写作《理性的毁灭》，是在一九四五年从莫斯科重返匈牙利之后，而该作完成的时间是一九五二年，并于两年后（一九五四）用德文在布达佩斯出版（参阅卢卡奇《卢卡奇谈话录》、G·H·R·帕金森所著的传记《格奥尔格·卢卡奇》以及卢卡奇《理性的毁灭》一九五四年版的序言）。考虑到《理性的毁灭》是一本大部头，而不是"小册子"，那桑塔格可能是指卢卡奇在莫斯科时期所写的类似这部后来著作的提纲的东西。——译者

间形成的对照，典型地体现了卢卡奇后期著作在质量上的大起大落。

一九四五年，当战争结束、共产党又重新在匈牙利当政后，卢卡奇永远地回到了故土，在布达佩斯大学教书。在后一个十年他所写作的著作中，有《歌德及其时代》（一九四七）和《托马斯·曼》（一九四九）。随后，在七十一岁的高龄上，他不可思议地、非常感人地再度投入到革命政治中，成了一九五六年革命的领导人之一，并被任命为伊曼尔·纳吉政府的文化部长。革命被镇压后，他被放逐到罗马尼亚，并被软禁起来，四个月后获准返回布达佩斯，恢复教书职业，并可继续在国内和西欧发表著作。人们可能会想，大概多亏了他的一大把年纪和巨大的国际名声，卢卡奇才免遭伊曼尔·纳吉那样的命运。不管怎样，在那次革命的领导人中，只有他才幸免于审判和公开认错。

革命后不久，他发表了《当代现实主义》（一九五六），而上一年，他发表了读者盼望已久的《美学》，发表的是该书第一部分，由两大卷组成。他继续受到文化官僚和老一辈共产党批评家的攻击，尽管攻击更多地来自东德等地而不是来自处在越来越显示出自由主义色彩的卡达尔政权下的匈牙利。由于人们对马克思早期著作发生了新的兴趣，卢卡奇的早期著作（他对这些著作仍激烈地予以否定）也在英国、西欧和拉丁美洲——他的著作被广泛地翻译成法语和西班牙语——越来越为人们所研究；而对东欧的许多新一代知识分子来说，在对斯大林主义思想与实践的谨慎小心、然而不可阻挡的摒弃中，卢卡奇的后期著作成了一块试金石。

显然，卢卡奇有着一种能使自己在个人和政治两方面幸存下去的巨大才能——这就是说，对众多不同的人意味着众多东西的那种才能。实际上，他在一个不能容忍知识分子处在边缘位置的社会里，完成了一项难度颇大的业绩，即同时置身于边缘和中心。然而，要做到这一点，他不得不在这种或那种形式的放逐中消耗大量的生命。我已经谈到过外部的放逐。但还存在着一种内部的放逐，明显地见于他对所要撰述的主题的选择。卢卡奇最全神贯注的作家是歌德、巴尔扎克、司各特和托尔斯泰。由于他的年纪以及他所拥有的在共产主义文化准则出现前形成的一种感受力，卢卡奇能够通过从现代（从精神上）移民出去而保护自己。惟一得到他无保留的赞许的现代作家，是那些基本上延续着十九世纪小说传统的作家——曼、高尔斯华绥、高尔基以及罗歇·马丁·杜伽尔。

但这种对十九世纪文学和哲学的关注，并不仅仅是一种美学选择（正如从马克思主义——或基督教、柏拉图——的角度看，的确不存在纯美学的选择）。卢卡奇据以评判当代的标准，是一个道德标准，而且值得注意的是，这一标准取自过去。当卢卡奇谈到"现实主义"时，他所指的就是对过去的看法的整体性。

卢卡奇从现代部分地移民出去的另一种方式，是对写作语言的选择。他的著作中，只有早期的那两部著作用的才是匈牙利语。其他著作——约三十本书和五十篇论文——使用的是德语；在当今的匈牙利若继续使用德语写作，肯定是一个颇遭非议的行为。通过全神贯注于十九世纪文学，通过顽固地把德语留作自己的写作语言，身为共产党员的卢卡奇坚持主张欧洲的、人文主义的价值——与民族主义和教条主义的价值相对立；尽管他生活在一个具有小地方色彩的共产党国家里，但他一直是一个真正的欧洲知识界人物。不用说，对他的了解，在我们这里［指美国——译者］来得太迟了。

或许令人遗憾的是，本来是想让美国公众对卢卡奇有所了解的这两本书，全是文学批评著作，而且全属于卢卡奇"后期"而不是"早期"的作品。① 《欧洲现实主义研究》是一本论文集，共收录八篇论文，主要研究的是巴尔扎克、司汤达、托尔斯泰、左拉和高尔基。这些文章写于三十年代末期的俄罗斯，时逢政治大清洗，不免带上了那个可怕的时期的痕迹，这显示为数段充满粗鲁政治色彩的文字；卢卡奇到一九四八年才将它付梓。《当代现实主义》的篇幅比前一本书短小，写于五十年代，在风格上也不那么学究气，倒更活泼一些，论点更直截了当；在《当代现实主义》的那三篇论文中，卢卡奇对当代文学的选择方向作了评论，拒绝"现代

---

① 《欧洲现实主义研究》，厄蒂斯·波恩译，纽约，格罗塞特-敦拉普出版社。《当代现实主义》，约翰·芒德尔、内克·芒德斯合译，纽约，哈泼出版社。（《托马斯·曼》于一九六四年在英国翻译出版。卢卡奇写于一九三六年的《历史小说》，目前也在翻译中。）

主义"和"社会主义现实主义",而赞成他所说的那种"批判现实主义"——这基本上是指十九世纪小说传统。

我之所以说选择这两本著作或许令人遗憾,是因为,尽管它们十分容易理解,好读,不像卢卡奇的哲学著作那样晦涩难懂,但我们却会因此把卢卡奇仅当成一个文学批评家。作为文学批评家的卢卡奇有什么内在价值或内在特征?赫伯特·里德爵士对他赞不绝口;托马斯·曼称他为"当今最重要的文学批评家";乔治·斯泰纳认为他是"我们这个时代惟一重要的德语文学批评家",而且声称"在其他批评家中,惟有圣伯夫和爱德蒙·威尔逊方能与卢卡奇[对文学]的反应的广度匹敌";阿尔弗雷德·卡赞毫不含糊地把他看作是十九世纪小说伟大传统的一个才华横溢、眼光犀利、十分重要的向导。不过,眼前的这两本书能担当得起这些评价吗?我不认为如此。实际上,我甚至怀疑目前出现的这种卢卡奇时髦——大量涌现的文章,诸如乔治·斯泰纳和阿尔弗雷德·卡赞为这两个英译本所写的序言,起了推波助澜的作用——其激发因素,更多的是文化方面的善良意愿,而不是严格的文学标准。

要赞同卢卡奇的这些拥护者并不难。为抗议十多年来使人们无法认真讨论马克思主义的那种冷战时期的僵化作风,我也愿意在证据不足的情况下给予卢卡奇以肯定的评价。但我们可能对"后期的"卢卡奇太慷慨了,不惜不从整体上对他加以认真对待,不惜以美学方式对待他的道德热情,视之为一种风格而不是一种思想，以此来巧妙地保护他。我自己则愿意相信他所说的话。可是，卢卡奇拒绝考虑陀思妥耶夫斯基、普鲁斯特、卡夫卡、贝克特以及几乎全部的现代文学，这一事实又是怎么回事？如斯泰纳在英译本前言中所评说的，"卢卡奇是一个激进的道德主义者……像维多利亚时代的批评家……在这个伟大的马克思主义者身上，隐藏着一个老派的清教徒"，以这种方式来评说卢卡奇，简直太不恰当了。

这一类使得众所周知的那些激进主义温驯化的浅薄而时髦的评论，等于是在放弃判断。只有当人们一开始就对知识怪杰有一套先人之见，那发现卢卡奇——如马克思和弗洛伊德——在道德上颇为传统，甚至彻头彻尾地拘谨，才是有趣的或有吸引力的。关键在于：卢卡奇的确是把文学当作道德论题的一个分支。他对待文学的这种方式是不是有道理，是不是充分？它容得下敏感的、有识别力的和真正的文学判断吗？至少我发现卢卡奇三十年代、四十年代、五十年代的著作不是因他的马克思主义而是因他的论点的粗糙而大为逊色的。

当然，每一个批评家都有权做出错误的判断。但某些判断失误却表明整个感受力的急剧衰落。一个著作家——如卢卡奇所做的那样——把尼采仅仅当作纳粹主义的先驱而不予考虑，又批评康拉德不能"描绘生活的整体"（"康拉德其实是一个短篇故事作者，而不是一位长篇小说家。"），就不仅犯了孤立判断之错，而且提出了一些令人不敢苟同的标准。

正如卡赞在其序言里似乎暗示的那样，我也不同意这一点，即无论卢卡奇错在什么地方，但他正确的地方却颇有说服力。十九世纪的现实主义的小说传统或许令人钦佩，但卢卡奇提出的钦佩标准却没有必要粗劣。一切都取决于卢卡奇所说的"批评家的职能是揭示关系，意识形态（就世界观的意义而言）与艺术创造之间的关系"这一看法。卢卡奇执着于某一非常粗劣版本的模仿论。一本书是"描绘"；它"描写"，它"描绘一幅图画"；艺术家是"发言人"。小说的伟大现实主义传统没有必要以这种言辞来进行辩护。

读者所看到的这两本书，所谓"后期"著作，缺乏智力上的精致细腻。在这两本书中，《当代现实主义》要好得多。尤其是该书第一篇论文《现代主义的意识形态》，是一篇有说服力的、在很多方面都显得出色的攻击文字。卢卡奇的论点是，现代主义文学（他把卡夫卡、乔伊斯、莫拉维亚、本恩、贝克特和其他十几个人全都归于这一范畴）实际上具有寓言特征；他进而去发掘寓言与对历史意识的拒绝之间的关联。第二篇论文《弗朗茨·卡夫卡或托马斯·曼？》是对同一论点的更粗糙、更乏味的重述。最后一篇《批判现实主义与社会主义现实主义》从马克思主义的角度否定作为斯大林时代的组成部分的那些拙劣的艺术信条。

但即使是这本书，在许多方面也令人失望。第一篇论文中关于寓言的观点，建立在瓦尔特·本雅明后期的观点上，

反对阐释 | 119

书中大量引用了本雅明那本有关寓言的著作，而这些引文却跃然纸上，成了比卢卡奇本人的写作和推理方式更为精致的一种写作和推理方式的范例。具有反讽意味的是，死于一九四〇年的本雅明曾是受"早期"卢卡奇影响的批评家之一。然而，撇开反讽不谈，事实是，本雅明是一个伟大的批评家（他才是配得上"我们时代惟一重要的德国文学批评家"这一称号的人），而"后期"的卢卡奇却不是。本雅明向我们显示了卢卡奇本该成为怎样的一位文学批评家。

诸如法国的萨特这样的作家以及除本雅明外还包括西奥多·阿多诺、赫伯特·马尔库塞这些极其卓越的成员在内的德国学派的新马克思主义批评家，都发展了马克思主义（更确切地说，是激进的黑格尔主义）的观点，把它当作一种能够对现代文学的至少某些方面作出公正评价的哲学和文化分析方法。必须把卢卡奇与这些批评家加以比较，发现其欠缺之处。我对导致卢卡奇美学感受力倒退的那些理由和经历表示同情，甚至对他持之以恒的道德化倾向以及他为抑制意识形态的庸俗倾向而勇敢地肩负起的意识形态重担表示敬意。但正如我既不能接受卢卡奇的趣味的智力前提，也不能接受由这种趣味导致的后果以及他对当代最伟大的文学作品的全盘的非难一样，我也不能假装没有看到这些因素使他后期的整个批评作品变得低劣。

对卢卡奇的新的美国读者来说，最有利于卢卡奇的或许是翻译他的早期作品，如《心灵的形式》（其中包含他论述悲剧的论文),《小说理论》,当然也还有《历史与阶级意识》。除此之外,最利于马克思主义艺术观中所固有的那种活力和视野的或许是翻译我上面所提到的那些德国和法国的批评家的作品——尤其重要的是本雅明的作品。只有当所有这些人的重要作品被放在一起加以理解的时候,我们才能确切地评价马克思主义,把它作为一种关于艺术和文化的重要观点。

[一九六四]

附笔:

卡尔·曼恩海姆在他关于卢卡奇《小说理论》一书的书评(发表于一九二〇年)中,把该书说成是"从一个更高的角度,即历史哲学的角度,来阐释美学现象、尤其是小说的一次尝试"。对曼恩海姆来说,"卢卡奇这本书的方向是正确的"。可我认为,即便不对正确与否作出评判,这样一种方向显然也是一个有局限性的方向。更确切地说,马克思主义对待艺术的那种方法的长处和弱点,全都来自它对"更高的角度"的执着。在我所提到的那些批评家(早期的卢卡奇以及本雅明、阿多诺等等这些人)的著作中,并不存在这样一个问题,即狭隘地迫使艺术本身服务于一种特定的道德或历史倾向。但这些批评家,甚至当他们做得最出色的时候,也无一例外能够摆脱某些最终有利于使某种意识形态永恒化的观念,即便这种意识形态被看作一个伦理责任范畴时不乏吸引力,却不能以一种教条的、反对的方式之外的方式来理解当代社会的特质和特征以及独特的见解。我指的是他们局限于"人道主义"的方式。尽管这些新马克思主义者执着于历史进步观,但他们对非社会主义国家的当代文化的大多数有吸引力和创造性的特征却显得特别迟钝。就他们对先锋派艺术的总体缺乏兴趣而言,就他们对当代具有非常不同的性质、意义的艺术、生活的风格的全盘指责(如"异化"、"非人"、"机械化")而言,他们显示出他们自己与诸如阿诺德、拉斯金、布克哈特这些在十九世纪著书立说的对现代性持批评态度的保守的大批评家们在精神上没有什么不同。像马歇尔·麦克卢汉这样的极其非政治性的批评家们更好地把握了当代现实的特质,倒颇为奇特,令人叹然。

新马克思主义批评家们提出的那些特定判断之间的千差万别,似乎显示出他们在感受力上并不像我所认为的那么一致。但当我们注意到相同的赞美之辞反复出现在这些判断中时,它们之间的差别就显得微不足道了。的确,阿多诺在他的《新音乐哲学》一书中对勋伯格进行了辩护——但使用的辩护之辞却是"进步"(阿多诺还通过攻击斯特拉文斯基来补充对勋伯格的辩护,不公正地只看到了某一个时期的斯特拉文斯基,即新古典主义时期的斯特拉文斯基。因为与过去决裂,因为制作混成体音乐,斯特拉文斯基被贴上了"反动"的标签,最终又被贴上了"法西斯主义"的标签——毕加索也遭遇了相同的情形)。然而,卡夫卡却因那种使他具有阿多诺所说的——稍作必要变更——音乐史上的"进步"的特征而受到卢卡奇的攻击。卡夫卡之所以是反动的，是因为他的作品具有寓言性的特质，也就是说，具有非历史化的特质，而托马斯·曼之所以是进步的，是因为他的现实主义，也就是说，因为他的历史感。但是，我想，若换一种讨论方式，那么曼的作品——形式落入窠白，充满了仿讽和反讽——或许可以被贴上"反动"的标签。这样，在一种情形下，"反动"被等同于与过去的非真实关系；在另一种情形下，被等同于抽象。只要使用其中任何一个标准——不论个人趣味可能有的那些例外情况——这些批评家必定大体上对现代艺术没有好感或感觉迟钝。他们几乎全部都不像他们所必需的那样了解现代艺术。法国新马克思主义者吕西安·戈德曼惟一予以长篇大论的当代小说家是安德烈·马尔罗。甚至是同样精彩地论述过歌德、列斯科夫、波德莱尔的具有卓越见解的本雅明，也不曾研究过任何二十世纪的作家。对电影这门我们这个世纪惟一全新的艺术形式，本雅明虽然的确在一部重要论著中为它投入了一些篇幅，但却罕见地误解了它，不欣赏它（他认为电影体现了对传统和历史意识的弃离，因而是——又一次提到这个词！——"法西斯主义"的）。

那些作为黑格尔和马克思的传人的文化批评家所不愿承认的，是艺术作为自主的（而不仅是可以加以历史解释的）形式的观点。因为推动艺术中现代运动的那种独特的精神确切地说是建立在艺术的形式属性的力量（包括情感的力量）的再发现上的，因而这些批评家所处的位置非常别扭，难以同情地认同现代艺术，除非是通过现代艺术的"内容"。甚至形式也被这些历史主义的批评家看作是一种内容。这在《小说理论》一书中表现得非常明显，卢卡奇在该书中对种种不同的文学体裁——史诗、抒情诗、小说——进行分析前，都会先对形式所体现的对社会变迁的态度进行一番阐释。相似的成见以不那么明显的方式同样盛行于众多美国文学批评家的著作中——他们所获得的黑格尔主义，部分来自马克思，但主要来自社会学。

在历史主义方法中肯定存在着许多有价值的东西。但如果形式可以被理解为某种内容，那同样正确（现在或许可以说更重要）的是，所有的内容也可以被看作是形式的技巧。只有当历史主义的批评家和他们所有的门生能够把对主要作为艺术作品（而不是作为社会学、文化、道德或者政治的文献）的艺术作品的关注纳入他们的观点中，他们方能把目光投向二十世纪众多的伟大艺术作品，而不仅是其中少数伟大作品，也方能深入地理解——对当今负责任的批评家来说，这是不容推卸的责任——艺术中"现代主义"的问题和目标。

[一九六五]

萨特的《圣热内》

《圣热内》是一本书的赘生物，它冗长得有些出奇，以一种庄重严肃得黏稠滞重、翻来覆去得令人不快的语调，高高在上地道出大量精彩的思想。人们知道，这本书一开始本来是作为伽利玛出版社出版的热内[①]作品选集的导论性文章——也许只有五十页左右——但它渐渐地变成了如今这等篇幅，于是只好作为热内作品选集的第一卷，独立成书，于一九五二年出版。[②]要阅读这本书，肯定起码要熟悉热内的散体作品，而这些作品大多还没有翻译过来。甚至，更重要的是，读者必须有所准备，以适应萨特阐释文本的方式。萨特打破了为批评家所设立的每一项规范规则；这是一种一头扎进去的批评，没有标线可寻。这本书一头扎进了热内；根本找不到清晰可辨的条理，来抓住萨特的论点；没有一处被表述得易于理解或者清晰明了。对萨特没有在六百二十五页后继续往下写，人们或许会感激不尽。或许，由着萨特笔耕不辍的性子对热内进行文学上和哲学上的条分缕析，那他没准儿会写上千把页。不过，萨特这本令人恼火的书还是值得我们全神关注。《圣热内》并不属于那种真正伟大的、疯狂的书；它太长，在词汇上也太学究气，不适合这类著作。但它充满了使人目瞪口呆而又入木三分的思想。

使这本书变得越来越长的原因，是哲学家萨特情不自禁地（不管他如何恭敬）想显得比诗人热内更高明。本来一开始是想写一篇对热内表示敬意的批评文字并为资产阶级文学公众认识"热内的益处"提供诀窍，但这一打算转而变得更为雄心勃勃。萨特写的是一个特定的人物，但他雄心勃勃的计划其实是想展示他自己的哲学风格——其构成物是自笛卡儿到胡塞尔和海德格尔的现象学传统，再加上对弗洛伊德和修正主义的马克思主义的随意混合。在这种情形下，热内反倒成了使萨特的哲学语汇产生价值的人。在萨特先前就"存在的精神分析"撰写并于一九四八年发表的篇幅尚可消受的文章中，起同样作用的人是波德莱尔。在这篇更早的文章

---

① 热内，即让·热内（一九一〇——一九八六），作为一个弃婴，自小在育婴堂长大，后又因偷窃而入少年犯教养所。从教养所逃出来后，浪迹欧洲各地，与小偷、同性恋者等为伍，并多次入狱。但他在狱中创作出了大量文思绮丽、风格讲究的文学作品，博得了萨特等文化名人的赏识。因而当热内于一九四八年再度触犯刑律，被判终身流放时，萨特等人以爱惜文学天才的名义奔走呼吁，使热内终于获得总统特赦。当热内作品结集出版时，萨特又为集子写了一篇长达数百页的"序言"，原题目是《喜剧演员与殉道者圣热内》。在"热内"前加上"圣"，令人联想到那些在罪恶中不失信仰并对信仰不断进行追问的人，由于一个回头的浪子要比一个从来如此的信徒更有戏剧性和复杂性，因而不仅能打动善感的女士们的想象力，而且能使那些偏爱道德复杂性的哲学家发现其中的哲学意义。萨特的意趣无疑是哲学的，而不是宗教的，但这种命名的方式还是具有诺斯替教的色彩。不知恶，焉知善？这一信条，创造了一大批顶着殉道者光晕的罪人。——译者

② 让－保罗·萨特：《圣热内》，贝纳德·弗莱希特曼英译，纽约，乔治·布拉契勒出版社。

中，萨特更关注特殊心理的问题，诸如波德莱尔与其母亲的关系，与其情妇们的关系。而眼下这篇研究热内的论著则更有哲学色彩，这是因为，直言不讳地说，在某一点上，萨特赏识热内，而不赏识波德莱尔。对萨特来说，看起来热内似乎配得上比感知心理分析更多的东西。他值得进行哲学诊断。

此外，哲学的困境也能说明该书何以如此冗长——以及何以如此沉闷。萨特明白，一切思想都倾向于普遍化。而萨特想做得具体。他阐发热内，并不只是想活动活动自己不知疲倦的智能而已。但他做不到具体。他的雄心勃勃的计划，从根本上说就不可能。他抓不住真实的热内；他老是溜回到"弃婴"、"小偷"、"同性恋者"、"自由而明智的个人"、"作家"这些范畴。萨特大概看到了这一点，而这使他烦恼不已。《圣热内》冗长的篇幅、无情的语调，其实是智力痛苦的产物。

这痛苦来自这位哲学家执意赋予行为以意义。自由，这个存在主义的核心观念，在《圣热内》里，甚至比在《存在与虚无》里，更清晰地显示为一种指派意义的强迫行为，一种对世界的自在状态的拒绝。根据萨特的行动现象学，去行动就是去改变世界。人，为世界所困扰，他行动。他行动，是为了根据某个目标、某个理想来改造世界。因此，行动是意向性的，不是意外性的，意外不能算作是行动。无论是个性的表示，还是艺术家的作品，都不是光体验体验就行的。

反对阐释 | 127

它们必须被理解，它们必须被当作世界的改造来加以阐释。因而，萨特在《圣热内》中自始至终都在不间断地进行道德评判。他对热内的行为加以道德评判。由于萨特写作这本书时，热内还主要是一个散体叙事故事作家（他的剧本中，只有《女仆》和《死囚看守》两部写于此前），又由于热内的这些叙事性故事全都是自传性的，而且是用第一人称写的，萨特感到不必把作者本人的行为与文学的行为区分开来。尽管萨特有时也参照一些由于与热内的个人友谊而了解到的事，但他差不多全是在谈论热内著作中所描写的那个人。这是一个恶魔般的人物，真实，同时又不真实，其全部行为都被萨特看作是有意义的，有意向性的。这赋予了《圣热内》一种黏滞、怪异的特征。"热内"这个名字在全书中被重复了成千上万次，但从来都不像是一个真人的名字。这个名字被给予了一个无限复杂的哲学转化过程。

考虑到有这些隐蔽的智力动机，那萨特雄心勃勃的计划居然还能如此有利于热内，倒是令人吃惊。这是因为热内自己在自己的作品中也显而易见地执着于自我转化的雄心勃勃的计划。犯罪，在性方面和社会方面的堕落，以及最重要的，谋杀，这些全都被热内理解为荣耀的契机。就萨特这边而言，无需大动脑筋就能指出，热内的作品是关于落魄（被构想为一种精神方式）的长篇论文。热内对自身的堕落和世界虚幻的寂灭的自我陶醉般的沉思所创造的"神圣性"，是他的散体作品的显而易见的主题。留给萨特去做的事，只是从热内显而易见的东西中抽取意义。热内大概从来就没有读过笛卡儿、黑格尔或者胡塞尔。但萨特有资格、完全有资格从热内那里找出热内与笛卡儿、黑格尔和胡塞尔的思想的联系。正如萨特出色地评说的："落魄是一种方法上的转换，像笛卡儿的怀疑和胡塞尔的纪元：它把世界确立为一个封闭的体系，一个意识以那种超凡的理解方式从外面加以审视的体系。这种方式之所以优越于别的方式，在于它是在痛苦和骄傲中体验自己的。因而，它并不导向胡塞尔的超验的和普遍的意识，导向斯多葛派的形式的和抽象的思考，或导向笛卡儿的基础之本的我思，而是导向处于最高程度的紧张状态和清醒状态的个人体验。"

正如我说过的，萨特著作中，惟一堪与《圣热内》一书比较的，是那篇关于波德莱尔的令人头昏眼花的论文。波德莱尔是被当作一个反抗中的人加以分析的，他在坏的信仰中持续地体验自己的生命。他的自由不是创造性的和反叛性的，尽管它本该如此，这是因为，它从来不曾找到自己的一套价值。终其一生，行为不检的波德莱尔都需要用资产阶级的道德观来谴责资产阶级。热内才是一个真正的革命家。就热内而言，是为自由本身而获取自由。热内的胜利，他的"神圣性"，在于他突破了那种排斥不可思议的反常事物的社会框架，创立了自己的道德观。萨特给我们展示热内从恶中创造出了一种明晰的连贯的体系。热内不自我欺骗，像波德莱尔那样。

反对阐释

《圣热内》是一本关于自由的辩证关系的著作，而且至少在形式上模仿了黑格尔。萨特想要展示的是，热内是如何通过行动与反思穷其一生地想获得那种清醒的自由行为。自出生之日起就被分派了他者、弃儿的角色的热内，自己选择了这种角色。这种最初的选择通过三种不同的变形形式得以维持下去——罪犯、唯美主义者、作家。其中每一种形式都是必要的，用来满足自由的超越自我的要求。自由的每一个新层面都有其对自我的新见解。因而，这本探讨热内的著作，可以当作黑格尔对自我与他者之间的关系的分析的色调阴沉的滑稽模仿来读。萨特谈到热内的著作时，把热内的著作、每一本著作都当作了《精神现象学》的小型版。萨特这样看是有道理的，尽管这听上去有点荒唐。但同样真实的是，萨特自己的全部著作也是黑格尔那部巨著的仿本、仿版、评论和讽刺。这正是萨特与热内之间奇特的联结点；很难想象还有比他们更不相同的两个人。

　　在热内那里，萨特找到了他的理想的题材。实际上，他淹没在热内之中。不过，《圣热内》是一本出色的著作，充满了对道德语言和道德选择的真实表述（只举一例，如萨特对"罪恶是以具体性系统地取代抽象性"的洞见）。萨特对热内的叙事作品和剧本的分析常常显得眼光敏锐。对热内最大胆的那本书——《葬礼》，萨特的评论尤其引人注目。他当然不吝于赞美之辞，也不乏阐发之才，如他对热内《花之圣母》的全然公正的评论："《花之圣母》这部梦幻之诗、无聊之诗,其风格稍稍沾染了一点自我满足的沾沾自喜。它没有后来的著作的那种活泼的语调。"萨特在《圣热内》中的确说了许多蠢话和废话。但就热内这个话题所能说出的一切真实和有趣的话,也都见于该书。

这也是了解黄金时期的萨特的一本关键之作。在《存在与虚无》之后,萨特站在了十字路口。他或可从哲学和心理学转向某种伦理学,或可从哲学和心理学转向某种政治学,即一种有关群体行动和历史的理论。正如众所周知的,也令许多人痛惜的,萨特选择了第二条路;其成果是《辩证理性批判》这部发表于一九六〇年的著作。《圣热内》是萨特向他最终没有走去的那个方向做出的一个复杂姿态。

在承袭黑格尔传统的所有哲学家(我把海德格尔也包括进去)中,以最有趣和最有用的方式理解黑格尔《精神现象学》中自我与他者之间辩证关系的人,是萨特。但萨特并不仅仅是一个对肉体了如指掌的黑格尔,也不该当作海德格尔的法国门徒而轻易打发掉。的确,萨特的巨著《存在与虚无》从黑格尔、胡塞尔和海德格尔所使用的语言和所提出的问题那儿获益匪浅。但该书具有一个根本不同于他们的著作的意旨。萨特这本著作没有沉思默想的色彩,而是被一种强烈的心理方面的紧迫性所推动。他在战前创作的小说《恶心》其实为他所有的作品提供了一把钥匙。该书提出了处于可憎、黏稠、虚无或具有物质阻力的他在状态的世界的可同化性这一根本问题——这一问题推动了他全部的写作。《存

反对阐释 | 131

在与虚无》是一个尝试，试图发展一种语言，来对付为厌恶感所折磨的意识，描述这种意识的种种表现姿态。这种厌恶之感，这种对事物和道德价值的冗余的体验，既是一场心理危机，同时又是一个形而上问题。

萨特的解决之法只能说是荒谬的。对应于原始的食人仪式，是哲学的食世界仪式。萨特作为其传人的那种哲学传统的特征，是一开始就把意识当作一个单独的给定物。萨特为遭遇到物的野蛮现实而陷入沉痛中的意识提供的解决之法是食世界，即以意识来吞食世界。更确切地说，意识既被看作是构成世界的，又被看作是吞食世界的。一切关系——尤其是《存在与虚无》中以精彩的文字描述的色情关系——都被分析成意识的表现姿态，是自我在不断寻求自我的定义的过程中对他者的利用。

在《存在与虚无》中，萨特显示出自己是一个一流的心理学家——堪与陀思妥耶夫斯基、尼采和弗洛伊德平起平坐。他就波德莱尔所写的那篇论文，旨在对波德莱尔的作品和传记进行分析，从症候的角度把它们当作文本的对应物，揭示根本的心理姿态。使《圣热内》比论波德莱尔的那篇论文更有趣（尽管同时也更难以把握的）的东西，是萨特通过对热内进行思考，超越了行动的观念，把它当作心理的自我保护的一种方式。通过热内，萨特瞥见了某种类似美的自主性的东西。更确切地说，他重新展现了康德以非常不同的方式提出的审美之维与自由之间的那种关系。作为《圣热内》

一书研究对象的那个人并没有在心理解释中消失。热内的作品被从拯救的仪式、意识的仪式的角度加以阐释。这个仪式基本上是自我满足的——这奇特地恰如其分。根据自笛卡儿以来的欧洲哲学的看法，创造世界一直是意识的主要活动。如今，笛卡儿的一个门徒把创造世界解释成繁殖世界的一种形式，解释成手淫。

萨特正确地把热内在精神上最雄心勃勃的那本书《葬礼》描绘成"变体的巨大努力"。热内叙述他如何把整个世界转化成他去世的情人让·德卡宁的尸体，又如何把这具尸体转化成他自己的阳具。"萨德侯爵梦想着以他的精液来浇灭埃特纳火山上的火，"萨特说，"热内颇有尊严感的疯狂比这走得更远：他替宇宙手淫。"替宇宙手淫，这或许是一切哲学、一切抽象思想关切的东西：此乃一种强烈的、不那么大众化的快感，得一而再、再而三地重温。不管怎样，这是对萨特自己的意识现象学的一个相当恰当的描绘。这肯定是对热内是什么人的一个完全公正的描绘。

[一九六三]

纳塔丽·萨洛特与小说

一种新形式的说教占据了诸类艺术，它的确是艺术中的"现代"因素。其核心信条是这一种观念，即艺术必须发展。其成果是这一类作品，其主旨是要推动体裁的历史，在技巧上开拓创新。"前卫"和"后卫"这些准军事意象充分表达了这种新的说教作风。艺术是这么一支军队，人类的感受力借助更新的和更令人惊叹的技巧，跟随它义无反顾地走向未来。个人才能与传统之间这种主要表现为否定的关系，导致每一项新技巧、每一种新材料的使用走马灯似的迅速内在淘汰，它击败了把艺术当作带来喜闻乐见的快感的东西的艺术观念，产生了大量的主要是说教性和告诫性的作品。正如当今众所周知的那样，杜尚的《下楼梯的裸女》的要旨并不是去再现什么，更不是去再现一个下楼梯的裸女，而是要就自然形式何以能够碎裂成一系列的运动平面给我们上一课。①斯坦因和贝克特的散体作品的要旨是要展示词法、标点法、句法和叙述秩序如何能够被重新调整，以表达意识的连续的出窍状态。韦伯和布莱兹的音乐的要旨是要显示——

举例来说——沉默的韵律功能以及音色的结构性功能如何能够被改进。

现代说教作风的胜利,在音乐和绘画中来得最为彻底,这两个领域的最令人钦佩的作品是那些乍一听或乍一看不能给人带来快感(除少数经过高度训练的观众外)但在该艺术领域业已展开的技巧革新上取得重大进展的作品。与音乐和绘画相比,小说和戏剧一样在战场的后方踟蹰不前。堪与抽象表现主义绘画和具象音乐相比的那一批"难度"小说还没有走出极其令人肃然起敬的虚构作品的领地。相反,小说对现代主义前线的少数几次不乏勇气的试探冒险,大多在那儿陷入了孤立无援的境地。数年后,它们似乎成了徒具个人风格的勇猛行为,因为没有部队跟随这位勇敢的指挥官,给他提供支援。那些就难度和长处而言堪与齐安-卡罗·梅罗蒂的音乐和贝纳德·布菲的绘画相比的小说,受到了批评界的最高度的赞扬。明白易懂,不费脑筋,这在音乐和绘画中会引起尴尬之感,但对仍固守着后卫身份的小说来说,却不是什么令人尴尬的东西。

---

① 达达派画家马塞尔·杜尚创作于一九一一到一九一二年间的《下楼梯的裸女》于一九一三年在"美国军械库画展"上引起轰动。道格拉斯·库珀这样描述这幅画:"杜尚拒绝任何对现实的暗示,而把形象变成一种象征,但表面看是庞大的机器——实际上是一种下倾的机器——在下倾时金属哗哗作响,吞没了梯子。"哈罗德·奥斯本的评论更有直观性:"它把一个女性形象变成了矩形平面和圆形平面的连续,其平行线的倍增表现的不是一个运动中的形象,而是形象向下和斜跨画面的运动。也表达了一种将自然形式变成机械似的形状的企图……"现代派绘画的这种莫名其妙的抽象,使每一幅画作都得要以大量的阐释其意义的感性文字来作为补充。——译者

然而，无论小说是否是中产阶级的艺术形式，它都比任何其他体裁更需要持续不断的重新审视和革新。小说（与歌剧一起）是十九世纪典型的艺术形式，完美地表达了那个时代全然世俗的现实观念、精神方面的胸无大志、对"有趣"（就寻常意义而言，指的是非本质的、偶然的、无足轻重的、倏忽即逝的）的发现以及对 E·M·齐奥兰所说的"更低状态的命运"的肯定。小说，正如那些对它赞口不绝的批评家不辞辛苦地提醒我们以及他们指责出轨的当代作家的，描绘的是社会中的人；它栩栩如生地描绘出一个世界，把它的那些"人物"置于这个世界中。当然，人们可以把小说看作史诗和传奇故事的后继者。不过，谁都知道，这种承继是表面的。使小说充满生机的那个东西——心理描写的发现以及动机向"体验"的转换——全然不见于这些更古老的叙事形式。这种对记录"体验"和对事实的热衷，使小说成为所有艺术形式中最开放的一种形式。每一种艺术形式都有某种关于何为高雅、何为粗野的不言自明的标准——惟独小说例外。它可以容纳任何层次的语言、任何情节、任何想法、任何信息。当然，也正是这一点，使小说最终难以成为一种严肃的艺术形式。迟早会有一天，不要再指望那些有辨识力的读者还会对那些把若干私人生活展示给他们看的慢条斯理的"故事"感兴趣（他们发现电影能做到这一点，而且更为自如，更为生动）。当音乐、雕塑艺术和诗歌依靠其对艺术进步论的热情献身和对新风格、新材料的狂热要求，千辛万难地从十九世纪"现实主义"的不合时宜的教条中挣脱出来时，小说却证明自己无力吸收以其名义盛行于二十世纪的任何一种真诚品格和精神追求。它降格而为一种深深地（如果不说无可挽回地）为中庸之道所拖累的艺术形式。

当人们想到诸如普鲁斯特、乔伊斯、《拉夫卡迪奥》时期的纪德、卡夫卡、《荒原狼》时期的黑塞以及热内这些大师级作家或者诸如马夏多·德·阿西斯、斯韦沃、伍尔夫、斯坦因、早期的纳撒尼尔·韦斯特、塞利纳、纳博科夫、早期的帕斯捷尔纳克、《夜林》时期的杜纳·巴恩斯、贝克特（只列举这些）这些稍逊一筹但仍属于大师之列的作家时，人们想到的是这么一类作家：与其说他们在开创，不如说在关闭，人们既不能从他们那里学到什么，也不能模仿他们，要是模仿的话，也只是在费力地重复他们已经做过的事。人们不会因为艺术形式中发生的变化，无论是好的变化，还是坏的变化，而去赞扬或谴责批评家。但难以不作出结论说，小说所缺乏的东西，以及小说若要继续成为总体上（而不是部分地）严肃的艺术形式就必须具备的东西，是它与十九世纪的那些假设保持的持久的距离（确切地说，过去三十年间始于诗歌批评随后波及小说批评的呈现出极度繁荣状况的英美文学批评，并没有包含这类重估。从哲学上看，它是一种天真的批评，对"现实主义"的威望持一种非质疑、非批评的态度）。

小说的更新，将涉及所有那些大有疑问的问题，如艺术中的"进步"观以及"前卫"这个隐喻所表达的那种无礼的攻击性意识形态。它将限制小说的读者，因为它要求散体虚构作品带来新快感——例如解决问题时的快感——要求学会如何获得这些快感（这或许是指，例如，我们不仅得大声阅读，同时得仔细阅读，也肯定是指，为了完整地理解一部作品或为了感到自己有资格去对作品进行评判，我们得把作品阅读许多次。我们已经接受了这种观念，即那些严肃的当代诗歌、绘画、雕刻和音乐必须反复地看、听或读）。它将创造一些具有自我意识的审美家以及一些好为人师的探求家，他们全都希望严肃地练习形式（一切"现代"艺术家都是审美家）。小说放弃浅显易懂的形式和不再固守一套老掉牙的美学理论，无疑将导致大量的既乏味又做作的作品；人们或许非常盼望那种古老的非自我意识能够重新回来。然而，必须付出代价才行。那些用各种花言巧语、连蒙带骗地强迫读者接受这个拙劣期的小说的新一代批评家，必定使读者看到这种转变的必要性。这个过程越快越好。

因为直到我们拥有了一个连贯的严肃"现代"小说传统，那些大胆探索的小说家才不会在真空中工作（不论批评家们是否还会称呼这些散体虚构作品为小说，那没有关系。在绘画、音乐或诗歌中，名号并不是一个障碍，尽管在雕塑中成了一个障碍，因而我们如今倾向于丢弃"雕塑"这个词，而使用诸如"构成"、"装配"这些词）。我们将保留奇形怪状的小说残骸，像那些被置于风景中的报废的坦克。

《芬尼根守灵夜》是一个例子，也许是最伟大的例子——它大体上没被读过，也不可读，被扔给了那些学究气的评注家来料理，他们或许能给我们解读这本书，但不能告诉我们为何要读这本书或我们能从中学到什么。如果乔伊斯指望他的读者把一辈子的光阴都耗在他的这本书上，那似乎是一个极端无礼的要求；但考虑到他的著作独一无二，这又是一个合理的要求。乔伊斯这部封笔之作的命运，预示了它在英语文学中的一大批不像它那样庞大却同样缺乏情节的后继者的迟缓的接受状况——我想到了斯坦因、贝克特、巴勒斯等人的作品。难怪它们像是一些孤零零的突袭，在平静得令人毛骨悚然的战场上显得尤为突出。

不过，最近，这种状况似乎有所改观。整整一大批——我可否说是整整一支部队？——重要而具有挑战性的小说正在法国被创作出来。那里实际上出现了两拨作品。第一拨由莫里斯·布朗肖、乔治·巴塔耶、皮埃尔·克罗索斯基打头阵；其中大部分作品写于二十世纪四十年代，但至今仍未译成英语。更为人所知、也被大量翻译的是"第二拨"作品，由米歇尔·布托尔、阿兰·罗伯-格里耶、克劳德·西蒙以及纳塔丽·萨洛特等人创作于二十世纪五十年代。所有这些作家——他们彼此之间差别甚大，无论是在意旨上，还是在成就上——有一个共同点：他们全都拒绝那种认为小说的职责是讲述故事并根据十九世纪现实主义的成规来安排人物的"小说"观念，他们竭力摒弃的，一言以蔽之，是"心理学"观念。无论他们是在以海德格尔的现象学（此乃影响他们甚巨的一种理论）来超越心理学，还是在以行为主义的、外在的描绘来暗中削弱心理学，其创作成果至少在否定的意义上都相似，在小说形式上共同组成了第一拨立意要就小说可能采用的新形式告诉我们某种有用的信息的作品。

但也许，来自法国的对小说更有价值的成就，是受新小说家启发（有时，是新小说家自己所写）的那一大批批评著作，它们代表着对小说这种体裁进行系统思考的一种极其令人钦佩的尝试。这一类的批评著作——我想到的是莫里斯·布朗肖、罗兰·巴特、E·M·齐奥兰、阿兰·罗伯-格里耶、纳塔丽·萨洛特、米歇尔·布托尔、米歇尔·富柯以及其他一些人的论著——是当今最有趣味的文学批评。英语世界的小说家们尽可以从这些批评家对小说的那些前提所作的精彩的重新审视中获得营养，但他们不可能据此创作出与法国小说家相同的小说。这些批评著作之所以比小说更有价值，在于它们提出了任何作家都尚未达到的更充分、更雄心勃勃的标准（例如，罗伯-格里耶承认，他的小说是对他在论著中提出的那些诊断和建议的一个不相称的说明）。

对我来说，这恰恰是《怀疑的时代》的英文版问世的重要性，表面看来，纳塔丽·萨洛特的这个论文集是对她的小说背后隐藏的那种理论的充分表述。[1] 不论人们是否欣赏或

---

[1] 纳塔丽·萨洛特：《怀疑的时代》，马利亚·约拉斯英译，纽约，布拉契勒出版社。

钦佩萨洛特的小说（我其实只喜欢《无名氏的画像》和《天象仪》），无论她是否真正实践了她的主张（严格说来，我认为她并未做到这一点），这些论文都引发了一大批对传统小说的批评之作，在我看来，这些批评之作对大西洋这一边姗姗来迟的理论反思来说似乎是一个良好的开端。

或许，对英语读者来说，切入萨洛特的论著的最佳途径，是把它与另外两篇阐述小说应该是何样子的宣言文字作一个比较，这两篇文章分别是弗吉尼亚·伍尔夫的《贝内特先生与布朗夫人》和玛丽·麦卡锡的《小说中的事实》。伍尔夫对自然主义和客观现实主义的摒弃以及她对现代小说家发出的检视"心理的黑暗角落"的呼吁，被萨洛特讥讽为"天真之举"。但萨洛特对玛丽·麦卡锡文章中表现出来的那种立场持同等苛刻的态度，而麦卡锡此文似乎在呼吁重返小说的传统优越之处，即展示一个真实的世界、带来一种亦真亦幻的感觉、创造令人难忘的人物等等，读来倒像是对弗吉尼亚·伍尔夫的观点的反驳。

萨洛特反对现实主义的理由，令人信服。现实并不是如此清楚明白的；生活并不是如此栩栩如生的。大多数小说中的逼真性所引起的那种不假思索、对号入座的现实感，是令人怀疑的，也应该被怀疑（的确，恰如萨洛特所说，我们这个时代的精神特征是怀疑。或者，如果怀疑不是这个时代的精神特征的话，那至少也是这个时代挥之不去的恶习）。她对传统小说中一些因素的反对，我完全赞同：最近，当我重读《名利场》和《布登勃洛克一家》时，不论它们看起来依然多么出色，它们还是让我直皱眉头。我不能忍受那种无所不知的作者向我展示生活是怎么一回事，赚取我的同情和眼泪，不能忍受他的肆无忌惮的冷嘲热讽，他的那种对他的人物无所不知的神秘的神气，不能忍受他试图让我（他的读者）感到我自己也对这些人物了如指掌。我不再信任那些使我的求知欲获得完全满足的小说。萨洛特下面的看法也是对的：小说装饰场景、描绘人物和安排人物活动的传统手法，自身就没有能站得住脚的正当理由。谁会真正在乎某某房间的家具摆设，或在乎主人公到底是点着烟的，还是穿着一件深灰色衣服，或是坐下来打开打字机然后在打字机里塞进一张纸？那些伟大的电影作品已经向我们展示电影能够以比文字更直接的手法以及更经济的方式来展现纯粹身体的动作——无论是《奇遇》中换假发这个一刹那的小动作，还是《大游行》中穿越森林行进的宏大场面。

然而，更复杂、也更引起争议的，是萨洛特坚持的这一观点，即小说中的心理分析既显得过时，又使人误入歧途。"'心理'这个词，"她说，"是这么一个词，哪个当代作家听人对他谈到它，都会把目光移向别处，一脸难堪。"她所说的小说中的心理，指的是伍尔夫、乔伊斯和普鲁斯特的小说：他们的小说发掘潜藏在行动下面的思想和情感，不关心人物和情节。她认为，乔伊斯从这个深处挖掘出来的，无非是连续不断的词语之流。普鲁斯特同样也失败了。到头来，普鲁斯特对心理的精确的条分缕析重又聚合成了一些具有现实色彩的人物，老练的读者从中"立刻就辨认出了一个生活在世界中并爱上了一个被人供养的女人的阔人，辨认出了一个医术高超但笨嘴拙舌、容易上当受骗的医生，还有一个资产阶级新贵或一个势利的'贵妇'，所有这些人物都立即进入了塞满这位读者的想象空间的那些虚构人物的庞大序列中"。

实际上，萨洛特自己的小说并不像她所想象的那样与乔伊斯的小说（以及伍尔夫的小说）有很大的差别，而她对心理描写的拒绝也远不是那么彻底。她需要的恰恰是心理描写，但不是那种有可能还原为"人物"和"情节"的心理描写（这正是她不满于普鲁斯特的根本原因）。她反对心理剖析，因为它假定存在着一个可被剖析的身体。她反对片面的心理描写，反对把心理作为通向老一套目标的手段。对心理显微镜的使用，不能是间断性的，不能把它仅仅当作推动情节发展的一种手法。这意味着必须对小说进行彻底的改变。小说家不仅不得讲述故事，而且他也不得以诸如谋杀案或伟大爱情这一类惊心动魄的大事来娱乐读者。事件越是不起眼，越是缺乏激动人心的色彩，就越好（因此萨洛特的小说《马特罗》描绘的是一个无名无姓的青年男子、一个室内装潢师的反反复复的思考过程，他没完没了地琢磨着与他生活在一起的颇有艺术气质的姑妈和身为富商的姑父，琢磨着一个名叫马特罗的比他年长、不那么富裕的男子，反复考虑为什么自己与他们相处会感到愉快，在怎样的情形下会感到愉快，考虑自己为什么会感到自己正在屈从于这些人的人格力量以及他们周遭的物品，自己是何时有了这种感觉的。姑妈和姑父打算在乡下购置一套房宅，这为整部小说提供了惟一的一次"行动"，如果对马特罗在房宅的事情上可能欺骗了姑父产生了短暂的怀疑，那你可以打赌，到最后，这一切怀疑也都会平息下来。在《天象仪》中，倒是的确发生了一些事。一个以无耻的手段试图进入一个阔绰、虚荣、非常有名的女作家的生活圈子的向上爬的年轻人，确实是在费尽心机地从他老糊涂的、容易上当受骗的姑妈手里把她那套有五个房间的公寓弄到手）。不过，萨洛特的人物并不真的付诸行动。他们在日常生活的鸡毛蒜皮的琐事的挤压下，只不过要耍小花招，偶尔一阵心悸，偶尔一阵哆嗦。这种对行动的预备和触摸，正是萨洛特小说的真正题材。由于分析不见了——这就是说，那个叙说、解释的作者不见了——萨洛特的小说从逻辑上说只能以第一人称写作，即便是当人物在内心冥想时使用"她"和"他"这些人称的时候，也是如此。

萨洛特所倡导的，是一种用连续不断的独白写成的小说，其中的人物对话只是独白的功能延伸，而"真实的"言语只是无声的言语的继续。她把这种对话称为"潜对话"。就作者不进行干预或解释这个方面而言，它与戏剧对话相当，但与戏剧对话不同的是，它是连绵不断的，或它并不分派给显然可以分开的那些人物（萨洛特对那种点缀于大多数小说的字里行间的老掉牙的惯例，如他说，她答道，某某宣布，等等，特别有一些尖刻、嘲弄的话要说）。对话必须"随着那些推动和扩展对话的小小的内在运动而变得活跃、膨胀起来"。小说必须否弃传统的心理描写手段——所谓反省，转而以浸没在对话里来展开小说。它必须把读者投入"那源源不断的内心深处的戏剧之流里，对这内在之流，连普鲁斯特也只来得及短暂地、空泛地瞥上一眼，他观察到的和再现出来的，只是一个浩淼的静止的轮廓"。小说必须不带评论地记录小说家的"我"所体验的与人和物的直接的、纯感觉的接触。小说必须全然放弃制造逼真性（萨洛特把它转让给了电影），保留和增加"对体验行动的人来说行动自身所拥有的不确定的、不透明和神秘的因素"。

在萨洛特为小说所制订的规划中，存在着某种令人振奋的东西，它强调对人类的情感和感觉的复杂性寄予无限的尊重。然而，在我看来，在她的观点中也存在着某种脆弱之处，因为这种观点似乎建立在对心理描写的诊断上，而此诊断不仅模棱两可，而且提供的疗法也过于脱离实际。把"亨利·詹姆斯或普鲁斯特拆解我们内在机械装置的奇妙的齿轮装置的努力"看作是不过在挥舞镐和铲，这种看法所包含的心理描写的精致化的标准确实令人眼花缭乱。当萨洛特把情感描绘成一大堆无所不包的流动的物质体时，或当她说一切理论，其中尤其是诸如心理分析这种解密术，都不能描绘情感的动态时，谁会不赞同她？然而，萨洛特只不过在以一种

反对阐释 | 145

更精致、更贴近的心理描写技巧的名义来攻击小说中的心理描写。

她对情感和感觉的复杂性的看法是一回事,她对小说的规划却是另一回事。的确,所有关于动机的描绘都倾向于简单化。但即便承认这一点,也还存在着可为小说家所用的其他许多选择,而不仅仅局限于寻求一种更精致、更精细的再现动机的方式。例如,某些种类的概述——它们对感觉的细枝末节一笔带过——在我看来,对萨洛特提出的这个问题至少是一种可取的解决办法,其可取性不逊于作为她的批评的逻辑结果而提出来的那种对话和叙事的技巧。人物或许是(正如萨洛特所强调的)海洋,是水浪、溪流和漩涡的汇聚,但我没有看出浸没其中有什么特别的价值。潜泳运动有其存在的价值,但被萨洛特鄙夷地以"空泛的视角"打发掉的海洋地图绘制也有其存在的价值。人本来是一种被造化设计为生活在表面的生物,但他却冒险生活在深处——无论是陆地的深处、海洋的深处,还是心理的深处。她对小说家试图把水一般流动的、没有形状的深处体验转化为固态之物、试图绘制轮廓、试图为世界提供固定的形状和可感的身体的诸种做法不屑一顾,对此我不敢苟同。以老套的方式这样做,不用说是乏味的。但说根本不应该这样做,我却不能同意。

萨洛特提请作家抵御自己取悦同代人、改变和指导他们或为他们的解放而斗争的欲望,他要做的不过是把他以尽可能忠实和敏锐的眼光所看到的"现实"(萨洛特使用了这个词)原封不动地展示出来,不加修饰,不去抹平那些不一致的地方或强使它们一致。我在这里不想就小说是否应该取悦、改变或指导读者这一问题发表什么不同见解(只要小说把自己堂而皇之地看作是艺术作品,它又为何不应该取悦、改变和指导读者呢?),只是想指出她所提出的那个现实概念如何偏颇。现实,对萨洛特来说,意味着一种摆脱了"使现实被遮蔽的先入之见和现成的意象"的现实。它与"人人都能轻易看到、而且由于缺乏更好的替代物因而不得不加以利用的那种表面现实"正好相反。根据萨洛特的主张,一个作家若想与现实保持接触的话,就必须"获得那种至今闻所未闻的东西,那种看起来似乎是他头一个发现的东西"。

但成倍增加现实,其意何在?其实,对"现实"一词,萨洛特更应该使用复数形式,而不是单数形式。如果每一个作家都必须"发现属于他自己的现实的碎片"——所有的鲸和鲨都已经被逐一登记在册了,萨洛特只好去追寻一种新的浮游生物物种——那么,作家不仅成了碎片的制造者,而且也被迫成为不过是他自己主观性的创造物的阐述者。当他带着自己那一罐微小的、尚未被登记在册的海洋生物物种走进文学场时,我们是以科学的名义欢迎他(作为海洋生物学家的作家),或是以体育的名义欢迎他(作为深海潜泳运动员的作家)?观众凭什么要欢迎他?小说的读者到底需要多少现实碎片?

反对阐释 | 147

由于全然求助于这个现实概念，萨洛特实际上使自己的观点变得狭窄、受了损害，而她本来大可不必如此。应该让艺术作品之为现实再现这个隐喻暂且告退；在艺术作品分析的整个历史中，它一直勤于效力，但现在却没能绕开那些重要的问题。在萨洛特的阐述中，这个隐喻导致了这么一个不幸的后果，即它为主观性与客观性、原创性与先入之见和现成意象之间非此即彼的无聊选择注入了新生命。为什么小说家就不能把人人都能看到的东西进行新的调整和变换呢，为什么他就不能把自己正好限定于先入之见和现成的意象呢，这毫无道理。

萨洛特对这种相当空洞的现实观念（存在于深处而不是表面的一种现实）的忠诚，也造成了她的一些告诫带上了一种大可不必的严厉语调。她对作家可能向读者提供"审美愉悦"的倾向的冷淡拒绝，不过是口头上的，而且对部分是由她自己所巧妙表现出来的那种立场也极不公正。她说，作家务必放弃"为享受写作的乐趣而'妙笔生花'地写作的欲望以及为自己或读者提供审美愉悦的欲望"。风格"只有在运动员的动作是美的这种意义上才可以说是美的；动作越是合乎目的，就越美"。记住，所谓目的，是要记录作家对一个未知现实的独特的领悟。但把艺术作品本来就该提供的"审美愉悦"与一种肤浅的、外表的、仅仅不过是"美的"风格的观念等同起来，却完全没有道理……萨洛特心目中用来作为小说的楷模的东西，实际上是科学，或更是体育。对小说家提出这种要求——如萨洛特所描述的,是使小说免于任何道德目的和社会目的——的最终理由是,小说家应该像科学家那样追求真实(或真实的片断),应该像运动员那样追求机能训练。尽管这些楷模对她有些意义,但没有比这些楷模更不合适的东西了。虽然萨洛特对传统小说的批评非常严厉,但她仍却让小说家追求"真实"和"现实"。

因而,萨洛特的宣言必须得到彻底的审视,以便更公正地对待这种立场的应有之意,而不是她为之进行的辩护。对这种立场,有一种更严格、更细致的描述,见于罗伯-格里耶的论文《几种陈腐观念》和《自然、人道主义、悲剧》。这两篇论文分别发表于一九五七年和一九五八年,而萨洛特的那些论文则发表于一九五〇到一九五五年间,并于一九五五年结集成书出版;罗伯-格里耶在论文中引述萨洛特的方式,可能会使人想到他是同一种立场的后来的阐述者。但罗伯-格里耶对悲剧和人道主义这些观念的复杂的批评,他对内容与形式之间关系的陈词滥调进行抨击时的始终如一的明确态度(例如,他决然地宣布,只要小说属于艺术领域,它就没有内容),他的美学标准之与那些非常不同于他自己所选择的那些小说技巧的技巧革新的相容,使他的观点远远超出萨洛特的观点的层次。罗伯-格里耶的论文的确来得彻底,而且,假若人们赞同其中哪怕一个假定的话,也将令人深信不疑。萨洛特的论文却最终变得模棱两可了,妥协了,但它们在向说英语的文学公众介绍法国业已发动的对传统小

反对阐释 | 149

说的意义重大的批评方面或许颇有用处。

无疑,许多人会感到法国批评家所展示的小说的前景相当凄凉;他们希望艺术大军可以在其他战线上继续战斗,但别再打扰小说了(以同样的方式,我们中的一些人希望我们更少一点那种令人难以忍受的心理自我意识,它是我们这个时代受过教育的人们的一种负担)。但作为一种艺术形式,小说通过加入那场已经席卷多数其他艺术门类的革命,不仅不会失去什么,而且颇有所得。在英国和美国,概莫能外地,是小说成为它所不是的那种东西的时候了:一种在其他艺术中具有严肃和复杂的趣味,人们能够认真加以对待的艺术形式。

〔写于一九六三年,改于一九六五年〕

III

尤内斯库

一位在自己最好的作品中把陈腐之词奉若神明的剧作家,就戏剧问题编纂了一本充满陈腐之词的书[①],倒是颇为相宜。我信手引其一二:

> 说教,首要地是思想的一种态度,也是统治意志的一种表达。
>
> 艺术作品其实首要地是思想的一种冒险。
>
> 有人说波里斯·维安的《帝国建立者》受了我自己的《阿梅代》的启发。实际上,没有谁会受任何其他人的启发,除非是受他自己的自我以及他自己的痛苦的启发。
>
> 我察觉到了一场思想危机,它表现为一场语言危机;词语不再意味任何东西。
>
> 没有哪个社会能够根除人的忧伤;没有哪个政治体系能够使我们从生存之痛中、从死亡恐惧中、从对绝对之渴求中解脱出来。

反对阐释 | 153

人们怎样来理解一种如此玄虚同时又如此平庸的观点呢？似乎还嫌不够似的，尤内斯库在文集中又塞满了纯属多余的自辩之词以及令人起腻的自负之语。再信手引其一二：

> 我敢肯定，无论是公众，还是批评家，都不曾影响我。
> 或许我不由自主地在关注社会。
> 对我而言，每出剧本都源自某种自我分析。
> 我不是理论家，因为我坦率而客观。
> 世界本不该使我感到特别有趣。在现实中，我被世界所困扰。

等等，等等，不一而足。尤内斯库关于戏剧的这些随记，提供了大量诸如此类的大概并非有意而为的幽默。

在《注释与反注》中，肯定有一些值得我们加以认真对待的思想，尽管它们无一为尤内斯库所首创。其中之一是把戏剧作为一种通过疏离现实来更新我们的现实感的工具。戏剧的这种功能所明确要求的不仅仅是一种新的编剧技巧，而且是一批新的剧本。"不再要杰作。"阿尔托在《戏剧及其替身》这篇现代戏剧最大胆、最深刻的宣言中要求道。像阿尔托一样，尤内斯库鄙视过去的那种"文学性的"戏剧：他喜

---

① 欧仁·尤内斯库：《注释与反注：戏剧论集》，多纳德·华生英译，纽约，格罗夫出版社。

欢阅读莎士比亚和克莱斯特的剧本，但不喜欢看到它们被搬上舞台，而高乃伊、莫里埃、易卜生、斯特林堡、皮兰德娄、季洛杜以及其他一些人的剧本无论作为读物，还是作为舞台演出，都令他厌倦。如果这些传统剧目非得搬上舞台的话，尤内斯库提议（如阿尔托提议的那样）不妨玩一个花招，以"反"文本的方式来表演：把一种严肃、刻板的表演方式强加于那些荒诞、怪异、喜剧性的文本，或以一种插科打诨的态度对待一个庄严的文本。在拒绝那种文学性的戏剧——即有情节和个性人物的戏剧——的同时，尤内斯库呼吁谨慎避开一切心理描绘，因为心理描绘意味着"现实主义"，而现实主义是乏味的，限制了想象力。他对心理描绘的拒绝，使一切非现实主义的戏剧传统所共有的一种技巧（它等同于未入门的画家在绘画中使用的那种正面描绘法）得以复活，在这些非现实主义的戏剧表演中，剧中人物将脸转向观众（而不是转向剧中其他人物），向他们自报家门、身份、习惯、趣味、想法……这一切，当然并不陌生：此乃戏剧之经典现代风格。《注释与反注》中大多数有趣的思想，看起来倒像是被稀释过的阿尔托的观点，或更像是装扮得漂亮迷人、讨人喜欢的阿尔托的观点，失去了阿尔托本有的憎恶之情的阿尔托的观点，失去了阿尔托本有的疯狂劲儿的阿尔托的观点。在某几处谈到幽默的时候，尤内斯库最接近于他本人的原创性，他理解了幽默的奥秘，而可怜的疯狂的阿尔托却根本不知幽默为何物。阿尔托的"残酷戏剧"观

反对阐释 | 155

念强调幻觉的更为阴暗的色调：发狂的场面，夸张的行为，嗜血的幽灵，惊叫，狂喜。尤内斯库注意到，任何悲剧只要节奏被加快，就变成了喜剧，于是就致力于具有强烈喜剧色彩的戏剧。他把他的大多数剧本的场景设定于起居室，而不是山洞、宫廷、庙宇或者荒野。他的喜剧领域是"家"的平庸性和压抑性——不外乎是单身汉的带家具的房间，学者的书斋，已婚夫妇的客厅。尤内斯库试图说明，在循规蹈矩的生活的形式下面，潜藏着疯狂，即个性的泯灭。

但在我看来，尤内斯库的剧本无需任何阐释。如果读者想读到有关他的作品的描述的话，那么理查德·N·寇于一九六一年发表于"作家与批评家系列丛书"的那本研究尤内斯库的出色的小册子，为尤内斯库的剧本提供了比《注释与反注》中任何文字都更连贯、更紧凑的辩解。我们对尤内斯库有关尤内斯库的评说的兴趣，不在于作者的戏剧理论，而在于《注释与反注》一书就尤内斯库剧作的那种令人困惑的单薄性都说了些什么——之所以说令人困惑，是考虑到这些剧本的主题的丰富性。这本书的语调透露出了很多东西。这是因为，在尤内斯库的戏剧评论著作的那种始终如一的自负态度——涉及他与冥顽不灵的批评家和呆头呆脑的公众的无休无止的战斗——的背后，是一种挥之不去的充满悲伤的忧虑。尤内斯库没完没了地抗议说，他一直在遭受误解。因此，他在《注释与反注》中某一页说过的话，又会在该书的另一页收回去（尽管这些文字的写作在时间跨度上是从一九五一年到一九六一年，但观点却没有什么改变）。他说他的剧本是先锋派戏剧，但后来又说不存在先锋派戏剧这种东西。他说他是在写作社会批评，但过后又说他不是在写作社会批评。他说他是一个人道主义者，但后来又表示他从道德上和情感上疏远了人道。从头至尾，他都像一个自以为——不论你怎么评说他，不论他怎样评说自己——自己真正的天赋遭到了误解的人。

尤内斯库有什么成就？以最挑剔的标准来判断，他创作了一部真正卓越的、优美的剧本《雅克或驯服》（一九五〇），一部出色的但稍逊一筹的作品《秃头歌女》（此为他的第一个剧本，创作于一九四八到一九四九年间），以及其他几部给人留下深刻印象的短剧，它们是同一素材的风格辛辣的重复——《上课》（一九五〇）、《椅子》（一九五二）和《新房客》（一九五三）。所有这些剧本——尤内斯库是一个多产的剧作家——都是尤内斯库"早期"的作品。他后期的作品则染上了如下瑕疵：戏剧意图方面显得散漫，而自我意识则越来越多，庞杂笨拙。散漫性明显地见于《以身殉职》（一九五二），这部作品尽管有一些出色的片断，但可惜过于直白。或者，人们可以把他最好的剧本《雅克或驯服》与使用同一些人物创作的短剧续篇《未来尚在卵中》（一九五一）作一比较。《雅克或驯服》充满了精彩的不和谐幻觉，构思巧妙而又合情合理。在尤内斯库的全部剧本中，只有它才达到了阿尔托提出的那种标准：作为喜剧的残酷戏剧。然而在《未来尚在卵中》这部剧本中，尤内斯库开始走上了他后期作品的那种灾难性的道路，他怒叱"观点"，不厌其烦地让剧中人物去关注戏剧的状况、语言的本性等等。尤内斯库是一个不乏才华却一直为"观念"所害的艺术家。他的作品为观念所困；他的才华也因观念而变得粗钝。在《注释与反注》中，我们看到尤内斯库以剧作家兼思想家的身份进行自我阐发和自我辩解的不懈努力，这种努力占据了《即兴之作》全剧，又使他在《以身殉职》和《阿梅代》中强行塞入了对剧本创作的看法，还促使他在《凶手》和《犀牛》中对现代社会大发一通过于简单化的批评见解。

尤内斯库偶然获得的一个有原创性的艺术见解，是发现了平庸的诗意。他说他的第一个剧本《秃头歌女》几乎是偶然写成的，那时他正决定学习英语，借来了阿希米尔编纂的英语常用语手册，在"家庭"词条下发现了"史密斯一家"、"马丁一家"这种用法。尤内斯库此后所有的剧本都延续了这种风格，至少，在开场部分，人物你一句来、我一句去地满口陈词滥调。延伸开来看，对陈词滥调的诗意的发现将导致对无意义的诗意的发现——所有的词语都可能彼此转化（因此《雅克或驯服》一剧的末尾出现了一场冗长乏味的"聊天"）。人们一直说尤内斯库的早期剧本是"关于"无意义的，或"关于"交流之不可能性的。但这种说法忽视了这么一个重要的事实，即在众多现代艺术中，人们实际不再可能在传统意义上谈论题材。毋宁说题材就是技巧。尤内斯库的作为——这并非平凡的功劳——是把现代诗歌的那些伟大的技巧发现中的一个挪用到了戏剧上，即像外国人一样从外部来看待一门语言。尤内斯库揭示出了这种态度所蕴含的戏剧资源，它长期以来虽为人所知，但到此为止仅限于现代诗歌。他的早期剧本不是"关于"无意义的，而是试图以戏剧的方式来利用无意义。

尤内斯库对陈词滥调的发现，意味着他拒绝把语言当作一种交流或自我表达的工具，而是把它当作可替换之个人在某种形式的恍惚状态中所分泌的一种奇异的物质。他的另一个发现，是把语言当作一种可触摸到的东西（因此，《上课》里的那个教师以"刀子"这个词杀死了那个学生），这一点在现代诗歌里早已为人所熟知。把语言变成物的关键技巧是重复。这种字句的重复被尤内斯库剧本的另一个万变不离其宗的场景进一步戏剧化：物质材料的逐步的、非理性的增加（因此，《未来尚在卵中》的鸡蛋、《椅子》中的椅子、《新房客》中的家具、《凶手》中的盒子、《以身殉职》中的杯子、《雅克或驯服》中罗贝塔二世的鼻子和手指、《阿梅代，或怎样摆脱它》中的尸体一步步增加）。这些不断重复的词语，这些着魔似的不断增加的物体，只有靠遗忘才可消除，如梦中的情形一样。从逻辑和诗意两方面来看——而不是根据尤内斯库对个人与社会的性质所持的"观点"——他的剧本势必要么以从头重复一遍结束，要么以难以置信的暴力结束。以下是几个典型的结尾：屠杀观众（此为《秃头歌女》的拟议的结尾),自杀(《椅子》),埋葬和沉默(《新房客》),莫名其妙和动物的呻吟(《雅克或驯服》),骇人听闻的身体压迫(《以身殉职》),舞台的坍塌(《未来尚在卵中》)。在尤内斯库的剧本中,反复出现的梦魇有关一个被物质全部塞满和侵吞的世界(就《新房客》中那些家具和《犀牛》中那些犀牛而言,这一梦魇显而易见)。因此这些剧本势必以混乱或非存在、毁灭或沉默来收尾。

对陈词滥调的诗意和作为物的语言的诗意的发现,给尤内斯库带来了一些非凡的戏剧性材料。然而,随后却产生了观念,一种有关这种无意义戏剧的意义的理论进入了尤内斯库的作品。最时髦的现代体验被召唤出来。尤内斯库和他的辩护者们声称他的创作始于他对当代存在的无意义性的体验,然后才发展出那种充满陈词滥调的戏剧来表达这一点。但更可能的或许是,他先是发现了平庸的诗意,然后,唉,才召唤一种理论来守护这个发现。这种理论不外乎那些批判"大众社会"时最固定不变的混杂一团的陈词滥调——异化、标准化、非人化。为归纳这种再熟悉不过的不满之感,尤内斯库最喜欢使用一个充满辱骂色彩的词,即"资产阶级",有时或者是"小资产阶级"。尤内斯库所说的资产阶级与在左派修辞中最经常被当作靶子的那个对象毫无共同之处,尽管他的这个概念或许是取自这个来源。对尤内斯库来说,"资产阶级"意指一切他所不喜欢的东西:指戏剧中的"现实主义"(与布莱希特使用"亚里士多德式的"这个词的所指相仿），指意识形态，指墨守成规。当然，假若这一切仅仅是尤内斯库对他的作品的看法的问题，那倒不要紧。要紧的是，这一切逐渐开始影响到他的作品。尤内斯库越来越倾向于毫无愧色地"标示"他正在做的事（在《上课》的结尾，当那位教授准备处理他的学生的尸体而套上一只带有纳粹标记的袖章时，人们作畏缩状）。一开始，尤内斯库描绘的是一个幻觉，即那个被语言傀儡所占据的世界的影像。他并没有批评什么，更谈不上发现他在某篇早期文章中所说的那种"语言的悲剧"。他只不过发现了语言可被使用的一种方法。只是到了后来，他才从这种艺术发现中抽取了一系列粗糙的、简单化的态度——对全都匍匐在一个被称作"资产阶级"或"社会"等名称的脑满肠肥的食人妖魔脚底下的人类在当代的标准化和非人化之下的态度。随之，就到了肯定个人、反对这个食人妖魔的时候。于是，尤内斯库的作品就进入了一个不幸的屡见不鲜的双重阶段：一开始是反戏剧的作品，是讽刺性模仿，随后是对社会有建设性意义的剧本。这些后期剧本是一些单薄之作。他全部作品中最差的是贝朗热系列剧——《凶手》（一九五七）、《犀牛》（一九六〇）和《空中行人》（一九六二）——在这些系列剧中，尤内斯库（如他自己所说）在贝朗热这个人物中创造了另一个自我，一个常人，一个身陷困扰之中的英雄，一个"重返人性"的人物。但困难在于，无论是在道德上，还是在艺术上，对人的肯定不能仅凭意愿。如果仅仅依靠意愿，那结果总是难以令人信服，而且经常显得做作。

就此而论，尤内斯库的戏剧发展道路，只不过是布莱希特的戏剧发展道路的逆转。布莱希特的早期作品——如《巴尔》、《在城市丛林中》——让位于后期的那些作为他的杰作的"叙事"剧作：《四川一好人》、《高加索灰阑记》、《大胆妈妈》。然而——且莫说他们各自所信奉的那些理论——布莱希特是一个远比尤内斯库更伟大的剧作家。自然，对尤内斯库来说，布莱希特再现的是大恶棍，是大资产阶级。他热衷于政治。但尤内斯库对布莱希特及布莱希特风格的剧作家的攻击——以及对那种以艺术来寄托政治意图的观念的攻击——是浅薄的。布莱希特的政治态度，在最好的状态下，是他的人道主义得以展现的契机，使他的戏剧得以集中和拓展。而尤内斯库所坚持的政治肯定与对人的肯定之间的选择，却是虚假的，此外还是危险的。

与布莱希特、热内和贝克特比起来，尤内斯库即使在最好的情况下也是一个次一等的剧作家。他的作品缺乏与他们的作品相同的分量，相同的活力，相同的高贵感和紧凑感。尤内斯库的剧作，尤其是那些短剧（他的天赋最适合这种形式），不乏其优点：可爱、机智、对恐怖题材的细腻感觉以及戏剧性，后一点最为重要。不过，那些反复出现的主题——脱离常规的个性，物体的令人恐惧的增加，令人厌恶的共处状态——却并不像它们原本应该的那样那么令人感动，令人惊讶。这或许是因为——除《雅克或驯服》外，在该剧中，尤内斯库让自己的幻觉自行其道——其恐怖色彩在一定程度上常常被矫揉造作所限制。尤内斯库的病态的喜剧，是带有先锋派感受力色彩的消遣性喜剧，正如一位英国批评家所说，它丝毫没有使尤内斯库对千篇一律状况的奇思异想与菲多对通奸的奇思异想真正区别开来。

确实，尤内斯库的剧作——以及他有关戏剧的论著——对情感问题颇费唇舌。例如，尤内斯库谈到《秃头歌女》时说，该剧是关于"因缺乏任何内在生活而无话可说"这一主题的。史密斯一家和马丁一家代表了那种完全被社会语境所同化的人，他们"已经遗忘了情感的意义"。但尤内斯库在《注释与反注》中提供了大量的有关他自己感觉无能——这种无能，被他看作是把他从"大众人"状态中拯救出来的东西，而不是使他变为大众人的东西——的描绘，这又作何解释呢？使尤内斯库有动于心的，并不是对冷漠的抗议，而是一种对人类的厌恶感，他以文化诊断的时髦的陈词滥调来掩盖了这种厌恶感。这种戏剧背后的感受力，是密不透风的，是防御性的，而且充满了性方面的厌恶感。厌恶感是尤内斯库剧作的强有力的原动力：他从厌恶感中创造了一种充满令人厌恶之物的喜剧。

对人类状况的厌恶，对艺术来说是完全可取的素材。但一个毫无思想天赋的人显露出来的对思想的厌恶，却是另一回事。正是这一点，使尤内斯库的许多剧作带上了瑕疵，并且使得他有关戏剧的这本文集读起来与其说令人愉悦，不如说令人难受。尤内斯库把思想当作人类的又一个愚蠢的赘生物而感到厌恶，在这本翻来覆去、颇多重复之语的著作中东一榔头、西一棍子地乱打一气，一会儿肯定某种立场，一会儿又否定这种立场。《注释与反注》中有一个始终如一的立场，那就是他试图保持一种不是立场的立场，一种不是观点的观点——一言以蔽之，是想保持思想上的无懈可击。然而，这是不可能的，因为他一开始就把思想仅仅当作一种陈词滥调："各方的思想体系都不过是托词，是隐藏现实（又一个陈腐之词）的东西。"论点令人生厌地游移不定，思想不知怎的就与政治等同起来了，而所有的政治又与法西斯似的梦魇世界等同起来了。当尤内斯库说"我相信使我们彼此隔绝的东西只是社会本身，或者，如果你愿意这样说的话，是政治本身而已"时，他是在表达他的反智主义，而不是表达一种关于政治的立场。这尤其明显地见之于该书最有趣的那个部分（第八十七到一百〇八页），即所谓的"伦敦辩论"，是尤内斯库与表面看来代表布莱希特观点的肯尼斯·泰南之间往来的文章和书信，于一九五八年首次发表于英语周刊《观察家》。这场辩论的高潮时刻是奥尔森·威尔斯的一封高尚而又雄辩的来信，他指出艺术与政治之间的分离不可能出现，更遑论成功，除非是在某一种社会里。正如威尔斯所说的，"任何有价值的东西，都有一个陈旧的名称"，所有的自由——包括尤内斯库对政治不予理睬的那种优越的自由——"都不外乎是政治的成就"。"艺术的头号敌人并不是政治；中立性……和其他政治立场一样是一种政治立场……如果我们的确在劫难逃的话，那让尤内斯库先生下来和我们其余的人一起来战斗吧。他应该拥有和我们一样平凡的勇气。"

因此，尤内斯库的作品令人感到窘迫的地方，是它所赞同的那种思想上的自负。我对那些根本就没有思想可言的艺术作品倒没有什么意见；相反，许多伟大的艺术都在此列。想一想小津安二郎的那些电影、雅里的《于布王》、纳博科夫的《洛丽塔》、热内的《花之圣母》吧——仅举四个现代的例子。但思想上的空无是一回事（常常是有益的），思想上的屈从却是另一回事。就尤内斯库而言，他所屈从的那种思想引不起人们的兴趣，它似乎有赖于这种世界观，即在完全恐怖和完全平庸之间确立一种对立。一开始我们或许在恐怖的恐怖性中体会到一种快感，但最终却只剩下平庸的平庸性。

[一九六四]

论《代表》

现时代最大的悲剧性事件，是六百万欧洲犹太人被屠杀。在一个不缺少悲剧的时代，这一事件最应该享有那种不值得羡慕的荣誉——因为它具有巨大的数量、单一的主题、丰富的历史意义以及纯粹的愚蠢这些特点。这是因为，没有人能够理解这一事件。对六百万犹太人的屠杀，不能全然以个人的或公共的狂热来加以解释，也不能以恐惧、疯狂、道德堕落或势不可挡、难以抗拒之社会力量来加以解释。二十多年后，围绕这一事件发生的争论比以前任何时候都多。发生了什么事？怎么发生的？怎么会允许发生这种事？谁为此负责？这个大事件是一个不能愈合的伤口；甚至理智的药膏都无济于事。

但即使我们知道得更多，也还不够。当我们说这个事件是"悲剧性的"时，我们就不仅仅是在要求一种事实的、历史的理解。说到悲剧，我指的是一个唤起极度的怜悯和恐惧的事件，它的起因颇为复杂，多种多样，并且它具有一种警示或者启迪的性质，使幸存者负有严肃的责任来正视它，消化它。我们在把六百万犹太人的被屠杀称为悲剧时,是在承认在理智的理解(了解发生了什么,怎样发生的)或道德的理解(抓捕战争犯,把他们送上法庭)之外,另有一个动机。我们承认,在某种意义上,这个事件是不可理解的。最终,惟一的反应仍是把这个事件继续放在内心,没齿不忘。然而承担记忆之负担的能力并不总是能胜任的。有时记忆会缓和悲痛或内疚;有时记忆却使悲痛或内疚更甚。最经常的情形是,记忆不能带来任何益处。然而我们感到记住这一切是理所当然的,是合适的,或是恰当的。记忆的这种道德作用跨越了知识、行动和艺术这些不同的世界。

我们生活在悲剧不是一种艺术形式、而是一种历史形式的时代。戏剧家们不再去写作悲剧。但我们的确拥有反映或者试图解决我们这个时代的重大历史悲剧的艺术作品(尽管它们经常不被认作艺术作品)。在当今时代为此目的而发明出来或获得完善的那些不被认作艺术形式的东西中,可以列出精神分析会议、议会辩论、政治集会以及政治审判。由于现时代最大的悲剧性事件是六百万犹太人被屠杀,因此过去十年间最使人感兴趣、最使人激动的艺术作品之一,是一九六一年阿多夫·艾希曼在耶路撒冷的受审。

正如汉娜·阿伦特以及其他人所指出的,对艾希曼进行审判的司法基础、所出示的所有证据的相关性以及某些程序的合法性,从法律的严格意义上看,是有问题的。但事实是,对艾希曼的审判不仅没有仅仅遵从司法标准,而且不能仅仅遵从司法标准。受审的不只是艾希曼。他以双重角色接受审判：既作为一个特例，又作为一个类属；既作为一个恶贯满盈的个人，又作为一个代号，代表以那场不可思议的大屠杀为顶峰的整个反犹主义的历史。

这场审判因而是使不可理解之事件变得可被理解的一个契机。因此，当神情冷漠、鼻梁上架着一副眼镜的艾希曼坐进防弹玻璃罩里时——他双唇紧闭，因此看起来像是从弗朗西斯·培根那些画作中走下来的一个尖叫着的巨兽，只不过听不到他的叫唤而已——法庭里立刻群情激昂，唱起了安灵曲。大量的有关灭绝犹太人的事实被记录在案，历史创痛的呼号亦被笔之于书。不用说，无法以严格的法律的方式来进行公正的审判。这场审判所起的作用像是悲剧所起的那种作用：在审判和惩罚之外进行的情感宣泄。

对正当程序（这场审判所诉诸的程序）的那种现代意识，无疑不是装出来的，但剧场与法庭之间古老的联系更为深刻。法庭审判显然是一种戏剧形式（实际上，历史上对法庭审判的最早的描绘来自戏剧——见之于埃斯库罗斯的三部曲《奥瑞斯忒亚》的第三部《报仇神》）。既然法庭审判显然是一种戏剧形式，那么剧场就是一个法庭。古典的戏剧形式常常表现为主角与反角之间的较量；而剧本提供的裁决是对行为的"判定"。所有的舞台悲剧都采用了这种审判主角的形式——这种悲剧形式的审判的独特之处是主角可能输掉官司（这就是说，遭谴责、受难、死亡），但也可能以某种方式打赢官司。

对艾希曼的审判正是这么一种戏剧。并不是说审判本身是一个悲剧,而是说,它戏剧性地成了为处理和解决一个悲剧而进行的尝试。从最深刻的意义上说,这场审判是戏剧。正因为如此,所以在合法性和道德性的标准之外还必须以其他的标准来判断。由于审判的目的并不仅仅在于对事实进行历史追查,即试图裁定犯罪,并施以惩罚,所以对艾希曼的审判并不总是"顺利"。然而,艾希曼审判的问题不在于审判的合法性不足,而在于其司法形式与其戏剧功能之间的那种冲突。正如哈罗德·卢森堡所指出的:"该审判承担了悲剧体诗歌的功能,即把使人悲痛和令人恐惧的过去在内心复活的功能。然而,它不得不在一个由实用主义符码所统治的世界舞台上完成这个功能。"艾希曼审判中存在着一种根本性的悖论:它首要地是一个渗透了记忆和重新唤起的悲痛的重大行为过程,但它以合法性和科学客观性的形式把自己装扮起来。该审判是一种赋予事件以某种临时的中立性的戏剧形式;审判的结果有待决定;而"被告"这个词也意味着辩护是可能的。在这种意义上,尽管艾希曼正如人人希望的那样将被judge处死刑,但审判这种形式却有利于艾希曼。也许这正是许多人在回顾这场审判时感到它是一种令人沮丧的体验、是戏剧中的一个陡降部分的原因。

一种更容易被认可的艺术类型——即一种不必假装中立的艺术——是否能够比这做得更好,尚待以后才见分晓。到目前为止，所有那些承担着与艾希曼审判所起的那种相同的历史记忆功能的艺术作品中，最出色的是《代表》这部由年轻的德国剧作家罗尔夫·霍赫胡特创作的长篇剧本。[1]这里，我们有了一个我们平常所理解的那种艺术作品——是一个在我们所熟悉的剧场里在八点半开演并且有幕间休息的作品，而不是一个在法庭庄严的公共舞台上演出的作品。这里，有的只是演员，而不是真正的屠杀者和从地狱脱身的幸存者。然而，把它拿来和艾希曼审判作一比较，并不是全无根据，因为《代表》主要是一个汇编，一个记录。艾希曼本人以及那一时期许多真实存在的人都在这个剧作中获得了再现；那些人物所发表的言论也取自历史记载。

在现时代，这种把剧场用作公共的道德审判的论坛的方法，已经遭到了冷落。剧场已经差不多成了一个上演私人争吵和个人痛苦的场所；在大多数现代戏剧中，事件赋予人物的那种裁决与剧作本身之外的东西没有关联。《代表》放弃了大多数现代戏剧中那种完全个人的限制。如果说不把艾希曼审判评价为一个公共艺术作品，是感觉迟钝的话，那么，只把《代表》判断为一个艺术作品，则是浅薄的。

有些艺术——但不是全部艺术——把自己的中心目的设定为说出真相；要判断这样的艺术作品，就必须根据它相对于真相的忠实性以及它所叙说的真相的相关性。以这些标准

---

[1] 罗尔夫·霍赫胡特：《代表》，理查德·温斯顿、克拉拉·温斯顿英译，纽约，格罗夫出版社。

来判断，《代表》是一部重要的剧作。纳粹党、党卫队、德国商业精英以及大多数德国人——霍赫胡特不放过他们每一个人——的罪证尽人皆知，以至无须获得任何人的首肯。但《代表》也同样尖锐地指证——这也正是该剧引起争议的部分——德国天主教教会以及教皇庇护十二世与法西斯的同谋关系。我相信这种指证是有根有据的，也深为所动（见霍赫胡特附在剧作末尾的大量文献材料以及君特·勒维《天主教教会与纳粹德国》这本出色的著作）。这个令人难以接受的真相的重要性（历史的和道德的重要性）在目前还不能被过高估计。

在该剧德文版的前言（可惜，这篇前言没有翻译过来）中，第一个在柏林上演该剧的导演埃尔文·皮斯卡托写道，他把霍赫胡特此剧视为莎士比亚和席勒的历史剧以及布莱希特的史诗剧的后继者。即使不考虑质量问题，这种比较——与处理历史题材的古典历史剧和史诗剧的比较——也使人误入歧途。霍赫胡特这部剧作整个的特点在于，他几乎没有对他的素材作改动。不像莎士比亚、席勒和布莱希特的剧作，霍赫胡特这部剧作的成败全系于它是否忠实于彻底的历史真相。

该剧的纪实倾向，也说明了它的局限。事实是，正如并非所有的艺术作品都立意于教化和指导良知一样，并非所有成功地起到了道德功能的艺术作品都能作为艺术令人感到满意。我只能想起一部与《代表》属于同类的戏剧作品，即阿兰·雷乃的短片《夜与雾》,它作为道德行为和作为艺术作品,都同等地令人满意。同样作为对六百万犹太人被屠杀事件的一个回忆,《夜与雾》具有高度的选择性,情感上不动声色,在历史材料运用上一丝不苟,此外它还——如果这个词不显得残酷的话——美。《代表》并不是一部美的剧作。也没有人非要求它美不可。不过,既然人们认为该剧有巨大吸引力和道德重要性,那美学问题也必须予以正视。不论《代表》如何被作为一个道德事件,它并不是最高水准的剧作。

例如,它的长度问题。我并未发现《代表》的长度令人反感。或许它确实属于那些肯定得益于奇长篇幅的艺术作品之列——例如德莱塞的《美国悲剧》、瓦格勒的歌剧以及奥尼尔最好的那些剧作,尽管它的语言是一个真正的累赘。在该剧的英文版中,语言是单调乏味的,既不合乎规范,也与原作风格不符(如"教皇的使节团是享有治外法权的——快走一边去/否则我可要差人去找警察了。")。霍赫胡特把自己的剧本安排成自由诗的形式,或许是为了强调主题的严肃性,或是为了揭示纳粹的修辞伎俩的平庸。但我不能想象有什么巧妙的方法来说这些台词,以传达作者所欲传达的那种效果(哪怕是上述两种效果之一)。艺术方面更大的一个缺点是霍赫胡特让剧本承载了大量的文献材料。《代表》充斥着大量杂乱无章的注释。当然,它有一些极其有感染力的场面,尤其是有那位魔鬼般的党卫队医生出现的场面。但事实仍不外乎是，不同人物在同一个场景中之所以彼此见面，其中一个重要的、反复出现的理由，是为了互相通报某事。成百上千的名字、事实、统计数字、谈话记录和新闻被塞进了对话中。如果说阅读《代表》——我至今没有看到它在美国上演——令人大为感动的话，那是因为该剧主题的重要，而不是因为其风格或者编剧技巧，就这两方面而言，它是极其传统的。

我想《代表》若搬上舞台的话，肯定是非常令人满意的。然而其戏剧效果却有赖于导演，他得拥有一种非同寻常的道德鉴赏力和美学鉴赏力。我想《代表》只有被巧妙地风格化时，演出才是出色的。然而在借用更具有仪式性而不是现实性倾向的高超的现代戏剧技巧资源时，导演必须小心提防，别因此削弱了该剧的力量，其力量在于其事实方面的权威性，在于其对某种具体的历史性的再现。在我看来，这正是霍赫胡特为《代表》的舞台演出所作的那些提示中的一条所不经意地提到的东西。在排列人物时，霍赫胡特把那些次要角色分成了几组；每一组中的全部角色均由同一个演员扮演。因此，同一个演员既扮演教皇庇护十二世，又扮演赖希军火业卡特尔的巨子鲁塔。在另一组里，同一个演员既扮演教皇使节团的一个神父，又扮演党卫队的一名中士，还扮演集中营的一个犹太牢头。"因为当今的历史告诉我们，"霍赫胡特解释道，"在一个全面强制征兵的时代，一个人穿什么制服，一个人到底是站在被害者一边或是站在迫害者一边，

反对阐释 | 173

并不一定归咎为谁的失信或者责任，或甚至不一定归咎于性格问题。"我不相信霍赫胡特真的赞同人与角色的可互换性这种轻率、时髦的观点（他的这部剧作正好与这种观点冲突），而且，我若看到该剧按霍赫胡特所提示的那样搬上舞台，将感到非常反感。不过，皮特·布鲁克在巴黎上演《代表》时所创造的那种表面看来相似的戏剧观却可能不带来相同的反感：所有的演员都身着一模一样的蓝色棉质套装，当需要说明身份时，就在套装上披上一件红衣主教的红色道袍，或一件神父的黑色法衣，或套上一只纳粹军官的有卍字标志的袖章，等等。

霍赫胡特这个剧作在柏林、巴黎和伦敦上演时引起了骚乱，几乎它在每一个地方上演都会引起骚乱，因为它描绘（不仅是记述而已）了晚年的教皇庇护十二世拒绝利用天主教教会的影响来保护犹太人，拒绝或以公开的方式或通过私下的外交渠道来反对纳粹针对犹太人的政策，这恰恰是《代表》在艺术与生活之间所占据的重要地位的无可辩驳的明证（在罗马，在该剧将上演的那一天，警察下达了禁演令）。

有理由相信，如果教会当时提出抗议的话，是会拯救许多生命的。在德国，当天主教主教团强烈反对希特勒对上了年纪的和病得无药可治的雅利安人实施安乐死计划——此乃对犹太人问题的"最终解决"所作的试探——时，这一计划就被取消了。政治中立性的惯例也不能成为梵蒂冈的托词，因为梵蒂冈的罗马教廷在诸如苏联入侵芬兰这样的国际政治大事上也曾发表过有力的言论。有些人认为《代表》是对教皇庇护十二世的恶意诽谤，但对他们所提出的那种指控极为不利的是，现存的文件资料表明，教皇和当时欧洲其他许多保守主义的统治者一样，的确赞同希特勒对苏联开战，并因此不愿意积极地反对纳粹德国政府。由于霍赫胡特的《代表》有一个场景描绘了这一事实，该剧一直被众多天主教徒诋毁为一本反天主教的册子。然而，霍赫胡特所报道的东西要么是与事实相符的，要么是与事实不相符的。假设霍赫胡特所说的事实（以及他对基督教徒的勇气的看法）是正确的话，那一个好的天主教徒不应该再去为教皇庇护十二世的所有行为辩护，而应该去钦佩文艺复兴时期的那些持自由思想的主教们。但丁在自己的作品中把教皇切莱斯廷五世送进了地狱，可是没有人会指控他反天主教。为什么一个现代基督徒——霍赫胡特是一个路德派教徒——就不能以那个时代的具有义不容辞精神的基督的代表或代理为楷模，弘扬柏林牧师长贝纳德·利希腾贝格（他在他的布道坛上公开地为犹太人祈祷，并自愿陪伴犹太人到达豪集中营）或方济各会修士马克西米连·柯尔布神父（他惨死于奥斯威辛集中营）的义举呢？

不管怎样，对教皇的抨击，并非《代表》的惟一主题。在该剧中，教皇只在一个场景中露过面。情节主要集中于两个主人公——耶稣会神父里加铎·芳塔纳（主要以牧师长利希腾贝格为原型，并参照了柯尔布神父的某些生平）和令人

反对阐释 | 175

刮目相看的库特·格斯坦（他为了搜集证据好摆在柏林的教皇使节面前而加入了党卫队）。霍赫胡特并没有把格斯坦和芳塔纳放在任何一个由同一个演员扮演全部角色的"组"里面。对这两个人来说，没有什么是可互换的。因此，《代表》的主旨并不是起诉。它不仅抨击了德国天主教主教团、教皇以及教皇的随从们，而且也展现了保持真正的荣誉和正直不阿的品格——尽管这会带来牺牲——是可能的，也是基督徒必须履行的义务。霍赫胡特说，正因为有些德国人作出了选择，我们才有权力指责因不可宽恕的怯弱而拒绝作出选择、拒绝仗义执言的其他人。

[一九六四]

悲剧的消亡

现代对悲剧之可能性的探讨，不以文学分析的面目出现，而或多或少假以文化诊断学之名。直到文学这一学科遭到经验主义者和逻辑主义者的清洗以前，该学科一直侵占着以前归属于哲学的那种活力。情感、行为和信仰的现代困境试图通过文学杰作的讨论得出一个所以然来。艺术被看作是一个既定历史时期人类的才能的反映，是文化藉以定义自身、命名自身和生动表达自身的显著形式。尤其是，文学形式的死亡的问题——诸如长篇叙事诗还可能存在吗？或它已经消亡了？小说呢？诗剧呢？悲剧呢？——在当前最为紧要。一种文学形式的摈弃，是一个道德行为，是现代真诚德性的一个巨大成就。因为，作为一个自我定义的行为，它也是一种自我埋葬。

这类葬礼习惯性地伴以悲悼之感的流露；这是因为，当我们陈说着曾经体现于已死的形式中而现在业已失去的那种感受力和态度的潜能时，我们是在悲悼自身。尼采在《悲剧的诞生》这部实际上是谈论悲剧的死亡的著作中，把知识和自觉的理智——它们随古希腊的苏格拉底而兴起——所获得的这种全新的影响力归咎为本能和现实感的衰退,正是这种衰退使悲剧不再可能出现。随后一切有关这一话题的讨论都显示出相似的挽歌色彩,或至少是退守的色彩:或是悲悼悲剧的死亡,或是满怀希望地试图从易卜生、契诃夫、奥尼尔、米勒和威廉斯的自然主义-感伤主义的戏剧中创造出"现代"悲剧。莱昂内尔·阿贝尔这本著作①没有这种习见的哀伤之音,这正是它的那些别具一格的优点之一。没有人再创作悲剧了吗?很好。阿贝尔请他的读者离开悼念厅,来参加一个聚会,一个庆祝属于我们自己的戏剧形式的聚会,实际上,三百年来,这种戏剧形式就一直属于我们:元戏剧。

的确,没有什么理由哀悼,因为那具遗体不过是一个远亲。阿贝尔说,悲剧不是、也从来就不是西方戏剧的典型形式;西方大多数戏剧家尽管一心想写悲剧,但写不了悲剧。为什么?一言以蔽之:自我意识。首先,是戏剧家自己的自我意识,其次,是他的剧作主人公的自我意识。"对一个缺乏自我意识的人物的存在现实,西方的剧作家觉得匪夷所思。但自我意识的缺乏是安提戈涅、俄底浦斯、俄瑞斯忒斯的特征,正如自我意识是哈姆雷特这个屹立于西方元戏剧中的人物的特征。"因此,正是元戏剧——其情节描绘的是意

---

① 莱昂内尔·阿贝尔:《元戏剧:戏剧形式新论》,纽约,希尔-王联合书局。

识自觉的人物的自我生动表现，而其主导性隐喻把生活看作是一场梦，世界是一个舞台——才一直占据着西方的戏剧想象力，恰如悲剧曾占据着古希腊的戏剧想象力。紧随在这个论点后面的是对历史进行考察后得出的两个重大结论。其一是，悲剧要比我们所想象的更为罕见——包括古希腊的戏剧、莎士比亚的一部剧作（《麦克白》）以及拉辛的少量剧作。悲剧并不是伊丽莎白时代或西班牙戏剧的典型形式。伊丽莎白时代严肃剧大多由失败的悲剧（如《李尔王》、《浮士德博士》）或成功的元戏剧（如《哈姆雷特》、《暴风雨》）组成。其二涉及当代戏剧。在阿贝尔看来，莎士比亚和卡尔德隆是某一种在肖伯纳、皮兰德娄、贝克特、尤内斯库、热内和布莱希特的"现代"戏剧中获得辉煌复活的传统的最伟大的两个源泉。

作为文化诊断学的一件作品，阿贝尔这部著作从属于那种对主观性和自我意识的磨难进行思考的伟大的欧陆传统，此一传统肇始于浪漫派诗人和黑格尔，其后继者是尼采、斯宾格勒、早期的卢卡奇以及萨特。他们提出的问题，他们使用的术语，隐约地出现在阿贝尔这些风格简朴、不太专业的论文的字里行间。在这些欧洲人显得艰涩的地方，阿贝尔一笔带过，不作任何补充说明；在他们投以鸿篇巨制的地方，他投之以一系列风格直率的论文；在他们显得阴沉沮丧的地方，他显得轻快乐观。总之，阿贝尔是在以美国作风来阐述一种欧陆观点；他写出了第一部美国风格的存在主义的小册子。他的论点毫不含糊,逞强好斗,近似口号,过于简单——此外,大体上看,绝对有道理。他的这部著作不去探究吕西安·戈德曼那部关于帕斯卡、拉辛以及悲剧观的伟大著作《隐匿的上帝》中那些玄乎的深刻之处(但它们的确是深刻的),尽管我猜想阿贝尔从这部著作中有所获益。然而阿贝尔此书的优点,不下于其直率和简练的那些优点,还是令人钦佩。对那些不熟悉卢卡奇、戈德曼、布莱希特、迪伦马特以及其他人的著作的英语读者来说,阿贝尔所提出的那些问题可以作为一个引子。阿贝尔此书远比乔治·斯坦纳的《悲剧的死亡》和马丁·艾斯林的《荒诞剧》更引人入胜。的确,英国或美国当今的戏剧评论家还没有谁写出如此有趣或复杂的东西。

正如我上面所指出的,《元戏剧》中所假定的那种诊断——现代人生活在一种与日俱增的主观性的重负下,损害了他对世界的现实的知觉——并无新意。戏剧作品也并不是显露这种自我操控、角色扮演的态度及其相关看法和理由的主要文本。有关这种态度的最伟大的两个文献,是蒙田的《随笔》和马基雅维利的《君王论》——两者皆为策略指南,断定在"公共自我"(角色)与"私人自我"(真实自我)之间存在一条鸿沟。阿贝尔此书的价值在于它把这种诊断直截了当地运用在了戏剧上。例如,他认为,严格说来,莎士比亚的大部分剧作根本就不是悲剧,尽管其作者以及后来的每一个人都称之为悲剧,他这样认为,是非常有道理的。实际上，阿贝尔的观点甚至可能比这走得更远。不仅大部分一般被认为是悲剧的戏剧其实是"元戏剧"，大部分历史剧和喜剧也同样如此。莎士比亚的重要剧作是那些有关自我意识的剧作，是人物不以行动而以在角色中使自己戏剧化见长的那些剧作。哈尔亲王［即莎士比亚《亨利四世上篇》中的威尔士亲王亨利——译注］是一个具有彻底的自我意识和自我操控能力的人，胜过了那个轻率鲁莽、无自我意识而又刚正不阿的霍茨波，也胜过了那个溺于感官、胆小怕事、具有自我意识、寻欢作乐的福斯塔夫。阿喀琉斯和俄底浦斯都没有把自己看作英雄和国王，可他们是英雄和国王。但哈姆雷特和亨利五世把自己看作是角色的扮演者——复仇者的角色和率领大军作战、具有英雄气概和必胜信心的国王的角色。莎士比亚爱好戏中戏这种形式，喜欢让人物在大部分剧情中伪装自己，这明显地带有元戏剧的风格。从普罗斯佩罗一直到热内《阳台》中的警长，元戏剧的主角是那些寻求行动的人物。

我说过阿贝尔的主要论点是正确的。不过，就以下三个问题而言，这个论点也是不确切的或不完整的。

第一个问题是，如果阿贝尔曾考虑过何为喜剧的话，那他的论点或许更复杂，而且我想或许会有改变。我不认为喜剧和悲剧把戏剧的天地一分为二、各据其一，我认为喜剧和悲剧最好是参照彼此来定义自身。当人们想到伪装、欺骗、角色扮演、操控、自我戏剧化——即阿贝尔所说的元戏剧的基本因素——是阿里斯托芬以来喜剧的主要成分时，阿贝尔对喜剧的这种忽略显得尤其令人吃惊。喜剧情节要么是有意的自我操控的故事和扮演角色的故事（如《利西斯特拉塔》、《金驴记》、《伪君子》），要么是那些令人难以置信地处于无自我意识——有人或许会说是下意识——状态的人物的故事，这些人物（如天真汉、伙计巴斯特·基顿、格列佛、堂吉诃德）以一种可笑的却使他们逢凶化吉的愚钝扮演着他们同意扮演的奇怪角色。大可认为阿贝尔称为元戏剧的这种形式，尤其是其现代样式，代表着遗留下来的悲剧精神与最古老的喜剧原则的融合。一些现代的元戏剧，如尤内斯库的剧作，显然是喜剧。当贝克特在创作《等待戈多》、《最后一局》和《幸福日子》时，也很难否认他是在以一种黑色喜剧的方式进行写作。

第二个问题是，阿贝尔在很大程度上把悲剧创作所必需的那种世界观过于简单化了，我认为他的确是把它歪曲了。他说："不认可某些不变价值是真实的，那一个人就无法创作悲剧。从整体上说，西方的想象力是自由的，是具有怀疑色彩的；它倾向于把一切不变价值都视作谬误。"在我看来，这种说法是错误的，即便它是对的，也是表面的（阿贝尔这里或许太受黑格尔及其通俗解释者的悲剧分析的影响）。什么是荷马的不变价值？是荣誉，地位，还是个人勇气——这些属于贵族军事阶层的价值？然而《伊利亚特》谈论的并不是这些。倒可以说，如西蒙娜·韦伊所言，《伊利亚特》——此乃人们所能找到的最纯粹的悲剧样式的典范——谈论的是世界的虚无和反复无常,是一切道德价值的最终毫无意义,是死亡和非人类力量的令人恐惧的统治。如果俄底浦斯的命运被再现为、体验为悲剧,这并不是因为他或者他的观众相信"不变价值",恰恰是因为一场危机突然降临于这些价值。悲剧所展现的并不是"价值"的不变性,而是世界的不变性。只要俄底浦斯的故事展示了世界的冷酷的不可穿透性,展示了主观愿望与客观命运的冲突,那它就是悲剧。毕竟,在最深刻的意义上,俄底浦斯是无辜的;如他自己在《克罗纳的俄底浦斯》中所说,他是被众神冤枉的。悲剧是虚无主义的一种幻象,是虚无主义的一种充满英雄气概的或高贵色彩的幻象。

认为西方文化在整体上一直是自由主义的和怀疑主义的,这同样不正确。后基督教时代的西方文化是这样,蒙田、马基雅维利、启蒙运动以及二十世纪有关个人自主和健康的那种心理文化是这样,但在西方文化中占主导地位的宗教传统是不是这样呢?圣保罗、圣奥古斯丁、但丁、帕斯卡、克尔恺郭尔是自由主义的怀疑论者吗?很难说是。因此,人们势必会问,为什么没有基督教悲剧呢?——阿贝尔没有在他这本著作中提出这个问题,尽管如果人们承认对不变价值的信仰是创作悲剧的必要组成成分的话,就似乎不可回避地要谈到基督教悲剧。

正如众所周知的,严格说来,并没有基督教悲剧,因为基督教价值的内容——由于这是一个如何坚定不移地信奉何种价值的问题，而不是愿不愿意信奉的问题——对悲剧的悲观主义是不利的。因此，但丁的神学诗篇是"喜剧"，正如弥尔顿的神学诗篇也是如此。这就是说，作为基督徒，但丁和弥尔顿赋予世界以意义。在犹太教和基督教所想象的世界中，不存在任何独立的随意的事件。一切事件都是一位公正、善、禀承天意的神祇的计划的一部分；每一种受难都一定会以复活告终。每一场灾难或灾祸要么被看作是导向更大的善，要么被看作是受难者完全应该得到的公正的恰如其分的惩罚。基督教所肯定的世界的这种道德正当性恰恰是悲剧所否定的东西。悲剧说这个世界上存在着一些并非完全应该得到的灾难，说世界上存在着最终的不公正。因此人们或许会说，西方流行的宗教传统的终极乐观主义，其在世界中发现意义的愿望，在基督教的支持下阻碍了悲剧的重生——正如尼采所提出的观点，理性，苏格拉底的这种本质上是乐观主义的精神，在古希腊就杀死了悲剧。元戏剧的自由主义的、怀疑论的时代只不过从犹太教和基督教继承了这种赋予意义的愿望。尽管宗教情感耗竭了，去寻找、发现意义的愿望却流行开来，虽然它局限于这一思想，即把行动视为人们有关自身的那种思想的投射。

我要谈到的第三个问题是阿贝尔看待现代元戏剧、尤其是那些经常被笼统地归在"荒诞派戏剧"这个无所不包的标签下的那些戏剧的方式。阿贝尔正确地指出这些戏剧从形式上来说从属于一个古老的传统。然而，阿贝尔在他的论文中对形式所作的考察不该混淆范围和语调方面的差异，而他忽视了这一点。莎士比亚和卡尔德隆在一个具有丰富的既定情感和开放感的世界里创立了带有元戏剧色彩的趣味游戏。热内和贝克特的元戏剧反映了其最大的艺术快感是自我撕裂的一个时代的情感，这个时代被永恒的回归感所窒息，把变革体验为充满恐怖的行为。所有的元戏剧都假定生活是一场梦。然而既有平静的梦，又有不安的梦，还有噩梦。现代的梦——现代元戏剧所反映的东西——是一场噩梦，是重复的生活、被拖延的行动和被耗竭的情感的噩梦。在现代的噩梦与阿贝尔（如让·柯特最近所做的一样）所忽视因而造成文本误读的文艺复兴时期的梦之间，存在着断裂。

尤其是就被阿贝尔归在元戏剧家之列的布莱希特而言，这一范畴令人误入歧途。有时，阿贝尔似乎在把"自然主义戏剧"而不是"悲剧"当作元戏剧的一个陪衬。布莱希特的戏剧是反自然主义的，是说教性的。但除非阿贝尔愿意把《丹尼尔的戏剧》称作元戏剧——因为该剧把乐队搬到舞台上，还有一个叙事者，向观众解释一切，请他们把戏剧当作戏剧，当作表演——否则，我看不出布莱希特很适合这一范畴。此外，阿贝尔对布莱希特的看法，还不幸地被冷战的幼稚的陈词滥调所扭曲。阿贝尔认为布莱希特的戏剧一定是元戏剧，因为要创作悲剧，一个人就必须相信"个人是真实的"，必须"相信道德受难的重要性"（阿贝尔是不是在说受难的道德重要性?)。由于布莱希特曾经是一个共产党员,又由于共产党"不相信个人或道德体验"("相信"道德体验,这是什么意思?阿贝尔是不是说道德原则?),因此布莱希特缺乏写作悲剧的基本条件。因此,像他那么教条的人,就只能写作元戏剧——这就是说,把"一切人类行动、反应和情感表达都戏剧化"。这是胡言乱语。如今,在国外,除了共产主义,就看不到别的道德化教条,看不到别的"不变价值"的坚定倡导者。当西方的自由主义者通俗地把共产主义称作一种"世俗宗教"时,是什么意思?至于那种指责共产主义不相信个人的习闻之辞,也同样是胡言乱语。在共产主义取得政权的那些国家,与其说是马克思主义理论,还不如说是这些国家的感受力和历史传统不赞同这种所谓的西方个人观,这种个人观把"私人"自我从"公共"自我分离出来,并把私人自我看作真实自我,它只是勉强地才参与公共生活的活动。作为悲剧始作俑者的古希腊人也并不持有这种现代西方意义上的个人观念。当阿贝尔试图把个人的缺失当作元戏剧的标准时,他的论点深处发生了混乱——他的历史概括大体上是浅薄的。

无可否认,布莱希特是共产主义"道德"的一个狡猾的、含糊不定的卫士。然而他的剧作的秘密应该在他的视戏剧为一个道德化工具的思想中去寻找。因此他才会采用借自中国和日本的非自然主义的戏剧舞台技巧,因此才会有他的关于舞台演出和表演的著名理论——间离效果——其目的是为了强化观众的一种置身事外的理智的态度（间离效果似乎主要是一种以非自然主义的方式创作和演出剧作的方法；就我所看到的柏林剧院的表演来看，间离效果作为表演的一种效果，主要是节制和弱化了表演的自然主义风格——而不是根本与之对立）。阿贝尔把布莱希特纳入与他肯定有着某种共同之处的元戏剧家范畴，混淆了布莱希特的说教作风与真正的元戏剧家所再现的那种刻意的中立性——即同等取消一切价值——之间的差异。这种差异，有点像奥古斯丁和蒙田之间的差异。《忏悔录》和《随笔》都是说教性的自传，然而《忏悔录》的作者把自己的生活看作是意识从自我中心性向上帝中心性直线运动的戏剧，而《随笔》的作者却把自己的生活看作是对自我存在的无数形态的不动声色的、多种多样的探索。布莱希特与贝克特、热内和皮兰德娄之间的共同之处，就如同奥古斯丁的自我分析方式与蒙田的自我分析方式之间的共同之处一样少。

[一九六三]

剧场纪事

1

作为一种公共艺术，戏剧具有很长的历史。然而，当今，在社会主义现实主义范围之外，就几乎看不到处理社会-时事问题的剧作。最好的现代剧作是那些致力于发掘私人的而非公共的苦难经历的剧作。当今戏剧中的公共声音是粗糙的、嘶哑的，而且经常是优柔寡断的。

这种优柔寡断在最近最显著的例子是阿瑟·米勒的新剧《堕落之后》，该剧拉开了林肯中心专用剧场第一演出季的序幕。米勒此剧的成败全都系于其道德诚挚的真实性，系于其对"大"问题的涉及。然而，不幸的是，米勒所选择的戏剧方法，是心理分析式忏悔的喋喋不休的独白，而且他不牢靠地把观众派定为伟大的听众的角色。"该剧的情节发生在当代人昆廷的心中和记忆中。"平平常常的主人公（回想一下威利·洛曼[①]）和没有时间、地点的内景布置把这出戏给葬送掉了：不管《堕落之后》处理的是如何令人激动的公共问题，这些问题都被当作内心的内容看待。这就在米勒的那个必须在头脑中实际地把握世界的"当代人昆廷"身上压上了一副可怕的重担。要摆脱这种负担，必须要有一个好头脑，一个非常有趣而且聪明的头脑。而米勒那位主人公的头脑并不属于此类。当代人（如米勒再现的样子）似乎深陷在一种自我开脱的笨拙表达中。当然，自我开脱就意味着自我暴露；在《堕落之后》中，这种自我暴露倒是俯拾即是。许多人会对米勒赞赏有加，因为他大胆暴露自我——作为丈夫、情人、政治人物和艺术家。但自我暴露只有具备了能让他人从中学会看待自身的那种品性和复杂性时，它在艺术上才值得赞赏。在该剧中，米勒的自我暴露只不过是自我沉溺。

《堕落之后》并没有展现行动，而是展现了有关行动的想法。它的心理学看法更应归功于弗朗茨布洛，而不是弗洛伊德（昆廷的母亲希望他写得一手漂亮的字，以通过儿子来报复自己生意场上春风得意但终究鄙薄无文的商人丈夫）。就该剧的政治思想而言，在政治还尚未被对待精神疾患的那种仁慈态度所软化时，米勒仍在左派报纸讽刺漫画的层次上写作。完全是为了通过检查，剧中昆廷年轻的德国女朋友——此乃五十年代中期——被证明原来是七月二十日军官密谋活动的情报员；"他们全都被绞死了。"昆廷的政治勇气表现在他挑衅地打断众议院非美行动调查委员会主席言辞激

---

① 阿瑟·米勒名剧《推销员之死》的主人公。——译者

烈的讲话，质问道："在你们充满爱国主义的街区里，你们准许多少黑鬼投票？"《堕落之后》的这种理智上的优柔寡断，正如它经常的情形那样，导致了道德上的不诚实。《堕落之后》声称自己描述的不过是现代人对他自己的人性的追问——在哪一点上是有罪的，在哪一点上是无辜的，在哪一点上负有责任。我所反感的不是该剧奇怪地把各种问题扯在一起，显然这都是二十世纪中叶的典型问题（如共产主义、玛丽莲·梦露、纳粹的灭绝营），也是在全剧中假扮律师面目出现的业余作家昆廷一再自我谈及的问题。我反感的是，在《堕落之后》中，所有这些问题都处在同一层次上——这并不出人意料，因为这些问题全都处在昆廷的思考中。在该剧的一些场景中，玛姬-玛丽莲·梦露并没有扮演角色，但她线条优美的尸体却始终躺在舞台上。同样，在舞台的后方，一直高耸着一道由灰泥和带刺铁丝网构成的歪七扭八的长方形的物体——它代表了集中营，我姑且这么认为——每当昆廷的独白闪回到纳粹或诸如此类的话题时，它就被聚光灯照得通亮。《堕落之后》对待罪与责的准精神病学方法抬高了个人悲剧，却降低了公共悲剧——降到和死亡相同的层次上。无论昆廷是不是该为玛姬的堕落和自杀负责，无论他（现代人）是否该为集中营的不可想象的残暴行径负责，这些，从某种角度看——荒谬到了令人吃惊的程度——似乎都没有什么两样。

让剧情在昆廷的脑海里展开，这实际阻碍了米勒对他的题材进行严肃的挖掘，尽管他显然认为这种技巧会"深化"他的剧情。真实发生的事件变成了意识的点缀物和间歇发热。该剧结构尤其松弛，重复拖沓，迂回曲折。"场景"忽行忽止——忽儿跳到过去，忽儿跳回现在，不时闪回到他的第一次婚姻、第二次婚姻（与玛姬）、他对他的德国准妻子的三心二意的追求、他的童年、他的歇斯底里而又压抑的双亲的吵闹以及他作出的那个痛苦的决定——为一个身份为前共产党员同时又是他自己的朋友的法学院教师进行辩护，而他的对手也是自己的一个朋友，一个"说出他们的姓名"①的人。所有的"场景"都是一些由于不堪痛苦而从昆廷的内心中挤压出来的支离破碎的碎片。只有死亡，那些必定发生在舞台外的死亡，才似乎在推动昆廷的生活：那些犹太人（在该剧中"犹太人"一词从未被提及）早就死了；他的母亲死了；玛姬服用过量的安眠药自杀了；那位法学教授在地铁里卧轨。在整部剧中，昆廷似乎更像是一个受难者，而不是自己生活中的一个主动者——然而米勒却恰好从来不承认这一点，从来不把昆廷看作自己的问题。相反，他以最传统的方式持续不断地为昆廷（也含蓄地为观众）开脱责任。

---

① "说出他们的姓名"（name names）——此为麦卡锡领导的众议院非美活动调查委员会的常用语，当他们讯问一个知情者或嫌疑者时，就会要求他供出其他一些相关人士的姓名。受到麦卡锡主义者调查、讯问和列入名单的美国人，大约有一千多万人，几乎都是知识分子和政府官员。这一时期又被称为"麦卡锡主义时代"，是一个恐怖政治的时代，即文章中屡次提到的"五十年代"。——译者

反对阐释

尽管有这些令人烦恼的决定，尽管有这些令人痛苦的记忆，米勒仍给予昆廷以相同的排遣道德内疚感的溶解剂，相同的安慰。我（我们）既有罪，又无辜，既对此负有责任，又对此毫无责任。当玛姬责怪昆廷冷酷、不宽容时，她是对的；但昆廷抛弃贪得无厌、精神错乱、自暴自弃的玛姬，又有正当理由。在众议院非美活动调查委员会面前拒绝"说出他们的姓名"的那位教授是品行端正的；但那个与非美活动调查委员会合作、出庭作证的同事也有某种高贵之处。此外（也是昆廷所有那些想法中最值得一提的），是当昆廷与他那个德国女朋友同游达豪集中营时，他意识到，我们每个人都或许曾是那个地方的一个受害者；但我们每个人也或许曾是那个地方的迫害者之一。

该剧的氛围以及舞台演出，带有某种扭曲的现实主义的痕迹，它强化了该剧中的那种糟糕的信仰，即那种并行不悖的倾向。那个巨大的绘成石灰色、空无一物的倾斜舞台，如同当代人的心理，是如此触目惊心地光秃荒芜，以至当老是坐在前台一只盒子形状的东西上一根接一根地抽烟的昆廷突然把烟灰弹进台边的那个虚设的微型烟灰缸里时，人们禁不住跳了起来。当人们看见装扮成玛丽莲·梦露的样子而且在形体上与梦露有某些相似之处（尽管要酷似梦露，她还不够丰满）的芭芭拉·洛顿在舞台上模仿着梦露的种种习惯姿态时，人们再一次受到震动。然而，也许现实与戏剧的最令人吃惊的结合，在于《堕落之后》是由伊利亚·卡赞执导的，谁都知道他是那个在众议院非美活动调查委员会前面"说出他们的姓名"的同事的原型。当我想起米勒与卡赞之间大起大落的关系史时,我感到了那种与我头一次观看《日落大道》时相同的恶心之感,此剧是对东山再起的昔日的电影女皇葛罗莉娅·斯万松和已被人遗忘的大导演艾里克·冯·斯托海姆的真实生涯和昔日风流韵事的讽刺模仿和大胆影射。不管《堕落之后》拥有的是怎样一种勇气,它都既不是理智方面的,也不是道德方面的;它是一种个人反常行为的勇气。但它比《日落大道》要逊色许多:它不承认其病态,不承认其个人开脱的性质。《堕落之后》似乎自始至终地执意于严肃性,执意于处理重大的社会和道德主题;若以此来审视,它必定令人沮丧,显得在理智和道德两方面都缺乏诚实性。

由于《堕落之后》执意于严肃性,我怀疑它将和林肯中心专用剧场上演的第二部剧作、奥尼尔的《马可百万》现在的情形一样,在数年内似乎就显得啰嗦、老套、过时了。两部剧作都因与它们声称予以抨击的东西之间的令人沮丧的(尽管,人们猜测,没有被意识到的)同谋关系而受到扭曲。《马可百万》对美国商业文明的平庸价值发起的攻击本身也散发出浓厚的平庸气;《堕落之后》是一篇称颂严于待己的冗长的布道文,但它的论点像烂泥一样软绵不支。的确很难在这两部剧作或其演出中作一取舍。我不知道哪一部更笨拙:是马可·波罗对中国的种种令人惊叹的物品的巴比特式的过分表白呢（"可汗，你这儿可真是一个漂亮的小宫殿啊。"——瞧，美国人不是粗野的和讲究物质生活的吗？），还是米勒的主人公昆廷时而显得诗意盎然、夸张做作，时而显得像是 WEVD 电视台的肥皂剧的奇里奇怪的长篇大论（瞧，美国人不是苦恼的和复杂的吗？）。我不知道从舞台演出来说，哪一个更乏味，更不讨人喜欢：是小雅逊·罗巴德扮演的神情倦怠、笨手笨脚的昆廷，还是哈尔·霍尔布鲁克扮演的孩子气十足的马可·波罗。我几乎分辨不开那个老是纠缠着昆廷、语无伦次地想从他那儿获得去做鼻子整形手术的勇气的布朗克斯小妞儿卓娜·兰贝尔与《马可百万》中那个被认为是高雅的、因失恋而憔悴的东方之花库卡钦公主卓娜·兰贝尔。的确，伊利亚·卡赞执导的《堕落之后》显得僵硬、现代和繁复，而何塞·昆特罗执导的《马可百万》则显得巧妙、精致，而且还得益于伯尼·蒙特勒索设计的可爱的服装，尽管舞台上灯光太暗，你拿不准自己到底看清了什么。不过，当你考虑到卡赞曾费劲地执导过一部糟糕的剧作，昆特罗也曾执导过一部过于幼稚以至无论多出色的表演都无济于事的剧作，那么就他们对以上两部作品的执导而言，其差异就似乎无足轻重了。林肯中心专用剧场团体（我们的国家剧院？）令人失望至极。很难相信它幸免于百老汇商业主义的那种高度自由所带来的一切，只是这些差强人意的演出：米勒的这部拙劣的剧作，奥尼尔的一部糟糕得甚至引不起历史兴趣的剧作，以及 S·N·伯尔曼的一部愚蠢透顶的喜剧——与它比起来,《堕落之后》和《马可百万》倒像是天才之作了。

如果说作为严肃剧的《堕落之后》因其理智方面的软弱而失败的话,那么可以说罗尔夫·霍赫胡特的《代表》的失败,则是因为其理智方面的简单和艺术方面的幼稚。但后者的失败是另一种类型的失败。《代表》译得笨拙,而且霍赫胡特显然不怎么顾及亚里士多德的诗比历史更有哲学意蕴的观点;霍赫胡特的人物不过是一些用来揭发历史事实和展示道德原则的冲突的喉舌。但考虑到米勒将所有事件都转化成主观反响的那种方式,那么《代表》的不足之处就显得几乎可以容忍了。《代表》具有阿瑟·米勒的那部剧作所缺乏的与主题的直接性。它的优点恰好在于它拒绝以隐晦的方式对待六百万犹太人被屠杀这一事件。

然而赫尔曼·逊林所执导的《代表》与霍赫胡特的原作之间的距离,就如同原作与伟大剧作之间的距离。霍赫胡特的这部纪实剧若搬上舞台的话将长达六到八个小时,虽然粗糙但却有感染力,在经过逊林的百老汇班子的改编后,最终以一幅两小时十五分钟的舞台连环漫画的形式出现,而且是一幅乏味的连环漫画——变成了一个相貌英俊、出身高贵的英雄人物、数个恶棍以及少数骑墙者的故事,被取名为《芳塔纳神父的故事》或《教皇会开口吗?》。

当然,我并不是在固执地认为必须把这六到八小时全部搬上舞台。该剧剧本颇多重复之处。但那些愿意耐着性子看完奥尼尔剧本长达四个小时或五个小时演出的戏剧观众，肯定能被劝说耐着性子看完霍赫胡特剧本的长达——假如说吧——四个小时的演出。而且不难想象，四个小时的版本是对原作的恰当处理。从眼下的百老汇版本中，人们可能永远也猜不出那个品行高尚的党卫队中尉君特·格斯坦（实有其人）是一个与耶稣会神父芳塔纳（一个以那个时期两位具有英雄气概的神父为原型组合而成的人物）同样重要的人物，同样作为《代表》的主角。艾希曼、臭名昭著的赫特教授以及那位军工企业家——在霍赫胡特的剧本中，他们可都是些重要角色——在百老汇的版本中全都了无踪影了（在那些被裁掉的场景中，人们尤其忘怀不了第一幕第一场，即艾希曼做东的那个聚会）。由于逊林只关注芳塔纳徒劳地向教皇呼吁的故事，他在埋葬历史记忆的方向上就走得太远了，而这种记忆恰恰是霍赫胡特剧本旨在复活的东西。不过对霍赫胡特的历史观点的这种严重的简化，还不是逊林版本的演出最糟糕的过错。最糟糕的过错是他拒绝把一切看到就会大感痛苦的东西搬上舞台。《代表》中的某些场景读来令人痛楚。所有这些——恐怖和酷刑、令人毛骨悚然的夸耀和逗弄、甚至是难以想象的统计数字的不断重复——在逊林的版本中悉遭删除。六百万犹太人被屠杀事件的整个恐怖景象，被减缩成了警察讯问一些皈依天主教的犹太人的一个场面，再加上一个在全剧中出现过三次的单一意象：一行佝偻着身体、衣衫褴褛的形体步履沉滞地穿过昏暗的舞台后方，舞台中间背对观众站着一个党卫队军人，朝那一行走动的人嚷着什么，听上去像是"往前走！"。这是一个老套的意象，一个全然迎合观众口味的意象，一个既不令人感到震动、又不令人感到厌恶或恐怖的意象。甚至芳塔纳的长篇独白，那个在驶往奥斯威辛集中营的铁路货车上滔滔不绝地演说的场面——即被逊林删改得只剩下八个场景的版本的第七个场景——在演出行将开始的那个晚上也被撤掉。现在，该剧从教皇与芳塔纳神父在梵蒂冈的冲突一步就跨到了在奥斯威辛集中营的最后场景，在这个场景中，所剩下的也只是已戴上黄颜色的六角星并选择在毒气室里殉道的芳塔纳与那个魔鬼般的党卫队医生之间半生不熟的哲学争论。格斯坦与芳塔纳的重逢、他们惊讶地发现雅可布已被逮捕、卡罗塔遭受的折磨、芳塔纳的死——这些都被略去了。

尽管逊林从《代表》删改而来的这个版本已经给该剧造成了重大损害，不过，值得注意的是，该版本在舞台上的演出大部分情况下也不是恰如其分的。鲁本·特拉鲁图里安的那些稀稀落落、充满暗示的舞台布景，像是为另一个导演准备的；它们在完全缺乏最起码的细腻感或风格化的表演中显得茫然不知所措。演员们的表演与百老汇的中不溜的演员班底一样笨拙、生硬。照旧是那些使美国的戏剧表演显得低劣的千篇一律的情感夸张表达、千篇一律的单调动作、千篇一律的口音大杂汇和千篇一律的平淡风格。那几位来自英国的主演在天赋上似乎要稍胜一筹——尽管他们的表演显得单薄。扮演教皇庇护十二世的厄姆林·威廉斯在动作和台词上表现得犹疑僵硬，大概是特意以此来展现教皇的庄严气派，竟使我怀疑他到底是不是就是那个后期的教皇，此刻从坟墓爬了出来，一副处在可以理解的脆弱状态的样子。至少，他看起来酷似摆在圣帕特里克天主教堂入口处玻璃后面的那尊真人大小的庇护十二世塑像。扮演芳塔纳神父的杰瑞米·布莱特的形象讨人喜欢，嗓音漂亮动听，尽管当他不得不表现真正的绝望或恐惧之情时显得笨拙失当。

近来的这些戏剧演出——以及其他一些戏剧演出，如《迪兰》，要是它落到了默默无闻的境地，倒是一件憾事——又一次表明美国戏剧受制于那种对理智方面简单化倾向的非同寻常的、难以遏制的热情。每一种思想都可被减缩为一句陈词滥调，而陈词滥调的功用在于阉割思想。理智方面的简单化倾向如今有了自身的用途和价值。譬如说，它对喜剧来说绝对不可或缺。然而它对于严肃戏剧是不利的。就目前来看，美国戏剧的那种严肃性比轻浮还要糟糕。

对戏剧中理智的期望，不能通过传统的"严肃性"来实现，无论这种严肃性是以分析的形式（其糟糕的例子是《堕落之后》）出现，还是以纪实的形式（其欠缺的例子是《代表》）出现。我认为，它大可通过喜剧来实现。在现代戏剧史中对这一点最心知肚明的人物是布莱希特。然而，喜剧也有其巨大的风险。这里的风险倒不是与风格和趣味方面的欠缺相当的那种理智方面的简单化倾向，而是并非所有的题材都可以用喜剧的形式来处理。

当然，风格和趣味与严肃题材的合适性问题，并不局限于戏剧。在纽约最近上映的两部影片——请允许我暂且转入电影讨论——中，喜剧的长项和喜剧的独特困境都可以找到出色的说明。这两部影片分别是查理·卓别林的《大独裁者》和斯坦利·库布里克的《奇爱博士，或我是如何学会不再忧心忡忡并开始热爱上原子弹的》。对我来说，这两部影片的长处和欠缺似乎奇特地可以加以比较，而且不无启发。

就《大独裁者》来说，问题一眼就看得出来。喜剧的整个观念根本就不适合该片打算再现的那个现实，若以喜剧再现，就会让人感到痛苦，觉得受了羞辱。片中的那些犹太人还是犹太人，生活在卓别林称作"贫民窟"的地方。但他们的压迫者们却没有显露出纳粹的万字标志，而是显露出双十字标志；那个独裁者也不是阿道夫·希特勒，而是一个留着一团唇髭、名叫阿德罗伊德·海克尔的舞步灵巧的滑稽角色。在《大独裁者》里，压迫表现为身穿制服的恶棍们朝小波娜·戈达尔德扔西红柿，扔了那么多，以至她不得不把刚洗过的衣物又统统重洗一遍。在一九六四年观看这部影片而不联想到影片后面的可怕现实，是不大可能的，观众们会因卓别林的政治观的浅薄而感到沮丧。当人们听到那个小犹太理发师替下德尔·弗伊，爬上台座高呼"进步"、"自由"、"兄弟情谊"、"一个世界"甚至"科学"时，结尾处的这个令人困惑的演说令人直皱眉头。再看一看小波娜·戈达尔

反对阐释 | 199

德,她仰头望着曙光,泪眼透出了微笑——居然是在一九四〇年!

《奇爱博士》的问题更复杂一些,尽管二十年后,它大有可能看上去与《大独裁者》一样浅显。如果说《大独裁者》结尾部分那些充满肯定色彩的断言是轻率的,是对其主题的亵渎,那么,《奇爱博士》所展示的充满否定色彩的思考也将立刻(如果不是已经)显示出同样的轻率。然而这解释不了它眼下的吸引力。那些在去年十月和十一月已经观看过《奇爱博士》的多场预演的自由知识分子惊讶于该片的政治胆量,担心它会遇到可怕的麻烦(如类似"美国联盟"的乌合之众将捣毁电影院等等)。结果,从《纽约客》到《每日新闻》,每一个人都撰文为《奇爱博士》说好话;没有出现抗议者;该片在票房上倒正在创纪录。知识分子和黄口小儿都热爱这部影片。然而那些排队去看这部影片的十六岁的孩子们比那些不吝溢美之辞的知识分子更好地理解了该片及其优点。因为《奇爱博士》实际上根本不是一部政治影片。它利用了左翼自由派认为可以攻击的那些靶子(防务、得克萨斯州、口香糖、机械化、美国式的粗俗),却从一种完全是后政治的、《女子杂志》的观点去看待它们。《奇爱博士》其实是一部非常欢快的影片。它的生气勃勃与卓别林那部影片的衰老过时(从现在的角度看)形成一种有趣的对照。由于虚无主义是我们当代道德提升的形式,所以《奇爱博士》的结尾部分——展示的是一幅写实的大灾变意象,配以嘈杂的音响效果（"我们会再见面的。"）——以一种离奇的方式消除了我们的顾虑。如果说《大独裁者》表现的是一种"人民阵线"的大众乐观主义，那么，《奇爱博士》表现的就是一种大众虚无主义，一种庸俗的虚无主义。

《大独裁者》的可取之处是那些孤立的不乏美感的单人表演，如海克尔与那只气球—地球仪的共舞；再就是"小人儿"的幽默，如在犹太人按顺序抽签决定谁去自杀时，卓别林最终抽到的签上居然同时写着生与死。这是一些常用的但被卓别林加以发挥的喜剧因素，涂在了这幅令人不快的政治漫画上。同样，《奇爱博士》的可取之处与另一种常用的喜剧资源有关，即心理的脱离常规。该片中最出色的部分是神经错乱的将军杰克·D·里帕（其扮演者斯特林·海顿演得极为精彩）所渲染的那种核污染幻觉，巴克·图吉逊将军（由乔治·C·司各特扮演）这个林·拉德勒笔下的那一类商业-军事人物的那些非常美国化的陈词滥调和他的身体动作，以及奇爱博士（皮特·瑟勒斯扮演）这个自己的右手老是和自己过不去的纳粹科学家以折磨人来取乐的撒旦行径。默片喜剧（《大独裁者》基本上仍然是一部默片）的独特之处是优雅、蠢行和怜悯的视觉交叉。《奇爱博士》采用了喜剧的另一种经典路径，其听觉的重要性不下于视觉——这便是幽默的观念（因此，《奇爱博士》里的人物起了一些可笑的名字，恰如本·琼生剧作里的情形）。但必须注意，这两部影片都采用了同一种间离观众情感的技巧：以同一个演员

反对阐释 | 201

来扮演数个重要角色。卓别林既扮演那个小犹太理发师，又扮演独裁者海克尔。瑟勒斯既扮演那个相对来说神智还算正常的英国军官，又扮演那个软弱的美国总统，此外还扮演那个纳粹科学家；当初他本来还要扮演第四个角色——即后来转由斯林·皮肯斯扮演的特克桑这个角色，该角色指挥一架战机，投下一枚氢弹炸毁了苏联的"末日机器"。如果不采用这种由同一个演员扮演道德上格格不入的不同角色并因而不知不觉地瓦解整个情节的现实感的技巧，那这两部影片中对道德丑陋之处或令人恐惧之处的具有喜剧色彩的超脱态度所具有的不牢固的优势感将会失去。

《奇爱博士》在比例方面的失败最为明显。在我看来，该片众多（尽管不是全部）的喜剧成分是重复的、幼稚的和拙劣的。当喜剧因素落空时，严肃性就开始重新渗透进来。人们开始就那种只可能出自对人类的憎恨之情才会把大规模灭绝的主题看作喜剧因素的观点提出一些严肃的问题……对我来说，这个冬季所上映的惟一成功的处理公共问题的影片，是一部既是纯纪实片又是喜剧片的作品——即丹尼尔·塔尔波特和爱弥尔·德·安东尼奥把一九五四年军方—麦卡锡听证会的电视纪录片改编成的那部九十分钟的电影。从一九六四年的角度看，该听证会给人以一种非常不同的印象。所有的正人君子都暴露出坏蛋的面目——陆军部部长史蒂文斯、参议员斯敏顿、律师威尔希以及其他人，他们看上去像是呆子、道貌岸然之人、笨伯、道学先生或机会主义者——

而该片颇具诱惑性地鼓励我们从美学上赏识这些恶棍。在该片中，罗伊·柯亨脸色黝黑，头发梳得油光可鉴，身着双排纽扣的条纹西装，看上去像是从三十年代早期华纳兄弟电影公司的一部犯罪电影里走出来的具有那个时代特色的阿飞；麦卡锡却胡子拉碴，烦躁不安，满脸痴笑，其外貌和举止活像是W·C·菲尔德斯所扮演的那些最嗜酒如命、道德败坏、满嘴不堪入耳之言的角色。就《秩序尖兵》将一个重大的公共事件美学化而言，它是本戏剧节真正的黑色喜剧，也是最好的政治戏剧。

[一九六四，春]

2

大多数社会态度和道德态度所采取的交换媒介，是那种古老的戏剧技法：拟人化、面具。心灵为戏剧同时也为道德教诲树立了这些简单而确定、其身份能轻易道出并能迅速引起爱憎的形象。面具是定义善恶的特别有效、便捷的方式。

"黑人"[①]曾经被当作一个怪物，一个冥顽不灵的形

[①] 原文是"Negroes"（可译为"黑鬼"），是一个不再被公共话语所使用的历史名词，与"Niggers"（"老黑"）差不多，是一个带有种族侮辱性的词。现在的公共话语一般使用"美国黑人"（American Blacks）或"非裔美国人"（African Americans）。但"犹太人"一直都是"犹太人"（Jews），尽管在不同的历史时期有不同的隐喻意义。犹太人在第二次世界大战期间的种族灭绝遭遇（被集中屠杀了六百万人），使西方对犹太人有一种短暂的历史犯罪感，但奇怪的是，犹太人并未因此获得稳固的道德优势形象，反犹主义的情感依然广为存在，因此"犹太人"仍然没有摆脱这一形象的历史隐喻意义，即"惟利是图"、"金融头脑"、"工于心计"等等，而美国犹太人 （转下页）

象——愚昧无知、无法无天、淫荡好色——但现在这一形象正在迅速转变为美国戏剧中头等重要的美德面具。由于外形上明显的特征,黑人甚至取得了超过[与地道的白种人相比——译注]只具有一些模糊的辨别性身体特征的"犹太人"的优势(犹太人不必长得像"犹太人",这已成为有关犹太性的开明立场的一部分。但黑人总是长得像"黑人",当然啦,如果他们不是货真价实的黑人,则不在此列)。仅仅由于苦难和遭受迫害,黑人就比美国的任何其他民族在道德竞争中获得了更大的优势。仅仅在短短几年内,以犹太人为其典型形象的老自由主义就受到了以黑人为其英雄人物的一种新的好战精神的挑战。不过,即使那种使新的好战精神——以及作为英雄角色的"黑人"——得以从中产生的时代倾向的确在鄙弃自由主义观念,自由主义感受力的一个特征却依然挥之不去。我们仍然倾向于从我们的受害者中寻找我们的道德形象。

在戏剧中,正如在那些受过教育的一般美国人中,自由主义遭受到了一种不明不白的溃败。诸如《等待老左》、《守

(接上页)的普遍的优势社会地位强化了这种非道德感。如果电影中出现一个犹太恶棍,那不太可能成为一个种族事件,但如果是一个黑人恶棍,则会引起轩然大波,所有明智的电影制造者都避免在电影中塑造"坏黑人"形象,或者以"黑人"作为一个道德形象。受压迫者的苦难能够成为一笔道德资本,使其处于道德上的优越地位,而这一地位的保持,需要这个民族继续保持劣势的社会地位。弱势群体与道德优越感的联系,正如优势群体与道德可疑性的联系,是原始基督教文化价值(即"犯罪感")的残留物,或如桑塔格所说是"老自由主义感受力的一个特征"。——译者

望莱茵河上》、《明日世界》、《深处是根》以及《萨勒姆的女巫》——百老汇自由主义的经典之作——这些剧作中那些长篇累牍的道德说教和布道,现在是难以为人所接受了。但从最当代的角度看,这些剧作的问题,与其说在于它们想感化观众,还不如说在于它们只想愉悦观众。它们太乐观了。它们认为各种问题都可以解决。詹姆斯·鲍德温的剧作《献给查理先生的蓝调》也是一篇布道辞。鲍德温为了使该剧显得正式,说该剧受了厄麦特·梯尔一案的零星启发,人们可以在印有导演名字的剧目单上看到一行献辞,"谨献此作以纪念梅德加·厄维斯及其遗孀和子女,纪念伯明翰早夭的孩子们"。但这是一类新的布道辞。在《献给查理先生的蓝调》中,百老汇的自由主义被百老汇的种族主义所压服。自由主义鼓吹政治——这就是说,鼓吹解决之道。种族主义却把政治视作皮相之物(并且寻求更深刻的层面);它强调那些不可改变的东西。"黑人"的新面具,即富于男子气概、坚忍不拔但易受伤害这些特征,在跨越一条终究无法跨越的鸿沟时,遭遇到了它的对手,另一个新的面具,即"白人"("白人自由主义者"是其亚属)——他面部松弛,不知羞耻,满嘴谎言,性生活乏味,冷酷残忍。

心智正常的人没有谁希望那些旧面具卷土重来。但这并不意味着新面具就因此令人深信不疑。不管是谁接受这些新面具,他都应该注意到,只有以强化种族对立的致命性为代价,"黑人"的新面具才能显示出来。如果 D·W·格里菲

反对阐释 | 205

斯可以把他那部反映三K党起源的著名的白人至上主义电影称作《一个国家的诞生》的话，那么，以更公正的眼光看待《献给查理先生的蓝调》明白无误地表现出来的政治信息（"查理先生"是黑人俚语，指的是"白人"）来看，詹姆斯·鲍德温大可把他那部剧作称作《一个国家的死亡》。鲍德温该剧的情节发生的地点是南方一小镇，以主人公、那个鲁莽而受戏弄的黑人爵士音乐家理查德的死开场，以他的谋杀者、一个名叫里尔的愤愤不平、口齿不清的年轻白人花花公子的无罪开释以及当地的自由主义者帕内尔的道德崩溃结束。对这种痛苦结局的强调，同样也见于眼下正在百老汇以外剧场上演的勒罗瓦·琼斯的独幕剧《外国人》，甚至表现得更明显。在《外国人》中，一个坐在地铁里读报、全神贯注于自己的事情的年轻黑人先是被一个焦躁不安的年轻妓女勾搭，继之被她大肆嘲弄和奚落，终于按捺不住愤怒，可她突然抽刀把他杀死了；当其他白人乘客正忙着隐藏他的尸体时，那个妓女又盯上了一个刚刚上车的年轻黑人男子。在这些新的后自由主义道德剧中，美德的失败是基本的要素。《献给查理先生的蓝调》和《外国人》都展现了一起令人震惊的谋杀——尽管就《外国人》而言，该起谋杀简直令人难以置信，因为以前类似的行为都多少具有一点现实目的，它似乎是不加掩饰的（有戏剧性）、附带的、任性所为的。只有谋杀才使人摆脱中庸的律令。颇有戏剧色彩的是，这类剧作的另一个基本要素是白人为赢家。谋杀使作者的愤怒显得正当了，也消除了白人观众的道德顾虑，他们得弄清楚什么样的命运将临近在他们身上。

因为该剧所宣示的说教的确非同寻常。鲍德温对把美国白人野蛮虐待美国黑人这一无可置疑的事实搬上舞台不感兴趣。他所展示的不是白人的社会罪恶，而是他们作为人的劣势。这主要是指性方面的劣势。理查德嘲弄自己与北方白种女人们之间不愉快的性体验，其结果倒显得惟有黑种女人才具有那种激荡人心的时而淫荡、时而浪漫的激情——该剧中两个重要的白人角色里尔和帕内尔感受了这一点。因而，白人对黑人的压迫变成了尼采所描绘的那种嫉恨的一个经典案例。坐在位于第五十二街的安塔剧场里，听到观众——黑人为数不少，但大多数仍是白人——每当舞台上说出一句诅咒白人美国的台词就兴高采烈、忍俊不禁、热烈鼓掌时，真是令人大惑不解。毕竟，遭到诋毁的人并不是来自来海外异邦的某个他者——如伊丽莎白时代戏剧中的贪婪成性的犹太人或背信弃义的意大利人，而是观众自己中的绝大多数。社会罪恶不足以解释这绝大多数人何以如此默认对他们自身的谴责。毫无疑问，鲍德温的剧作正像他的文章和小说一样，触动了一根并非政治性的神经。只有通过敲打困扰大多数受过教育的美国白人的那种性方面的不自信感，鲍德温的恶毒之辞才会显得如此合情合理。

然而，在掌声和欢呼之后，又怎样呢？伊丽莎白时代的戏剧提供的是一类异国情调的、梦幻般的、并不当真的面

反对阐释 | 207

具。莎士比亚的观众不会狂呼大叫地奔出环球剧院，去杀死个把犹太人或吊死个把佛罗伦萨人。《威尼斯商人》的道德观不是煽动性的，它不过使事情简单化了。但《献给查理先生的蓝调》为我们的嘲弄提供的那些面具是我们的现实。鲍德温的修辞是煽动性的，尽管它是在一种谨防火患的状态中表达出来的。其结果不是任何有关行动的观念——而是从发泄在舞台上的怒火中获得的一种无疑隐含了焦虑感的间接快感。

《献给查理先生的蓝调》在艺术上搁浅的原因，与它作为宣传品抛锚的原因相同。鲍德温或许可以更好地处理他的剧作的宣传计划（高贵、英俊的黑人青年学生与愚蠢、道德败坏的城镇白人进行斗争），对此计划本身我并没有什么异议。道德的简单化也产生了一些最伟大的艺术。但鲍德温的这个剧作陷入了重复、不连贯以及情节和主题各方面松散的境地中。举个例子：在一个为民权方面的激忿之情所包围、并出现了一起种族谋杀的小镇，帕内尔这个白人自由主义者居然能自由自在地从一个社区迁移到另一个社区，几乎没遇到任何麻烦。另一个例子：当帕内尔使他的至交里尔被控谋杀罪的起诉成立时，里尔及其妻子居然没有感到困惑和愤怒，这令人难以置信。也许这种非凡的冷静应归功于爱在鲍德温的修辞中的地位。爱总是会如期而至的，是一个几乎具有帕蒂·莎耶夫斯基风格的万灵解决之法。再举一例：从展示给我们的发生在理查德与约尼塔之间的罗曼司——仅仅发生在理查德被杀前几天——来看,难以令人信服的是,约尼塔居然宣称她从理查德那里学到的是怎样去爱(事实看起来倒像是理查德刚开始从她那儿平生第一次学着怎样去爱)。更重要的是:理查德与里尔之间的全部冲突,那种带有明显的男性之间性竞争色彩的冲突,作者给出的冲突动机似乎并不适当。理查德似乎并没有足够的理由在他出现的一切场合都引入性嫉妒的话题,除非是作者硬要他这么做。若暂且不考虑其中所表达的那种情绪的话,那么,当腹部中了三弹的理查德爬到里尔的脚下说出的临死前的那一席话,也显得奇怪,有人情味,像在演戏:"白人!我没有什么可求于你。你也没有什么可给予我!你说不了话,因为没有人愿意跟你说话。你跳不了舞,因为没有人愿意与你共舞……好吧,好吧,好吧。别让你的娘儿们出门,听见了吗?别让她接近黑鬼。她会丢了魂的。你也会丢了魂的。"

也许《献给查理先生的蓝调》——以及《外国人》——之所以出现这些看起来牵强、可笑、令人难以信服的东西,其根源在于该剧的真正主题被以相当复杂的方式替换掉了。种族冲突本应是这些剧作的话题。此外,在这两部剧作中,种族问题也主要是从性态度的角度加以描绘的。鲍德温对这样做的理由向来直言不讳。他指责道,白人美国已剥夺了黑人的阳刚气。白人拒绝给予黑人的,也是黑人汲汲以求的,是性方面的认可。拒绝给予这种承认——或相反的做法,把黑人仅仅看作性欲之物——是黑人的痛苦的核心所在。正如

反对阐释 | 209

鲍德温那些文章所表达的，这种观点击中了要害（而且这种观点并不妨碍人们去考虑黑人受压迫的其他后果，政治的和经济的后果）。但人们从鲍德温最后一部小说中所读到的东西，或在舞台上表演的《献给查理先生的蓝调》中看到的东西，却不那么有说服力。在我看来，在鲍德温的那部小说和那部剧作中，种族处境似乎成了性冲突的一种符码或者隐喻。但性问题并不能被全然掩盖为种族问题。其中牵涉进了种种不同的情感色调，种种不同的情感特征。

事实上，《献给查理先生的蓝调》并未真正表达它声称要去表达的东西。它谈论的本应该是种族冲突，但真正谈论的却是遭到禁止的性渴望的痛苦，是因这些渴望受阻而引起的身份危机，是试图克服这种危机而采取的激怒和毁灭（常常是自我毁灭）。简而言之，它有一个心理主题。表面也许是奥黛特，内里却是货真价实的田纳西·威廉斯。鲍德温的所为，是接过五十年代严肃戏剧的头号主题——性痛苦——并把它发展成一种政治戏剧。隐藏在《献给查理先生的蓝调》里的是五十年代的那个屡获成功的情节：一个年轻英俊、具有阳刚之气的男子被那些嫉妒他的阳刚之气的人们残酷地谋杀。

《外国人》的情节与此相似，不同之处在于它还附带了一丝焦虑。《献给查理先生的蓝调》中遮遮掩掩的同性恋烦恼到这里变成了阶级焦虑。作为其对黑人的性神秘的贡献，琼斯提出了成为真正的黑人的问题——而这一问题，《献给查理先生的蓝调》不曾提及（鲍德温该剧的情节发生在南方；也许只有在北方，人们才会有类似的问题）。《外国人》的主人公克雷是来自新泽西州的一个中产阶级黑人，他上了大学，希望像波德莱尔那样创作诗歌，他有一帮黑人朋友，个个都带着英国口音。在该剧开始部分，克雷还处在善恶的中间状态，但到了剧末，由于受到了露拉的当头棒喝，克雷摆脱了一切，找到了真正的自我；他不再想做一个优雅、谈吐文雅、通情达理的人，他获得了他的完整的黑人特性：这就是说，他显示出黑人内心对白人的那种欲置之死地的仇恨心理，无论他们是否把这种仇恨心理付诸实施。克雷说他不想杀人。于是，他被人杀了。

当然，《外国人》是比《献给查理先生的蓝调》略逊一筹的作品。它继承了斯特林堡戏剧中描绘的那种不共戴天的性斗争的主题，尽管它是一个独幕剧，只有两个有台词的人物。它最好的部分，即露拉与克雷早期交往的一些场景，显得巧妙而富于感染力。但作为一个整体——从剧末所显示的那种令人吃惊的幻象来反观全剧——它总的说来太过激、太夸张。罗伯特·胡克斯在扮演克雷时还显出几分细腻，但我觉得詹妮弗·韦斯特所扮演的露拉在表现性爱时肢体神经质地扭动，几乎令人难以忍受。在《外国人》中，有一种相当啰嗦的充满野蛮情感的新风格味道，由于没有一个更好的名称，我姑且称之为"阿尔比式的"风格。当然，我们应该看到，它不只是这些……与此相比，《献给查理先生的蓝调》

则是一部篇幅很长、甚至过长的作品，散漫芜杂，实际成了一部类似选集的东西，一部过去三十年间美国严肃大剧的各种时尚的大全。它包含了大量的令人在道德上大感振奋的东西。它使那场本已顺利进行的在正统舞台上说脏话的战斗获得了新的辉煌的胜利。此外，它采取了一种复杂的、做作的叙事形式——故事以笨拙的闪回方式讲述，舞台上装点着一个对剧情不起任何作用的合唱队，舞台右侧还坐着一位颇有世界潮流风格的流行音乐主持人，头戴麦克风，整个晚上都在拨弄他的那些设备。由博杰斯·梅瑞蒂斯执导的演出本身也摇摆于几种不同的风格之中，而其中现实主义的部分表演得最好。该剧的后三分之一部分，即发生在法庭里的场景，一塌糊涂；逼真性的所有伪饰都被抛开了，甚至连在最黑暗的密西西比州都能看到的那些法庭仪式在这里也表现得极不真实，剧作由此碎裂成了片断的内心独白，而其主题则与眼下发生的事（里尔的受审）没有什么联系。在《献给查理先生的蓝调》的最后一部分，鲍德温似乎决意要把该剧的戏剧力量葬送掉；导演只需步其后尘则可。尽管该剧被导演得松松垮垮，却有不少富有感染力的表演。里普·托恩把里尔演成了一个性感的、爱寻衅滋事的角色，比其他演员更出彩；一看见他出场，观众就来了情绪。小阿尔·弗里曼扮演的理查德也颇有吸引力，尽管他受累于一些显然感伤的台词，尤其是在"获悉父亲的真相的时刻"这个屡见于五十年代百老汇严肃剧中的固有场景的场面中。属于本地最可爱女演员之列的戴安娜·桑兹把詹妮塔这一描写得不充分的角色表演得颇为到位，除了在那个最为人称道的表演部分，她站在舞台正前方、面向观众像唱咏叹调似的诉说对理查德的哀痛之情的场面，我认为极为做作。男演员帕特·辛格尔似乎摆脱不了自身的习性，他扮演的帕内尔仍带着他去年在演员剧场扮演《奇异的插曲》中尼娜·里德的丈夫，一个犹豫不决、动作迟缓的可爱角色的影子。

在过去几个月里，最出色的戏剧作品，是那些随心所欲地纯然以喜剧方式利用面具即人物的俗套的作品。

在三月底的两个星期二晚上，在东四道的一家小剧场，上演了两部短剧，一为弗兰克·奥哈拉的《将军归去来兮》，一为勒鲁瓦·琼斯的《洗礼》。奥哈拉的这个短剧是一系列幽默小品，描绘的是一个麦克阿瑟类型的将军带着他的大批随从没完没了地在太平洋周边各地巡游；琼斯那部短剧（像他的《外国人》一样）开始时是现实主义的，但结尾却陷入幻觉中了；它谈论的是性和宗教，故事发生的地点是一座福音派教堂。作为剧本，奥哈拉和琼斯的这两部作品似乎都不怎么有趣，不过，它们的舞台形式要比它们的剧本形式（这就是说，文学形式）有趣。对我来说，它们的主要趣味在于它们是特意为身兼诗人和"地下"演员两重身份、演技好得不可思议的泰勒·米德量身定做的（他曾经出演过容恩·莱斯的《花贼》）。米德是一个皮肤很薄、头发稀稀落落、大腹便便、双肩浑圆、神情沮丧、面色苍白的年轻人——像是哈里·朗顿那一号一脸痨病相、搞同性恋的角色。像这样一个身体上自惭形秽、长相上无甚可取的家伙怎么会在舞台上有如此巨大的魅力，倒难以解释。但观众的目光一刻也离不开他。在《洗礼》中，里德创造性地扮演一个穿着红色长衬衣、在教堂外露营抗议的同性恋者，在教堂里圣事正在进行时，他却一会儿欢欣雀跃，一会儿妙语连珠，有时管管闲事，有时调情卖俏，演得有趣，令人忍俊不禁。在《将军归去来兮》中，他却是一副非常不同的面孔，甚至更让人着迷。他在其中扮演的角色，与其说是一个角色，不如说更像是一系列的噱头：将军行军礼时，裤子掉了下来；将军追求一个像飘渺的影子一样老是突然出现在他的旅程中的寡妇；将军发表政治演讲，将军用他的轻便手杖刈倒了满满一块地的鲜花；将军费力地爬进一只睡袋；将军训斥他的两个副官，如此等等。当然，米德并不在表演自己，而是以梦游患者的那种全神投入来表演。他的艺术的源泉，是一切源泉中最深、最纯的那种：他只是让自己全部地、没有保留地沉浸在某个奇异的与现实隔绝的幻象里。对自己的存在浑然不觉，这种品质鲜见于四岁以后的人。但哈泼·马克斯却拥有这种品质；朗顿和基顿在他们最伟大的无声喜剧中显示出了这种品质；披头士演唱组的那四位松松垮垮、衣衫不整的英俊小生也是如此。坦米·格林斯在眼下正上演的那部根据诺尔·柯华德《愉快的心情》改编而成的尽管不那么出色的百老汇音乐剧《无忧无虑》中非常风格化和令人兴奋的表演，也多少显示出了这种品质（演技绝妙的女演员碧·利莉也在这部音乐剧中担任角色；但要么是该剧没有给她的表演天赋以足够的发挥余地，要么是她还没有找到表演的感觉）。

从巴斯特·基顿到泰勒·米德，所有这些表演家所拥有的相同的品质是：在追求某种纯粹虚构出来的情节时，他们全然丧失了自我意识。只要有一丝一毫的自我意识，表演的效果就会受到损害，变得不可信、不地道甚至怪异。当然，我这里谈到的是某种比表演才能更罕见的品质。由于剧场工作的那种日常状况使演员们滋生了大量的自我意识，人们或许只有在那些非正常的环境中才能发现这种品质，如在上演《将军归去来兮》和《洗礼》的那些地方。我不敢肯定泰勒·米德若换了一个场景，他的表演是不是会成功。

近几个月来我最感兴趣的一个戏，没有落入从半业余演出向外百老汇戏剧①转变的套路；至少，在我最后一次观看它时，它仍是如此。《家庭电影》于三月在华盛顿广场外的

---

① "百老汇"（Broadway）是纽约的一条大街，为戏院和夜总会等娱乐场所的集中处。该大街的那些戏院上演的大多是一些商业性戏剧，称之为"百老汇戏剧"。那些不在百老汇戏院上演、也不那么有商业气的纽约一些小剧场的戏剧因此就被称为"外百老汇戏剧"（off-Brodadway），它们强调艺术价值和实验风格。但到五十年代末、六十年代初，外百老汇戏剧也逐渐商业化或者说百老汇化（从外百老汇戏剧向百老汇戏剧的转变），因此在六十年代初又出现了一种被称为"外外百老汇戏剧"（off-off-Broadway）的非传统的激进的实验剧，对抗百老汇戏剧和已商业化的外百老汇戏剧。桑塔格这里提到的演出，无论从演出场地还是从演出风格来看，都是"外外百老汇戏剧"。但她透露出一种担忧，即"外外百老汇戏剧"也会像当初的"外百老汇戏剧"一样，逐渐演变成商业性的"百老汇戏剧"。——译者

反对阐释 | 215

雅德逊纪念教堂的唱诗班厢席首演,最后演出地点挪到了普罗温斯顿剧社。场景是一个家。人物如下:一个玛格里特·迪蒙式的母亲,一个体格非常健壮、留着唇髭的父亲,一个身形干枯、焦躁不安、待字闺中的女儿,一个女孩子气的小伙子,一个双颊泛红、戴着一条惹人注目的围巾的诗人,一对分别叫作谢南尼根神父和塔丽亚嬷嬷的趾高气扬的教会人物,一个带着一支足有一尺长的粗铅笔的和蔼可亲的黑人送货员。剧情的指导只规定了某些示意动作:一家人都相信父亲已经死了,母亲和女儿因他的死不见尸而悲恸,家庭的朋友们和教会人士前来安慰他们,而中途父亲却装在一只衣柜里被送回来了,活着,在衣柜里乱踢乱蹬,但这没有关系。在《家庭电影》中,只有"当下"是存在的——有吸引力的人物在舞台上来来往往,以种种不同的造型倚坐着,互相唱着歌。罗萨林·德克斯勒创作的剧本灵活而机智,其中最陈旧的陈词滥调和最奇妙的想象都故意以同一种庄严的口吻娓娓道出。"这就是真相。"其中一个人物说。"对,"另一个人物答道,"一个可怕的真相,像出疹子一样可怕。"《家庭电影》的雅致而柔缓的风格,甚至比其机智更令我感到愉快;这或许是阿尔·卡麦斯(雅德逊纪念教堂的助理牧师)为该剧创作并由他本人在钢琴上演奏的美妙音乐带来的效果。最好的几支曲子分别是:由塔丽亚嬷嬷(申蒂·托卡耶扮演)和谢南尼根神父(阿尔·卡麦斯扮演)演唱并共舞的一支探戈曲,由皮特(弗雷迪·赫尔柯扮演)表演的那段令人忍俊不禁的脱衣舞和他与韦尔顿小姐（格勒特尔·卡明斯扮演）演唱的二重唱，以及那位闺中女子维尔莉（芭芭拉·安妮·梯尔扮演）引吭高歌的那首歌名为《花生薄脆糖》的歌曲。《家庭电影》妙趣横生，而舞台上的那些人看起来也在愉快地表演自己的角色。除了出色的剧本、出色的演员和出色的表演外，人们在剧场里还有什么其他要求呢？有了这些东西，人们就有了活力和欢乐；这些东西似乎更可能出现在那些地处偏僻、名不见经传的舞台上，如雅德逊纪念教堂或纽约世界博览会的西里亚·列奥拉展馆，而不是在纽约市中心的剧场甚至外百老汇的剧场里。严格说来，无论是《家庭电影》，还是《将军归去来兮》或《洗礼》，都不是剧作。它们是"用完便扔"一类的戏剧活动——是一些快快乐乐、逍遥自在的把戏，充满了对"剧场"和"剧作"的不敬。相似的情形也正发生在电影里：梅斯勒斯兄弟拍摄的那部描绘披头士的美国之行的影片《发生了什么？》比这一年美国所拍摄的所有的故事片都更有生气，更有艺术性。

最后，而且我想是最不重要的，[①]三言两语地谈一谈莎士比亚两部剧作的演出。

从约翰·基尔古德发表于一九三七年的出色的论文《哈

---

① 原文是"Last, and I suppose least"，是桑塔格女士对英语中的一个套语"Last but not least"（最后但不是最不重要的）的反讽式套用。作为实验艺术的辩护人之一的桑塔格女士对传统和陈词滥调向来不恭，不仅从观念上反对类似"百老汇戏剧"这样的俗套程式，而且在语言的运用上也经常与习语套话过不去，甚至不时创造一些新的组合词。——译者

反对阐释 | 217

姆雷特传统——关于服装、场景与舞台的若干评论》中，人们可以推断出基尔古德目前在纽约执导上演的《哈姆雷特》一剧的大部分独特的失误。例如，基尔古德在论文中告诫人们别把第一幕第二场——即哈姆雷特、克劳狄斯和格特鲁德第一次出场的那一场——演成一次家庭争吵，而应该是一次正式的私人的政会，是克劳狄斯继承王位后（根据传统）举行的第一次政会。然而，基尔古德在纽约执导的演出却正好表现为一场家庭争吵，在那个场景里，克劳狄斯和格特鲁德看上去像是一对忧闷不乐的郊区夫妻，与被宠坏的独子吵了一架。另一个例子：就那个鬼魂的呈现方式，基尔古德在论文中以雄辩的语气反对使用从幕后传来的麦克风声音来强化鬼气，而应该借助舞台上、能被观众看见的演员自己的声音。一切都必须服务于使鬼尽可能像鬼这一目标。然而，在当前的这场演出中，基尔古德却把那个鬼魂的全部实体存在扔掉了。这一次，鬼可真像鬼了：录制的声音（基尔古德自己的声音）在整个剧场空空回荡，一个巨大的黑色剪影投射在舞台后方的墙壁上……但去寻找该演出的这个或那个特点何以如此的理由，却是白费时间。它给人的整个印象是一塌糊涂，就好像根本就没有真正经过导演之手似的——但人们有这么一种感觉，仿佛惟有某些愚蠢之处，至少是视觉方面的愚蠢之处，才像是刻意而为的。服装方面也有问题：多数演员，不管是廷臣，还是士兵，都穿着发旧的宽松长裤、套头衫和防风衫，尽管哈姆雷特的裤子和衬衫还算搭配（均为黑色）；此外，克劳狄斯和波洛涅斯穿着整齐的日常服装，格特鲁德和奥菲利亚身着长衬衫（格特鲁德还套了一件貂皮外衣），而剧中剧一幕里假扮的国王和王后则穿着漂亮的服装，还戴着金色的面具。这种愚蠢的矫揉造作似乎是该演出的一种理念，被称为"以彩排的服装来演出《哈姆雷特》"。

该演出只有两处令人感到愉快。约翰·基尔古德录在磁带上、甚至因而具有立体效果的声音，让人联想到莎士比亚的韵文以优雅而巧妙的语调道来是何等优美。再就是扮演掘墓人这个出场不多的角色的乔治·罗斯，他的出色的演技把莎士比亚散体文的轻松活泼穷形极相地表现出来了。其余的表演只给人带来不同程度的痛苦。每个人台词都说得太快；除此之外，有一些表演还达到了平庸的高度，而另一些表演——例如雷奥狄斯和奥菲利亚的表演——则以其幼稚之极和毫无感觉而堪称出类拔萃。或许，值得一提的是，尽管艾林·赫尔利在这场演出中把格特鲁德演得勉勉强强，但在十五年前出演奥利弗同名影片的同一角色时，却演得令人称绝。此外，尽管扮演哈姆雷特的理查德·伯顿把这一角色演得全不是那回事，却的确是一个非常英俊的年轻人。纠正一下：在哈姆雷特之死那一场里，他表演时自始至终站着，而他本应该坐着。

但人们刚从基尔古德完全直露、不作任何诠释地呈现莎士比亚这部戏的放肆劲儿中恢复过来，莎士比亚另一部戏的演出便接踵而至，而该演出若无其事地任凭自己毁于过度的阐释和过多的思想。这便是皮特·布鲁克两年前在莎士比亚故乡斯特拉特福镇上演的驰名遐迩的《李尔王》，它在巴黎、在整个东欧、在俄罗斯演出时名声大振，此外还——多少有点不为人知——搬上了位于林肯中心的纽约州立剧场（现在才弄清楚，该剧场其实是为音乐剧和芭蕾剧设计的）的舞台。如果说基尔古德的《哈姆雷特》没有思想或者风格，那么，布鲁克的《李尔王》则满载着观念。人们了解到，布鲁克似乎是受了波兰从事莎士比亚研究的学者扬·柯特最近写的一篇比较莎士比亚和贝克特的论文的启发，才决定把《李尔王》演成《终局》。基尔古德今年四月在英国接受采访时曾提到，布鲁克曾告诉他，他眼下的这部戏的基本思想正是来自他［指基尔古德自己——译注］一九五五年上演的颇有争议的那出"日本味的"《李尔王》（舞美和服装由野口设计）。通过询问一九六二年该戏在斯特拉特福镇上演时担任布鲁克助手并扮演李尔的查尔斯·马罗维茨，我们还可以找到该戏的其他影响来源。然而，所有这些被塞进演出中的思想终究都无关紧要。紧要的是我们看到的以及但愿听到的是什么。我所看到的相当沉闷——如果你乐意的话，可以说是"阴沉"——和武断。我看不出与原作的情感高潮过不去——布鲁克把李尔情绪激烈的长篇大论弄得平平和和，把葛罗切斯特的剧情弄得和李尔的剧情几乎不相上下，再就是把诸如里根的仆侍去帮助双眼刚被弄瞎的葛罗切斯特以及爱德蒙撤销对考狄利娅和李尔的死刑令（"我想违背我的天性做些善事。")这些"人道主义"段落删去——有何得益。有不少优雅而灵活的表演——如爱德蒙、葛罗切斯特和小丑的角色。但所有的演员似乎都在一种几乎可感觉得到的限制下表演,又想明白表达意义,同时又想有节制地表演,正是这种限制使布鲁克在"暴风雨"场景里让光秃秃的舞台被灯光照得通亮,此乃该戏演出中最离奇的那些选择之一。保罗·司各菲尔德对李尔的表演,说明他令人钦佩地仔细研究过这一角色。考虑到李尔年迈——他此时变得自私,动作笨拙,胃口不佳——那司各菲尔德的表演就尤其显得出色。但我看不出他以随意的说话风格弱化李尔的台词的情感力量,从而丢掉李尔这一角色的诸多特征,例如李尔的发疯,到底是何意图。对我来说,惟一幸免于——甚至成功地超越于——布鲁克强加于演员们的那种奇怪的、有害的阐释的表演,是艾林·沃斯扮演的复杂、有时不乏同情心的高纳里尔这一角色。看起来沃斯小姐研究过这个角色的方方面面,而且,不像司各菲尔德之于李尔,她从这一角色中所发掘到的要比其他人以前所发掘到的更多,而不是更少。

       [一九六四,夏]

马拉/萨德/阿尔托

> 自然的诸种特征中,首要的、最美的是运动,它使自然永远处在骚动不宁之中。但这种运动只不过是犯罪的永久后果,并且,也惟有通过犯罪才得以维持。
>
> ——萨德
>
> 每一行动之物都是一种残酷。必须在这种极端的、超越一切界限的行动观的基础上重建戏剧。
>
> ——阿尔托

戏剧性与疯狂——此乃当代戏剧的两个最有潜力的主题——在皮特·韦斯的剧作《马拉之受害与遇刺,由夏仁顿疯人院的疯子们表演,萨德侯爵执导》[后文简称《马拉/萨德》——译注]中出色地融合在了一起。该戏的题材是一场展现在观众眼前的戏剧表演,其场景是一所疯人院。该剧依据的史实是,萨德被拿破仑下令关进了巴黎近郊的那所疯人院，在里面度过了他生命的最后十一年（一八〇三到一八一四），疯人院的院长 M·古尔米尔执行一项开明政策，准许夏仁顿疯人院的疯子们把他们自己创作的戏剧搬上舞台，并且，演出向巴黎公众开放。据悉，萨德在这种条件下曾创作并上演过几部剧作（全都失传），而韦斯显然想重现这种演出。年代是一八〇八年，舞台被布置成疯人院空荡荡的、砖砌的浴室。

戏剧性以一种特别现代的方式渗透于韦斯的这部巧妙的剧作：构成《马拉/萨德》大部分内容的是一场戏中戏。由皮特·布鲁克执导、于去年八月在伦敦上演的演出中，上了年纪、披头散发、皮肤松松沓沓的萨德（由帕特里克·马基扮演）静静地坐在舞台的左侧，对台上的那场演出进行筹划（由一个充当舞台指导和解说员的病友协助）、指导和评议。穿得正正规规并戴着令人生畏的红色饰带的 M·古尔米尔则在整个演出中始终坐在舞台的右侧，身边是他的穿着雅致的太太和女儿。该剧也有着丰富的更传统意义上的戏剧性：强烈地诉诸视觉和听觉。由几位发缕松垂、面孔涂彩、身着五颜六色的麻袋衣服、头戴松松垮垮的帽子的病友组成的四重唱组合，唱着一些含讥带讽的疯狂的歌曲，一边还滑稽地模仿着歌词所描绘的那些动作；他们色彩驳杂的穿戴与在萨德这部有关法国大革命的激情戏中扮演角色的其他大多数病友的没有形状的白色长衫和约束衣以及煞白的面孔形成对照。萨德所指导的台词朗诵，时不时地被疯子们一阵阵颇

反对阐释 | 223

为出彩的发泄性表演所打断，其中最有感染力的一个场面，是一个用断头台大肆进行处决的连续场景，在这个场景中，一些病友制造出一种刺耳的金属声，把一些制作巧妙的布景笨手笨脚地搬到一起，把一桶桶的颜料（象征血）倾倒在排水沟里，而另一些疯子则欢欣雀跃地跳进舞台中央的一条沟里，在断头台旁边，齐着舞台面，把他们的脑袋高高地摞在一起。

在布鲁克执导的演出中，疯狂被证明是最具权威性和感官性的戏剧性。疯狂确立了《马拉／萨德》的变化和强度，从最先出场的那个鬼一样的疯子形象就是如此，这个将在萨德剧作中扮演角色的疯子，身体躬成胎儿似的一团或像神经紧张症患者一样神情恍惚，或颤颤巍巍，或做出一些强迫性的习惯动作，然后他跌跌撞撞地前去向刚走进舞台、登上平台并在那儿落座的和蔼可亲的 M·古尔米尔问安。疯狂也是个人表演的强度的标志：例如萨德的表演，他以一种刻意而为的痛苦、抑郁、单调的口吻背诵着他的长篇讲话；如马拉（由克里夫·热维尔扮演）的表演，他裹着湿衣服（治疗皮肤病的一种方法），而且整个表演中都躺在一只可移动的金属浴盆里，甚至在最激烈的演说中他的眼睛也直勾勾地盯着正前方，似乎已经死了；如行刺马拉的夏洛特·柯黛的表演，其扮演者是一个漂亮的梦游症患者，她时不时地一脸茫然，忘了台词，甚至躺在舞台上睡着了，萨德只得把她叫醒；如吉伦特派的代表同时是柯黛的情人的杜佩热特，他由一个体形瘦长、有一头直愣愣的头发的色情狂病人扮演,他时不时地中断他正在扮演的那个绅士兼情人的角色,色欲冲动地突然朝那个扮演柯黛的病人猛扑过去(在整个演出过程中,他都被迫套着一件约束衣);再如马拉的情妇和护士西蒙娜·厄维拉德,由一个几乎彻底残废的病人扮演,她几乎说不了话,当她给马拉换衣服时,也仅能做出一些呆笨的、白痴般的动作。疯狂变成了激情的特选的、最可靠的隐喻;或变成了这种情形中相同的那种东西,即强烈情感的逻辑终点。梦(如"马拉之噩梦"段落中的梦)和类似梦的状态,都必须以暴力来终结。一个人若保持"冷静",无异于没有弄明白自己的真实处境。因此,紧随着柯黛刺杀马拉(历史即戏剧)的慢动作表演,是病友们对自那以后长达十五年的血腥年月的欢呼和歌唱,而当古尔米尔一家试图离开舞台时,"全体演职员"向他们发起了进攻,戏就这样收场了。

正是通过对戏剧性和疯狂的描绘,韦斯的剧作也成了一个观念剧。该剧的核心是坐在椅子上的萨德与躺在浴盆里的马拉之间就法国大革命的意义进行的连续争论,这就是说,他们是在就现代历史的心理前提和政治前提进行争论,但其看待问题的眼光是一种非常现代的感受力,带有由纳粹集中营所提供的那种事后的认识。不过,《马拉/萨德》并不打算让自己被阐释为一种有关现代体验的特别的理论。韦斯的剧作似乎更关切那种与现代体验有关或利害攸关的感受力的范围,而不是有关这种体验的一种观点或者一种阐释。韦斯既没有提出什么思想，也没有把他的观众浸没在思想中。智性的争论是该剧的题材，而不是它的主题或者目的。夏仁顿疯人院的场景确保了这种争论发生在一种受到不加掩饰的压制的暴力的恒常氛围中：在这种状态下，所有的思想都是变化无常的。另外，疯狂证明是以戏剧的方式来表达观念的作用的最朴实（甚至最抽象）和最激烈的形式，正如在舞台上再现法国大革命的那些演职员们时不时地失去控制，不得不加以约束，巴黎暴民们对自由的呼喊突然间变成了疯子们的呼喊，他们狂呼大叫地要人们把他们从疯人院放出去。

这种基本剧情势必倾向于情感的极端状态的戏剧，只能以两种方式结尾。它可以向内转向自身，变得井然有序，用严格的重复开头部分的方式以开场时的台词来结束。或者，它可以转向外部，打破"画框"，攻击观众。尤内斯库承认他为他的第一部剧作《秃头歌女》最初设计的结尾，是对观众的屠杀；在该剧的另一个版本中（在此版本中，结尾重复开头部分），作者将跳到舞台上，朝观众一顿咒骂，直到他们全都逃离剧场。布鲁克或韦斯，或他们两个，都曾为《马拉/萨德》设计过一个类似的对观众做出敌意姿态的结尾。疯人院的那些疯子们，也就是萨德剧作里的"演职员们"，最终发疯了，攻击古尔米尔一家；但是这场暴乱——也就是说这场戏——因阿尔德维奇剧院的身穿现代裙装、套头衫和运动鞋的舞台监督的上场而中断了；她吹了一声哨子，于是演员们就突然停了下来，转过身，朝向观众；但当观众鼓掌时，台上的那一帮人却还以慢吞吞的有不祥之感的掌声，盖过了台下"自由"的掌声，使台下每一个人都感到极不舒服。

我对《马拉/萨德》的钦佩几乎无所保留，而且我从该剧获得了极大的乐趣。这部去年八月在伦敦上演而且据传很快将在纽约亮相的剧作，是每个人的观剧生涯的那些重大体验之一。但几乎每一个人，从普普通通的剧评家，到最严肃的批评家，都对布鲁克执导的韦斯的这部剧作的演出表示出严肃的保留意见，如果不说是公然的厌恶的话。为何如此？

在我看来，在这些对布鲁克执导上演的韦斯剧作的极为吹毛求疵的评论中，似乎潜藏着三个老一套的观念。

第一个观念有关戏剧与文学之间的关系。老一套的观念是：戏剧作品是文学的一个分支。而事实上，一些戏剧作品可被判定为主要是文学作品，但另一些则不然。

这是因为，人们不承认或大体上没有理解他们经常听到的这一说法，即从戏剧性上看，《马拉/萨德》是人们在舞台上看到过的最精彩的东西之一，但同时它是一部"导演的剧作"，意思是该剧是对一个二流剧作的一流表演。一位家喻户晓的英国诗人曾告诉我，他厌恶这个剧本，理由是：尽管他观看该剧演出时感到它精彩，他却知道如果该剧不是得益于皮特·布鲁克的执导的话，他可能不会喜欢它。同样有报道说，该剧于去年在西柏林由康拉德·斯温纳斯基执导演出

反对阐释

时，它给人留下的印象远不及它在伦敦不久前的演出给人留下的那种深刻印象。

就算《马拉/萨德》不是当代戏剧文学的顶尖之作，它也不是一个二流剧本。单把《马拉/萨德》作为一个文本来考察，它既精湛，又令人感动。并不是剧本出了问题，问题出在那种强调导演的某一形象的狭隘的戏剧观，即把导演当作原作者的一个仆人，其职责在于阐明已内在于文本中的那些意义。

即便韦斯的文本（阿德里安·米歇尔的雅致的译本）真的因皮特·布鲁克的舞台演出而增色不少，这又有什么关系呢？除了一种文本占首要地位的（语言的）对话戏剧外，还有一种感觉戏剧。前一种可被称作"剧本"，后一种可被称作"戏剧作品"。就一部纯粹的戏剧作品而言，作家虽撰写了为演员们所朗诵、为导演所搬上舞台的台词，却失去了首要地位。在这种情形下，真正的"作者"或"原创者"，按阿尔托的话说，不是别人，正是"那个直接控制舞台表演的人"。导演的艺术是一种物质的艺术——在这种艺术中，导演要对付演员的身体、道具、灯光和音乐。布鲁克极其出色地、创造性地把这些因素融合在一起——舞台表演节奏、服装以及全套模仿场景。该演出的每个细节——其中最令人注目的因素之一是以铃、钹和管风琴为特色的那种喧闹的音乐（理查德·皮斯利创作）——都有一种不可穷尽的材料方面的创新性以及对感官的一种持续不断的关注。但是，布鲁克在舞台效果方面的精湛技巧，也令人感到不快。对大多数人来说，它似乎压倒了文本。不过，这或许恰恰是其意义所在。

我并不是说《马拉/萨德》仅仅是感觉戏剧。韦斯提供的是一个复杂的、高度文字化的文本，不得不对其作出反应。但《马拉/萨德》也要求被置于感官的层面上，而且，在那种要求戏剧作品的书面的因而是口头的形式的文本应支撑整个舞台表演的观念背后，潜藏着的无非是一种十足的偏见（这种偏见是，戏剧作品归根结底是文学的一个分支）。

第二个观念有关戏剧与心理描绘的关系。老一套的观念是：戏剧由对性格的揭示构成，建立在具有现实可信性的那些动机的冲突基础上。但最令人感兴趣的现代戏剧是那些超越了心理描绘的戏剧。

再引用阿尔托的话："我们需要真实的情节，但它不产生实际的后果。戏剧情节并非在社会的层面上展开。更不是在伦理和心理的层面上……这种让人物去谈论情感、激情、欲望和冲动这些具有一种严格的心理顺序而且其中每一个词都将抵消无数示意动作的心理过程的顽固倾向……是戏剧失去其真正的存在理由的一个原因。"

正是通过阿尔托不无倾向性地阐述的这个观点，我们或许才可以恰当地理解韦斯将情节置于疯人院这一事实。实际上，除了舞台上的那几个观众—人物——不时打断表演、对萨德提出演出建议的 M·古尔米尔以及他的没有一句台词的

反对阐释 | 229

太太和女儿——该剧中的其他人物全是疯子。然而《马拉/萨德》的布景并不表明世界是疯狂的。它也不是那种时髦的对精神病态心理学的兴趣的一个例子。恰恰相反,当今艺术中对疯狂的关切,常常反映了那种超越心理描绘的欲望。诸如皮兰德娄、热内、贝克特和尤内斯库这样的戏剧家,以精神错乱的行为或精神错乱的说话风格来再现人物,使剧中人物不必以其行为来体现或以其言语来表达他们对自己的动机的连续、可信的陈述。戏剧再现摆脱了阿尔托所说的"对个人的心理描绘和对话描绘"的界限,敞向更大胆、有更丰富的想像和更多的哲学色彩的体验层面。当然,这一点并不仅仅适用于戏剧。选择"疯狂"的行为作为艺术的题材,这在当今实际上已经成为那些希望超越传统的"现实主义"也就是说心理描绘的现代艺术家的经典策略。

我们选取《马拉/萨德》中的一个尤其遭人反感的场景略作阐述。在该场景中,萨德劝夏洛特·柯黛用鞭子抽打他(在表演中,皮特·布鲁克让她以发辫代替鞭子来抽打萨德)——而与此同时,他却继续以一种痛苦的语调讲解着对法国大革命的一种看法,讲解着人性的性质。该场景的用意,肯定不是告诉观众——如某个批评家所表述的——萨德"疯了,疯了,疯了";同样,像那同一个批评家那样指责韦斯的萨德"与其说是在用戏剧推动情节,还不如说是在用戏剧激动自己"(不管如何,为什么不能兼而有之呢?),也有失公正。韦斯把理智的或近于理智的情节与非理智的行为结合在一起，并不是想让观众来评判萨德的性格、心智能力或心理状态。而是以此表明他转向了一种不以人物、而以人物所承载的那些强烈的超个人情感为中心的戏剧。他提供的是一种长久以来遭戏剧回避的间接的情感体验。

在《马拉/萨德》中，语言主要被用来作为咒语的一种形式，而不局限于性格的揭示和思想的交流。把语言当作咒语使用，也是另一个场景的关键，对这个场景，许多看过该剧的观众都感到反感、心烦，觉得画蛇添足——此即萨德的那一段华丽的独白，在这段独白中，他以令人难以忍受的详尽的方式谈到公众对刺杀路易十五未遂的刺客达米昂斯慢慢施以车裂之刑的处决场面，以此说明人类内心的残酷。

第三个观念有关戏剧与思想的关系。老一套的观念是：艺术作品被认为是"关于"某个"思想"的，或是对它的再现，或是对它的辩护。正因如此，一个艺术作品所包含的思想的价值就成了评价该艺术作品的固有标准，不论这些思想的表达是否具有清晰性和连贯性。

别指望《马拉/萨德》会服从这些标准。韦斯的剧作虽然地地道道是戏剧性的，却也充满了理智。它包含了对当代道德、历史和感觉方面的最深刻的问题的讨论，其深刻的程度使诸如阿瑟·米勒（参阅其近作《堕落之后》和《维希事件》）、弗里德里克·迪伦马特（参阅其《访问》、《医生们》）、马克斯·弗里希（参阅其《纵火者》、《安多拉》）这样的自封的诊断家们对相同问题所发表的平庸之论相形见

反对阐释 | 231

绌。但无疑,《马拉/萨德》在理智方面令人困惑。它提出观点,(似乎)只是为了让剧作的语境——疯人院以及情节进程明显的戏剧性——来瓦解它。在韦斯的剧作中,人们看起来的确在表达立场。大体说来,萨德尽管言语荒唐,却表达了人性永恒的看法,以反对马拉的革命狂热以及马拉对历史可以改变人这一思想的信仰。萨德认为"世界是由种种肉体构成的",而马拉认为它是由种种力量构成的。那些次要的人物也被给予机会,来表达他们充满激情的主张:杜佩热特为自由的最终来临而喝彩,传教士雅克·儒克斯谴责拿破仑。但无论是萨德,还是"马拉",都是疯子,只是疯得不一样而已;"夏洛特·柯黛"是一个梦游症患者,"杜佩热特"是色情狂患者;"儒克斯"是具有狂暴倾向的歇斯底里患者。这情形难道不有损于他们的观点吗?此外,除了在疯狂的语境中表达思想这个问题外,还存在戏中戏这个技巧问题。从某一个层面看,萨德与马拉之间的连续争论似乎是两个不分胜负的对手之间的一场争论,其中马拉所信奉的道德理想主义和社会理想主义遭到了萨德的对个人激情不进行道德评判的主张的反驳。然而,从另一个层面看,由于韦斯的剧作虚构马拉背诵的是萨德所写的台词,那大可以说萨德自己也持这种观点。某一位批评家甚至更进一步,认为由于马拉扮演着双重的角色,其一是萨德的心理剧的傀儡,其一是一场势均力敌的意识形态争论中的对手,因此他们之间的争论从一开始就是失败的。最后,一些批评家抨击说,就马拉、萨德、杜佩热特和儒克斯的实际的观点而言，该剧作缺乏历史的忠实性。

正是一些这样的疑难之处才导致人们指责《马拉/萨德》暧昧或理智方面浅薄。但其中大多数疑难之处以及对它们的反对之辞，都是误解——是对戏剧与说教之间关系的误解。韦斯的剧作不能被当作类似阿瑟·米勒甚至是布莱希特的某个观点那样加以对待。我们这里处理的是一种不同于以上诸人的戏剧的剧作，恰如安东尼奥尼和戈达尔不同于爱森斯坦。韦斯的剧作包含了一个观点，或更可以说它利用了理智论争和历史革命（如人性之性质、法国大革命对其自身初衷的背叛，等等）的材料。然而对韦斯的剧作来说，观点是次要的。艺术中另有一种深思熟虑的使用思想的方式：把思想当作感觉的刺激物。安东尼奥尼谈到自己的电影时说，他希望它们"摆脱肯定与否定这种过时的诡辩法"。《马拉/萨德》以一种复杂的方式显示了同一种冲动。持这种立场，并不意味着这些艺术家希望摆脱思想。而是意味着，思想，包括道德思想，以一种新的方式被提出来。思想可以作为一种装饰、道具、感觉材料来起作用。

人们或许会把韦斯的剧作与热内的长篇散体叙事作一比较。热内并不当真认为"残酷是善的"或"残酷是神圣的"（此乃一种道德主张，尽管它与传统道德相违），而是把观点转移到另一个层面上，从道德层面转移到美学层面。但《马拉/萨德》并非如此。《马拉/萨德》里的"残酷"终究不是一个道德问题,也不是一个美学问题。它是一个本体论问题。那些提供"残酷"的美学版本的人对生活表层的丰富性感兴趣,而提供"残酷"的本体论版本的那些人则希望他们的艺术去表达人类行为的最宽广的可能语境,至少是比现实主义艺术所提供的语境更宽广的一种语境。这个更宽广的语境,萨德称之为"自然",而当阿尔托说"每一行动之物都是一种残酷"时,他的言下之意也是如此。在诸如《马拉/萨德》这样的艺术中,还有一种道德观,尽管显然它不能归纳为"人道主义"这样的口号(这会使其观众感到不舒服)。然而,"人道主义"并不等同于道德。确切地说,像《马拉/萨德》这样的艺术会使人们反感"人道主义",反对那种对世界进行道德化的做法,也因此拒绝认可萨德所谈及的那些"犯罪"为犯罪。

在讨论《马拉/萨德》的过程中,我一直反复引用阿尔托关于戏剧的著作。但阿尔托——不像布莱希特,这位二十世纪另一位伟大的戏剧家——并没有写出一批著作来阐发他的理论和感受力。

通常,在体现某种感受力的实际作品出现之前,这种支配某些艺术作品的感受力(从话语的某个层面说,是关于这种感受力的理论)就已获得阐释。或者,这种理论也许适用于那些并非为阐发这种理论而创作的作品。因而,在当今的法国,诸如阿兰·罗伯-格里耶(《为一种新小说》)、罗兰·巴特(《批评文集》)、米歇尔·福柯(发表于《泰凯尔》及其他刊物的论文）这样的作家和批评家虽已创立一套精致的、有说服力的反修辞的小说美学，但"新小说"作家创作的并由他们加以分析的那些小说，对阐明这种新感受力来说，实际上不如某些电影那样重要或者那么令人感到满意，此外，这些电影的导演，即意大利和法国的导演，诸如布勒松、麦尔维尔、安东尼奥尼、戈达尔以及贝托鲁奇（《大革命前夕》），与法国新小说作家流派没有什么关系。

同样，阿尔托本人执导的惟一的舞台演出，即雪莱的《钦契一家》，或他一九四八年的广播剧《为摆脱上帝之审判》，是否比他对塞涅卡悲剧的公开朗诵更亦步亦趋地遵从于他的著作中为戏剧开出的那种出色的方子，似乎也大有疑问。至今，我们仍看不到阿尔托"残酷戏剧"的一个十全十美的范例。最与之接近的东西，是过去五年间在纽约及其他地方出现的、其参与者大多为画家（如阿伦·卡普罗、克雷斯·奥登堡、吉姆·戴恩、鲍勃·惠特曼、莱德·格卢姆斯和罗伯特·瓦茨）的那些没有文本或没有至少可以理解的言语表达的戏剧事件，即所谓"事件剧"。另一个具有准阿尔托风格的作品的例子：劳伦斯·柯恩菲尔德和阿尔·卡麦斯去年在雅德逊纪念教堂对格特鲁德·斯坦因的散体诗《发生了什么》的精彩表演。再举一例：由裘迪斯·马利纳执导的肯尼斯·H·布朗的《囚室》在纽约的生活剧场的最后一次演出。

尽管如此，到此为止我所提到的所有那些作品，除个人

反对阐释 | 235

表演方面的问题外，都因眼界和观念的狭隘——以及感觉手段的狭隘——而受到损害。因此，比起我所知道的任何其他现代戏剧来，《马拉/萨德》更接近阿尔托戏剧的眼界和意图（我姑且把据说是当今世界上最令人感兴趣、最雄心勃勃的剧组，即波兰奥泼尔的杰奇·格罗陶斯基的实验剧社，不包括在内，因为至今我还没有看过它的演出。有关对该剧社的演出——它是对阿尔托原则的颇有抱负的拓展——的描述，参阅一九六五年春季号《图拉恩戏剧评论》）。

不过，阿尔托并非是韦斯-布鲁克的演出的惟一重要的影响来源。据说，韦斯曾说过他希望——真乃雄心勃勃矣！——在他的剧作中融合布莱希特和阿尔托。确实，人们能看出他的意图。《马拉/萨德》的某些特征令人联想到布莱希特的戏剧——围绕一场有关原则或情理的争论来组织情节；还有歌曲；再就是通过一位主持人来诉诸于观众。这些因素与场面、布景的阿尔托式的构成方式很好地结合在一起。然而，事情并不那么简单。其实，韦斯剧作所提出的最后一个问题恰恰是这两种感受力和理想最终如何协调的问题。人们如何能够把布莱希特的说教戏剧、一种理智的戏剧的观念与阿尔托的魔幻的、动作的、"残酷"的、感觉的戏剧进行协调？

答案似乎是，如果当真有人能够实现这种协调或者综合的话，那韦斯的剧作已经朝这个方向跨出了一大步。因而那些抱怨韦斯的剧作"充满了可以无限膨胀的无用的反讽、难以解释的谜语以及双重的意义：此乃缺乏布莱希特之敏锐感或坚定投入的布莱希特舞台手段"的剧作家就显得愚钝，居然把阿尔托全然抛在了脑后。如果果真有人将两者结合在了一起的话，那人们就将看到，新的感知方式必须获得认可，新的标准必须设立起来。因为所谓阿尔托式的投入戏剧，更不用说"坚定投入"戏剧，难道在术语上不矛盾吗？或者说，它矛盾吗？要解决这一问题，不能靠回避这一事实，即在《马拉/萨德》一剧中，韦斯立意以一种赋格曲的形式（而不是作为实际的主张）来运用思想，因而不必涉及社会现实的、说教性的主张。对内在于《马拉/萨德》的那些艺术目标的误解，起因于一种狭隘的戏剧观，这种误解可以解释大多数批评家对韦斯剧作的不满——考虑到该剧本与布鲁克的演出所具有的非同凡响的丰富性，那可以说这种不满是忘恩负义的。被纳入《马拉/萨德》的那些思想在理智的意义上并没有得到解决，但这与它们在感觉的领域里共同发生作用比起来，其重要性不可同日而语。

[一九六五]

IV

罗贝尔·布勒松电影中的宗教风格

1

有些艺术直接以唤起情感为目的；有些艺术则通过理智的途径而诉诸情感。有使人感动的艺术，制造移情的艺术。有不动声色的艺术，引起反思的艺术。

杰出的反思艺术并不是冷漠的。它可以愉悦观众，它可以提供令人恐惧的意象，它可以使观众落泪。但它的情感力量要经由中介。情感投入的吸引力为作品中那些带来距离、超然立场、不偏不倚态度的因素所中和。情感投入总是或多或少地被延宕。

这种对照可以从技巧或手段、甚至思想的角度加以说明，尽管，毫无疑问，艺术家的感受力才最终起决定性意义。当布莱希特说到"间离效果"时，他提倡的是一种反思的艺术，一种疏离的艺术。布莱希特宣称他的戏剧的说教目的其实是传达那种冷静的气质，正是这种气质造就了他的那些剧本。

2

在电影中,反思形式的电影大师是罗贝尔·布勒松。

尽管布勒松出生于一九一一年,他现存的电影作品全都是最近二十年里制作的,包括六部故事片(在一九三四年,他曾制作过一部名叫《公共事务》的短片,据说是一部具有热雷·克莱尔风格的喜剧,但全部拷贝均已遗佚;在三十年代中期,他曾为两部默默无闻的商业片撰写过脚本;在一九四〇年,他曾在一部影片的拍摄中担任克莱尔的助理导演,可这部影片始终没有完成)。一九四一年,当布勒松在一座德军的战俘营经历了十八个月的铁窗生涯,重返巴黎后,他开始拍摄他的第一部完整的影片。他遇到了一位托钵会传教士兼作家,名叫布拉克伯格神父,神父建议说他们可以合作完成一部有关贝塔尼女修道院的影片,该修道院是法国托钵会修道会,致力于照顾那些前女犯,使她们获得新生。情节大纲写好了,让·吉罗杜也参与其事,帮助撰写了对话,该片——片名最初叫《贝塔尼》,后来在制片人的坚持下,改为《罪恶天使》——于一九四三年发行。该片获得了批评家的充满热情的好评,在普通观众那儿也颇受青睐。

他第二部影片的拍摄开始于一九四四年,于一九四五年发行,故事情节是狄德罗伟大的反小说《宿命论者雅克》中被篡改得最多的故事当中的某个故事的一个现代版本;布勒松写故事大纲,让·科克托写对话。然而,这一次,布勒松没有获得他头一次的那种成功。《布洛涅树林的妇人们》(在美国有时又称作《公园的妇人们》)遭批评家酷评,而票房那边也门可罗雀。

布勒松的第三部影片是《乡村牧师日记》,直到一九五一年才问世;第四部影片《死囚出逃》(在美国被称作《逃犯》)发行于一九五六年;第五部影片《扒手》发行于一九五九年;第六部影片《审判贞德》发行于一九六二年。以上这些影片都获得了批评家的一定的好评,但鲜能获得普通观众的认可——除了最后那部影片,而该片又不得大多数批评家的赏识。布勒松曾一度被捧为法国电影的新希望,现在却被牢牢地钉上了"小圈子里的人才看得懂的导演"的标签。可他从来就没有引起艺术剧院的观众的注意,他们蜂拥着去看布努艾尔、伯格曼、费里尼的影片——尽管布勒松比这些导演伟大得多;①甚至,与布勒松比起来,安东尼奥尼都几乎有一大批观众。除了在某个小圈子里享有名声外,他所赢得的批评家的关注真是少之又少。

布勒松之所以大体上没有获得与其成就相符的地位,原

---

① 在李·R·波布洛克所著的《电影的元素》(纽约,一九七四)一书的第七章,开列了一份近几十年来世界级大导演的名单,共十一人,分别是维托里奥·德·西卡、路易斯·布努艾尔、费德里科·费里尼、约瑟夫·洛塞、米开朗琪罗·安东尼奥尼、英格玛·伯格曼、黑泽明、阿仑·雷乃、斯坦利·库布里克、弗朗索瓦·特吕弗和让-吕克·戈达尔。这也几乎是公认的名册。布勒松不在此列。波布洛克说明自己的选择原则时说:"他们都创作了一些现代电影的最佳作品,与此同时,他们都对现代电影产生了不同的影响……这里只选择了那些大大超越了这一艺术的界限、其影片提供了最丰富的研究材料的艺术家。"——译者

因在于他的艺术所属的那种反思的或沉思的传统，并没有获得很好的理解。尤其是在英国和美国，布勒松的电影经常被说成是冷漠的、超然的、太知识分子化的、抽象的。然而只有在与"热"的作品相比较（通常是无意识地进行比较）时，说一部艺术作品"冷"，才多少有些意义。并非所有的艺术都是——或可能是——热的，正如并非所有的人都是同一种脾气。那些广为人们接受的有关艺术的情态范围的观念，都失之片面。布勒松肯定不如帕布斯特或费里尼那么冷漠（同样，维瓦尔迪不如布拉姆斯冷漠，基顿不如卓别林冷漠）。人们得去理解有关此类冷漠的美学——这就是说，发现冷漠的美感。由于布勒松的广度，所以他提供了用来勾勒这种美学的特别合适的个案。为挖掘与情感直接呈现的艺术相对立的那种反思的艺术的种种可能性，布勒松从《布洛涅树林的妇人们》的完美的图像转向《死囚出逃》的那种几乎是抒情的、"人道主义"的温暖调子。在他最后那部影片《审判贞德》中，他同样展现出——这也富有启发性——这一类的艺术何以变得过于玄妙。

3

在反思性的艺术中，艺术作品的形式以突出的方式呈现出来。

观众对形式保持警觉，其功效在于拖延或者延宕他们的情感。因为，只要我们对艺术作品的形式保持警觉，我们就会多少变得超然；我们的情感并不以真实生活中相同的方式做出反应。对形式的警觉，同时起到两种作用：它提供一种不依赖于"内容"的感官愉悦，此外，它还诱导人们使用理智。以别的方式，例如格里菲斯的《党同伐异》以叙事的形式（四个单独的故事交织在一起），来诱使人们进行反思，可能是一种非常低级的反思。不过，它仍然是一种反思。

在艺术中，"形式"塑造"内容"的典型方式，是重复和复制。绘画中的对称与主题重复、伊丽莎白时代戏剧中的双重情节、诗歌中的格律等等，是一些明显的例子。

艺术中形式的演变，部分独立于题材的演变（形式的历史是辩证的历史。正如当一种感受力形式变得平庸、乏味，势必被与其对立的感受力形式所抛弃一样，艺术中的形式也不时被耗尽，变得平庸、不能激动人，势必被新的、反形式的形式所取代）。有时，当材料与形式的意图交叉时，能够获得最佳效果。布莱希特经常做到了这一点：把一个热的题材置于一个冷的框架中。有时，形式完美地适合主题，也令人感到满意。这便是布勒松的情形。

之所以说布勒松是比诸如布努艾尔等人更伟大、更有趣的导演，是因为他创造了一种完美地表达他想表述的内容的形式，而且该形式与内容形影相随。实际上，形式就是他想表述的内容。

这里必须谨慎地区分形式与方式。韦尔斯、早期的热雷·克莱尔、斯特林堡和奥法尔斯是那些具有明白无误的风

反对阐释

格创造的导演的范例。但他们从来就没有创造出一种严格的叙事形式。布勒松却像小津安二郎一样做到了这一点。布勒松的电影形式试图（像小津安二郎的电影形式一样）唤起情感，同时又节制情感：在观众的心中引起某种平静均衡之感，某种本身就是电影的主题的精神平衡的状态。

反思的艺术实际上是对观众施加某种节制的艺术——延缓其轻易获得的满足感。甚至乏味也可成为这类节制的可用手段。突出艺术作品的技巧，是另一种手段。我们这里想到了布莱希特的戏剧思想。布莱希特提倡某些舞台策略——例如设立一个叙事者，把乐队置于舞台上，插入电影场景——以及一种表演技巧，这样观众就能产生一种置身事外的距离感，不会不加批评地"投入"情节中和人物的命运中。布勒松也希望制造距离。但我想，他的目标不是使热烈的情感保持冷静，以使理智占据上风。作为布勒松影片特色的那种情感距离，似乎是为一种完全不同的理由而存在：因为，从深处说，与人物的一切认同，都是不恰当的——是对作为人类行为和人类心灵的那种神秘之物的冒犯。

然而——暂且把一切要求保持理智的冷静或要求对行为的神秘性保持敬意的主张搁而不论——布勒松肯定知道，也必须知道，这种距离化是巨大情感力量的一个来源。恰恰是自然主义戏剧和电影的过于容易地给出自己的那种缺点，轻易地毁掉了和耗尽了自己的效果。艺术中情感力量的最大源泉终究不在于任何特别的题材，无论这种题材如何充满激情，如何普遍。它在于形式。通过对形式保持警觉而疏离和延宕情感，最终使得情感变得更为强烈、更为强化。

4

尽管存在着一种由来已久的批评口号，认为电影主要是一种视觉媒体，尽管布勒松在转向拍摄电影前是一位画家，但对布勒松来说，形式主要不是视觉形式。它首要地是一种不同的叙事形式。对他来说，电影不是一种造型体验，而是一种叙事体验。

布勒松的形式完美地契合亚历山大·阿斯特鲁克四十年代末撰写的著名论文《电影-钢笔》所作的规定。根据阿斯特鲁克的见解，作为一种理想，电影将变成一种语言：

> 说它是语言，我指的是这么一种形式，艺术家能够以它并通过它来表达自己的思想，无论这些思想如何抽象，或能够传达他的困惑，像在文章或小说中那样……电影将使自己逐渐从视觉的专制下摆脱出来，从自为的图像的专制下摆脱出来，从直接的具体的趣闻轶事的专制下摆脱出来，成为一种像书面文字一样灵活而细腻的写作手段……当今电影令我们感兴趣之处，是这种语言的创造。

把电影作为语言，这意味着与那种在电影中以一种戏剧性的、视觉的方式来讲述故事的传统的决裂。在布勒松的电影作品中,电影语言的这种创造特别倚重于对词语的强调。在布勒松的头两部影片中,剧情发展相对来说仍是戏剧性的,而情节也采用了一群人物,[①]他这时的语言(就实际的意义而言)以对话的形式出现。这是一种明显地想让人关注它自身的对话。它是非常戏剧性的对话,精确、有警句色彩、字斟句酌、有文学味。它对立于那些法国新导演乐于使用的那种即兴式的对话——包括新浪潮电影中最有布勒松风格的戈达尔的《随心所欲》和《已婚女人》。

但在最后四部影片中,剧情已经从一群人的遭遇缩减为孤独自我的命运,对话也常常被第一人称的叙事所取代。有时,这种叙事可以为不同场景之间提供联系。但更令人感兴趣的是,它并不总是告诉我们那些我们所不知或想知道的事情。它"重复着"剧情。在这种情形下,我们总是先听到言辞,然后才看到场景。例如,在《扒手》中:我们看到那位主人公在写回忆(并听到他在读着这些回忆),然后我们才看到他简要地描绘过的那个事件。

但有时我们先看到场景,然后才听到对刚发生之事的解

[①] 尽管甚至这方面也有某种变化。在《罪恶天使》中,有五个主要人物——年轻的见习修女安娜-玛丽,另一个见习修女玛德莱娜,修道院院长,修道院院长的助手圣让娜嬷嬷以及女谋杀犯特雷丝——和大量的背景:隐修院的日常生活,等等。在《布洛涅树林的妇人们》中,已经出现一种简化,背景也不那么多。只有四个勾画清晰的人物——埃莱娜、她以前的情人让、阿涅丝以及阿涅丝的母亲。其他人根本就没露面。例如,我们从来就没看到过那些仆人的面孔。

释和描述。例如,在《乡村牧师日记》中,有一个场景,那位牧师焦急地去拜访托西的教区牧师。我们看到牧师骑着自行车奔到教区牧师的门前,然后看到管家开门(教区牧师显然不在家,但我们没有听到管家的声音),然后看到关门,牧师背靠着门站着。然后我们听到:"我太失望了,我得靠着门站一会儿。"另一个例子:在《死囚出逃》中,我们看到芳丹纳撕开枕头布,然后把布片缠在一根他从床架上抽出来的金属丝上。然后我们听到:"我使劲儿地缠着它。"

这种"多余的"叙事的效果在于间歇性地不时打断场景。它中断了观众对情节的直接的想象性的参与。不论其顺序是从评说到场景,还是从场景到评说,效果都是一样:情节的这种重复既阻止了日常的情感连续反应,又强化了它。

也应该注意到,在第一类复制中——此时我们在看到所发生之事以前就已经听到此事——刻意地嘲弄一种意在使人参与的传统叙事方法:悬念。这里,人们又一次联想到了布莱希特。布莱希特指出,在一个场景开始之初,就利用告示牌或叙事者的手段来消除对将要发生什么的悬念(戈达尔在《随心所欲》中采用了这种方法)。布勒松以早于场景的叙事同样做到了这一点。对布勒松来说,在许多方面,他的最后一部电影《审判贞德》的剧情才是完美的剧情——在这里,整个情节早已为人所知,早已注定;演员的台词并非出自创作,而是来自实际的庭审记录。在布勒松的影片里,原则上没有什么悬念。因而,在那部悬念按说理当发挥重要作

反对阐释 | 249

用的影片《死囚出逃》中，片名故意地——甚至笨拙地——暴露出了结局：我们知道芳丹纳将会逃跑。[①]当然，在这方面，布勒松的这部逃亡影片不同于雅克·贝克的最后一部影片《窥孔》（在美国被称作《守夜》），尽管在其他方面贝克的这部精彩的影片从《死囚出逃》获益匪浅（在布勒松《布洛涅树林的妇人们》问世时，贝克是法国电影界惟一一个替其辩护的著名人士，此举令人称道）。

因此，布勒松影片中的形式尽管具有强烈的线性结构色彩，却是反戏剧性的。场景往往突然中断，结尾往往平平淡淡地结束。在《乡村牧师日记》中，这一类短促的场景有不下三十处。这种构织故事的方法最生动地见之于《审判贞德》。该片由那些说话人的静态的中景镜头组成；场景是对贞德的冷漠无情的连续审问。对逸闻趣事般的材料不予采用的原则——例如，在《死囚出逃》中，观众首先一点也不知道芳塔纳缘何进了监狱——在《审判贞德》中达到了登峰造极的程度。在该片中没有任何种类的插曲。审问结束了；门在贞德的背后砰的一声关上了；场景渐渐隐去。钥匙在门锁里哗啦作响，又一次提审；接着门又哐当一声关上了；场景渐渐隐去。这是一种非常无动于衷的结构，突然间就中断了观众的情感投入。

布勒松也进而反对电影中那种由富于表现力的表演导致

[①] 该片还有一个副名，表达了"不可阻挡"这一主题：《老天想在哪儿刮风，风就刮起来了》。

的情感投入。布勒松在运用他独特的处置演员的方法中发现，利用非专业演员扮演主要角色更可取，这使人再一次联想到了布莱希特。布莱希特希望他的演员"汇报"角色，而不是"成为"角色。他试图使演员不与其所扮演的角色发生认同，正如他希望观众不与其在舞台上看到的被"汇报"的事件发生认同。"演员必须保持演示者的状态；"布莱希特强调说，"他表现角色时，必须把角色表演成陌生人，而不必在表演中隐瞒'他做、他说'的性质。"布勒松在他最后四部影片中使用了非专业演员（而在早期的《罪恶天使》和《布洛涅树林的妇人们》中则使用了专业演员），似乎也想以此获得那种相同的陌生效果。他的做法是不让演员情感投入地说他们的台词，而仅以尽可能少的表情来说（为了获得这种效果，布勒松往往在正式开拍前，让演员排演好几个月）。情感高潮被处理得非常平缓。

然而这两个人其实是基于非常不同的理由才这么做的。布莱希特反对表演的理由，折射出他关于戏剧艺术与理智批评的关系的思想。他认为表演的情感力量会妨碍戏剧所表达的思想（尽管就六年前我所看到的柏林剧团的演出来看，这种多少显得克制的表演在我看来似乎并没有真正消除情感投入；真正做到这一点的是高度风格化的舞美设计）。布勒松反对表演的理由，则折射出他有关艺术自身的纯粹性的观念。"表演是适合戏剧这种低劣的艺术的。"他曾说，"而电影可以成为一门真正的艺术，因为电影的制作者把现实的碎片纳入到电影中,并以这么一种独特的方式安排它们,以至它们的并置改变了它们各自原来的性质。"对布勒松来说,电影是一门总体艺术,在其中表演只起到了损害作用。在电影中

> 每一个镜头都像是一个词语,其自身并没有任何意义,或更可以说它意味着太多的东西以至实际上毫无意义。但在诗歌中,每一个词语因被置于词语之中而获得改变,其意义变得准确而独特:以同样的方式,电影中的每一个镜头依靠上下镜头而被赋予意义,每一个镜头都修正上一个镜头的意义,一直到最后一个镜头才能达到一种总体的、非断章取义的意义。表演与此毫无共同之处,它只会妨碍。只有忽略那些在电影中露面的人的意志,才可制作电影,不去利用他们之所为,而是利用他们之所是。

简而言之:在行为之外存在着精神的力量,只有当行为静止时,精神的力量才会出现。人们猜想布勒松从来就没有让他的演员们"阐释"他们的角色:扮演《乡村牧师日记》中那位牧师的克劳德·雷杜曾说过,他出演该片时,从来就没有被告知要去表现神圣性,尽管当他后来观看该片时,发现他表现的似乎正是神圣性。终究,一切都有赖于演员,他要么有这种睿智的表演气质,要么就没有。雷杜就有这种表演气

质。扮演《死囚出逃》中芳丹纳的弗朗索瓦·勒迪耶也有这种表演气质。但扮演《扒手》中的米歇尔的马丁·拉萨尔却传达出了某种木讷的、有时是模棱两可的表演气质。通过扮演《审判贞德》中贞德这一角色的弗洛朗丝·卡雷，布勒松对无表情性的极限进行了尝试。根本就没有任何表演；她只是念台词。这本来应该有效，但实际却不是如此——因为弗洛朗丝是布勒松在他最后的那些影片中所"使用"的全部演员中最不睿智的一个。布勒松的这最后一部影片之所以失之单薄，部分原因在于扮演贞德的女演员太为角色所感染，而该片的成败系于贞德这一角色。

5

布勒松的所有影片都有一个共同的主题：禁闭与自由的意义。宗教使命的意象与犯罪的意象被结合在一起。两者都通向"单人室"。

情节全都与禁闭及其后果有关。《罪恶天使》的情节大多发生在一个隐修院里。前女犯特雷丝（警察并不认识她）刚刚谋杀了那个背叛了她的情人，她被交到了贝塔尼修道院的修女们的手里。一个试图与特雷丝发展一种特殊的关系的年轻实习修女获悉了她的秘密，想让她主动地向警察自首，却因违反教规而被逐出修道院。一天早晨，有人发现她奄奄一息地躺在修道院花园里。特雷丝最终被感动了，该片最后一个镜头是她朝警察的手铐伸出了双手……在《布洛涅树林的妇人们》中，禁闭的隐喻被重复了好几次。埃莱娜与让一直禁闭于他们的爱情中；但他现在鼓励她重返世界，说她是自由的。不过她却没有重返世界，而是转而专心致志地为他设置一个圈套——为该圈套，她需要找两个帮手，把她们彻底禁闭在一个公寓里，听候她的命令。像《罪恶天使》一样，这是那种有关一个年轻的堕落女子获得救赎的故事。在《罪恶天使》里，特雷丝因接受监禁而获得了自由；在《布洛涅树林的妇人们》里，阿涅丝被关进了监狱，随后，影片就不合情理地、仿佛靠了奇迹的帮助似地，让她获得宽恕，被释放了……在《乡村牧师日记》中，重点发生了偏移。坏姑娘项塔尔被置于背景中。禁闭的戏剧表现为那位牧师禁闭于自身，禁闭于自己的绝望、软弱和必有一死的身体中（"我是圣苦的囚徒。"）。他以接受胃癌导致的令人不省人事、极度痛苦的死亡而获得了自由……在以法国德占区一所德军监狱为场景的影片《死囚出逃》里，禁闭的意象以极为写实的方式被再现出来。而自由也是如此：主人公战胜了自己（他的绝望以及惰性对他的诱惑），越狱逃跑了。自由的障碍既以实物的形式、又以孤独无援的主人公周围的无以数计的人群的形式体现出来。但芳丹纳刚被投进监狱时，他曾冒险去信任监狱院子里的那两个陌生人，他们并没有辜负他的信任。也正是因为他冒险去信任在他出逃前夕被投进他的囚室的那个与纳粹合作过的年轻人（他还有一个选择，那就是杀死这个年轻人），他才得以逃脱……在《扒手》中，主人公是一个年轻的遁世者，一个生活在房间的壁橱里、像陀思妥耶夫斯基笔下的人物一样似乎渴望受到惩罚的轻罪罪犯。只是到了片尾，当他已被逮捕并被投入监狱、隔着栅栏与一直爱着他的那个姑娘谈话时，他才被描绘得或许有可能去爱什么人……在《审判贞德》中，整个影片的场景再一次被设置于监狱。正如《乡村牧师日记》里的情形一样，贞德在经历了残酷的死亡后才获得自由；但贞德的殉道不如那位牧师的殉道那样感人，因为她过于非个性化了（不像牧师法尔柯纳蒂），以至她看起来似乎不在乎死亡。

戏剧性的本质是冲突，而布勒松的电影情节的戏剧性是内心冲突：与自我的战斗。他的电影作品的全部静态的、形式的特点，都服务于这一目的。布勒松在谈到《布洛涅树林的妇人们》一片的高度风格化和人工性的情节选择时，说这种选择使他得以"消除任何可能偏离内在戏剧性的东西"。然而，在这部影片以及之前的那部影片中，内在戏剧性以一种外在的形式被表现出来，无论这种形式如何精致，如何精炼。《罪恶天使》和《布洛涅树林的妇人们》描绘不同人物间意志的冲突，如同它们关切单个人物的内在冲突一样多，或者更多。

只有在《布洛涅树林的妇人们》之后的影片中，布勒松的戏剧性才真正得以内在化。《乡村牧师日记》的主题是那位年轻的牧师的自我冲突：只有在他与托西的教区牧师、与项塔尔以及与项塔尔的母亲、伯爵夫人的交往中，这种内在

反对阐释 | 255

冲突才间接地显露出来。在《死囚出逃》中，这一点甚至更加明显——其核心人物真正地被隔离在一间单人囚室里，与自己的绝望搏斗。孤独与内在冲突以另一种方式双双出现于《扒手》里，在该片中，那位孤独的主人公只能以拒绝爱情为代价来拒绝绝望，并纵情于偷盗这种手淫似的行为。但在最后一部影片中，在我们以为本该出现戏剧性的地方，却没有任何戏剧性的迹象。冲突差不多一直被隐瞒着；必须加以推测方能感到这种冲突。布勒松的贞德是优美的机器人。但必须要有戏剧性，不论这种戏剧性如何内在。这正是《审判贞德》缺乏的东西。

尽管如此，必须注意到，布勒松试图描绘的那种"内在戏剧"并不是指心理状态。以现实主义的眼光看，布勒松的人物的动机常常是隐而不显的，有时完全是不可信的。例如，在《扒手》中，当米歇尔以"我在赌桌上和女人身上把钱花得精光"这句话总结他在伦敦的两年生活时，观众简直就不相信他说的是实情。而当说到米歇尔的朋友、人品不错的雅克居然使让娜怀了孕并随即抛弃了她和他们的孩子时，就再也难以让人相信了。

心理上的不可信几乎不是一个优点；而我上面所引的几句叙事句子，只是《扒手》中的瑕疵。但我想，无可指责的是，对布勒松来说，关键之处在于他对心理分析的表面性显然深信不疑（理由是：心理分析赋予行为一种为真正的艺术所超越的臆想的意义）。我肯定他并非有意让他的人物不可信；但我认为他的确有意使他的人物显得晦暗不明。布勒松对精神运动过程的形式感兴趣——似乎是对物理过程的兴趣，而不是对心灵的心理过程的兴趣。人们之为何有如此这番的行为，终究是难以理解的（确切地说，心理学并不声称自己理解什么）。毕竟，信与不信，是无法解释的，是不可捉摸的。那个牧师确实赢得了那位高傲而又坚定的伯爵夫人（在《乡村牧师日记》中），让娜没有说服米歇尔（在《扒手》中），这些只不过是事实——如果你愿意的话，也可以把它们看作秘密。

这种心灵的物理过程是西蒙娜·韦伊的极其著名的著作《重负与神恩》的主题。她说：

> 心灵的所有自然形态的运动都受制于法则，如同物体重力的运动。神恩是惟一的例外。
>
> 神恩充满了空荡荡的空间，但它只能进入那些有接纳它的空间的地方，正是神恩自身创造了这个空间。
>
> 想象力一直不停地运转着，填充了神恩可能从中穿透进来的所有裂隙。

西蒙娜·韦伊上面这段文字，满足了布勒松的"人类学"的那三个基本原理。有些心灵是沉重的，有些则是轻盈的；有些是自由的或可能将是自由的，有些则不是。人们所能做的，无非是保持耐心，并且尽可能保持空无状态。在这种状态中，想象力就没有存在的空间，更不用说思想和见解了。理想状态是中性的，是透明的。当《乡村牧师日记》中托西的教区牧师告诉那个年轻的牧师"牧师没有见解"时，他指的正是这个意思。

除了在终极的、无以名之的意义上外，牧师也没有任何牵挂。在对精神之光（"神恩"）的追寻中，牵挂不过是精神的累赘。因而，在《乡村牧师日记》的那场高潮戏中，年轻牧师迫使伯爵夫人摆脱她对死去的儿子的悲悼之情。人和人之间的交往当然是可能的，但这种交往不是经由意志不请自来，而是经由神恩而来。因此在布勒松的影片中，人类休戚相关的关系只被放在一定距离之外加以表现——正如《乡村牧师日记》中那个牧师与托西的教区牧师之间的情形，或如《死囚出逃》中芳丹纳与其他犯人之间的情形。呈现在我们眼前的算得上是两个相爱的人之间的实际接触，似乎只是以下诸例：在《布洛涅树林的女人们》里，让对奄奄一息的阿涅丝失声喊道"你别死！我爱你！"；在《死囚出逃》中，芳丹纳用手揽住约斯特；在《扒手》中，米歇尔透过监狱栅栏对让娜说："过了这么长的时间，我才与你走到一起。"但我们没有看到爱情的延续。在爱情被表达的那一刻，影片就结束了。

在《死囚出逃》中，主人公相邻囚室的那个上了年纪的囚犯满腹牢骚地问他："你为何抗争呢？"芳丹纳回答："为了抗争。为了与我自己抗争。"与自我的真正抗争，就是与自己的沉重、自己的重负抗争。这种抗争手段，表现为那种有关行动的想法，是一项计划，一项任务。在《罪恶天使》中，它表现为安妮-玛丽"拯救"特雷丝的计划。在《布洛涅树林的妇人们》中，它表现为埃莱娜的报复计谋。这些任务以冲突的形式表现出来——时不时地重新提及执行这些任务的人物的用意，而不是将这些任务分解为各有其趣的行为。在《乡村牧师日记》（在这方面，它是一部过渡之作）中，最感人的意象不是牧师行使其神职、为教民们的灵魂获救而奔走时的意象，而是牧师处在其平常时刻时的意象：骑自行车，脱法衣，吃面包，散步。在布勒松的下两部影片中，工作已经溶解成了无穷无尽的受苦的观念。计划变得完全实际、具体，同时也更加不带感情色彩。在《死囚出逃》中，最有感染力的场景是那些展示主人公专注于自己的工作的场景：芳丹纳用匙子刨门，芳丹纳用从扫帚上抽出的一根秸秆把掉在地板上的木屑扫成一小堆（"一个月耐心的工作——门开了。"）。在《扒手》中，影片富于情感表达的部分是米歇尔被一个职业扒手默默地、无私地照顾并被教会他刚刚才颇不得法地尝试过的那门技艺的入门技巧的场景：展示了一些高难的手部动作，说明了重复练习和日常练习的必要性。《死囚出逃》和《扒手》中的大部分场景是没有言语的；它们描述的是个性被计划所抹去而产生的美感。面孔非常安静，而被表现为"计划"的恭顺仆人的身体的其他部分则富于表达性、出神入化。我们还记得《罪恶天使》的结尾

反对阐释 | 259

部分特雷丝亲吻死去的安娜-玛丽的苍白的双脚，也记得《审判贞德》开头的连续场景中修士们纷纷踏着石走廊往下走的裸足。我们记得《死囚出逃》中芳丹纳那一双老是忙个不停的阔大而优美的手以及《扒手》中那些敏捷灵活的偷盗之手的优美动作。

通过"计划"——与"想象"恰好相反——人们克服了沉压在精神上的那种重负。甚至连其情节最缺乏布勒松风格的影片《布洛涅树林的妇人们》竟也依托于计划与重负（或静止）之间的这种对比。埃莱丝有一项计划——报复情人让，为自己出气。但她也是静止的——从她的遭遇以及复仇心来说。惟有在一切情节中最有布勒松风格的影片《审判贞德》中，这种对比（它不利于该影片）才没有被采用。贞德没有计划。或，如果可以说她有某个计划即殉道的计划的话，我们也只是知道而已；对这项计划的进展和完成情况，我们并不知情。她显得被动。布勒松的这最后一部影片之所以显得如此不辩证，逊于他的其他影片，正是因为该片没有给我们描绘被单独囚于单人囚室里的孤独的贞德。

6

让·科克托曾说过（见《科克托论电影》，谈话，安德烈·弗莱格罗一九五一年录制），当今理智与心灵的"存在缺乏一种句法，这就是说，一种道德体系。这种道德体系与道德本身没有关系，而应该被我们每一个人塑造成一种内在风格，缺少了它，任何外在的风格都不可能"。科克托的影片可被看作是对这种作为真正的道德的内在性的描绘；布勒松的影片或许也是这样。在他们的影片中，他们两个人都关注宗教风格的描绘。但这种相似性并不那么明显，因为科克托是从美学上思考宗教风格的，而布勒松至少在他的三部影片（《罪恶天使》、《乡村牧师日记》、《审判贞德》）中，似乎专注于一种明确的宗教观。但这种差异并不像乍一看上去那么大。布勒松的天主教信仰不过是表达某种有关人类行为的观点的语言，而不是一种表达出来的"立场"（作为对照，可比较一下罗瑟尔里尼《圣弗朗西斯之花》中的坦率的虔诚与麦尔维尔《雷昂·莫兰》、《神甫》中描绘的关于信仰的复杂争论）。这方面的证据是，布勒松能够——在他的另三部影片中——不以天主教语言来讲述同样的事情。实际上，布勒松所有影片中最成功的那一部——《死囚出逃》——避开了以宗教的方式提出问题，尽管该片的背景处有一位敏感而灵活的传教士（囚犯中的一个）。宗教使命能为有关重负、理智和殉道的思想提供一个场景，但诸如犯罪、被背叛之爱情的报复以及孤独的监禁这些非常世俗的题材，也能生出同样的主题。

布勒松的确比乍一看上去更像科克托——是一个禁欲的科克托，一个摆脱了自己的感官性的科克托，一个没有诗意的科克托。目标是一致的：树立一种宗教风格的意象。然而，不用说，他们各自的感受力迥然不同。科克托的感受力是作为现代艺术的主要传统之一的同性恋感受力的一个显例：既浪漫，又机智，倾向于身体之美，却常常以时髦和机巧来装扮自己。布勒松的感受力是反浪漫的和庄严的，立意要避开形体美和灵巧这一类唾手可得的快乐，以获得一种更持久、更有启迪性、更严肃的快乐。

在这种感受力的演变中，布勒松的电影手段变得越来越朴实。他的头两部由菲利普·阿戈斯蒂尼担任摄影的影片突出视觉效果的那种方式，不见于他的其他四部影片中。布勒松的第一部影片《罪恶天使》比他后来的任何影片都更富于传统意义上的那种美。在美感更加浅淡的影片《布洛涅树林的妇人们》中，摄影机的运动颇有抒情性，例如埃莱娜跑下楼梯时恰好赶上乘电梯下楼的让这一镜头，再如以下这些绝妙的切换镜头：摄影机镜头从独自呆在卧室里、四肢伸展地躺在床上、自言自语道"我要报复"的埃莱娜身上，切换到阿涅丝的第一个镜头，她身穿紧身衣，脚着网眼长袜，头戴高耸的帽子，在一家拥挤的夜总会里，正剧烈地扭摆着身体跳一支性感的舞蹈。强烈的明与暗被刻意地交替使用。在《罪恶天使》中，监狱场景的昏暗与修道院墙壁以及修女道袍的雪白形成对照。在《布洛涅树林的妇人们》里，衣服甚至是比室内场景更能产生这种对照的东西。埃莱娜不管在什么场合，总是一袭黑色天鹅绒长裙。阿涅丝有三套服装：她第一次露面时穿的那身过分暴露身体的全套黑色舞装，大多数时候穿的那件浅色的有腰带的双排扣大衣，以及结尾时穿的那件白色婚礼装……由L·H·布勒尔担任摄影的最后四部影片在视觉上不那么惹眼,不那么花哨。该影片的摄影几乎是在自我冲淡。鲜明的对比,例如明与暗的对比,在这里被避免了(几乎难以想象一部彩色的布勒松影片会是什么样子)。举例说,在《乡村牧师日记》中,观众并没有特别留意那位牧师的牧师服是黑色的,也几乎没注意《死囚出逃》中的芳丹纳自始至终都穿着染着血迹的衬衫和肮脏的裤子,或同样没留心《扒手》中的米歇尔穿的褐色的套服。服装和室内场景都尽可能做到中性、不惹眼、实用。

除了拒绝"视觉"外,布勒松的后期电影还放弃了"美"。那些非职业演员,从外貌上说,没有一个长得英俊漂亮。乍一看见克劳德·雷杜(扮演《乡村牧师日记》中的牧师)、弗朗索瓦·勒特里埃尔(扮演《死囚出逃》中的芳丹纳)、马丁·拉萨尔(扮演《扒手》中的米歇尔)和弗洛朗丝·卡雷兹(扮演《审判贞德》中的贞德),第一印象是,他们多平常啊。随即,人们开始发现,从这个或那个方面看,他们的脸孔美得惊人。弗朗索瓦·勒特里埃尔对芳丹纳的扮演,最为出神入化,最令人满意。这是布勒松的电影与科克托的电影的不同之处,正是这个不同之处说明了《布洛涅树林的妇人们》在布勒松作品中的特殊地位;因为该影片(科克托为其撰写了对话)在这方面是非常具有科克托影片色彩。从视觉和情感上看,玛利亚·卡萨勒斯扮演的一身黑装、恶魔般的埃莱娜与她在科克托影片《俄耳甫斯》(一九五〇）中的表演一样出色。这样一个有棱有角、在整个情节中都始终抱着某种"动机"的人物，非常不同于《乡村牧师日记》、《死囚出逃》和《扒手》中有布勒松独特风格的人物处理方式。在这三部影片各自的情节进展中，都有某种下意识的新发现：一张初看上去平平常常的脸慢慢显得漂亮了；一个初看上去模模糊糊的人物，奇特地、莫名其妙地变得透明了。但是，在科克托的影片——以及在《布洛涅树林的妇人们》——中，人物和美都不是被揭示出来的。他们在那里被呈现和转换为戏剧性。

科克托的主人公（通常是由让·玛莱斯扮演）的宗教风格倾向于自恋，而布勒松的主人公则表现出这种或那种的自我无意识（因而布勒松影片中的计划所起的作用是：吸收那些可能会花在自我上面的能量。就个性是每个人的癖性、是我们被禁锢于其中的界限而言，它消除这种个性）。自我的意识是压在精神上的"重负"；超越自我的意识就会获得"神恩"或精神之光。科克托影片的高潮是这么一个情感放纵的时刻：失恋（《俄耳甫斯》）、死亡（《双头鹰》、《轮回》）或飞升（《美女与野兽》）。而布勒松的影片，除了《布洛涅树林的妇人们》（该片最后一个漂亮的俯拍镜头，是让俯身在躺在地板上、如同一只白色巨鸟似的阿涅丝身上）外，结尾部分都是反放纵的，是克制的。

科克托的电影艺术不可遏制地趋向梦幻的逻辑，趋向虚幻的真相而不是"真实生活"的真相，而布勒松的电影艺术则逐渐脱离虚构故事,转向纪实。《乡村牧师日记》是一部虚构作品,改编自乔治·贝纳诺斯出色的同名小说。但日记这种形式使布勒松得以用一种准纪实的方式来处理这部虚构作品。该片开始的镜头,是一个日记本以及一只正在写日记的手,紧接着是朗读所写日记的话外音。许多场景都是以牧师写日记的镜头开始的。影片的结尾,是牧师的一位朋友写给托西的教区牧师的一封信,通报牧师的死讯——我们听着读信的话外音时,整个银幕被十字架的黑色剪影给占满了。在《死囚出逃》的画面开始前,我们在银幕上看到这么一些文字:"本故事确曾发生。我把它原样搬上银幕,不作任何虚构。"然后是字幕:"里昂,一九四三年。"(在拍摄该片时,布勒松一直把芳丹纳的原型人物留在身边,以核对影片是否准确。)《扒手》也是一部虚构作品,部分地是通过日记形式讲述的。在《审判贞德》中,布勒松又回到了纪实,这一次最为严格。甚至,连在早期影片中帮助确立影片基调的音乐也被放弃了。《死囚出逃》中对莫扎特C小调弥撒曲的使用,《扒手》中对吕里的乐曲的使用,尤其出色;《审判贞德》剩下的惟一音乐,是该片开始时的敲鼓声。

布勒松试图强调他所展示的东西是无可反驳的。一切皆非偶然发生;不存在替代,不存在幻想;一切皆不可逆转。一切并非必需之物,一切仅仅具有趣闻轶事色彩或者纯为装饰之物的东西,必须排除。不像科克托,布勒松希望削减——而不是增加——电影的戏剧性和视觉性的资源(在这一点上，布勒松又一次让人联想到小津安二郎，小津安二郎在长达三十载的电影制作生涯中，一直拒绝移动摄影机，拒绝淡入淡出、渐隐渐显的手段）。的确，在布勒松最后一部、也是他全部影片中最节制的影片中，他似乎放弃了不少东西，把他的观念推到了一个精雕细刻的程度。不过，这样一种野心勃勃的观念难免有其极端之处，而布勒松的"失败"比大多数导演的成功来得更有价值。对布勒松来说，艺术是对必然之物的发现——仅此而已，别无其他。布勒松六部影片所具有的力量在于这一事实，即他的纯粹性和严谨性不只是一种有关电影资源的主张，像现代绘画的力量主要在于它是一种有关绘画颜料的见解那样。它们同时也是关于生活、关于科克托所说的"内在风格"、关于以最严肃的方式获得人性的一种观念。

[一九六四]

戈达尔的《随心所欲》

前言：《随心所欲》诱使人们从理论上对待它，因为——从理智和美学上说——它极其复杂。就艺术作品是"关于"思想的这种说法的最好、最纯粹、最复杂的意义上说，戈达尔的电影是关于思想的。在写这些札记时，我发现，在一九六一年七月二十七日巴黎周刊《快报》刊登的一篇采访中，他曾说过："说到底，我的三部影片都有一个相同的主题。我抓住的是一个有某种思想并试图穷尽这种思想的个人。"戈达尔说这些话，是在他拍摄了一系列短片以及《筋疲力尽》（一九五九，让·瑟贝格和让-保罗·贝尔蒙多主演）、《小兵士》（一九六〇，米歇尔·苏波尔和安娜·卡里娜主演）和《女人就是女人》（一九六一，卡里娜、贝尔蒙多和让-克劳德·布里阿里主演）之后。那么，他一九六二年拍摄的第四部影片《随心所欲》是否也是这样呢？这正是我想要说明的。

注释：戈达尔一九三〇年出生于巴黎，至今已完成十部故事片。在上面提到的四部影片后,他还制作了《卡宾枪手》(一九六二——一九六三,马里奥·马斯和阿尔贝·儒洛斯主演)、《轻蔑》(一九六三,布里基特·芭多、雅克·帕朗斯和弗里茨·朗格主演)、《另外一伙》(一九六四,卡里娜、萨米·弗雷和克劳德·布拉索主演)、《已婚女人》(一九六四,马莎·梅里尔和贝恩纳德·诺尔主演)、《阿尔法城》(一九六五,卡里娜、艾迪·康斯坦丁和阿金·塔米罗夫主演)、《狂人皮埃罗》(一九六五,卡里娜、贝尔蒙多主演)。这十部影片中,有六部在美国上映过。第一部影片在美国被称作《气息奄奄》,现已成为艺术剧院的经典;第八部影片《已婚女人》也为不同层次的人所接受。但其他几部在这里分别被译作《妇人就是妇人》、《蔑视》、《我的生活》和《另外一伙》的影片,则在评论上和票房上都失败了。《精疲力尽》(被译作《气息奄奄》)的出色之处现在无人不晓,而我则应该解释一下我为何对《随心所欲》情有独钟。我并不声称戈达尔所有这些其他的影片都同等地出色,但他每一部影片都有众多最高水准的段落。美国严肃的批评家们对《轻蔑》这一部虽有严重缺陷但其雄心和原创性却非同一般的影片的反应迟钝,在我看来,尤其显得可悲。

1

"电影仍然是一种图像艺术。"科克托在其《日记》中写道,"通过其中介,我以画面来写作,使我自己的意识形态获得一种实在事实的力量。我展示别人说的话。例如,在《俄耳甫斯》中,我并不叙述穿镜而过这一动作;我展示它,以某种方式证实它。如果我的人物公开表演我让他们表演的东西,那我使用的手段就并不重要。电影最伟大的力量在于,就它决定并在我们眼前完成的那些行为而论,它是毋庸置疑的。行为的目击者按照自己的用途来篡改这个行为,扭曲它,不精确地证实它,此乃正常之举。但摄影机却每每使得这些已完成或正在完成的行为获得复现。它驳斥那些不确切的证词和有漏洞的警方报告。"

2

一切艺术皆可当作某种证据,一种以最丰富的激情作出的精确证言。任何艺术作品都可被看作是一种尝试,对它所再现之行为的确凿无疑性所做的尝试。

3

证据与分析不同。证据确定某事曾经发生。分析展示它为何发生。证据,按定义来说,是一种充足的论据;但证据充足性的代价在于,证据总是形式性的。只有已包含于前提中的那种东西才能最终被证实。然而,在分析中,通常有更深刻的理解角度和更深刻的因果关系。分析是实质性的。分析,按定义来说,是一种通常不充足的论据;确切地说,它是无休无止的。

当然，一部既定的艺术作品被构思为某种证据的程度，是个比例问题。自然，某些艺术作品比另一些艺术作品更趋向于证据，更基于形式的考虑。但我仍认为，一切艺术皆趋向于形式，倾向于形式的充足而不是实质的充足——结尾部分展示出优雅的场面和巧妙的构思，但从心理动机或社会力量的角度看，却令人难以信服（请想一想莎士比亚大多数剧作、尤其是喜剧的那些令人难以置信可却令人大为满意的结尾）。在伟大艺术中，是形式——或，用我在这里的说法，是那种想去证实而不是去分析的欲望——才终究是最重要的。是形式才使艺术作品收尾。

4

在两种意义上，我们说那种关切证据的艺术是形式性的。它的题材是事件的形式（与事件事实无关），是意识的形式（与意识事实无关）。它的手法是形式的；这就是说，它们包含了一种引人注目的设计因素（对称、重复、倒置、转折等等）。即便当作品承担了如此之多的"内容"以至自称是说教之作——例如但丁的《神曲》——时，也是这样。

5

戈达尔的影片尤其倾向于证据而不是分析。《随心所欲》便是一种展示、一种显现。它展示某事发生，而不是某事为何发生。它揭示事件的不容改变性。

为此缘故，戈达尔的影片根本不去关心时下话题，尽管表面看来不是这样。与社会的、时下的问题有关的艺术从来就不能只是展示某事之为某事。它必须说明某事如何之为某事。它必须说明某事缘何之为某事。但《随心所欲》的全部意义，在于它不解释任何事情。它拒绝因果性（因此，在该片中，叙事的那种常见的因果秩序因情节被极其任意地分割成了十二个插曲而遭瓦解——这些插曲不是因果地、而是顺次地彼此相连）。《随心所欲》当然不是"关于"卖淫的话题的，正如《小兵士》不是"关于"阿尔及利亚战争的话题的。戈达尔也没有在《随心所欲》中给我们提供任何解释，一种按日常的理解可以认可的那类解释，来说明是什么原因迫使其女主人公娜拉变成了一个妓女。是因为她从前夫或她工作的那家唱片店的一个店友那儿借不到两千法郎来偿付拖欠的房租，而被锁在了她的公寓的门外？很难说是因为这个。至少，不单单因为这个。但我们知道的也就差不多是这些。戈达尔展示给我们的，只不过是：她的确变成了一个妓女。此外，在该片的结尾处，戈达尔也没有向我们展示娜拉的男妓情人为何"出卖"了她，或他们之间到底发生了什么事，或导致娜拉死亡的那最后一场街头枪战的幕后原因到底是什么。他只是展示给我们看她被出卖了，她死了。他不分析。他证实。

6

在《随心所欲》中，戈达尔使用了两种提供证据的方式。他向我们出示大量的用来显示他想证实之事的意象，出示一系列用来解释此事的"文本"。为了把这两种因素分开，戈达尔的影片采用了一种真正新颖的揭示手法。

7

戈达尔的意图与科克托的意图一致。但戈达尔发现疑难的地方，科克托却无所察觉。科克托想要展示并想使之变得确凿无疑的，是魔幻——诸如迷幻的现实、变形的永恒可能性（例如穿镜而过，等等）这类事情。戈达尔想要展示的恰恰相反：是反魔幻之物，是理智之结构。这正是科克托何以使用靠意象的近似性来连接事件的手段的原因——为的是形成一个感觉整体。戈达尔根本不去借用这种意义上的美感。他采用的是一些碎裂、分散、疏离和断裂的手法。例如，《筋疲力尽》中著名的断断续续的剪辑方式（如跳跃式剪接，诸如此类）。另一个例子：《随心所欲》被分割成十二个插曲，每个插曲开始前都有像章节标题一样长长的篇头字幕，或多或少地告诉一下我们将要发生何事。

《随心所欲》的节奏是停停走走的（这也是《蔑视》的节奏，尽管表现为另一种风格）。因而，《随心所欲》被分成了彼此独立的插曲。因而，各插曲的片头、片尾音乐也重复地一停一止，而娜拉的面孔也展示得极不连贯——首先是左脸侧影，然后（没经任何过渡）是正面，然后（也没经任何过渡）是右脸侧影。然而，最重要的是，整个影片中，对白和画面是分离的，导致思想和情感各自堆成一团。

8

在电影的整个历史中，画面和对白一直协同地起作用。在默片中，对白——以字幕的形式显示——与画面连续交替使用，并实际上把各个画面连接在了一起。随着有声片的到来，画面与对白开始同时出现，而不是相继出现。在默片中，对白既可以被看作是对行为的评论，又可以看作是行为参与者的对话，而在有声片中，对白几乎完全地、确实地成了（除纪实电影外）对话，占据了重要地位。

戈达尔恢复了具有默片特征的那种对白与画面分离的做法，但把它置于了新的层面上。《随心所欲》显然由两类互无关联的材料构成——即视觉的材料和听觉的材料。但在区分这两类材料时，戈达尔却非常灵活，甚至像是在玩游戏似的。其中一个变化是第八个插曲的电视纪实风格或写实电影风格——在该片断中，人们首先是被带上了一辆穿行于巴黎的轿车上，然后在快速切换的蒙太奇中看到十来个嫖客的镜头，听到一个干巴巴的、单调的声音在急速地细说着妓女职业的乏味、危险和令人骇然的艰辛。另一个变化在第十二个插曲里，在这个片断中，娜拉和她年轻的情人之间说的那些

反对阐释 | 273

陈词滥调般的情话，以底边字幕的形式投射在银幕上。可这些喁喁私语观众根本就听不见。

9

因此，《随心所欲》必须被看作是叙事影片这种独特的电影体裁的一个拓展。这种体裁有两种标准的形式，两者都为我们提供画面外加一个文本。就第一种形式而言，一种非个人的似乎是作者的声音，叙述着电影。就第二种形式而言，我们听到主人公的内心独白，叙述那些我们在银幕上看到的发生在他身上的事件。

对第一种类型，这里举出两个例子，即雷乃的《去年在马里安巴德》和麦尔维尔的《小捣蛋鬼们》，它们都有这样的特征，即一个无意中看到某个情景的匿名者的话外音在进行评说。对第二种类型，这里举出一个例子，即弗朗居的《苔蕾丝·德斯盖鲁》，以主人公的内心独白为特征。或许，第二种类型中最杰出的例子，是布勒松的《乡村牧师日记》和《死囚出逃》，在这两部影片中，整个情节均是由主人公叙述的。

戈达尔在他的第二部影片《小兵士》中使用了在布勒松那儿臻于完美的那种技巧，该片于一九六〇年拍摄于日内瓦，尽管直到一九六三年一月才公映（原因是法国的检查官员禁止该片上映，达三年之久）。该片表现的是主人公布鲁诺·福勒斯梯尔的一连串的反思，他卷入了一个右翼恐怖组织，受命前去刺杀一个为民族解放阵线工作的瑞士特工人员。影片一开始，观众就听到福勒斯梯尔的声音在说："我已经过了行动的年龄。我已经老了。反思的年龄已经来临。"布鲁诺是一个摄影师。他说："拍摄一张脸，就是去拍摄隐藏在这张脸后面的灵魂。摄影是拍摄真相。电影一秒钟提供二十四次真相。"①《小兵士》中的核心段落，即布鲁诺思考图像与真相之间的关系的那一幕，预示了《随心所欲》中那一段有关语言与真相之间关系的复杂思考。

由于《小兵士》中的情节本身以及人物之间的实际关系大多是经由福勒斯梯尔的独白传达出来的，戈达尔的摄影机就摆脱了成为沉思——关于事件的某些侧面的沉思，关于人物的沉思——的工具的命运。摄影机研究的是静态的"事件"——卡里娜的脸、建筑物的外观、驱车穿过城市——以此或多或少地孤立了激烈的情节。有时画面看起来随意，表达一种情感方面的中立；有时，画面表明一种强烈的情感投入。倒像是戈达尔先是听到某事，然后才看到他听到的事。

在《随心所欲》中，戈达尔把这种先听后看的技巧推向了新的复杂层次。在该片中，不再有一个统一的要么表现为

---

① 按照有声影片的速度，胶片通过摄影机的速度为每秒二十四个画格。这二十四个画格是一连串彼此之间只有很小变化的静止画面，当它们首尾相连地快速通过镜头时，就构成了一个连续的动作，其光学原理是视觉残留，即当前一个画面在视觉中还没有消失以前，下一个画面紧接着进入视觉，产生一种连续的动态。既然按照《小兵士》中那位摄影师的看法，每一幅画面都是一个真相，那一秒钟内的二十四格画面，当然就是二十四次的真相了。——译者

反对阐释 | 275

主人公的声音（如在《小兵士》中）、要么表现为一个像上帝一样无所不知的叙事者的视角，而是一系列充满不同描述的文献（文本、叙事、引语、摘录、片断）。这些主要的是一些文字；但它们也可能是无言的声音，或甚至是无言的画面。

10

在《随心所欲》的系列片头以及第一个插曲中，可以看到戈达尔的技巧的所有要素。这些片头显示出娜拉的一个左脸侧影，侧影很暗，几乎只是一个剪影（该片的全名是《随心所欲：一部由十二个插曲组成的影片》）。片头继续，显示出她的脸部正面，然后切换到右侧，但仍然昏暗不明。时不时地，她眨眨眼，或轻微地晃动一下脑袋（似乎长久保持不动的姿势不怎么舒服），或舔一下嘴唇。娜拉在摆姿势。她被观看。

随后我们看到第一个插曲的标题："插曲一：娜拉与保罗。娜拉想要放弃。"然后画面开始，但重点仍在言语上。影片正好从娜拉与一个男子的谈话的中间开始；他们坐在一家咖啡店的吧台上，背对着镜头；除了他们的谈话声，我们还听到一个侍者的声音，以及其他顾客断断续续的交谈声。他们总是避开镜头，随着他们谈话的继续，我们得知那个男子（保罗）是娜拉的丈夫，得知他们有一个孩子，得知她最近离开了丈夫和孩子，想去做演员。在这个短促的在公共场合的会面（影片没有交待这是谁的主意）中，保罗显得僵硬、不友善，但希望她回家；娜拉则显得压抑、绝望，对他颇为反感。在两个人说了一通疲倦而又尖刻的话后，娜拉对保罗说："你说得越多，就越没意义。"在整个开头场景中，戈达尔彻底地剥夺了观众的观看的权力。没有交替切入镜头。观众不被准许去观看，去投入情感。他只被准许去听。

只有在娜拉和保罗中断了他们毫无结果的谈话、离开吧台去弹球机那边玩弹球游戏时，我们才看清他们。甚至到这时，重点仍在听觉上。当他们又开始谈话时，我们又只能看到他们的背影。保罗不再恳求她，变得恶言恶语。他对娜拉谈起他的当小学教员的父亲从自己一个学生那儿收到的那篇写得滑稽百出的命题作文，出的题目是"鸡"。"鸡有一个内部，有一个外部。"这个小女孩写道，"去掉外部，你就可以看见内部，你就可以找到灵魂。"话音未落，画面就淡出了，该插曲结束了。

11

鸡的故事是该片众多"文本"的第一个文本，这些文本使戈达尔所要表达的东西获得证实。因为鸡的故事当然是娜拉的故事（在法语中，"鸡"是一个双关语——法语词"poule"类似美国英语中的"chick"，但粗俗得多，既有"鸡"的意义，又有"小妞儿"的意义）。在《随心所欲》中，我们看到娜拉脱光了衣服。该片以娜拉脱去她的外部开始：她脱去了她过去的身份。在数个插曲中，她的新身份是妓女。但戈达尔的兴趣，既不在卖淫行为的心理学方面，也不在卖淫行为的社会学方面。他把卖淫当作生活的组成部分的分裂的最极端的隐喻——把它当作一个考验的基础，一种对何为生活之实质、何为生活之冗余的探讨的检验。

12

整个《随心所欲》可以被视作一个文本。它是理智的文本，是对理智的研究；它涉及严肃性。

在该片十二个插曲中，其中十个"使用"了文本（在更确切的意义上）：第一个插曲中由保罗讲述的那个小姑娘关于鸡的作文；第二个插曲中由那个女售货员复述的摘自一篇刊登在黄色杂志上的故事（《你夸大了逻辑的重要性》）的一段文字；在第三个插曲中娜拉所看的德雷耶影片《贞德》的那个片断；第四个插曲中娜拉向警方探员讲述的偷窃一千法郎的故事（我们从中获知她的全名是娜拉·克莱恩，出生于一九四〇年）；第六个插曲中伊维特的那个故事——她在两年前如何被雷蒙抛弃——以及娜拉的答复之词（"我自己负责。"）；第七个插曲中娜拉写给一家妓院的鸨母的求职信；第八个插曲中对妓女的生活和日常事务的纪实性陈述；第九个插曲中播放的舞曲录音；第十一个插曲中与那位哲学家的谈话；第十二个插曲中鲁伊吉大声朗读的一篇埃德加·爱伦·坡小说（《椭圆形肖像》）的片断。

13

从智性上说，该片中的所有文本，最精致的要算第十一个插曲中娜拉与那位哲学家（由哲学家布莱斯·帕兰扮演）在一家咖啡馆的谈话。他们讨论语言的性质。娜拉问哲学家为什么没有言语人就不能生存；帕兰解释道，这是因为言语等于思考，思考等于言语，而没有思想就没有生活。这不是要不要言语的问题，而是如何正确表述的问题。要做到正确表述，就需要一种节制的（"禁欲的"）、超然的态度。人们必须明白，不存在直达真相的捷径。人们需要走些弯路。

在谈话开始之初，帕兰曾谈及大仲马笔下的珀索斯的故事，此人是一个行动者，当他第一次思考时，就送了命（帕索斯埋好炸药，刚要拔腿跑开，突然停下脚步，琢磨起人是如何会行走的，为何人人都从来是先迈一条腿，再迈另一条腿的，这时炸药爆炸了。他被炸死了）。这个故事，也和那个有关鸡的故事一样，让人感到是对娜拉命运的暗示。通过这两个故事，以及下一个（最后一个）插曲中爱伦·坡的故事，我们——从形式上而不是实质上说——对娜拉的死有了心理准备。

14

戈达尔把从蒙田那儿摘录的一句话当作这部探讨自由与责任的电影—论文的座右铭："把自己租给他人；把自己留

给自己。"妓女的生活，当然是这种把自己出租给他人的行为的最极端的隐喻。不过，如果我们追问，戈达尔是如何向我们展示娜拉把自己留给自己这方面的情形的，答案是：他没有展示。毋宁说，他对此只作了评说。我们被隔在一定距离之外，除了靠推断，并不了解娜拉的动机。该片避开了一切心理描绘；没有去探究情感的种种状态和内心痛苦。

戈达尔告诉我们，娜拉知道她自己是自由的。但这种自由没有心理上的内部。自由不是一种内在的、心理方面的东西——倒更像是身体方面的适得其所。它是某人之所为，之所是。在第一个插曲中，娜娜对保罗说："我想死。"在第二个插曲中，我们看到娜拉绝望地设法去借钱，设法躲开女看门人溜进自己的公寓却没能躲过去。在第三个插曲中，我们看到她在电影院里因《贞德》而潸然泪下。在第四个插曲中，我们看到，当她在警察局里交待偷窃一千法郎的可耻行为时，又一次流泪了。"我真希望我是别人。"她说。但在第五个插曲（《在街上，第一个主顾》）中，娜拉变成了她之所是。她已经走上了那条通向她的自我确认和死亡的路。我们看到，娜拉只有作为一个妓女，才能确认她自己。这正是第六个插曲中娜拉对她的妓女同行伊维特说的那一番话的含义所在，她平静地说："我自己负责。我转动我的脑袋，是我在转动它，我对此负责。我抬起手，是我自己在抬起它，我对此负责。"

自由意味着责任。当人们认识到事物正是其所是的时候，他们便是自由的，也因而才是负责任的。因此，娜拉对伊维特说的那番话以这些字眼结束："盘子就是盘子。男人就是男人。生活就是……生活。"

15

自由没有心理上的内部——在一个人的"内部"找不到灵魂这种东西，只有在去掉"内部"后才可找到——这种极其具有唯灵色彩的信条，正是《随心所欲》所欲阐明的。

人们或许会去猜度，戈达尔对他有关"灵魂"的意识与传统基督教有关"灵魂"的意识之间的差异非常敏感。戈达尔对德雷耶的影片《贞德》的挪用，恰好突出了这种差异；因为我们所看到的是这样一个场面，那位年轻的牧师（由安托南·阿尔托扮演）前来告诉贞德（由穆勒·法尔柯内蒂扮演），她将被烧死在火刑柱上。贞德宽慰神情悲哀的牧师道，她的殉道，正是她的解脱。一方面，这种对另一部影片的片断的选用的确使我们与这些思想和情感保持距离，另一方面，殉道的引入，在此语境中也并无反讽之意。卖淫，正如《随心所欲》让我们看到的，完全具有受难的性质。诚如第十个插曲的标题言简意赅地表达的："快乐并不都有趣。"而娜拉的确死了。

《随心所欲》的十二个插曲，是娜拉走向十字架的十二个站点。但在戈达尔的影片中，虔诚与殉道的价值被移置到了完全世俗的层面上。戈达尔提供给我们的，是蒙田，而不是帕斯卡尔，是某种类似布勒松式的唯灵性的倾向和深度的东西，但没有其天主教色彩。

16

《随心所欲》的一个败笔，出现在片尾，在那里，戈达尔以影片制作者的外在角度切入影片，从而破坏了影片的整体性。第十二个插曲开始，我们看到娜娜与鲁伊基呆在同一个房间里；他是一个年轻人，她显然爱上了他（我们此前在第九个插曲中见到过他一次，在该插曲中，娜娜在一个弹球房遇到他，与他调情）。刚开始时，场景是无声的，那些对话——"我们出门吧？""你为什么不搬来和我住呢？"等等——被打成银幕底边字幕。然后，躺在床上的鲁伊基开始大声朗读爱伦·坡的故事《椭圆形肖像》的片断，该故事描写的是一位艺术家，他全神贯注，画着自己妻子的一幅肖像，力求画得毫厘不爽，但在他大作告成之时，妻子却死了。场景在故事片断的朗读声中渐渐淡出，另一个画面紧接着开始，出现的是娜娜的男妓情人拉鲁尔，他粗野地拽着她穿过她公寓楼的院子，把她推进一部轿车。轿车行驶一段路程（一、两个快速画面）后停下来，拉鲁尔把娜娜交到另一个男妓的手里；但他发现对方给的钱不够，于是双方拔枪相向，娜娜中弹，最后一个画面是那辆轿车一溜烟跑了，娜娜躺在街上，死了。

这里令人反感的不是影片结尾的唐突，而是因为，考虑到扮演娜娜的女演员安娜·卡里纳是戈达尔的妻子,他显然在影片之外另有所指。他是在嘲弄有关他自己生活的传闻,而这是不可宽恕的。这无异于一种特别的胆怯,仿佛戈达尔不敢指望我们接受娜娜的死——死得极其不合情理——非要在最后一刻提供一种下意识的因果性(那个女人是我的妻子——那个画妻子肖像的艺术家害死了妻子——娜娜必须死)才觉得行得通。

17

若不论这一失误,《随心所欲》在我看来是一部完美的影片。这就是说,它试图去做既宏伟又精致之事,而它做得完全成功。戈达尔或许是当今惟一对"哲理电影"感兴趣并且具有与此工作相称的才具和谨慎作风的导演。其他导演对当代社会和人性的性质有其"观点";有时,他们的影片或许超越了他们提出的那些思想。但戈达尔是第一个完全把握了以下这一事实的导演,即为了严肃对待思想,就必须为表达这些思想创造出一种新的电影语言——如果这些思想具有灵活性和复杂性的话。在《小兵士》、《随心所欲》、《卡宾枪手》、《轻蔑》、《已婚女人》、《阿尔法城》中,他一直尝试着用不同的方式做到这一点,而我认为,《随心所欲》是其最成功的影片。因为戈达尔的这种观念,因为他用以追求这种观念的一批出色的作品,他在我看来是最近十年来出现的最重要的导演。

附录：

以下是《随心所欲》在巴黎首映时，戈达尔为其起草的广告语：

随 心 所 欲

一部	一系列
关于	体验
卖淫	使她
的	经历了
影片	人类
讲述	一切
一个	尽可能
年轻	深刻
而	的
俊俏的	情感
巴黎	由
女店员	让-吕克·
如何	戈达尔
出卖	执导
肉体	由
如何	安娜·卡里纳
像影子一样	主演
在来来往往中	之

守护着　　　　随心
灵魂　　　　　所欲

[一九六四]

对灾难的想象

典型的科幻电影具有一种像西部影片一样老套的形式，而其内容，在眼光老练的人看来，是由那些如同酒馆斗殴、来自东部的金发碧眼的教师以及空荡荡的主街上的手枪决斗一样陈旧的因素构成。

标准的故事情节一般经历五个阶段：

（1）某物之来临（如魔鬼的出现，外来飞船的降落，等等）。通常，这是由某个单独的人、一个正在作实地考察旅行的年轻科学家首先看见或察觉到的。但一段时间里，没有人相信他的话，无论是他的邻居们，还是他的同事们。主人公是单身汉，但有一个女朋友，她对他的发现虽表同情，却也怀疑其真实性。

（2）许多目睹此物造成的巨大破坏的目击者证实了主人公的报告（如果入侵者是来自其他星球的生物，那么，与他们谈判、使他们和平地离开地球的尝试将徒劳无功）。地方上的警察被叫来收拾局面，料理被杀害的人。

（3）在该国的首都，科学家与军方举行联合会议，主人公站在图表、地图或黑板前做陈述。宣布国家处于紧急状态。接连收到有关更严重破坏的报告。其他国家的领导人乘坐黑色豪华小轿车接踵而来。在地球处于生死存亡的考虑下,国家之间的紧张冲突被搁置起来。这一场面通常包含快速的蒙太奇镜头,例如各种语言的新闻广播,在联合国召开的一次会议,以及军方与科学家举行的更多的会议。摧毁来犯者的计划被制订出来。

(4) 来犯者制造了更多的残暴行为。在某个时候,主人公的女朋友也处在了严重的危险中。国际力量进行了大规模反击,火箭、射线以及其他先进武器接连精彩亮相,可全都无济于事。军事人员伤亡巨大,通常是由火海造成的。数座城市被毁或居民被疏散。这里肯定会显示一个人群惊惶失措的场面,他们蜂拥在某条高速公路上或某座大桥上,大批警察在现场指挥疏通,如果是日本片,则这些警察的手上肯定戴着雪白的手套,神情异常冷静,用英语配音朝人群大声喊道:"往前走!不必惊慌!"

(5) 进一步召开会议,其议题是:"肯定存在某种东西,他们无法抵御。"整个过程中,主人公都一直在实验室里,为寻找到这个东西而工作。全部希望所系的最终策略被制订出来;终极武器——通常是一种能量巨大但尚未进行过实验的核装置——被架装就位。倒计数。魔鬼或入侵者终于被挫败了。人们互道祝贺,而主人公则和他的女朋友紧紧拥抱在一起,眼光坚定地扫视着天空。"但愿不再见到他们了。"

我以上所描述的电影应该是彩色的,而且是宽银幕。我下面要谈到的另一种典型的情节比这简单,而且适合预算较低的黑白电影。它分为四个阶段:

(1) 主人公(通常是科学家,但并非总是如此)和他的女朋友,或和他的妻子以及两个孩子,正在某个充满安宁气息、再平常不过的中产阶级环境里——在他们位于小城市的房子里,或在度假(野营、乘游艇)中——嬉戏,突然,某个人的举动开始变得奇怪起来;或者,某种本来显得无害的植物突然间魔鬼般地膨胀起来,并且开始移动。如果画面是人物在驾驶汽车,那么,在前方的路中间会突然耸现出某种令人毛骨悚然的东西。如果是夜晚,那么,天空必定会划过一道道奇怪的亮光。

(2) 主人公或是跟踪这个奇异之物,或断定天空中的亮光是某种射线,或在一个巨大的环形坑四周探头往里看——总之,是在做某种初步的调查,随后他试图唤起地方当局的警觉,但毫无效果;谁都不相信有什么不对劲儿。主人公更有头脑。如果那个奇异之物是有形体的,那么主人公会用栅栏把房子严密地防卫起来。如果入侵的怪物是看不见的寄生物,那么主人公会叫来一位医生或朋友,但这位医生或朋友自己很快被看不见的怪物杀死或被它"侵入"了。

(3) 不管再向谁咨询,他们提出的建议都派不上用场。同时,怪物夺走了这座难以置信地与世隔绝的小城里更多居民的生命。整个城市弥漫着无助感。

（4）两种可能性中选择其一。要么，主人公准备独自与怪物开战，并碰巧发现了该物的弱点，最终摧毁了它。要么，他以某种方式设法逃出了该城，而且成功地向那些称职的官员通报了情况。于是，按照原先脚本里有的但做了删节的那些线索，他们采用了一种复杂的技术，此技术（虽开始时遇到了不少挫折）最终战胜了入侵者。

第二种脚本还有一个版本，这个版本的开头部分描绘的是一位埋头于实验室里的科学家，实验室位于他的雅致而富有的房子的地下室或房屋底层。通过他的实验，他不经意地引起了某种植物或动物的可怕的变异，它们吞食人类，到处横冲直撞起来。要不然就是，这些实验导致这位科学家自己（有时，是无可挽回地）受了伤或受了"侵入"。或许他是在实验某种射线，或是建造了一座使他能与外星生物互通信息或能把他送到另一个空间、另一个时代的机器。

第一种脚本也有另一个版本，在这个版本中，是发现了核实验带来了我们这个星球的生存条件的根本改变，这将导致人类在几个月里灭绝。例如：地球的温度变得过高或过低，以致生命不再能够生存下去，或地球正在裂成两半，或地球逐渐被放射性尘埃包裹得严严实实。

还有第三种脚本，它与前两种多少有些不同，但并非全然不同。它描绘的是太空旅行——去月球或其他什么星球。这些太空旅行者通常会发现，这些外太空世界正处在一种可怕的危机状态中，或是被来自超行星的入侵者所威胁，或是因为经历了核战争而濒于灭绝。第一个和第二个脚本中最后的戏剧场面被搬到了那儿上演，但增加了这么一个尾声，即这些太空旅行者逃离了这个在劫难逃并且/或者充满敌意的星球，返回了地球。

我当然注意到有成千上万的科幻小说（其兴盛之时是二十世纪四十年代末期），更不用提科幻小说主题的种种改编，为连环画提供越来越多的重要题材。但我打算把科幻电影当作一种独立的次体裁来进行讨论，而不涉及其他表现方式——尤其是不涉及科幻小说，尽管科幻电影常常是根据科幻小说改编而成的。这是因为，虽然科幻小说与根据它们改编而成的科幻电影有相同的情节，但小说和电影所使用的根本不同的手段资源却使它们迥然有别。

当然，与科幻小说比起来，根据科幻小说改编而成的科幻电影具有独到的优势，其中之一是对不寻常之物或场面的直接呈现：例如身体畸形和异变，导弹和火箭之战，摩天大楼的颓塌，等等。而科幻电影的弱项，自然正是科幻小说的长项——我指的是科学方面。但科幻电影虽不提供一种智能方面的训练，却能提供科幻小说永远也无法提供的一种东西——详尽的直感。在电影中，人们靠画面和声音，而不是靠不得不通过想象力进行转换的文字，来参与到经历他自身的死亡以及城市的毁灭、人类自身的消亡的幻觉中。

科幻电影不是关于科学的，而是关于灾难的，此乃艺术最古老的主题之一。在科幻电影中，灾难很少表现为集中于某处；它常常是蔓延各处的。它是一个数量问题，是一个捉摸不定的问题。如果你愿意这样说的话，是一个规模问题。但这种规模，尤其是在彩色宽银幕电影（在这些影片中，日本导演本多猪四郎和美国导演乔治·帕尔拍摄的影片从技术上说最有说服力，从视觉上说最令人激动）中，把问题提到了另一个层次上。

因此，科幻电影（如同另一种非常不同的当代体裁，即"事件剧"）关切的是毁灭的美学，是在毁灭的创造和混乱的制造中发现的独特的美。一部出色的科幻电影的精髓正在于毁灭的意象中。因而，这也是那些平庸的电影的不足之处——在这些影片中，魔鬼突然出现在某个看上去乏味的小城镇里，或航天器突然在这个小城镇里着陆（好莱坞为一部科幻电影做的预算，总要标明这样的小城镇应选在亚里桑那州或加利福尼亚州的沙漠里。在一九五一年拍摄的《天外来客》中，那个粗制滥造、狭小局促的场景被假想为北极附近的某个露营地）。不过，即使这样，还是拍摄了一些出色的黑白科幻影片。但通常为彩色科幻电影提供的更充足一些的预算，则允许更大的拍摄空间，可以在数个现代环境中来回拍摄。其中有人口众多的城市。有豪华但不无禁欲色彩的太空飞船——要么是入侵者的飞船，要么是我们自己的飞船——的内景，里面一应俱全，既有流线型的镀铬的固定装置，又有各种仪表盘和机器，其复杂程度从它们闪闪发亮的

反对阐释 | 291

大量彩色光钮和它们发出的各种稀奇古怪的声音中可略见一斑。有摆满各种令人肃然起敬的匣子和科学仪器的实验室。有一个看上去稍嫌老气的会议室，科学家们在那里向军方出示各种图表，以说明事态的严重性。这些标准的地点或背景，全都要经历两个步骤——先是完好无损，然后遭到毁灭。如果我们走运的话，还能看到这样的全景画面：正在融化的坦克，四处横飞的残肢断体，正在坍塌的墙壁，地面上恐怖的环形坑和裂缝，正在坠落的飞船，五颜六色的致命射线；再配以交织在一起的各种声音，如惊叫，稀奇古怪的电子信号声，重型军事车辆驶过的隆隆声，模样简单的外星人及其在地球上的附庸发出的语调沉闷的声音。

科幻电影的某些能够带来满足的东西——例如，对城市的大规模灾难的描绘——也见于其他类型的电影。从视觉上说，除了规模（又是它）的不同之外，老式的恐怖片和巨兽片所展示的大毁灭与我们在科幻电影中所看到的东西没有什么两样。在老式的巨兽片中，巨兽向大城市进发，在那儿它必定会横冲直撞地到处滋事，把汽车抓起来扔到桥下，徒手将火车扭弯，推倒建筑物，如此等等。其原型是肖德萨克和库珀于一九三三年拍摄的那部著名影片中的金刚，它四处胡作非为，先是在原先那个小村里（例如践踏婴儿，大多数拷贝都删去了这一连续镜头），然后是在纽约。从倾向上看，这与本多猪四郎的影片《诺丹》（一九五七）中的场景实际上没有什么不同，在后一影片中，有两只巨大的两栖动物——其翅膀宽达五百英尺，其速度快于音速——它们扇动翅膀，掀起一阵龙卷风，使大半个东京在狂风中化为碎片。或者如本多的《秘星人》（一九五九）中开头部分的那个场景，那个巨大的机器人从眼睛里射出强烈的燃烧一切的射线，毁掉了半个日本。或者如《外太空》（一九六〇）中纽约、巴黎和东京在飞碟组成的舰队发射的射线下遭受灭顶之灾的场景。或如《两世界遭遇时》（一九五一）中纽约被淹没的场景。或乔治·帕尔《时间机器》（一九六〇）中所描绘的伦敦在一九六六年末日来临的场景。从美学意向上说，这一系列场景与那些耗费巨资拍摄的以《圣经》时代和古罗马时代为背景，以剑、凉鞋和宴饮为特色的豪华巨片中的毁灭性场景没有什么不同——例如阿尔德里奇《所多玛与蛾摩拉》中所展示的所多玛城的灭亡，如德·米勒《参孙与大利拉》中展示的加沙城的末日，如《罗德的巨人》中展示的罗德城的消亡，以及十多部有关尼禄的影片中展示的罗马城的毁灭。格里菲斯在《党同伐异》的开始部分展示了巴比伦城的灭亡，时至今日，没有什么比目睹这些豪华的场景倾塌败落更令人震撼的了。

在另一些方面，二十世纪五十年代的科幻电影也采用了相似的主题。三十年代描述弗莱希·戈登和巴克·罗杰斯的冒险生涯的著名的电影系列片和连环画，以及更晚一些时候大量涌现的那些来自其他星系的连环画超级英雄（最出名的是"超人"，他是来自那颗据说新近因核爆炸而被炸毁的

"克莱普顿星"的一个弃婴),与后来的科幻电影分享着相同的主题。但有一个重要的差别。老的科幻电影以及大多数连环画所描绘的灾难基本上是无辜的。它们提供的主要是那种最古老的传奇故事——即来自某个神秘家系的威力强大、刀枪不入的英雄代表善的一方对抗恶的一方的故事——的新版本。近来的科幻电影则有一种明显的与老式影片形成强烈对比的恐怖气氛,并且这种恐怖气氛因视觉上更大程度的逼真性而愈加浓厚。现代的历史现实极大地扩大了人们对灾难的想象力,而科幻影片的主人公——也许是因降临在他们头上的那些灾难的性质——似乎不再是全然无辜的了。

这种大灾难幻象的诱惑力在于,它使人们从通常的义务中摆脱出来。描绘世界末日的那些影片——如《地球处于火海之日》(一九六二)——使出的最有效的招数,是展示这样的惊心动魄的场面:纽约、伦敦或东京成了空城,全部居民悉遭毁灭。或者,如同《世界、凡人与魔鬼》(一九五七)中的情形,整部影片都沉醉在这样一个幻觉中:人们移居到一座已被遗弃的大城市里,重新开始一切,个个都成了鲁宾逊·克鲁梭。

这些影片提供的另一种能够带来满足的东西,是道德上极端的简单化——这就是说,是一个在道德上可接受下来的幻象,人们可以从中发泄残酷的或至少是不道德的情感。在这方面,科幻电影与恐怖电影部分地重合在一起。无可否认,我们在恐怖片中看到那些被排斥于人类范畴之外的畸形人时，会有某种快感。这种不同程度地与恐怖和厌恶所激起的兴奋之情交织在一起的对畸形人的优越感，有可能使人放弃自己的道德顾虑，享受着残酷性。同样的情形也见于科幻片中。在来自外太空的魔鬼形象中，畸形、丑陋和破坏性这些东西全都汇聚在了一起——它们为那种自以为正义在握的好战力量发泄自己提供了一个幻象靶子，为苦难和灾难的审美愉悦提供了一个幻象对象。科幻电影是最纯粹的景观之一；这就是说，我们几乎不进入他人的感受（杰克·阿诺德一九五七年拍摄的《不可思议的萎缩人》是一个例外）。我们只不过是看客；我们看看而已。

但不同于恐怖片，在科幻片中，并没有多少恐怖的东西。悬念、使人震惊之物和出人意料之事大多被避免使用，为的是保证情节稳步地、不容变更地向前发展。科幻片要求观众以一种不带感情冲动色彩的、审美的眼光来看待毁灭和暴力——此乃一种技术性的眼光。在这些影片中，物体、物件和机器扮演着重要的角色。伦理价值更多地体现于影片中的装饰品，而不是体现于人。物，而不是无助的人类，才是价值之所在，因为我们体会到它们才是力量的源泉，而不是人类。根据科幻电影的看法，没有人造物，人类将毫无防护。它们才代表不同的价值，它们才是威力无比的，它们是遭受毁灭之物，它们是挫败外来入侵者或重建被毁坏的环境的不可或缺的工具。

科幻电影有强烈的说教色彩。它通常给出的启示，是要以一种适当的、人道的方式使用科学，而不是以一种疯狂的、强迫症的方式来使用科学。这一见于科幻电影的启示，也同样见于二十世纪三十年代的那些经典恐怖电影，如《弗兰肯斯坦》、《僵尸》、《迷魂之岛》、《杰基尔博士和海德先生》（乔治·弗朗居一九五九年拍摄的出色影片《没有面孔的眼睛》是最近的一个例子，此片在美国被译作《浮士德博士的恐怖密室》）。在恐怖影片中，我们看到一位疯狂的、有强迫症倾向的或走火入魔的科学家不听从他人的忠告，埋头从事于他的实验，制造出了一个魔鬼或一群魔鬼，自己最终也丧了命——这通常是在他认识到自己当初的愚蠢之后，他最终成功地毁灭了自己的创造物，但把自己的性命搭了进去。科幻小说中与此对应的一个情节是，某个科学家，通常是某个科研小组的一个成员，变节叛逃到了外星入侵者一边，原因是"他们的"科学要比"我们的"科学先进。

这正是《秘星人》里的情形，而且非常典型的是，那个变节者最终认识到了自己的错误，从秘星人飞船内部摧毁了飞船，自己也一同粉身碎骨了。在《孤岛地球》（一九五五）中，那个名叫"梅塔路拉"的已陷入绝境的星球上的居民们计划侵占地球，但该企图被梅塔路拉星球上一个叫艾克瑟特的科学家所挫败，他曾在地球上生活过一段时间，还喜欢上了莫扎特的音乐，他不能容忍此等邪恶之举。艾克瑟特在把一对（一男一女）令人着迷的美国物理学家送回到地球后，就把自己的飞船坠进了大洋中。梅塔路拉星球灭亡了。在《苍蝇》(一九五八)中,主人公埋头在地下室的实验室里,实验一种物体传播机器,他用自己来做实验,结果脑袋和一只手臂与碰巧飞进机器中的一只苍蝇发生了对换,变成了一个怪物,他以残留的最后一丝人类意志毁掉了实验室,并命令他的妻子杀死他。他的发明原本是为了造福人类的,却误入了歧途。

科学家显然被归于智者之列,但在科幻电影中,他们总容易失去理智或贸然行事。在《征服空间》(一九五五)年,一支远征火星的国际远征队的科学家—指挥官突然对这种亵渎神灵的举动有了一种良心上的不安,在行程过半时他开始阅读《圣经》,不再留意自己的职责。指挥官的儿子是指挥官的下级军官,总是以"将军"来称呼自己的父亲,当他的父亲试图阻止飞船在火星上着陆时,他被迫杀死了他父亲。在该片中,对科学家的这种矛盾情感的两面都被表达出来。大体说来,要让这些影片以完全同情的态度看待一项科学事业的话,那这项科学事业必须证明自己是有实用价值的。科学,以不含糊的眼光看,意味着对危险的行之有效的应对。那种不考虑利益的智力好奇心只会以滑稽的形式出现,是一种使人脱离正常人类关系的疯狂症。然而,这种怀疑态度常常是针对科学家的,而不是针对科学家的工作的。创造性的科学家或许会成为他自己的发现的殉道者,例如在某起事故中,或者,他在研究中走得太远了。但这并不意味着,其他人，不那么富于想象力的人——简而言之，即技术员——就能够更好地、更安全地把握相同的发现。当代对智力的最根深蒂固的怀疑，在这些影片中，落在了科学家—知识分子头上。

科学家是释放力量的人，如果不根据人类福祉来掌握这些力量的话，它们就会毁灭人类自身——这种启示，似乎再平常不过。最古老的科学家形象之一，是莎士比亚笔下的普洛斯彼罗，一个被迫从社会隐退到一个荒岛上的态度超然的学者，他只能部分地掌握好那种他尚未深入了解的魔法力量。科学家作为撒旦崇拜者的形象，也同样成了经典（例如《浮士德博士》、爱伦·坡和霍桑的那些小说故事）。科学是魔法，人们总是相信有乞灵于魔鬼的黑魔法，也有乞灵于天使的白魔法。但仅仅说当代的态度并非如此黑白分明，科学家既被看作是撒旦崇拜者，又被看作是拯救者，那还不足以说明问题。比例发生了改变，因为出现了新的语境，对科学家的崇拜和恐惧处在这种新的语境中。因为他的影响的范围不再局限于一人一地，他自己或他所属的共同体。这种影响是全球的，是宇宙的。

尤其是在日本电影中，但并不只见于日本电影，人们产生这么一种感觉，即由于核武器的使用和未来核战争的可能性，存在着一种群体的创伤感。大多数科幻电影是这种创伤感的见证，而且，在某种情形下，这些影片试图祛除这种创伤感。

某个自史前时代以来就一直沉睡在地球某处的拥有超级破坏力的魔鬼偶然间被唤醒了——这种描绘，常常是原子弹的一个明显隐喻。但也有许多直接的所指。在《秘星人》中，从"秘斯特罗伊德"星球来的考察飞船在地球上靠近东京的地方着陆。数个世纪以来，"秘斯特罗伊德"星球上一直在进行核战争（他们的文明"比我们的文明更先进"），现在，该星球上百分之九十的人在出生之时就得被摧毁，因为饮食中含有的大量锶—90元素导致了先天缺陷。秘星人到地球来，是为了与地球上的女人进行婚配，而且很可能要侵占我们这个相对来说未遭污染的星球……在《不可思议的萎缩人》中，主人公约翰·窦正和妻子泛舟于水上，一束使水瞬间消失的强辐射袭击了他们，他成了牺牲品；辐射造成他的身体收缩，越变越小，到影片结尾时，他变成了"无穷小"，从一扇护窗板的小孔中走过来……在《诺丹》中，核爆炸实验的冲击力使沉睡在某个矿井深处的蛋卵纷纷孵化，先是冒出来一大群史前的食肉昆虫，最后是一对巨大的能够飞行的两栖动物（太古时期的动物），四出为害，毁灭了大半个世界，直到一场火山爆发喷吐出来的熔岩才最终消灭了它们……在英国影片《地球处于火海之日》中，美国和俄罗斯同时进行的两次氢弹爆炸实验，使地轴的倾斜度发生了十八度偏离，改变了地球的运行轨道，结果地球就开始朝太阳靠近。

有关辐射损害的观念——最终是整个地球将受害于核实

反对阐释 | 299

验和核战争的观念——是科幻电影所表述的那些观念中最不祥的一个观念。宇宙难保不被毁灭。世界难保不被污染、不被耗尽、不被耗竭、不被废弃。在《飞船 X‑M》(一九五〇)中，来自地球的探索者抵达了火星，在那儿他们发现核战争已经毁灭了火星文明。在乔治·帕尔的《众界之战》(一九五三)中，来自火星的颜色发红、体形瘦长、皮肤像鳄鱼皮的生物想侵占地球，因为它们的星球变得太冷了，已不适宜居住。在另一部美国影片《孤岛地球》中，梅塔路拉星球在一颗敌对星球的导弹攻击下已濒临毁灭，它的居民们因战争而长久以来被迫居住在地下；为梅塔路拉星球的力障碍区提供能源的铀储备已经告罄，而向地球派出的旨在招募地球科学家为其发明新核动力能源的远征队也以失败告终。在约瑟夫·洛西的《被罚入地狱的灵魂》(一九六一)中，一个疯狂的科学家在英格兰海岸的某个昏暗的洞穴里培育了九个冷酷的、具有放射性的孩子，好让他们成为那场不可避免的核决战的仅有的幸存者。

在科幻影片中，有大量的如意妄想，其中一些令人感动，一些令人沮丧。人们一次次从中发现那种对"好战争"的渴望，它不提出道德问题，也不施加道德限制。科幻电影的意象将满足那些最有好战倾向的战争电影迷们，因为战争影片中大量能够引起满足感的东西原封不动地进入了科幻电影。譬如：《外太空之战》(一九六〇)中地球"作战飞船"与外星飞船之间的格斗；《秘星人》中对入侵者的持续不断的攻击中逐渐升级的火力——这被丹·塔尔波特确切地描述为一场没完没了的大屠杀；《地球孤岛》中对梅塔路拉星球上的地下避难所的场面壮观的轰炸。

但与此同时，科幻电影的好战倾向被巧妙地导入了对和平的企盼，或至少是对和平共存的企盼。有的科学家总体上注意到了这一事实，即只有当地球遭受外星人入侵时，地球上彼此打来打去的那些国家才会逐渐认识到共同的险境，从而搁置自己之间的冲突。众多科幻电影——尤其是彩色电影，因为它们才有足够的预算和资源来展示大战的场面——的一个重要主题，正是这种联合国幻觉，一种各国联合起来进行战争的幻觉（这种空中楼阁般的联合国主题也见于最近一部并非科幻的电影《北京的五十五日》[一九六三]。非常有地方色彩的是，在该片中，中国人，即义和团的那些拳勇们，扮演着来自火星的入侵者的角色，他们的入侵迫使地球人——在这种情形下，指的是美国人、英国人、俄国人、法国人、德国人、意大利人和日本人——联合起来了）。一种足够大的灾难的到来，消除了国家间的一切不和，并促使各国最大程度地把地球资源集中起来。

科学——技术——被设想为伟大的联合者。因此，科幻电影也反映出一种乌托邦幻觉。在古典的乌托邦思维模式中——例如柏拉图的理想国，康帕内拉的太阳城，托马斯·莫尔的乌托邦，斯威夫特的慧骃国，伏尔泰的黄金国——社会达成了一种完美的共识。在这些社会里，理智取得了对情感的牢不可破的优势。因为所有的分歧或社会冲突在理智上都站不住脚，所以也就不可能出现。正如梅尔维尔的《泰皮》中所说："他们想的都一样。"理智的全面统治意味着全面的共识。同样有趣的是，这些被描绘成理智占全面优势的社会，也被传统地描绘成实践一种禁欲的生活方式或物质上俭朴、经济上简单的生活方式的社会。但在科幻电影所展望的那种乌托邦世界共同体中，一切都屈从于、受制于科学共识，在这里要求什么物质生存方面的简单性，将是荒谬的。

不过，在表现于科幻电影中的那种道德简单化和国际联合的充满希望的幻象的旁边，潜伏着对当代生存状态的最深刻的焦虑。我并不是仅指原子弹这种非常现实的灾难——说它非常现实，是因为它曾经被使用过，而它现在的数量多得足够杀死地球上所有的人，杀死许多次，此外，这些新研制的炸弹很可能被使用。科幻电影在反映这种身体方面灾难的新的焦虑即全面破坏甚至毁灭的前景之外，还反映了对个体心理状态的极度焦虑。

这是因为，科幻电影也可被描绘成当代否定性的想象力关于非人性的一种大众神话。那些试图征服"我们"的他世界生物，是一个"它"，不是"他们"。来自其他星球的入侵者总是一副怪物模样。它们的动作要么单调机械，要么迟缓黏滞。但这并没有什么区别。如果它们在外形上不像人，那么它们的一举一动肯定是固定的、一成不变的（除非是被毁坏了，才会改变）。如果它们在外形上像人——身着宇航服，等等——那么它们将服从最死板的军事纪律，绝对不会显示什么个人特征。如果它们成功了的话，那么，它们在地球上建立的统治，将是这种冷漠、非人、兵营式的统治。"不再有爱，不再有美，不再有痛苦。"《盗尸者的入侵》(一九五六)中的一位变节的地球人吹嘘道。《被罚入地狱的灵魂的孩子》(一九六〇)中那些一半地球人、一半外星人模样的孩子绝对情感冷漠，他们以群体的方式活动，了解彼此的想法，全是一些畸形的天才。他们是未来的一代，是人类进化的下一个阶段出现的人。

这些外来入侵者制造的罪行，要甚于谋杀。他们不仅仅杀死人。他们要把他消灭得干干净净。在《众界之战》中，从飞船发射的射线一路使地球上的人和物体纷纷分崩离析，没有留下一丝痕迹，只残留下一溜浅色的灰烬。在本多的《氢人》(一九五九)中，那个蠕动的黏稠的团状物把它遇到的一切肉体都融解得不见踪迹。这个长得像一大团红色果冻、能够在地板上爬来爬去、在墙壁上爬上爬下的黏稠团状物一旦触到你的光脚，那么你整个人所剩下的只是地板上的一堆衣服（英国影片《未知的蠕虫》[一九五六]中那个作恶的家伙是一个更有形状、体积可以增大的黏稠团状物）。在这种幻觉的另一个版本中，人的身体倒是保留下来了，但这个人已完全被重新构造了一番，成了外来力量的自动机器般的仆人或代理人。当然，这不过是新包装过的古老的吸血鬼幻象。那个人的确死了，但他却不知道这一点。他"非死",他已变成了一个"非人"。这种事情发生在《盗尸者的入侵》中加利福尼亚州某个小镇的全体居民身上,发生在《孤岛地球》中数个地球科学家身上,发生在《它来自外太空》、《傀儡人的进攻》(一九五八)、《食脑族》(一九五八)中形形色色的无辜者身上。正如在吸血鬼幻象中被吸血鬼擒获的人总会从吸血鬼恐怖的拥抱中逃脱一样,在科幻电影中人们总是起而反抗"征服";他们想保住自己的人性。他们一旦做到了此番壮举,那他们就会对自己的状态非常满意。他们的人类友爱没有被变成令人毛骨悚然的"动物的"杀戮欲(此乃性欲的隐喻夸张),如古老的吸血鬼幻象中的情形。真这样吗?不,他们只不过变得更能干了——是技术人的真正典范,情感泯灭,意志消失,无动于衷,屈从于任何指令(人性背后的隐秘,曾常表现为动物性的高涨——如在《金刚》中。对人的威胁,他被非人化的可能性,潜藏于他自身的动物性中。如今,危险被认为内在于人变成机器的那种能力中)。

当然,此类影片的惯例是,这种令人毛骨悚然、无可挽回的谋杀形式能落在影片中任何人的身上,但主人公除外。主人公及其家庭虽受到了巨大的威胁,总能逃脱厄运,而到影片的末尾入侵者肯定会被赶走或者被消灭。我只知道惟一的一个例外,即《火星人入侵地球之日》(一九六三),在该片中,在经历常见的那些反抗后,主人公科学家和他的妻子以及他们的两个孩子终究被外星人"拿获"——这就完了,影片戛然而止（该片最后几分钟展示的是他们被火星人的射线化为灰烬，淡灰色的影子倒映在空荡荡的游泳池里，而他们的幻影则驱车离去）。这种惯例的另一个发生愉快转折的变体，出现在《类人的创造》（一九六四），在该片的结尾，主人公发现他自己也变成了一个金属机器人，内部配备着全套的高性能、根本毁坏不了的机械装置，尽管他自己不知道这一点，似乎没有察觉自身的变化。但他获知，他很快就会被升级到拥有一个真人的全部属性的"类人"。

在科幻电影的一切常见的主题中，非人化的主题或许最有吸引力。因为，正如我已经指出的，它表达的不是一种黑白分明的状况，如老式的吸血鬼电影中的情形。科幻电影对非人化的态度是矛盾的。一方面，它们悲叹非人化是恐怖之极的状态。另一方面，非人化的入侵者的某些经过变更和伪装的特征——诸如理智对于情感的支配、理想化的协同工作、科学的创造共识的活动、道德的明显的简单化——正是拯救者-科学家的特征。有趣的是，在这些影片中，当科学家被处理成反面形象时，常常是通过把某个单独的科学家描绘成一个成天呆在他的实验室里的人，他忽视了自己的未婚妻或娇妻爱子的存在，沉迷于他的大胆而又充满危险的实验中。而若科学家以某个团队的忠实成员的面目出现，并因此不那么有个性，那他就会被处理成颇受尊敬的形象。

在科幻电影中，绝对没有社会批评，甚至哪怕是最含蓄的那种社会批评都没有。例如，没有对造成无个性和非人化的那些社会状况的批评，并且科幻的幻象还把这些状况归之于某个外来的"它"的影响。此外，科学作为一种与社会利益和政治利益挂钩的社会活动的观念，也不被科幻电影理会。科学要么是冒险（不论其动机是为善，还是行恶），要么是对危险的一种技术应对。通常，当对科学的恐惧达于顶点时——当科学被构想成黑魔法而不是白魔法时——邪恶总会被归咎于某个单独的科学家的走入邪途的意志。在科幻电影里，白魔法与黑魔法之间的对立，被描绘成能够造福人类的技术与某个孤僻的知识分子的步入歧途的个人意志之间的对立。

因而，科幻电影可被看作是一个主题重大的寓言，其中充满了那些常见的现代态度。我一直谈到的那种非人化（"被征服"）主题是一个新的寓言，它反映了这么一种由来已久的警觉，即正常人总是面临着精神错乱和失去理智的危险。但它还不仅是一种反映人们的恒久的但大多处在无意识状态的那种精神是否健全的焦虑的当代流行意象，里面还有更多的东西。这个意象的大部分活力来自一种后来才补充进去的、具有历史色彩的焦虑，一种未被大多数人有意识地体验到的对现代城市生活的非人化状况的焦虑。同样，仅注意到科幻寓言是人类恒久的死亡焦虑的那些新神话中的一个——这就是说，是适应和否定这种死亡焦虑的那些方式中的一种——还不够（天堂与地狱的神话以及鬼魂的神话，具有这种相同的功能）。因为，在它里面还存在一种使这种焦虑变得沉重的具体的历史转折。我指的是二十世纪中期的每一个人都遭受到的那种创伤，此时，人们已经明白，从现在一直到人类历史的终端，每个人都将不仅在个人死亡的威胁下度过他个人的一生，而且也将在一种心理上几乎不可承受的威胁——根本不发出任何警告就可能在任何时候降临的集体毁灭和灭绝——下度过他个人的一生。

　　从心理的角度看，对灾难的想象在历史的不同时期并没有太大的差异。但从政治和道德的角度看，的确存在着差异。对大灾难的预感或许是断然从社会脱离开来的一个契机，正如十七世纪时成千上万的东欧犹太人一听到萨巴泰·泽维宣布弥赛亚已经到来、世界末日即将来临时，就立刻丢开自己的家和生意，开始长途跋涉，前往巴勒斯坦。但人们以不同的方式对待他们的末日来临的消息。据报，一九四五年，有消息说，希特勒决定在盟军到来之前将柏林的全部居民统统杀死，因为他们对于赢得这场战争派不上多大用场，但柏林的居民们获悉这一消息时，并没有太多的焦虑不安。唉，我们现在所持的态度更像是一九四五年柏林人的态度，而不是十七世纪东欧犹太人的态度；我们对灾难的反应也更与他们接近。我的意思是，科幻中的灾难意象主要是不适当反应的一个象征。我并不想因此就贬低这些影片。它们自身不过是大多数人对侵染他们意识的那种难以承受的恐怖做出的不适当反应的一个抽样，一个去除了复杂性的抽样。这些影片的兴味，除来自它们所具有的电影技巧方面丰富的魅力

反对阐释 | 307

外，还来自浅薄、颇遭贬低的商业艺术与当代状况的最深刻困境的一种交汇。

我们这个时代，的确是一个极端的时代。这是因为，我们生活在同样令人畏惧但似乎彼此对立的两个目标的持续不断的威胁下：一是永无止境的平庸，一是不可思议的恐怖。正是通俗艺术大量提供的那种幻象，才使大多数人得以应付这两个孪生鬼怪。因为这种幻象能够起到的一个作用是，通过使我们遁入那些奇异、危险但最后一刻肯定会出现美满结局的情境，来使我们从不可承受之单调乏味中摆脱出来，并转移我们对恐惧——无论是真实的，还是预感的——的注意力。但这种幻象还能够起到另一个作用，那就是使我们心理上难以承受的东西正常化，并因此使我们适应它。一方面，幻象美化了世界。另一方面，幻象使世界中立化了。

科幻电影中的幻象起到了这双重作用。这些影片反映了对全世界的焦虑，并试图缓解这种焦虑。它们给人反复灌输一种对辐射、污染和毁灭这种至少我是大感不安和沮丧的过程保持一种无动于衷的奇怪态度。这些影片浅薄的一面表现为，以那些大体上熟悉的东西来塑造他者性、外来性的感觉。尤其是，大多数科幻电影中的对话充斥着极其平庸却常令人感动的陈词滥调，使这些影片出奇地、出乎意料地有趣。诸如"快来，我的浴缸里有一个魔鬼"、"我们必须为此做点什么"、"等一等，教授，有电话找您"、"但这太不可思议了"以及美国人老爱使用的常用语"我希望这管用"等片中语，在这栩栩如生、震耳欲聋的大屠杀语境中，的确是引人发笑的。不过这些影片也包含了某种痛苦的、极度严肃的东西。

有这么一种感觉，认为所有这些影片都与恶势力有某种共谋关系。如我所说过的，它们使它中立化了。或许，这不过是一切艺术都在使用的把观赏者吸引进与它所再现之物的共谋关系中的方法。但在这些影片中，我们不得不与某些（实际上）不可思议的东西共处。这里，"思考那些不可思议的东西"——不是以赫尔曼·卡恩的那种方式，将其作为预测的对象，而是作为幻想的对象——不论如何漫不经心，从道德的角度看，本身都成了一种或多或少成问题的行为。这些电影把有关身份认同、意志选择、力量、知识、幸福、社会共识、罪恶、责任等对我们当前的极端状况无济于事的那些陈词滥调全都永恒化了。但要祛除那些集体梦魇，不能靠展示它们在理智上和道德上的虚妄性。这种梦魇——以不同的形式表现于科幻电影中的那种梦魇——与我们的现实离得太近了。

[一九六五]

杰克·史密斯的《淫奴》

杰克·史密斯《淫奴》[①]中松垂的阴茎和硕大的乳房的特写镜头以及手淫和口交的连续镜头让人惟一感到遗憾的是,它们使得人们哪怕要谈谈这部出色的影片,都觉得难以启齿;人们不得不为其作一番辩解。不过,在我为它作辩解和谈论它时,我不想淡化它本来就有的那种肆无忌惮、骇人听闻的色彩。无可否认,在《淫奴》中,展现的是两个女人以及数量多得多而且大多身着艳丽而廉价的女式服装的男子,他们嬉戏作乐,做出种种姿势,相互搂着跳舞,表演形形色色的淫荡、性狂热、浪漫、挑逗的场面——这些动作的进行伴随着音乐,其中包括几支深受人们喜爱的拉丁流行歌曲(《西波尼》、《阿玛珀拉》)、摇滚乐、刺耳的小提琴演奏、斗牛曲、一支中国歌曲、由一群男子(有的穿着女人衣服,有的则不是)在银幕上表演的某种新牌子"心形唇膏"的稀奇古怪的广告的歌词,以及伴随着那个轮奸一个乳房高耸的年轻女子的场面的由轻柔的尖叫和呻吟(强奸本身惬意地转变成了纵欲)构成的伴唱。当然,《淫奴》是肆无忌惮的，而且它本意就想肆无忌惮。该片的片名告诉我们这一点。

但如果黄色淫秽的含义被定义为明显有意并且确能刺激性欲的话，②那么，巧得很，《淫奴》不是一部黄色淫秽影片。它对裸体以及性爱的种种搂搂抱抱（没有直接的性交画面）的描绘，太充满伤感情调，也太巧妙，以致引不起淫念。史密斯拍摄的这些性画面与其说是多愁善感的或淫荡好色的，还不如说一会儿是天真率直的，一会儿是风趣幽默的。

警方对《淫奴》的敌意不难理解。唉，看来，史密斯的电影不可避免地要在法庭上为自己的命运拼搏一番。令人失

---

① 杰克·史密斯导演的《淫奴》，为美国六十年代"地下电影"的代表作，以一种类似《一千零一夜》的异国的、肉感的情调描绘几个同性恋男女的性爱场面，尤其是易装癖（这使得片中的男女失去了男人或者女人的特征），当时被认为是一部臭名昭著的影片，一九六三年在非正规电影院首映，后屡遭禁止。——译者

② 桑塔格此文写于一九六四年，此时，美国国会通过的《反黄色淫秽物品法》仍在实施，但对该法的合法性（即与美国宪法、尤其是宪法修正案第一条的冲突，即"违宪"）的质疑已流行开来，并通过七十年代几起著名的诉讼案（尤其是围绕黄色电影《深喉》的旷日持久的诉讼）将其与宪法对公民权的保护联系在一起。不管怎样，评价一部作品是否"黄色淫秽"，依据的是主观判断，这就意味着把属于某些人的主观价值强加于另一些人，是政治压迫的一种形式。实际上，在联邦最高法院的大法官们那里，关于"黄色淫秽"的定义也众说纷纭，例如道格拉斯就讥讽地说，一部作品是否是黄色淫秽的，"要依据观看者两条大腿根部之间的反应而论"。另一些大法官则依据"勃起的角度"。与桑塔格这里所说的"巧得很，《淫奴》不是一部黄色淫秽影片"有关的法律依据，可能是布伦南大法官的判断标准，被戏称为"软家伙"标准，即只要不属于完全勃起，就不能算作黄色淫秽。桑塔格此文的第一行就说明史密斯《淫奴》中阴茎的特写镜头是"松垂的"，也就是说是"软家伙"，因此就没有违反《反黄色淫秽物品法》。——译者

反对阐释 | 311

望的是，一向处事明智的知识、艺术界，几乎每一个人都对这部影片表现出冷淡、刻板的态度以及十足的敌意。它的几乎惟一的支持者是由一些电影摄制者、诗人和年轻的"村民"［指群聚于纽约格林威治村的那些波希米亚风格的青年人——译注］构成的一个忠实的小圈子。《淫奴》至今仍不过是"美国新电影"这一以《电影文化》杂志为其内部刊物的群体的崇拜偶像和当作奖品一样陈列的东西。多亏了约纳斯·梅卡斯，正是他以执拗甚至不乏英雄气概的魄力，几乎单凭一己的力量，使我们有机会看到史密斯的电影以及其他许多新电影。但必须承认，梅卡斯及其附和者的话说得太尖刻，而且也经常说得极不友好。梅卡斯荒唐地认为包括《淫奴》在内的这些新电影是电影史上完全没有先例的一个创举。这种尖刻给史密斯帮了一个倒忙，使人们在把握《淫奴》的特点时平添了几分困难。这是因为，《淫奴》是从属于诗意的、有冲击力的电影这一特别的传统的一部作品，虽是小制作，却颇有价值。属于这一传统的，还包括布努艾尔的《安达鲁狗》和《黄金时代》、爱森斯坦第一部影片《罢工》的一些片断、托德·布朗宁的《怪人》、让·卢克的《疯狂的主人》、弗朗居的《愚人之血》、勒尼卡的《迷宫》、安格尔的某些影片以及诺埃尔·博希的《见习期》。

美国老一辈的先锋派电影制作者（马雅·德伦、詹姆斯·伯罗夫顿、肯尼斯·安格尔）推出的是一些技术上颇经过推敲的短片。尽管它们的预算很低，但它们的色彩、摄影机的操作、演员表演以及声画合成都尽可能做到专业。美国电影中存在着两种新先锋派风格，其中之一（如杰克·史密斯、容·莱斯这些人，但不是格利高里·马柯珀勒斯或斯坦·布雷克哈奇）的标志就是技巧方面的刻意的粗糙。更新的电影——既包括那些出色的作品，也包括那些拍得糟糕、单调乏味的作品——则显示出一种叫人受不了的对任何技巧因素的冷淡，一种刻意的质朴。这正是当代的风格，也非常美国化。欧洲浪漫主义的那种老调——毁人的理智对立于自发的感情——在世界上其他任何地方都不像在美国那样有如此长久的生涯。在美国，而不是在任何其他地方，这一信仰有赖于这种看法，即技巧方面的匀称与精致妨碍了自发性、真实性以及直接性。先锋派艺术的大多数通行的技巧（因为，要反对技巧，甚至也需要一种技巧）表达了这个论断。在音乐中，现在出现了一种即席式的表演，也出现了一种即席式的作曲，以及种种新的声音资源和种种破坏传统乐器的新方法；在绘画和雕刻中，现在出现了对非永久性材料或现成的材料的偏爱，以及把物体转变成可消失（用一次就扔掉）的环境或"即席的"存在。《淫奴》以自身的方式显示出这种对艺术作品的连贯性和技巧完美性的自负。当然，在《淫奴》中，没有情节，没有展开，而影片中那七个（根据我的计算）显然独立成篇的系列也缺乏必要的顺序。人们不禁怀疑，某组过于暴露的连续镜头是否真是有意而为的。人们很难相信，它非得恰好这么长不可，不能再长些或再短些。镜头不是以传统的方式构成的；片中人物的头被切掉了；与场景无关的人的身影时不时地出现在场景的边缘。摄影机大多数时候是用手扛着的，因此画面常常轻微晃动（在表现纵欲的那一个系列中，这种技巧完全达到了效果，而且无疑是故意使用了这种技巧）。

但是，不像近来其他许多"地下"电影那样，在《淫奴》中，技巧的外行做法并不令人产生沮丧之感。这是因为，史密斯在视觉方面是非常慷慨的；实际上，几乎每个瞬间，在银幕上都能看到极其丰富的东西。即使当那些视觉感觉强烈的画面的效果为那些缺乏效果或者说按计划效果本应更好一点的画面所弱化时，这些画面也具有非同寻常的快感和美感。如今，对技巧的冷淡常常伴以直露的风格；现代对艺术中那种精心谋划的倾向的反抗常常采取美学克制的形式（抽象表现主义绘画大多具有这种克制的特征）。尽管如此，《淫奴》却源自于一种不同的美学：它充满了视觉材料。在《淫奴》中，没有思想，没有象征，没有对任何东西的评论或批评。史密斯的影片不折不扣地是供给感觉的乐趣。就这一点而言，它与那种"文学性的"电影（法国先锋派电影大都属于此列）恰好对立。《淫奴》的乐趣不在于了解或解释人之所见，而在于画面本身的直接性、感染力和丰富性。该作品不像大多数严肃的现代艺术，它不涉及意识的种种困惑以及自我的绝境。因此史密斯粗糙的技巧特别适合《淫奴》所体现的那种感受力——这种感受力否认思想，把自我置于否定之上。

《淫奴》是那种罕见的现代艺术作品：它涉及的是快乐和无邪。当然，这种快乐，这种无邪，来自于那些——以通常的标准看——倒错的、颓废的主题，无论如何，它们具有高度的戏剧性和人工性。但我认为，该片恰恰是以此获得其美感和现代性的。《淫奴》是近来被轻率地通称为"波普艺术"的体裁的一个漂亮的样本。史密斯的这部影片具有波普艺术的那种凌乱、随意和松散的特征。它同样具有波普艺术的欢快、坦率以及免于道德说教的令人愉快的自由的特征。波普艺术运动的一个大的优点，在于它彻底瓦解那种必须对题材采取一种立场的老套律令的方式（毋庸赘言，我并不否认，对某些事件，必须采取一种立场。《代表》便是处理此类事件的艺术作品的一个极端的例子。我想说明的只是，对生活中的某些因素——其中最主要的是性快乐——不必采取什么立场）。被称为波普艺术的那些作品中最出色的作品正是想让我们抛开那种由来已久的总要对艺术中所描写之事——或扩而言之，生活中所体验之事——要么予以赞同、要么予以反对的负担（之所以说某些人迟钝，就因为他们居然把波普艺术斥责为某种新的因循守旧作风的一种征兆，是对大众文明的低劣制品的一种狂热的接纳）。波普艺术以一种精彩的新的融合方式接纳了那些此前看起来彼此冲突的态度。因而，《淫奴》是对性问题开的一个出色的玩笑，同时又充满了爱欲冲动的抒情风格。仅仅从视觉的意义上，才可以说它充满了矛盾。非常讲究的视觉效果（花边织物、落花、画面）被引入了这样一些凌乱的、显然临时拼凑的场面中，里面裸露的人体在翻滚、跳舞、做爱，其中一些体形很好，女人味十足，另一些则骨瘦如柴、满身是毛。

人们可能会因为史密斯这部影片的主题便认为其具有易装癖的诗意。《电影文化》在授予《淫奴》该刊第五届独立电影奖时，对史密斯的评价是："他用来打动我们的，不是对倒错的那种纯粹的同情心或好奇心，而是易装癖世界的光彩和华丽以及同性恋世界的魔力。他照亮了生活的一个部分，尽管这是为大多数人所不齿的一个部分。"实际上，《淫奴》与其说是关于同性恋的，不如说更是关于异性恋的。史密斯的想象类似于博施的表现扭动的、伤风败俗的、灵巧的人体中天堂与地狱共存的画作中的想象。不像那些描绘同性之爱的美感和恐怖的严肃的、引起轰动的影片，如肯尼斯·安格尔的《烟花》和热内的《爱之歌》，有关史密斯这部影片中的人物的一个重要事实是，人们不大容易分辨得清哪些是男人，哪些是女人。他们只是一些"奴"，在两性间的多形态的性快乐中放纵淫荡。该片的构成基于一种其主要意象为男人的身体与女人的身体的混淆的暧昧而矛盾的复杂网络。那些晃动的乳房和晃动的阴茎彼此可以替换。

博施描绘了一种奇特的、反生育的、理想的自然，来安置他的那些裸体的人形以及他的融痛苦与欢乐于一体的雌雄同体的想象。史密斯并没有描绘真实的背景（在该片中，很难分辨一个人到底是在室外,还是在室内),而差不多全是由服装、姿势和音乐构成的人工的、制作出来的景观。异性恋的神话就在这种由平庸的音乐、广告、服装以及最主要的是取自感伤电影的那种经常出现的幻象构成的背景中上演。《淫奴》的结构是由"坎普"("Camp")[1]知识的大杂烩组成:一个穿着白色衣物的女人(一个易装癖者)垂着脑袋,手拿一枝百合花;一个像是从棺材里爬出来的消瘦的女人,先是以一个吸血鬼的样子出现,最终却以一个男人的样子出现;一个有着黑色大眼睛、黑色的缀花边的披巾和扇子的西班牙女舞者;从《阿拉伯的酋长》中截取的一个场面,其中有一些裹着长斗篷斜躺着的男人,还有一个神色漠然地裸露出一只乳房的阿拉伯妖妇;两个斜躺在鲜花和布条上的女人之间的场景,令人联想到了三十年代斯登伯格导演、迪特里希主演的那些影片的那种密实、拥挤的结构。史密斯借用的大量意象和结构中还包括拉斐尔前派的慵懒情调、"新艺术"、二十年代那些出色的西班牙和阿拉伯异国风格以及现代"坎普"把玩大众文化的方式。

《淫奴》是对世界进行美学观照一个成功的例子——这种观照也许根本上总是兼具男女两性特征的。不过,在美国,这一类别的艺术尚没有获得人们的理解。《淫奴》所进入的空间不是美国批评家们一直传统地将艺术纳入其中的那

---

[1] 参见后文《关于"坎普"的札记》。——译者

个道德思想的空间。我所强调的是,不仅存在着道德的空间——依据该空间的规则,《淫奴》的确表现得糟透了;可还存在着美学的空间,快感的空间。史密斯这部影片进入的是这种空间,并在其中有其存在的地位。

[一九六四]

雷乃的《慕里埃尔》

《慕里埃尔》是雷乃至今拍摄的三部故事影片中最难于理解的，不过，它的主题显然取自与他的前两部影片相同的全部主题。尽管他聘用的那三位电影剧本作者——玛格丽特·杜拉斯之于《广岛之恋》、阿兰·罗伯-格里耶之于《去年在马里安巴德》、让·卡洛尔之于《慕里埃尔》——在风格上各有鲜明的特色，但这三部影片具有一个共同的主题：追忆那难以言传的过去。雷乃的这部新片为了这种效果甚至还像旧式小说那样添了一个副题。它的完整片名是《慕里埃尔，或回顾的年代》。

在《广岛之恋》中，主题是两个彼此分离的、不协调的过去之间的核对。该片的情节是那两个主角，一个日本建筑师与一个法国女演员，试图从他们的过去中寻获能够维系他们现在的爱情的那种感情基础（以及共同的记忆）。影片开始时，他们躺在床上。而他们在影片余下的部分里则实际上一直在向对方叙述自己。然而他们终究不能超越他们的"陈述"、他们的负疚和隔阂。

《去年在马里安巴德》是同一主题的另一个版本。但在这部影片中,主题被置于一个刻意造成反衬效果的、静态的场景中,介于新广岛的那种粗鲁的现代丑陋外表与勒维斯的那种纯朴的乡村古风之间。故事情节发生在一个偏远、美丽、贫瘠的地方,以一些失去了可靠的意识、记忆或过去的抽象人物来展示"回顾的年代"的那个主题。《去年在马里安巴德》是《广岛之恋》所表达的思想的一种形式上的反转,其自身的主题不只是模仿了后者的那种忧郁的调子。如果说《广岛之恋》的思想是必然会回忆起来的过去的沉重,那么《去年在马里安巴德》的思想便是回忆的那种开放性和抽象性。过去对现在的影响被缩减到一种密码,一种芭蕾舞风格的东西,或者——就该片的支配性意象而言——一种游戏,其结果全然由最初的行动来决定(如果采取最初行动的人知道他自己在做什么的话)。根据《广岛之恋》和《去年在马里安巴德》,过去是现在的一个幻觉。《去年在马里安巴德》发展了《广岛之恋》中所隐含的对于回忆形式的那种思考,去掉了后一部影片的那种意识形态外衣。

《慕里埃尔》之所以难懂,在于它试图同时做到《广岛之恋》和《去年在马里安巴德》两部影片曾分别做到的事。它试图处理一些实际的问题——如阿尔及利亚战争、秘密军(OAS)[①]、殖民地法国移民们的种族主义——正如《广岛之

[①] 秘密军(OAS),为阿尔及利亚战争之后出现的一个恐怖组织。阿尔及利亚战争是戴高乐执掌的法国政府发动的镇压法属殖民地阿尔及利亚 (转下页)

恋》处理原子弹、和平主义和合作一样。但它也像《去年在马里安巴德》一样，试图展示一个纯粹抽象的剧情。这种双重用意——既要做到具体，又要做到抽象——的重负，倒增加了该片技术上的精湛性和复杂性。

同样，该片的故事情节涉及的也是一群被他们的记忆所困扰的人。埃莱娜·奥盖，一个生活在布伦这座外省城市、看上去近四十岁的寡妇，一时冲动，请求她的那位已经阔别二十年的过去的情人前来看望她。她的动机，影片没作交待；它具有一种无缘无故的行为的特征。埃莱娜在自己的公寓里经营着一家岌岌可危的古董家具店，嗜赌成癖，债务累累。与她生活在一起的，是她的继子贝尔纳·奥盖，他刚从阿尔及利亚服兵役归来，也是一个为记忆所困扰的人，沉默寡言，与她相处甚不融洽。贝尔纳忘不了他参与的一桩犯罪：对一个阿尔及利亚政治犯、名叫慕里埃尔的姑娘的折磨。他不只是心烦意乱，以致不能工作，他还处在一种难以成眠的痛苦中。他常常借口去城里看望一位子虚乌有的未婚妻（他称她为慕里埃尔），来逃离他的继母的现代公寓，那

（接上页）叛乱的战争，但阿尔及利亚取得了独立。独立后成立的新政府立刻宣布离开阿尔及利亚的欧洲人原有的土地、动产、不动产、银行存款通通被没收，又于一九六三年宣布属于欧洲人的那些企业也通通收归国有，此举使一大批在阿尔及利亚拥有财产的欧洲人刹那间成了穷光蛋。当初支持戴高乐上台以迅速荡平阿尔及利亚叛乱的一些势力迁怒于戴高乐，在阿尔及利亚土生法国人和军队中出现了一批极端分子，认为戴高乐及其政府出卖了法国，因此组织了一个名叫秘密军的恐怖组织，策划了针对戴高乐的多次暗杀。——译者

里面的每一件家具都很漂亮，都等待着出售，而躲进他家的老公寓的一个房间里，该公寓在第二次世界大战中曾遭到轰炸，几成废墟……影片开始的镜头，是埃莱娜的老情人阿尔封斯从巴黎抵达布伦城。他是带着他的情妇弗朗索瓦丝一起来的，对外称她是他的侄女。到影片结尾，也就是几个月后，埃莱娜与阿尔封斯的不如人意的团聚算是走到尽头了。阿尔封斯与弗朗索瓦丝之间的关系也从此恶化，离开布伦返回巴黎。贝尔纳——在朝他儿时的朋友、当初那个领头折磨慕里埃尔的士兵、现在是法国"秘密军"成员的人开枪后——离开了他的继母。在尾声部分，我们看到阿尔封斯的妻子西蒙娜来到埃莱娜的空荡荡的公寓里，要夺回自己的丈夫。

不像《广岛之恋》和《去年在马里安巴德》，《慕里埃尔》直截了当地展示了一个详尽的情节和种种复杂的关系（在上面简单勾勒的情节中，我省略了那些重要的次要角色，包括埃莱娜的那些在影片中露面的朋友）。不过，尽管有这种复杂性，雷乃还是有意避免直接的叙述。他为我们提供了一连串在情感调色上相同的短小场景，它们着力描绘四个主要人物生活中的某些精选出来的非戏剧性片断：埃莱娜与她的继子、阿尔封斯以及弗朗索瓦丝一起用餐；埃莱娜走上或者走下赌场的台阶；贝尔纳骑自行车在城里穿行；贝尔纳策马行走在城外的悬崖上；贝尔纳与弗朗索瓦丝边走边谈，如此等等。这部影片并不真的那么难以理解。我看过两次，而头一次看完后，我曾期望第二次看它时会有新的发现。但我没有什么新发现。不像《去年在马里安巴德》，《慕里埃尔》不应该使人迷惑不解，因为在人们看到的那些简短的、断断续续的叙述的背后并没有隐藏什么。这些叙述没有什么可用来破译的东西，因为它们并没有言外之意。倒好像雷乃采用了一个可以平铺直叙地讲述的故事，然后以一种违背本性的方式对它进行剪辑。这种"违背本性"的感觉——即感到情节是从某个角度展示出来的——是《慕里埃尔》的独特的标志。这正是雷乃把一个具有现实色彩的故事制作成一种对情感形式的考察的方式。

因而，尽管故事情节并不难以理解，雷乃叙述这个故事的技巧却刻意要使观众从故事情节中疏离开去。这些技巧中，最引人注目的是他关于场景的晦涩的、偏离常规的概念。该片开始时，埃莱娜正和一个苛刻的顾客在埃莱娜公寓的门口颇为尴尬地道别；随后是匆匆忙忙的埃莱娜与面带愠色的贝尔纳的几句简短的交谈。在这两个系列片断中，雷乃不给观众从传统故事的角度来进行视觉定位的机会。我们看到一只手放在圆球形门把手上，然后是那位顾客的没有表情的严肃的笑容，然后是一只煮沸的咖啡壶。拍摄和剪辑这些场景的方式，与其说是在阐释故事，还不如说是在分解这个故事。随后的场景是，埃莱娜行色匆忙地离开公寓，去车站接阿尔封斯，却发现阿尔封斯还带着一个女人（弗朗索瓦丝），然后埃莱娜领他们从车站步行回她的公寓。从车站往

反对阐释 | 323

回走的路途上——这是晚上——埃莱娜神经质地谈着布伦这座城市,该城在战争期间差不多被摧毁了,但现在又以一种明亮而实用的现代风格重建起来;这座城市白天的一些镜头不时插进他们三人在夜里步行穿过城市的镜头之间。埃莱娜的说话声贯穿于这些快速的视觉切换中。在雷乃的影片中,所有的言语,包括对话,都倾向于变成叙述——它们回荡在那些可见的情节上,而不是从情节内部直接生发出来。

《慕里埃尔》的极其快速的剪辑,不同于戈达尔《精疲力尽》和《随心所欲》中的那种跳跃的、具有爵士乐活泼节奏的剪辑。戈达尔的突兀的剪辑方式把观众带进故事情节,使他不得安宁,强化他对剧情的了解欲望,从而产生一种视觉悬念。当雷乃也进行突兀的剪辑时,他却把观众从故事情节中拉出来。他的剪辑方式起到了一种阻碍叙述的作用,是美学上的一种回退,是电影方面的一种间离效果。

雷乃对言语的使用方式,对观众的情感也产生这种类似的"间离"效果。因为他的那些主要角色的身上都有某种不仅麻木而且无疑绝望的东西,他们的言语从情感上说就断无感人之处。在雷乃的影片中,说话尤其成了显示困惑的契机——无论是对过去某个事件的不可言传的悲伤的恍恍惚惚的叙述,还是他的那些人物在现在的生活中彼此所说的那种没头没尾、不着边际的话语(由于言语方面的困惑,所以眼神在雷乃的影片中具有重要作用。只要雷乃拍摄这一类的场面,那么常见的片中情形是,人物说完几句客套话后,接着便是沉默和一个眼神）。幸运的是，在《慕里埃尔》中，找不到《广岛之恋》中的对话以及《去年在马里安巴德》中的叙述所体现的那种难以容忍的循环往复的重叠风格。除了少数几个显而易见、未予交待的问题外，《慕里埃尔》中的人物大多说着乏味的、模棱两可的话，尤其是当他们感到不高兴的时候。然而，雷乃让《慕里埃尔》中的对话保持那种固执的乏味感，并非是想以此来意指它与早先那两部极度诗化的长片有所区别。他在他所有的影片中都提出同一个主题。他所有的影片都是关于不可言传的东西的（不可言传的主要话题有二：其一是内疚，其一是欲念）。不可言传性的对等概念是平庸性。在高级艺术中，平庸性是不可言传之物的谦恭的表达。"我们的故事其实是一个平庸的故事。"痛苦的埃莱娜在某个时候悲哀地对逢场作戏、形迹可疑的阿尔封斯说。"慕里埃尔的故事是难以用语言来描述的。"贝尔纳对一个陌生人吐露自己痛苦不堪的回忆时说。这两句表白其实没有什么不同。

尽管雷乃的影片在视觉上颇为出色，但他的技巧在我看来更多地得益于文学，而不是这类电影的传统（《慕里埃尔》中的贝尔纳是一个电影制作者——他在收集他所说的关于慕里埃尔一案的"证据"——同理，许多现代小说的核心意识是其中作为一个小说人物的作家的意识）。最有文学性的是雷乃的形式主义。形式主义本身并不是文学性的，但刻意为了模糊一种叙述而借用一种复杂的、独特的叙述方式——似乎是要在这种叙述上写作一个抽象的文本——却是非常具有文学性的惯例。在《慕里埃尔》中有一个故事，描述的是一个困惑的中年女人试图重续二十年前的爱情，再就是一个年轻的退役士兵因在一场野蛮的战争中参与了一个勾当而为内疚感所折磨。但《慕里埃尔》被构思成这样，以致在该片的任何一个给定的时刻，它都根本没有谈及什么。在任何一个给定的时刻，它都是一种形式构成；正是为了此一目的，它的每一个单独的场景都被造得如此转弯抹角，时间顺序被打乱了，对话被控制在一种最低的信息性上。

这正是当今法国出现的许多新小说的特点所在——压低故事的传统上的心理意义或社会意义，以便从形式上挖掘情感或事件的结构。因此，米歇尔·布托尔在他的小说《变》中真正关切的，不是去展示他的主人公到底是要离开、还是不离开他的妻子以便和情妇生活在一起，更不是要为他的决定寻找某种爱情理论作为基础。布托尔感兴趣的是"变"本身，是主人公的行为的形式结构。雷乃正是以这种方式把握《慕里埃尔》的故事情节的。

小说和电影的新形式主义者的典型的套路，是把冷漠与痛苦混合在一起：以冷漠来包裹和抑制巨大的痛苦。雷乃的伟大发现在于他把这种套路运用到了"写实性"的题材上，运用到了被锁闭在历史的过去中的那些真实事件上。在这里——在雷乃的那些短片里，尤其是《格尔尼卡》、《凡·高》，最主要的是《夜与雾》——这种套路发挥了出色的作用，培养了观众的情感，并使这种情感获得了自由。《夜与雾》在大战结束十年后向我们展示了达豪集中营。摄影机四处移动（该片为彩色），连焚尸炉砖石结构的裂缝中间丛生的杂草也不放过。达豪集中营死一般的宁静——它现在是一个空空荡荡、安安静静的空壳——被衬托在过去曾在这里发生的难以置信的现实上；一个平静的嗓音再现着这个已成往事的现实，描述着集中营的生活，列举着被灭绝者的统计数字（脚本由让·卡洛尔撰写）；被衬托在插在影片中的一些记录达豪集中营解放的黑白新闻片的连续镜头上（这是《慕里埃尔》中某一个场景的渊源，在那个场景里，贝尔纳叙述着慕里埃尔被折磨和被杀害的故事，而此时银幕上出现了一段家庭录像式的影片，上面是贝尔纳在阿尔及利亚服兵役时他的那些身着军装、满脸笑容的战友们。慕里埃尔本人在影片中从来没出现过）。《夜与雾》的成功，在于其绝对的克制，在于其在处理一个体现那种极度的、使人备受折磨的痛苦的主题时的高度的细致。这是因为，这样一个题材所具有的冒险性在于，它可能麻木我们的情感，而不是激动我们的情感。雷乃采用与他的题材保持一定距离的方式克服了这种危险性，这种方式不多愁善感，但也并未因此弱化题材的令人毛骨悚然的恐怖色彩。《夜与雾》以直接性见长，但不乏对不可思议之物的圆通处理。

不过，在雷乃的三部故事片中，相同的策略运用得并不像在这部影片中那样恰当，或者说它并不令人感到满意。说这是因为这位头脑清晰、极富同情心的写实主义者如今变成了一个唯美主义者，一个形式主义者，那是过于简单了（毕竟，电影是一门艺术）。但自从雷乃极力想做到两者兼顾——既是一个"左派"，又是一个形式主义者——时，他的力量无可否认地有所丧失。形式主义者的目标是瓦解内容，质疑内容。有疑问的过去的现实，这是雷乃的全部影片的主题。更确切地说，对雷乃而言，过去是这么一种现实，它既难以接受，又含糊不清（法国小说和电影的新形式主义因而是关于现实本身的不可知论）。但与此同时，只要过去具有历史的标记，雷乃就坚信过去，或希望我们以某种态度与他一起分享过去。在《夜与雾》中，这还没有导致什么问题，在该片中，对过去的回忆被客观地或者说外在地（影片之外）置于一个无动于衷的叙事者中。不过当雷乃决定把"回忆行为"而不是"某个回忆"作为他的题材、并把回忆置于影片中的人物中时，形式主义的目标与干预伦理的目标就发生了轻微的冲突。把那些值得赞赏的情感——例如对原子弹（在《广岛之恋》中）和法国在阿尔及利亚的暴行（在《慕里埃尔》中）的内疚感——当作审美展示的题材，其结果是，影片的结构会出现一种明显的牵强感和枝蔓感，就好像雷乃不知道他的影片的中心究竟在何处。因而，《广岛之恋》的那种令人迷惑的反常之处就在于，把那位日本男主人公回忆的巨大恐怖感，即原子弹爆炸及其造成的大量身体残缺的受害者，与折磨那位法国女主人公的从过去而来的相对无足轻重的恐怖感,即战争期间她与一位德国士兵的风流韵事以及战后她所遭受的被人剃光头发的羞辱,①不言而喻地等量齐观。

我说过,回忆的方式而不是某个具体的回忆,才是雷乃的主题:怀旧本身成了怀旧的对象,对某种难以重新找回的感觉的回忆成了感觉的对象。在雷乃的故事片中,惟一没有显露这种内在的混淆的是《去年在马里安巴德》。在该片中,一种强烈的情感——情爱的迷乱与渴望产生的痛苦——因被置于一个具有抽象特征的地点、一座居住着一些高级时装模特儿的豪华大旅馆的场景里而被提升到一种元情感的层面。这种方式不那么真实,因为被雷乃置于一种笼统抽象的过去中的那种回忆,是一种全然非历史的、非政治的回忆。

---

① 在德军占领法国期间,不少法国年轻女子出于食品的需要或其他目的(有时也是一种真挚的感情)而与作为占领者的德国士兵发生性关系,她们在战后受到了法国民众甚至法律的羞辱,被称为"小通奸犯"。法国在第二次世界大战中的溃败和投降(维希政府),使法国的民族自尊受到了巨大的挫伤,然而把这种因民族自尊感受到挫伤而产生的愤怒发泄在那些与德国士兵睡过觉的法国姑娘身上,却是在为自己当初的软弱感和受伤的自尊心寻找替罪羊,似乎这么一来,整个法国的屈辱就被归结于那些"小通奸犯",而自己(即那些虽未与占领军合作但在反抗上也无所作为的普通法国人)又像道德的鸽子了。倒是那些进行过地下抵抗的法国人对那些与德国士兵发生关系的女同胞显示出某种程度的宽容,例如萨特(见其《占领下的巴黎》及其他一些文章)。莫泊桑曾写过一篇著名的小说(《羊脂球》),其主人公是一位很有爱国精神的妓女,但与她同行的那些法国人为了保命,迫使她与一个掌握着他们的生杀予夺大权的普鲁士军官发生性关系。而当这个妓女以这种使自己受辱的方式拯救了同车的同胞以后,他们却把她视为一个肮脏的、邪恶的、卖国的女人,倒好像他们自己又重新成了有尊严的法国人了。这篇小说写的是普法战争中的事,但与第二次世界大战期间及其后法国发生的事,非常类似,不妨作一参照。——译者

反对阐释

然而，至少在这部影片中，笼统导致的抽象，似乎导致了活力的某种偏移。气氛具有一种风格化了的沉默之感，但观众并未明显地感觉到那些人物所沉默不言的东西的压力。《去年在马里安巴德》有其中心，但这个中心似乎被冻结了。它有一种连续的、有时稍嫌呆滞的肃穆气氛，其中的视觉之美和构图之妙因情感紧张状态的缺乏而时不时地遭到削弱。

在《慕里埃尔》这部更为雄心勃勃的影片中，有更多的活力。这是因为，雷乃若想追求他的感受力和主题的话，就得回到他难以回避的那个问题：形式主义与干预伦理之间的调和。不能说他已经解决了这个问题，而且，从最终的意义上说，《慕里埃尔》只能算作一个高贵的失败，但他展示了这个问题的更多方面以及这一问题的各种解决方法的复杂性。他并没有重蹈将残暴的历史事件与某种个人哀怨暗中相提并论的覆辙（如在《广岛之恋》中）。在《慕里埃尔》中，这两方面只不过存在着，存在于一种广泛的我们无法窥察其心理上的"内部"的关系网络中。这是因为，雷乃试图把他的材料，即对曾经参与一起真实的历史事件（贝尔纳在阿尔及利亚的经历）的痛苦回忆的重负以及一种纯粹个人的令人不解的往昔的痛苦（埃莱娜以及她与阿尔封斯的旧情），以一种既抽象又具体的方式再现出来。它既不是他在描绘广岛这座城市时的那种轻描淡写的写实性的现实主义，也不是他描绘勒维斯时的那种充满感官色彩的理想主义，也不是以《去年在马里安巴德》中那座充满奇异色彩的大饭店为象征的那种抽象的博物馆似的静止风格。《慕里埃尔》中的抽象更微妙，更复杂，因为它见之于真实的日常世界，而不是靠从时间（如《广岛之恋》中的闪回镜头）或空间（如《去年在马里安巴德》中的大旅馆）中分离出来达到这种抽象。它主要地表现于该片构图感的精确把握中，但这个特点见于雷乃的所有影片。从我前面已经提到过的场景快速切换的意义上看，它表现为雷乃影片的一种新节奏，一种对色彩的运用方式。就后一点而言，大有可说之处。夏莎·维尔尼在《慕里埃尔》里的彩色摄影令人赞叹，令人愉快，使人产生这么一种感觉，似乎人们以前从来就没见识过诸如《地狱之门》以及韦斯康蒂的《感官》这样的电影采用的同样的色彩资源。但雷乃这部影片中的色彩的冲击力还不仅在于这些色彩的美感。而是这些色彩所拥有的那种令人称绝的不近人情的饱和度，赋予了那些平平常常的物体，如时髦的厨房用具、现代的公寓楼和商店等，一种独特的抽象感和距离感。

为以抽象的方式达到饱和化，该片还动用了另一种资源，即维尔纳·亨茨为该片中的声乐和管弦乐配的曲。能够成为独立的音乐作品的电影配乐，少得可怜，而亨茨的配乐则是其中之一。有时，该片中的配乐被用于传统的戏剧目的：对影片中所发生之事进行确认或评论。因而，在以下这个场景里，即当贝尔纳放映他曾经拍摄的他在阿尔及利亚的前战友们在野蛮行为中寻欢作乐的影片时，音乐立刻变得粗粝、震颤起来——与画面的那种无辜色彩极不和谐（我们知道这些退役士兵与贝尔纳一样对慕里埃尔的死怀有内疚感）。不过，雷乃对音乐手段的使用，其中最令人感兴趣的，是他把音乐当作了叙事中的一个结构因素。该片有时也使用里塔·斯特莱希演唱的无调性的歌曲，像那些对话一样，回荡在情节之上。正是通过音乐，我们才了解到埃莱娜何时最为她的那些莫名的情感所折磨。此外，在音乐用得最有震撼力的部分，音乐全然取代了对话，自身成了一种单纯的对话。在最后那个没有台词的场景里，当西蒙娜来到埃莱娜的公寓寻找她的丈夫却发现人去楼空时，音乐变成了她的言语；声乐和管弦乐渐渐加强，汇成了一支悲叹曲。

尽管我所提到的这些资源（以及那些我没有提到的资源，其中包括那些极为鲜明、适度、灵活的表演[①]）产生了美感和效果，但《慕里埃尔》的问题——以及雷乃全部作品的问题——依然没有解决。雷乃到目前为止仍没有超越那种意图的分裂，但却因此带来了大量的技巧，单独地看，这些

[①] 《慕里埃尔》中扮演主要角色的大部分演员都表演得非常出色，而且其外形都很鲜明。不过，必须注意，不像雷乃的另外两部故事片，《慕里埃尔》里最出彩的是某一个人的表演，即扮演埃莱娜的德尔芬·赛里格的表演。赛里格在这部影片中的表演（不同于她在《去年在马里安巴德》中的表演），具有那种成为电影明星的表演风格的与影片本身无关的全部魅力，我这么说，是就"明星"这个词特别在电影方面的意义而言。也就是说，她不仅仅在扮演一个角色（或甚至说她并没有彻底融入这个角色）。她自己变成了一个独立的审美对象。她外表上的每一个细节——她发灰的头发，她向后仰的无精打采的步态、她的宽边帽和整洁的过时服装、她在表达热情和懊悔时的笨拙的举止——于戏虽非必要，却给人留下了难以磨灭的印象。

技巧的每一个都无可非议,而且颇为成功,但整体上却给人留下一种不愉快的杂乱的感觉。这或许是《慕里埃尔》不特别讨人喜欢的原因,不管它如何令人钦佩。容我重复一遍,该片的问题不在于其形式主义。布勒松的《布洛涅树林的妇人们》和戈达尔的《随心所欲》——仅仅提一下这种形式主义传统中的两部杰出的影片——令人情绪激动,甚至在它们表现得极为无动于衷、极为理智的时候也是如此。但《慕里埃尔》却多少有些使人沮丧、沉重。即便是它的那些长处,例如它的灵活和在纯粹视觉层面上出色的表现,也仍然没有摆脱与《广岛之恋》和《去年在马里安巴德》中俯拾即是的那种过分的讲究、刻意营造的氛围以及故作的风雅相当的东西。雷乃对美可谓深知三味,但他的影片却缺乏张力、活力以及方向。它们多少有些谨小慎微、负载过重、装模作样。它们并没有一贯到底,无论是在思想方面,还是在曾给这些影片带来创作灵感的那种情感方面,而一切伟大的艺术必须做到这一点。

[一九六三]

关于小说和电影的一则札记

电影的五十年为我们匆忙地重演了小说两百多年的历史。在 D·W·格里菲斯那里，可以发现电影方面的塞缪尔·理查逊；《一个国家的诞生》（一九一五）、《党同伐异》（一九一六）、《被摧残的花朵》（一九一九）、《东去之路》（一九二〇）、《激动的一夜》（一九二二）以及成百上千部其他影片，它们与《帕美拉》和《克拉丽莎》的作者在小说的发展史上的情形一样，在电影艺术发展史上曾表达过许多与其相似的道德观念，占据着与其几乎相似的位置。格里菲斯和理查逊都是天才的创新者；他们都有着极其粗糙甚至浅薄的理智；他们两个人的作品都充满了对性和暴力的一种热情的道德说教，性和暴力的能量来自受到压抑的感官欲望。理查逊两部小说的中心人物，那个被残忍的诱奸者所摧残的纯洁的年轻处女，可以在格里菲斯许多影片中的"纯洁的姑娘"、"完美的牺牲品"身上找到——从风格和观念上说——与自己酷似的影子，这些角色通常要么是由丽里安·吉希（她因扮演这些角色而出名）扮演，要么是由现在已经被人忘记然而演技要比吉希好得多的梅·玛西扮演。像理查逊一样，格里菲斯的那些道德蠢话（表现于他的那些无法模仿的以他自己别具一格的英语写出的冗长的标题中，这些标题充满了大写字母，以标识所有的德行和罪恶的名称）掩盖了一种自然的情欲；像理查逊一样，格里菲斯最出色的地方，是他在不遗纤毫地再现最敏感的女性情感方面具有卓越的本领，他的"思想"的平庸也未能使这种才能有所失色。同样，像理查逊一样，格里菲斯的世界对现代趣味来说，显得令人反感和稍微有一点疯狂。然而正是这两个人，为他们各自的体裁发现了"心理描写"，他们是自己所属的那种体裁的开创者。

当然，并非每一个伟大的电影导演都能与一个伟大的小说家对上号。这种比较不能过于刻板。不过，电影不仅有其理查逊，还有其狄更斯、托尔斯泰、巴尔扎克、普鲁斯特以及纳撒尼尔·韦斯特。随后，在电影中，有了各种各样的风格和观念的奇特的组合。艾里克·冯·斯托海姆于二十世纪二十年代在好莱坞执导的那些杰作（《瞎眼的丈夫们》、《愚蠢的妻子们》、《贪婪》、《快乐寡妇》、《婚礼进行曲》、《克丽女王》）可被描绘成安东尼·霍普与巴尔扎克的一个奇异的、出色的综合。

这并不是要把电影比作小说，或甚至宣称电影可以用分析小说的同样的方式进行分析。电影有其自身的方法和再现逻辑，这些方法和逻辑，不是一句"它们主要是视觉性的"

就能涵盖得了的。电影给我们展示了一种新的语言，一种通过直接体验面部和动作的语言来谈论情感的方式。不过，在电影与小说——在我看来，往远里说，在电影与戏剧——之间，还是能作一些有用的类比。像小说一样，电影为我们展示观看一个情节的角度，其每一个片断都绝对地处于导演（作家）的控制之下。我们的目光不能在银幕上移来移去，像我们观看舞台时那样。电影是一个绝对的独裁者。它给我们展示一张脸，我们就只能看见一张脸，看不到别的；在银幕上两个人面对面谈话时给我们展示一双握紧的手、一片风景、一列疾行的火车、一座建筑物的正面，我们就只能看见这些东西。摄影机移动，我们就跟着移动，当它静止不动，我们也就静止不动。同样，小说给我们展示一些经过选择的与作家的观念相关的思想和描写，我们必须由着作家的引导，按顺序逐一阅读；它们不像绘画或者戏剧似的一下子全面铺开，如背景一样让我们凝视默想，为的是让我们进行选择。

为避免误解，我再作一个解释。电影中存在的某些传统惯例——与那种貌似可与小说进行比较的传统相比，它们不那么经常地被采用——与文学形式而不是小说更相似。爱森斯坦的《罢工》、《战舰波将金号》、《震撼世界的十天》和《新与旧》，普多夫金的《母亲》、《圣彼得堡的末日》和《席卷亚洲的风暴》，黑泽明的《七武士》、《武士勤王记》和《蜘蛛巢城》，稻垣的《忠臣藏》，冈本的《武士刺客》，约翰·福特的大多数影片（如《探索者们》等），属于那种把电影作为史诗的观念。还有一种作为诗的电影的传统：法国二十世纪二十年代拍摄的许多"先锋派"短片（如布努艾尔的《安达鲁狗》和《黄金时代》、科克托的《诗人之血》、让·雷诺阿的《卖火柴的小贩》、安托南·阿尔托的《贝壳与教士》等），堪与波德莱尔、兰波、马拉美和洛特雷阿蒙的诗作相比。不过，电影中主导性的传统还是侧重于那种多少带有小说色彩的情节和思想的展开，以及对置身于具体的社会场景中的高度个性化的人物的采用。

当然，电影并不遵从小说的那种同时性的安排；因而，如果某个人写作了一部类似简·奥斯丁那样的小说，它在我们看来将是不合时宜的，而如果谁拍摄了一部根据简·奥斯丁某部小说改编的电影，那将是非常"先进"的。这无疑是因为电影的历史要比叙事小说的历史短得多；电影是以把所有的艺术带进二十世纪的那种加速度出现的。因此，它的各种不同的可能性彼此重叠交叉。另一个原因是这一事实，即作为严肃艺术的一个新来者，电影处在攫取其他艺术并能以层出不穷的新的组合方式来利用那些即便是陈旧的因素的位置。电影是一种泛艺术。它能利用、吸收、吞食几乎任何一种其他艺术：小说，诗歌，戏剧，绘画，雕刻，舞蹈，音乐，建筑。不像歌剧这种（几乎）冻结了的艺术，电影现在是、而且一直是思想和情感风格的卓有成效、持续不衰的表达形式。在最近和最复杂的电影（例如维斯康蒂的《感官》、《牧歌》和《他的兄弟们》)中,可以找到一切耸人听闻的事件和强烈的情感的装饰,而这些东西现在业已从最近的复杂的小说中消失了。

然而人们常常在小说和电影之间建立的联系,似乎并不特别管用。把电影们分成两类,一类主要的是"文学性的",一类主要是"视觉性的",这是一种老掉牙的说法。实际上,几乎没有哪个导演,他的工作可以被如此简单地归于某一个类别。一个至少还有些用处的区分方法,是把电影划分为"分析性的"和"描述性的"或"说明性的"两类。第一类电影的例子,可举出卡雷、伯格曼(尤其是《犹在镜中》、《冬日之光》和《沉默》)、费里尼和维斯康蒂的影片;第二类影片的例子,可举安东尼奥尼、戈达尔和布勒松的影片。第一类电影可被描绘为心理电影,其关切的是对人物动机的揭示。第二类电影是反心理描绘的,处理的是感觉与事物之间的相互作用,其人物"在处境中"是模糊的。这种对照也可以延伸到小说中。狄更斯和托尔斯泰是第一类的例子,而司汤达则是第二类的例子。

[一九六一]

V

没有内容的虔诚

正如我们从诸如《奥瑞斯忒亚》和《精神病》这类迥然不同的资料中可以获知的，在所有可能的个体犯罪中，弑母在心理上是最不可容忍的。在一种文化能够犯下的所有可能的罪行中，从心理上说，最难以承受的，是弑神。我们生活在这样一个社会中，其整个的生活方式都可以证明神被清除的彻底性，但到处都可见到哲学家、作家和良知之士仍惴惴不安于这种重负之下。这是因为，计划并实施一起犯罪，比事后带着犯罪感生活，是简单得多的事。

当杀死犹太—基督教的上帝的行为仍在进行之时，争论的双方都以极大的自信和自以为是采取各自的立场。但一当杀死上帝的行为告终，战线就开始变得模糊了。在十九世纪，抬举一种重新流行开来的异教以取代那种已遭失败的圣经传统的种种可悲可叹的尝试（如歌德、荷尔德林），以及对人道之物能够获得拯救的种种热情的期望（乔治·艾略特、马修·阿诺德），在那些宣布理性和成熟已经战胜信仰和幼稚以及人性在科学的旗帜下不可阻挡地进步的胜利者的响亮而且多少有点刺耳的话语里，时有所闻。在二十世纪，那种以理性主义攻击宗教信仰的坚定的伏尔泰式的乐观主义甚至更缺乏说服力和吸引力，尽管我们仍然在诸如弗洛伊德这样的意识解放的犹太人那里以及美国哲学家莫里斯·柯亨和锡德尼·胡克那里能够发现它。看起来，这种乐观主义只有对那些还没有听到尼采所说的上帝已死的"坏消息"、噩耗的人才是可能的。

在我们这一代人里，尤其是在处于激进政治热情急剧跌落的余波中的美国，更常见的是一种只能被称作"宗教同路人"的态度。这是一种没有内容的虔诚，一种既没有信仰也没有教规的虔诚。它以不同的方式将怀旧和宽慰包含在内：因神圣感的失落而怀旧，因一种不可承受的重负已被卸除而宽慰（虽有一种令人烦恼不已的贫乏感，但坚信降临于古老信仰之上的东西不可避免）。不像政治同路人的情形，宗教同路并非起因于一种群体性的、日渐深入人心的理想主义所具有的吸引力，一种尽管同时也强烈地感到自己不能完全与该运动认同的吸引力，而是起因于宗教的一种衰弱感：既然知道古老的善业已经失势，那落井下石似乎没有必要。现代宗教同路滋生于这么一种意识，即当代宗教共同体已处于守势，因而成为一个反宗教者（如成为一个女权主义者）颇不合时宜。现在人们完全可以用赞同的眼光看待他们所发现的任何可以崇拜的东西，完全可以从他们所发现的任何可以崇拜的东西之中找到滋养。种种宗教被转化成了"宗教",正如不同时代、不同旨趣的绘画和雕塑被转化成"艺术"一样。对现代的后宗教人来说,宗教博物馆是没有围墙的,如现代艺术观众所进入的那个世界;他可以随心所欲地进行选择,除了他自己虔敬的观众身份之外,不必委身于任何东西。

宗教同路导致了若干非常不如人意的后果。其中之一是,对宗教如今之所是以及历史上之曾是的感觉已经变得粗糙,从理智上说已不真诚。当天主教知识分子试图把波德莱尔、兰波和詹姆斯·乔伊斯——全是态度激昂的无神论者——收归天主教的名下,说他们纵令饱受误解,却是教会的嫡子时,这种说法即使缺乏说服力,也还能令人理解。但这种相同的策略,对那些在尼采"上帝死了"的教义下行事的宗教同路人来说,却是完全站不住脚的,他们显然没有看出使每个人都有宗教倾向有什么坏处。他们试图重新把那些迷途的信徒召回传统,但他们并不拥护这种传统。他们仅仅是在收集严肃性或道德诚挚、理智热情的榜样,将这种严肃性或道德诚挚、理智热情等同于当今宗教的可能性。

我这里评论的这本书[①]正是宗教同路的一个例子,值得细究一番,因为它清楚地反映了这种如此广为流传的态度缺

[①] 《从托尔斯泰到加缪的宗教》,瓦尔特·考夫曼选编并作序,纽约,哈泼出版社。

乏理智的限定。该书汇集了"从托尔斯泰到加缪"大约二十三位作家的作品片断,选编者是瓦尔特·考夫曼,普林斯顿大学哲学系的副教授。

关于该书的选编顺序,读者无须多想,因为除了一种模糊的年代顺序,它没有顺序。其中有一些选段,读者不会不予认可,例如从《卡拉马佐夫兄弟》中节选的《叛逆》和《宗教大法官》这两章(考夫曼说如果不先了解伊万就孩子们遭受的苦难所作的长篇大论,就不能理解宗教大法官的故事,这当然是对的),以及从尼采的《反基督者》、弗洛伊德的《一个幻觉的未来》和威廉·詹姆斯的论文《信仰意志》中截取的选段。此外,该书还富于想像力地选录了少数值得读者进一步了解的作品:例如教皇庇护九世的《异端举要》,卡尔·巴特与艾米尔·布鲁纳就教会的反共立场的问题的来往书信,以及 W·K·克里福德那篇后来促使威廉·詹姆斯写出著名的回应文章的论文。但该书的大部分选段,似乎选得并不恰当。严格地说,奥斯卡·王尔德不能被看作一个宗教作家。此外,把莫顿·司各特·恩斯林写的关于《新约》的著作的章节收进这本选集,也没有任何理由,因为即使是一本宗教思想的选集也断然不会选录这篇研究四福音书及其历史背景的古色古香的文字。选录王尔德和恩斯林,说明考夫曼这本书陷入了与本书题旨大相径庭的两个极端中:其一为浅薄，其一为学究气。[1]

在《引言》中，考夫曼说："本书收录的人几乎无一例外都是'赞同'宗教的，尽管不是那种为几乎一切伟大的宗教人物所不屑的流行的宗教。"然而说"赞同"宗教，到底是什么意思？难道"宗教"这个观念有什么严肃的宗教含义吗？换言之，人们能够教育他人或劝请他人皈依"普遍宗教"吗？保持"宗教"信仰，这到底是何意思？显然，这和保持"虔诚"或"正统"不是一回事。我本人的看法是，人

---

[1] 考夫曼声称他提供的是"混杂的一群人，选择他们，不是为了去得出某种预先的结论，而是为我们经历的复杂性提供一种不偏不倚的看法"，但他恰好没有做到这一点。以若干教皇通谕再加上两页半的马利坦关于"偶然与必然"的带有新经院哲学色彩的辩论文字来再现天主教教义，是不公正的，这些东西，对该选集所针对的读者来说，大多不可理解。加布里埃尔·马塞尔、西蒙娜·韦伊、保罗·克洛岱尔与安德烈·纪德之间后者可能改宗一事的若干通信，纽曼论"赞同的结构"、阿克顿勋爵或贝尔纳诺的《乡村牧师日记》——选用上面任何一个人的文字，都比考夫曼所选择的更有趣、更丰富。新教教义在该选本中得到的篇幅更多一些，但仍然不适当——选用了尼默勒牧师的两篇布道辞，一段从保罗·蒂里希著作中节选的稀稀松松的文字（若选用蒂里希《新教时代》中的一篇论文，或许在这里更合适），阿尔伯特·希怀瑟关于新约的末世论的划时代著作的最无趣的一章，巴特与布鲁纳之间的通信，以及上面提到的恩斯林著作的那段枯燥乏味的选段。人们或许又会问：为什么选这些人的著作呢？为什么不选用巴特或布鲁纳的重要著述？对犹太教，考夫曼只选用了马丁·布伯的一段平淡无味的文字，即他关于哈希德派的著作的一章。为什么不选用布伯更能使人受益的文字，例如《我与你》或《人与人》的一章，或选用弗朗茨·罗森茨威格或格尔肖·肖伦的更出色的著作呢？就小说而言，为什么只选用了托尔斯泰和陀思妥耶夫斯基？为什么不选用赫塞（如其《东行记》）、卡夫卡的若干寓言或 D·H·劳伦斯的《启示录》？该选本颇为看重加缪，不仅书名里出现了加缪的名字，而且以加缪反对死刑的那篇杰出的随笔文章作为全书的压轴之作，这似乎尤其令人迷惑不解。加缪不是、也从来没有自称是信仰宗教的。事实上，他在该文章中提出的几个观点，其中之一是死刑只有作为一种宗教惩罚时才获得某种貌似合理的理由，因而在我们当今这个后宗教、世俗化的社会就变得完全不适宜了，而且在伦理上也令人憎恶。

反对阐释 | 345

们不可能信仰"普遍宗教",恰如人们不能说一种"普遍语言";在任何时候,人们说法语、英语、斯瓦希里语或日语,但不说"语言"。同样,人们不可能是一个"宗教徒",而是一个虔信的天主教徒、犹太教徒、长老会教友、神道教信徒或塔伦希教徒。宗教信仰可能是选择,如威廉·詹姆斯所描述的那样,但它们不是普遍化的选择。当然,这一点容易遭到误解。我并不是说一个犹太教徒就非得成为一个正统的犹太教徒,一个天主教徒就非得成为一个托马斯主义者,一个新教徒就非得成为一个原教旨主义者。每一个重要的宗教共同体的历史都是复杂的(如考夫曼所说),而那些后来被追封为伟大的宗教导师的那些人此前大多对流行的宗教行为以及他们自己的古老信仰传统中的众多因素持激烈的批评态度。但是,对一个信徒来说,"宗教"(以及决定信仰"宗教")这一概念作为一个范畴没有任何意义(对从卢克莱修到伏尔泰再到弗洛伊德的理性主义的批评家来说,这一术语的确具有某种颇有争议的含义,尤其是当他们将"宗教"一方面与"科学"、另一方面与"理性"对立起来的时候)。此外,作为一个客观的社会学或历史学的研究的概念,也没有意义。信仰宗教,在某种意义上就是皈依于(即便他是一个持异端者)某种特定的象征体系和某种特定的历史共同体,不论信徒对这些象征和这个历史共同体采取哪一种阐释。它融进了一些特定的信条和行为,而不仅仅是对以下这些哲学论断表示赞同,例如确信我们称之为"上帝"的那个存在物存在，生活是有意义的，等等。宗教并不等同于有神论观点。

考夫曼这本书的重要性在于，它是一种流行的现代态度的又一个例子，这种态度，在我看来，即使在最好的时候，也表现为意志软弱，而更经常的时候，则表现为理智上的放肆。现代世俗知识分子匡扶摇摇欲坠的"宗教"权威的企图，应该受到每一个敏感的信徒、每一个诚实的无神论者的抵制。天父、道德确切性和文化统一性不能靠怀旧来重新获得；对宗教同路的悬而未决的虔诚要求一个结果，一个要么通过信奉的行为、要么通过否弃的行为获得的结果。有一种宗教信仰，这对个人来说的确具有毋庸置疑的心理方面的好处，对一个社会来说也的确具有毋庸置疑的社会方面的好处。但如果我们不同时去滋养树根的话，那我们就不可能收获到树上的果实；靠显示古老信仰的心理方面和社会方面的好处，并不能重新获得这些古老信仰的威望。

同样也不值得与那种失落的宗教意识调情，因为我们非反思性地将宗教等同于严肃性，对待重大的人类问题和道德问题时所表现的那种严肃性。西方大多数世俗知识分子并没有真正彻底思考过或亲身经历过那种无神论的选择；他们只不过接近了它。为了试图躲避一种严厉的选择，他们常常辩解说，一切高超、深刻的思想情操都具有宗教根基，或者可被看作是一种"宗教的"（或"隐含着宗教色彩的"）立场。考夫曼从《安娜·卡列尼娜》和《伊万·伊里奇之死》中挑

反对阐释 | 347

选出来的对绝望和自欺诸问题的那种关切，并没有使托尔斯泰在这些著述中成为"赞同"宗教的发言人，这种关切也没有使卡夫卡成为这样的人，如君特·安德斯所言。如果说到头，宗教中令我们赞赏的东西是其"预言性的"或者"批判性的"立场，如考夫曼所称，而且我们希望挽回这种立场（请对照一下艾里克·弗罗姆的特雷讲座演讲集《精神分析与宗教》，其中对"人道主义的"宗教或者说好的宗教与"权威主义的"宗教或者说坏的宗教进行了区分）的话，那么我们就是在自欺。旧约里那些先知的批判立场有赖于以色列的神职体系、崇拜以及特定的历史；它根基于这种母体中。人们不能把批评从其根基上分离开来，并最终从与其处于对立状态的派系中分离开来。因此，克尔恺郭尔在其《日记》中评论道，如果不去考虑新教与天主教所处的那种辩证对立的关系，那新教自身并没有什么意义（当不存在教士时，那么抗议每个俗人都成了教士，就没有意义；当不存在体制化的彼一世界时，那谴责隐修生活方式和禁欲主义并召唤人们回到此一世界，回到他们尘世的责任，就没有什么宗教方面的意义）。真正的批评家的声音总是冲着最特定的听众去的。说马克思其实是一个当代预言家，如爱德蒙·威尔逊在《去芬兰站》以及其他许多人所说的那样，这既庸俗，又只会误导人；同样，这样评说弗洛伊德也不正确，尽管人们在这里是在引用弗洛伊德自己非常模棱两可地自比为摩西的暗示。马克思和弗洛伊德的确定无疑的特质，是他们对全部人类问题采取的那种批判的、全然世俗的态度。由于他们作为人的那种精力，作为思想家的那种巨大的道德严肃性，肯定可以为他们找到一个比这些意在唤起宗教导师的威望的陈腐名称更好的称谓。如果说加缪是一个严肃的作家，值得人们尊敬，那是因为他试图根据后宗教的前提去进行推理。他与现代宗教"经历"格格不入。

如果这一点不言而喻的话，那么我们为反思性思想和个人道德而揭示无神论的严肃影响的尝试将变得更为明确。尼采的遗产构成了这样一种传统：例如，E·M·西奥兰的论文。法国的道德家和反道德家的传统——拉克罗斯、萨德、布莱顿、萨特、加缪、乔治·巴塔耶以及列维—斯特劳斯等——构成了另一种传统。黑格尔—马克思主义的传统构成了第三种传统。弗洛伊德主义的传统，不仅包括弗洛伊德本人的著作，还包括诸如威尔海姆·赖希、赫伯特·马尔库塞（《爱欲与文明》）、诺曼·布朗（《生与死的对抗》）这些持不同见解的人的著作，是另一种传统。一种思想的创造性阶段与该思想固执地强调其边界和其差别性的时期相重合；但是当一种思想试图与其他思想廉价地妥协时，它就变得虚妄、无能了。现代的严肃性存在于各种传统中。只有当我们模糊所有的边界并把我们的理智目的称之为"宗教性的"时，我们才在为一种坏的理智目的而服务。

[一九六一]

精神分析与诺曼·O·布朗的
《生与死的对抗》

    诺曼·O·布朗的《生与死的对抗》(一九五九)的平装本的出版,是一个值得关注的事件。它与赫伯特·马尔库塞的《爱欲与文明》(一九五五)一起,代表了对弗洛伊德思想的一种新的严肃态度,使得美国先前出版的关于弗洛伊德的著作在理论上相形见绌,或在最好的情形下也显得浅薄,无论是心理分析杂志的右翼经院研究,还是弗洛伊德"修正主义者"(弗罗姆、霍妮等人)的左翼文化研究。然而比它作为对我们文化中最有影响力的那种思想的一种重新阐释所具有的价值更重要的,是它在探讨一些根本问题时的大胆——这些问题涉及我们文化的伪善性,涉及艺术、金钱、宗教、工作,涉及性和身体的动机。对这些问题的严肃思考——在我看来,它关注的中心恰好是性的意义和人类自由的意义——自萨德、傅立叶、卡巴尼斯和安芳汀以来,在法国一直连绵不断;在当今,它见于诸如萨特《存在与虚无》中关于身体和与他人的具体关系的章节、莫里斯·布朗肖的论文、[波利纳·里格的]《O的故事》以及让·热内的剧本和小说这些迥然有别的著作中。

然而，在美国，色情与自由这两个密切相关的主题才开始被以严肃的方式加以对待。我们大多数人仍感到必须与压制和假正经进行那场令人疲惫的战斗，好把性当作一个自然而然的、需要更自由地表达出来的东西。在我们这个国家，为诸如《查泰莱夫人的情人》这部如此具有反性色彩的著作进行辩解居然成了一个严重问题，这只不过说明这个国家尚处在性成熟的极其初步的阶段。劳伦斯关于性的思想因他的阶级浪漫主义、他的男性孤独的神秘气氛以及他对性生殖的清教徒般的强调而大为减色；近来他的许多文学辩护者也已承认了这一点。但必须仍然为劳伦斯辩护，尤其是当众多反对他的人退缩到一种比他的立场还反动的立场的时候：把性当作了爱的乏味的附属物。事实上，爱甚至比劳伦斯所想象的更具有性的色彩，更有身体性。性在当代社会的革命意义远没有获得充分的理解。

诺曼·布朗的这本书朝理解的方向走出了一步。就《生与死的对抗》自身而言，它不能不令人震惊，因为它是这么一本书，其宗旨不在于与基于常识的那些看法最终和解。它还具有另一个不同的特征：它令人信服地显示了精神分析不能当作又一种庸俗而老套的"主义"（与马克思主义、原罪主义、存在主义、禅宗等等一起）被一笔勾销，如许多当代知识分子所做的那样。对激发我们文化最复杂的见解的精神

反对阐释 | 351

分析不抱幻想，是可以理解的；对一种已经变得如此冠冕堂皇、如此枯燥乏味的观点，难以不予反对。在美国中产阶级中，精神分析的术语已经成了个人侵犯性的惯用的武器，成了表述焦虑（因而成了为焦虑辩解）的例行的方式。接受精神分析，就如同上大学一样，成了资产阶级的一种惯例；精神分析的观念体现于百老汇戏剧中、电视中和电影中，它们无处不在。正如许多人现在已经意识到的，精神分析的观念的问题在于，它们构成了从现实世界中退却的一种形式，因此也就成了顺从现实世界的一种形式。精神分析治疗并不挑战社会；它使我们重返社会，但对它不抱希望，只不过多了一点承受力。精神分析被理解为反乌托邦的，反政治的——是一种孤注一掷的但又基本上是消极的尝试，以保护个体免受社会的那些压制性的但又不可避免的要求。

但美国知识分子对精神分析思想的失望，正如早些年对马克思主义思想的失望（一个平行案例）一样，是幼稚的。马克思主义并不等同于斯大林主义，不等同于对匈牙利革命的镇压；精神分析也并不等同于公园大街的那些精神分析师，不等同于精神分析杂志或郊区中产阶级太太们对其孩子的俄狄浦斯情结的讨论。失望是当代美国知识分子的颇有特色的姿态，但失望通常是懒惰的产物。我们对思想缺乏足够的执着劲儿，正如我们对性一直不够严肃或诚实一样。

这正是布朗的《生与死的对抗》的重要性之所在，也是马尔库塞的《爱欲与文明》的重要性之所在。像马尔库塞一样,布朗把弗洛伊德的思想当作一种关于人性的总体理论来探讨——而不是当作一种治疗法,使人们重返那个使他们的内心冲突强化的社会。布朗没有把精神分析构想为一种抚平不满之情的神经官能症棱角的治疗方式,而是构想为一种改变人类文化的计划,一种新的、更高层次的作为一个整体的人类意识。因此弗洛伊德的精神分析范畴被布朗正确地看作是——以马尔库塞的术语说——政治范畴。

布朗跨出的那一步,超出了弗洛伊德自己对所从事之研究的看法,显示出精神分析范畴也是身体范畴。对布朗来说,精神分析(他不是指当今精神分析的机构)只是保证治疗心理与身体之间的分裂:人类自我向身体自我的转变,以及基督教神秘主义(波姆)和布莱克、诺瓦利斯、里尔克所许诺的那种身体的复活。布朗说,我们除了是身体外,一无所是;所有的价值都是身体的价值。他怂恿我们接受潜藏于身体中的那种雌雄同体的存在方式以及自恋的那种自我表达方式。据布朗看,在无意识中,人类不可改变地处在反抗性区分和生殖构成的状态中。人类神经官能症的本质,是人类不能生活在身体中——去生活(这就是说,性生活),去死。

在我们这个没有什么比对社会进行批判和对文明表达反感更为常见或更让人能够接受的时代,不难把布朗(以及马尔库塞)的观点与那种一般的批判走向区分开,后者要么是幼稚的虚无主义的,要么终归是墨守成规的和无足轻重的

反对阐释 | 353

（或常常是两者兼备的）。由于布朗和马尔库塞的这两本著作在许多方面都是对弗洛伊德的尖锐批判，那么把它们与其他修正弗洛伊德理论并使之扩展为一种人性理论和一种社会道德批评的尝试区分开，也很重要。布朗和马尔库塞都对主导着美国文化、知识生活——在百老汇的剧场，在托儿所，在鸡尾酒会，在郊区中产阶级的婚床上——的对弗洛伊德的"修正主义"的枯燥乏味的解释提出了最尖锐的批评。这种"修正主义"的弗洛伊德主义（从弗罗姆到帕蒂·夏耶夫斯基）被当作是对机械化的、焦虑的、被电视洗过脑的美国的一种批评。它试图重申与大众社会相对立的个体的价值；它提供了通过爱达到完善的珍贵的理想。但这种修正主义的批评是表面的。把爱的要求假定为对孤独的反抗和自我保护——同时却不触动升华的所有要求——这是对弗洛伊德的曲解。并非偶然的是，如弗洛伊德本人所表白的那样，当他本可以也使用"爱"这个词时，他却选用了"性"。弗洛伊德强调性；他强调身体。他的门徒们几乎没有谁理解了他的用意，或看出它被他引进了一种文化理论；两个例外是费伦契和命运多舛的威尔海姆·赖希。赖希和费伦契（按布朗的说法）都误解了弗洛伊德的思想的含义——主要表现为他们接受了性高潮的头等重要性——但这一事实与他们抓住了弗洛伊德思想的批判含义的事实相比，无足轻重。他们比那些因无力把精神分析转化为社会批评而把人的欲望重新打发进了压抑秩序中的正统精神分析家们更接近于弗洛伊德。

当然，在某种程度上，大师弗洛伊德的确配得上他的门徒们的崇奉。当代的精神分析以一种昂贵的关于以什么技巧来与文化相协调和妥协的心理咨询的形式出现，其起因仍在于弗洛伊德思想本身，对此布朗加以详尽阐明。尽管弗洛伊德具有革命头脑，他仍然支持压抑性文化的由来已久的抱负。他似乎认可了文化的不可避免的两个特征——"对理智的强化，它开始控制本能生活，以及对侵犯性冲动的内在化，它既会带来好处，又会带来坏处"。那些把弗洛伊德想像成力比多发泄的提倡者的人，或许会对他所说的"心理理想"大感意外，因为它无非是"理智的头等重要性"。

更一般地看，弗洛伊德继承了西方思想之柏拉图传统的两个最重要的且相互关联的假定：心灵与身体的二元论以及自我意识的自明的价值（既是理论上的，又是实践上的）。第一个假定反映在弗洛伊德自己对性是"低级的"而艺术、科学和文化中的升华是"高级的"这种观点的接受上。此外，他还在这个观点上附加了一种对性的消极看法，即把性看作是人的人格容易受到损害的真正所在。力比多冲动处在其自身的不可控制的冲突中，深受困惑、敌对感和内疚的折磨；而文化的压抑机构必须约束根植于人性本身的那些自我压抑的机制。第二个假定反映在弗洛伊德式的治疗法臆断自我意识以及我们对我们致病的原因的详尽了解所具有的医疗价值的方式上。弗洛伊德认为，一旦阐明了潜在的动机，这些动机就必定自动地消除了。在他看来，精神官能症方面的

反对阐释 | 355

疾病，是一种记忆缺失症，是对痛苦的过去的一种遗忘（一种失败的压抑）。不知道过去，就受困于过去，而回忆起了过去，知道了过去，就摆脱了过去。

布朗批评弗洛伊德的这两种假定。他说，我们不是与心灵对立的身体；若是这样，就否定死，也因而否定了生。若存在与身体的体验相分离的自我意识，也就等于否定生的同时否定死。布朗的观点太过复杂，无法在此加以概述，只指出一点：这种观点并不一定否认意识或反思的价值，而是对其作了必要的区分。在他的术语表里，缺少的不是阿波罗式（或升华）的意识，而是狄奥尼索斯式（或身体）的意识。

"阿波罗式的"和"狄奥尼索斯式的"这些术语，势必令人联想到尼采，而这种联想是有道理的。对弗洛伊德的这种重新阐释，其关键正在于尼采。然而，有趣的是，布朗并没有把尼采纳入讨论中，而是谈到了基督教中的那种末世论传统：

> 基督教末世论的特殊之处，正在于它拒斥柏拉图对人类身体和"质料"的敌视，在于它拒绝把柏拉图的升华之途等同于最终拯救，在于它肯定永恒的生命只能是身体中的生命。基督教禁欲主义可以把对堕落的身体的惩罚抬高到柏拉图无法想象的地步，然而基督教的希望却是要使那堕落的身体获得拯救。因而德尔图良断言道——"身体将再次复活，那身体的全部，那同一个身体，那完整的身体。"中世纪天主教在基督教和古希腊

哲学之间所作的综合，以其灵魂不朽的观念，使这一问题被折中化了，被弄混淆了，只有新教才承担起了基督教的这种独特的信仰的全部重负。路德与升华教义（善功）的决裂具有决定性意义，但坚持身体复活的那位神学家却是雅可布·波姆这位哥尔利茨的补鞋匠。

从上面所引的这段文字里，即使看不出布朗这本书辩论的精湛细节，也能看出其辩论的冲力。同时，它也是对弗洛伊德的有关本能与文化的整套理论以及一系列历史个案研究的分析。然而，布朗对已经超越升华的作为文化之先驱者的清教的信奉，从历史角度看，却是靠不住的。仅指出一个最明显的纰漏：新教也是加尔文教，而加尔文教伦理（如马克斯·韦伯所展示的）为体现于现代城市文化中的那些升华理想和自我压抑提供了最强有力的驱动力。

然而，布朗通过把他的思想置于基督教末世论的框架中（而不是以诸如萨德、尼采和萨特这些狂热的无神论者的语言来加以表达），提出了一些额外的具有重要意义的问题。基督教的精神特质在于，自犹太教以来，它一直在发展一种关于世界和人类状况的历史观。布朗的分析与基督教末世论的一些隐蔽的许诺结合在一起，开启了一种历史精神分析理论的可能性，这种历史精神分析理论不会将文化史仅仅减损为个体的心理。《生与死的对抗》的原创性在于其创立了一种既是历史的、同时是心理的观点。布朗以此阐明，就这种

反对阐释 | 357

心理学观点的末世论的抱负而言，它并不必然地意味着对历史的拒绝，同时，它也不必然地意味着对"人性的限度"的退缩以及通过文化机构进行压制的必要。

然而，如果是这样的话，我们就必须重新考虑末世论或乌托邦自身的意义。从传统上看，末世论采取的是一种期待的形式，即期待整个人类在不可避免的历史进程中对人类状况的未来超越。现代"心理"批评家们正是以反对这种期待来确立自己的总体上保守的立场，无论这种期待以什么形式出现，是圣经末世论、启蒙运动、进步论，还是马克思和黑格尔的理论。但并非所有的末世论理论都是历史理论。还有一种末世论，或许可称之为内在的末世论（以对立于那种更耳熟能详的超越的末世论）。对柏拉图（及其继承者"大众柏拉图主义"，即基督教）的贬低世界的态度进行批判的最伟大的批评家尼采在他有关"永恒回归"和"权力意志"的理论中表达的正是这种期望。然而，对尼采来说，只有少数人，即主人们，才能够获得这种内在完善的许诺，而且此许诺有赖于主人—奴隶社会的历史困境的永恒化或冻结；不可能有群体的完善。布朗拒绝那种大众统治的逻辑，而尼采则把它当作少数人臻于完善的不可避免的代价而接受下来。人们能够给予布朗这本著作的最高评价是，它除了是洞悉和深化弗洛伊德的洞见的非常重要的尝试外，还是自尼采以来七十年里第一次试图系统阐释一种内在末世论的重要尝试。

[一九六一]

事件剧：一种极端并置的艺术

近来，在纽约，出现了一种新的、仍局限于小圈子的观赏体裁。乍看起来，这些事件明显是画展和戏剧表演之间的某种交叉，被起了一个恰如其分的但多少带点嘲弄意味的名称——"事件剧"[①]。这些事件发生在楼厢、小画廊、后院、小剧场里，其观众平均在三十到一百人之间。要向没有观看过事件剧的人描述事件剧，就意味着要详细解释什么不是事件剧。它们并不发生在通常所理解的舞台上，而是发生在堆满杂物的拥挤的场景中，这种场景可以是被制作出来的，或被拢集起来的，或被寻找到的，或三者兼而有之。在这种场景中，一些参与者，不是演员，轮流或一起表演着动作、操作着物体，伴以（有时）说词、无词的声音、音乐、忽闪忽闪的灯光以及气味。事件剧没有情节，尽管它是一个行动，或更可以说是一系列的行动和事件。它同样也回避持续的理性的话语，尽管它或许包含一些单词短语，诸如"救命！"、"我要一杯水"、"爱我"、"车"、"一、二、三……"等。言语因彼此的不相干而被纯化和浓缩（只说必须说的话），随后又被徒劳性和那些表演事件剧的人之间的关系的缺乏所扩展。

那些在纽约从事事件剧的人——但事件剧并非只是纽约的现象，相似的活动据报也出现在大阪、斯德哥尔摩、科隆、米兰和巴黎，从事这些活动的团体之间互无联系——都是年轻人，年龄在二十好几，或三十出头。他们大多是画家（阿伦·卡普罗、吉姆·戴恩、勒德·格鲁姆斯、罗伯特·惠特曼、克蕾斯·奥登贝格、阿尔·汉森、乔治·布莱希特、小野洋子、卡罗利·希里曼），还有少数音乐家（狄克·希金斯、菲利普·柯勒、拉蒙特·扬）。在阐述和创立这一体裁时，阿伦·卡普罗的功劳比任何其他人都大，他是他们中间惟一的学院派人士，最初在拉特格斯大学教艺术和艺术史，现在执教于位于长岛的纽约州立大学。卡普罗既是一位画家，又是约翰·凯奇的一个弟子（从师一年），自一九五七年起，他放弃了绘画，开始从事事件剧；事件剧，正如他所表述的，正是他的绘画所成为的那种东西。但对其他大多数人来说，情形并不相同；他们继续从事绘画或者作曲，只是时不时附带地创作一下事件剧，或客串一下某位朋

---

① 事件剧，原文为"Happening"，又译作"机遇剧"，但当它不局限于"戏剧"的形式时，或侧重于绘画艺术时，笼统地称作"偶生艺术"（如大型拼贴画），是一种自发的、即时的、经常有观众参与的一种表演或创作，正因为它具有这种类似"事件"的偶发因素，所以它不可重复。由于事件剧的创作者大多是画家和雕刻家，因此在作为绘画艺术的"偶生艺术"与作为戏剧艺术的"事件剧"之间，有某种紧密的联系。——译者

友创作的事件剧。

第一次公开演出的事件剧,是阿伦·卡普罗的《六部分组成的十八个偶发事件》,于一九五九年十月在由卡普罗等人协助建立的鲁本画廊的门厅演出。数年里,鲁本画廊、雅德逊画廊以及后来的格林画廊,是卡普罗、勒德·格鲁姆斯、吉姆·戴恩、罗伯特·惠特曼以及其他一些人的纽约事件剧主要的亮相场所;在近些年里,只出现了克蕾丝·奥登贝格的一系列事件剧,每个周末在他位于东二街的"储室"的三间小后房里演出。自事件剧第一次公开演出后的五年里,该团体已经扩大,不再局限于以前的密友圈子,而成员们之间的观念也发生了分歧;有关作为一种体裁的事件剧之为何物的声明,不再为所有现在从事事件剧的人所接受。有些事件剧显得更稀松,另一些则显得更密实,充满事件;有些显得狂热,另一些显得机智;有些看起来像是俳句,另一些则像是史诗;有些是小插曲,另一些则更有戏剧性。然而,要辨识种种事件剧在形式上的基本一致性,要就事件剧与绘画和戏剧艺术的相关性得出某种结论,不是不可能的。顺便说一句,卡普罗本人就事件剧及其在当代艺术场景语境中的总体意义、尤其是自他以来的演变状况所写的那篇文章,是至今有关这一话题的最好的文章,该文章发表于一九六一年五月的《艺术新闻》上,读者可参阅该文,对实际"偶发"了什么,从该文中可获得比拙文中更完整的描述。

事件剧最引人注目的特点,或许是其对待(只可用这个词来描述）观众的方式。事件似乎是为嘲弄和虐待观众而特意设计出来的。表演者可能会朝观众喷水，朝他们抛硬币，或朝他们撒除垢粉，使他们打喷嚏。某个表演者或许会猛敲一只汽油桶，发出震耳欲聋的噪音，或朝观众的视线方向挥舞一支乙炔火焊枪。几台收音机会同时打开播音。观众会被迫不舒服地站立在一个拥挤的房间里，或站在搭放在几英寸深水面上的木板上，为争得立足之地而挤来挤去。不去迎合观众的那种想看到一切的欲望。实际上，倒常常故意地让观众摸不清头脑，采取的方式是在半明半暗的光线中表演一部分事件，或同时让几个事件在不同的房间里进行。在阿伦·卡普罗一九六一年三月于鲁本画廊上演的《春天的一个偶发事件》中，观众被限制在一个类似运牛卡车的长盒形的木板围栏里，木板墙上凿了一些窥孔，观众吃力地透过这些窥孔观看外面发生的事件；当这场事件剧结束后，木板墙便塌了下来，观众被一个手推电动剪草机的人赶了出来。

（因缺乏别的东西，虐待性地把观众卷进来，似乎为事件剧提供了戏剧性的支柱。当事件剧是更纯粹的观赏物、而观众只不过是观赏者时，如阿伦·卡普罗一九六二年十一月在"文艺复兴之家"上演的《后院》中的情形，事件就显得不那么紧张，不那么令人感兴趣。）

事件剧的另一个令人注目的特点，是其对待时间的方式。事件剧的时间长度不可预测；它可以是十到四十五分钟之间的任何一个时段；平均的时长约为半个小时。在过去两年间我参与过不少事件剧,我注意到事件剧的观众们,那些忠实、有鉴赏力而且其中大多数颇有经验的观众,经常不知道事件剧在什么时候算是演完了,他们在什么时候要被告知得离开演出场地。由于事实上在观众中反复看到的大多是相同的面孔,因此不能将这种状况归结为观众对此种形式的不熟悉。每一出事件剧的不可预测的时间长度和内容,对该事件剧的效果来说颇为关键。这是因为事件剧没有情节,没有故事,因而也就没有悬念因素(这会产生一种对悬念的满足感)。

事件剧的运作,靠的是创造一种没有高潮或者结局的不对称的意外事件网络;此乃梦的非逻辑,而不是大多数艺术的那种逻辑。梦没有时间感。事件剧也没有。它既缺乏情节和连续的理性话语,又没有过去。正如事件剧的名称本身所示,事件剧常常是现在时态的。如果其中有言语的话,那也是相同的言语的翻来覆去;言语被减缩到断断续续的言辞。同样,在一个事件剧中,相同的行为也一再重复——这是一种断断续续的动作,有时做得慢慢吞吞,以传达一种时间停滞的感觉。有时,整出事件剧采取一种循环的形式,开场与结尾都是同一个行为或动作。

事件剧用来表示自身不受制于时间的一种方式,是其刻意的短暂性。一个制作偶生艺术的画家或雕刻家并不制作任何可以被购买的东西。人们买不到偶生艺术品;人们只能支持它。它是在场所内消费的东西。这似乎使偶生艺术变成了一种戏剧形式，因为人们只可以参与一个戏剧表演，却不能把它带回家。但是在剧场里，有一个文本，一个印刷的供表演用的完整的"总谱"，它可以被购买、阅读，有其独立于表演之外的存在。如果我们说到戏剧时是指剧作，那么事件剧也不是戏剧。但是，事件剧的确是在现场即兴表演的（如事件剧的某些观众所猜想的那样）。事件剧会经过一周到数月不等的精心彩排——尽管脚本或总谱短得不能再短，通常不超过一页，提纲挈领地指导一下动作，描述一下道具。正式表演中所出现的大部分东西，都是表演者在彩排中自创的，或自己编排的；如果一出事件剧连续数晚演出，那么极有可能，它的一次次表演之间会发生很大差异，远甚于剧场中的演出。但这也并不是说，同一出事件剧在连续数夜表演后，就进入了可以被重复表演的保留轮演剧目。一出事件剧在表演过一次或数次后，就解散了，从此不再重演，不再表演。这部分地与事件剧所使用的那些刻意挑选的短暂道具有关——如纸张、木箱、易拉罐、粗麻袋、食物、临时粉刷的墙壁——这些道具在表演过程中实际上常常被消耗掉了，或被毁坏了。

事件剧中最重要的东西，是道具——以及这些道具的硬和软、脏和洁的调整。对道具的这种注重，使事件剧看起来更像是绘画，而不是戏剧，而对道具的注重也表现在把人物当作物质道具而不是"角色"加以使用或对待上。事件剧中的人物常常被处理得如同物体一般，如把他们蒙在粗麻袋里、制作巧妙的纸袋里、裹尸布里和面具里（或者，剧中人可以被当作静物一样使用，如阿伦·卡普罗一九六二年三月在梅德曼剧场的地下锅炉房所上演的《无题之事件剧》中的情形，在该剧中，一个裸体女人躺在架设在事件剧发生的空间上方的一架梯子上）。事件剧的许多行为，不管是否过激，都采用了这种把人当作道具的手法。表演者本人也大量地粗暴使用自己的身体（例如跳跃、摔倒），或互相使用对方的身体（如举、追、抛、推、打、摔）；有时则以稍慢的、更有感官色彩的方式（如抚摸、威吓、凝视）使用自己的或对方的身体。对人的利用的另一种方式，是发现或充满激情地重复使用某些道具，但不是为了其通常之用，而是为了其感官方面的属性：如把面包片扔进水桶中，摆餐桌，在地板上滚动一只巨大的纸环，挂洗好的衣物。吉姆·戴恩于一九六〇年十一月在鲁本画廊上演的《车祸》，结尾部分是一个男子在黑板上把一些彩色粉笔弄碎、磨成粉末。某些简单的动作，例如咳嗽和搬运东西，一个男子刮胡子，或一群人吃东西，会没完没了地持续下去，一再重复，到了令人发狂发疯的程度。

应该注意的是，就使用的那些物质材料来说，在事件剧里，观众不能像在戏剧剧场中那样区分布景、道具和服装。表演者所穿的内衣或旧货店的旧衣是整个布局的一部分，正如那些凸出在墙面外、涂着颜料、用纸板糊成的物品或那些撒在地板上的废品一样。不像戏剧，但像某种现代绘画；在事件剧中，物体不是被布置的，而是被四处乱扔和胡乱堆放在一起的。事件剧发生的地方，最好可被称为"环境"，而且这个环境通常是乱糟糟的，混乱无序，拥挤不堪，由一些诸如纸张、布料等非常容易毁坏的材料或一些为造成贬损、肮脏、危险的状况而选择的材料构成的。因此事件剧表明自己（以一种名符其实的而不仅是一种意识形态的方式）是对艺术的博物馆观念的一个抗议——该观点认为，艺术家的工作是制作一些将被保存和珍视的物品。人们不能保存住事件剧，而且人们只可能像珍视在眼前危险地爆炸的爆竹那样珍视事件剧。

事件剧被有些人称作"画家们的戏剧"，其意思是——除了从事事件剧的人大多是画家这一事实外——事件剧可以被描述成活的绘画，更确切地说，是"活的拼贴画"或"复活的惟妙惟肖的画"。此外，事件剧的出现可以被看作是五十年代纽约画派的一个逻辑发展。五十年代的许多画作，画布尺幅巨大，使观赏者有一种被吞没、遮盖的感觉，另外，颜料之外的材料越来越多被粘贴在画布上，后来又从画布扩展开来，这表明这类绘画有一种潜在的愿望，想使自己凸出为三维的形式。这正是某些人开始着手做的事。至关重要的下一步是由五十年代中后期罗伯特·罗森贝格、阿伦·卡普罗以及其他一些人以一种被称为"装配艺术"的新形式创作的画作完成的，这是绘画、拼贴和雕塑的一种混杂物，使用了形形色色、令人发笑、主要为垃圾形态的材料，包括样式各异的盘子、报纸剪贴、玻璃片、机器部件以及艺术家本人的袜子。从装配到整个房间或"环境",还只是往前又走了一步。最后一步,即事件,才把人物置于环境中,使它活动起来。无疑,事件剧的风格的众多因素——如整体上凌乱的外观,热衷于合并那些毫无艺术特征的现成物品、尤其是城市文明的废弃品——应归结为纽约画派的经验和影响(然而,应该提到,例如卡普罗就不认为对城市废弃品的使用是事件剧形式的一个必要因素,声称事件剧同样可以利用自然的"清洁"材料来创作,并在具有田园色彩的环境中表演)。

因此,最近的绘画为事件剧的外观及其风格的某些方面提供了一种解释方式。然而,它解释不了事件剧的形式。为此,我们必须把眼光从绘画上挪开,而专注于超现实主义。我所说的超现实主义,不是指绘画中的一场特定的运动,即以安德烈·布勒东一九二四年发表的宣言为序幕、与马克斯·恩斯特、达利、契里柯、玛格里特等人的名字联系在一起的那场运动。我指的是一种影响遍及二十世纪一切艺术的感受力。在戏剧、绘画、诗歌、电影、音乐和小说中,都有一种超现实主义的传统;甚至在建筑中,如果说没有一种超现实主义传统的话,那至少也有一个超现实主义候选者,即西班牙建筑师高迪。这些艺术门类中的超现实主义有一个共同的观念,即通过极端的并置方式("拼贴原则")来摧毁传统的意义,创造新的意义或反意义。美,按洛特雷阿蒙的话说，是"一只缝纫机和一把伞在一张解剖台上的不期而遇"。以这种方式理解的艺术，其活力显然来自冒犯，冒犯观众的那些奉为圭臬的成规惯例，更重要的是冒犯媒介本身。超现实主义的感受力旨在通过极端并置的技巧来震惊观众。超现实主义的这种极端并置原则的运作，甚至可被解释成精神分析的一种经典方法，即自由联想。弗洛伊德的解释技巧把患者所作的没有经过事先考虑的各种表白解释成其间存在着相关性的表述，这说明该技巧建立在我们在现代艺术中习以为常的那种矛盾背后存在着连贯性的相同逻辑上。利用这同一种逻辑，达达主义者君特·希维特斯以刻意选择的非艺术材料创造了二十年代早期的废弃构成物；例如，他的一个拼贴物是由从整整一个城市街区的街沟里拣来的破烂装配而成的。这令人联想到弗洛伊德对自己的方法的描述，即"从我们收集的观察资料的……垃圾堆里"、从那些最无关紧要的细节的核对中猜出意义；精神分析师每天与患者呆在一起的时间长度的局限，与从单独一个街区的街沟里拣拾破烂的空间局限一样，其随意性不相上下；一切都有赖于排列和眼力的创造性偶成。人们也可以从现代城市的许多人工制品中看出一种无意识的拼贴原则：建筑物在大小与风格方面令人不快的不协调，商店招牌胡乱的并置，现代报纸杂乱的版面编排，等等。

然而，极端并置的艺术可以服务于不同的用途。超现实主义的大量艺术品一直服务于机智的目的——无论是对那些疯狂、幼稚、铺张、令人困扰之事物开的有趣的玩笑，还是社会讽刺。这尤其是达达派以及那种体现于一九三八年一月巴黎国际超现实主义展会和一九四二年及一九六〇年纽约展会的超现实主义的目的。西蒙娜·德·波伏瓦在她的回忆录的第二卷以如下文字描述了一九三八年的鬼屋：

> 在门厅，摆着达利的一个特别的作品：一辆出租车，雨水从车里流淌出来，车里是一个摆出心醉神迷的姿态的身材矮胖的金发女郎，四周都是一种由生菜和菊苣拌成的沙拉，上面爬满了蜗牛。"超现实主义街"里是另一些相似的人物，穿着衣服或裸着身体，其扮演者是曼·雷、马克斯·恩斯特、多明克斯和莫里斯·亨利。马松的脸被嵌在一只笼子里，嘴里塞着一枝圆三色堇。主厅由马塞尔·杜尚布置，看起来像一个洞窟，除了别的东西外，里面还有一个水池，四张床围着一只火盆摆着，天花板上则镶满了煤球。整个地方都散发出巴西咖啡的味道，形形色色的物体在那种刻意营造出来的半明半暗中影影绰绰地显露出来：一只镶了毛边的盘子，一张有着女人腿的宴会桌。在四周，诸如墙、门和花瓶之类的常见之物的摆设，完全无所顾忌。我不认为超现实主义对我们有任何直接的影响，但它充满了我们所呼吸的空气。例如，正是超现实主义，才使人们经常光顾跳蚤市场变得时髦，萨特、奥尔佳和我在星期天下

反对阐释 | 369

午经常光顾那儿。

这段引文的最后一行尤其令人感到有趣,因为它令人联想到超现实主义原则如何导致了对现代文明的破败、空洞、废弃之物的某种机智的鉴赏——对某种以"坎普"之名为人所知的狂热的非艺术的趣味。用皮毛做内衬的茶杯,用百事可乐瓶盖制作的肖像,到处行走的便桶,这些,都试图创造出一些被赋予某种机智的物体,那些眼光已被坎普打开的老练的观看者能够带着这种机智去欣赏塞西尔·B·德米尔的电影以及连环画和新艺术灯罩。这种机智的重要的必备条件是,这些物体不是任何通常令人肃然起敬的意义上的高级艺术或高雅趣味;材料越是不起眼,或者表达的情感越是平庸,就越好。

但超现实主义原则也可以被用来服务于另外的目的,而不仅仅是机智,无论是诡辩的冷漠机智,还是讥讽的辩论机智。它可以被更严肃、更有疗效地加以看待——为的是重新培养感觉(就艺术而言)和人格(就精神分析而言)。最后,它还可以被用来服务于恐怖的目的。如果说现代艺术的意义是它对日常生活的逻辑背后的梦的非逻辑的发现,那么,我们就可以期待具有梦想的自由的艺术也拥有其情绪的幅度。有机智的梦,神圣的梦,也有噩梦。

运用超现实主义原则的恐怖的例子,更常见于那些具像传统占主导地位的艺术,如文学和电影,而不是音乐(瓦勒斯、谢菲尔、斯多克豪森、凯奇）或绘画（德·库宁、培根）。在文学中，人们想到洛特雷阿蒙的《马尔多诺》和卡夫卡的寓言、小说以及戈特弗里德·本恩的档案资料诗。电影中的例子，是布努艾尔和达利的两部影片，即《安达鲁狗》和《黄金时代》，弗朗居的《愚人之血》，时间上更近一些的两部短片，即波兰影片《生活是美丽的》和美国人布鲁斯·康诺尔的《电影》，以及阿尔弗雷德·希区柯克、H·G·克娄佐特和市川崑的影片的某些片断。但对被用于恐怖目的的超现实主义原则所作的最好理解，见于安托万·阿尔托的著作，这位法国人拥有四重显赫而堪称楷模的事业：作为诗人、疯子、电影导演、戏剧理论家的事业。在他的论文集《戏剧及其替身》中，阿尔托设想要对崇拜杰作、偏重书面文本（词语）、没有太大情感波动的现代西方戏剧予以全盘否定。阿尔托写道："戏剧必须使自己成为生活的对等物——不是个人的生活，不是人物洋洋得意的生活的某个单一侧面，而是一种去除了人的个体性的自由生活。"对个人的个体性的重负和限度的超越——这也是 D·H·劳伦斯和荣格著作中给人以希望的主题——可以通过求助于梦想的具有明显集体色彩的内容来实现。只有在我们的梦中，我们才能在阿尔托鄙夷地称作"心理的和社会的人"的浅薄层面下进行夜袭。但对阿尔托来说，梦想并不仅仅指诗歌和幻觉；它指的是暴力、疯狂和噩梦。与梦的关联必然导致阿尔托所说的"残酷戏剧"，此为他的两篇宣言的标题。戏剧必须为观众供应"梦的真实沉淀物,在梦中,他的对犯罪行为的喜爱、他的色情沉湎、他的野蛮,甚至他的嗜血癖,在一个内在的层面上,而不是虚假和虚幻的层面上,发泄出来……戏剧,像梦一样,必须是血腥的,非人道的"。

阿尔托在《戏剧及其替身》中提供的方子,比任何其他文字都更好地描绘了何为事件剧。阿尔托展示了事件剧的三个典型特征之间的联系:第一,对待人物的超然的或无动于衷的态度;第二,看重视觉和声音,而漠视词语;第三,坦言其目的是冒犯观众。

艺术中对暴力的爱好并不是一个新出现的现象。正如拉斯金在一八八〇年对"现代小说"(他举的例子是《居伊·曼勒宁》和《荒凉山庄》!)进行攻击时所指出的,对怪异、极端、遭人唾弃之物的爱好以及感受震撼的愿望,或许是现代观众的最显著的特征。这势必驱使艺术家尝试着更大、更强烈地激发观众的反应。问题只不过是,这种反应是否一定总是要由恐怖来激起。对那些从事事件剧的人来说,似乎有一种不言而喻的共识,即其他形式的刺激(例如性刺激)实际上不那么有效,情感生活的最后堡垒是恐惧。

同样令人感兴趣的,是注意到这种被构思出来以刺激现代观众、使其摆脱情感麻木的艺术形式,采用的是麻木的人物形象,表演方式是一种彼此分离的慢动作,提供的是主要以刻板、徒劳为特征的行动意象。在这一点上,超现实主义的恐怖艺术与喜剧的最深刻的含义——对无动于衷的肯定——联系在了一起。在喜剧的核心处，存在着一种情感的麻木。能使我们对痛苦和怪诞的事件发笑的东西，是我们发现，遭遇到这些事件的人实际上未能对事件作出充分的应对。无论他们怎样大喊大叫、捶胸顿足、怨天怨地或悲叹自己命运不济，观众都知道他们其实并没有真的感到多少痛苦。那些伟大喜剧的主人公自身中都有某种类似自动装置或机器人的东西。这正是诸如阿里斯托芬的《云》、《格列佛游记》、特克斯·埃弗里的动画片、《老实人》、《善良的心与小冠冕》、巴斯特·基顿的影片、《乌布王》以及"傻瓜秀"这些形形色色的喜剧例子的奥秘。喜剧的奥秘在于它对事件作出超然、夸张或不当的反应，像是对正确反应的滑稽模仿。喜剧像悲剧一样有赖于情感反应的某种风格化。就悲剧来说，它有赖于通常情感的提升；就喜剧而言，它有赖于据通常情感看来不当或错位的反应。

超现实主义也许是喜剧观念的最远的延伸，涵盖了从机智到恐怖的全部范围。与其说超现实主义是"悲剧性的"，不如说是"喜剧性的"，因为它（就其全部的例作来说，包括事件剧）强调极端的不相干性——这显然是喜剧的主题，正如"相干性"是悲剧的主题和源泉。我以及其他一些观众在观看事件剧时常常忍俊不禁。我不认为这只是因为我们被狂热和荒诞的行为弄得难堪或手足无措。我认为我们之所以笑，是因为事件剧中发生的事，从最深的意义上说，是滑稽可笑的。但这丝毫无损于它的恐怖感。只要我们社会方面的虔诚感和极为拘泥的严肃感允许的话，在最可怕的现代灾难和暴行中都有某种促使我们发笑的东西。在这一类的现代体验中有某种喜剧性的东西，就这种现代体验体现为无意义的、机械性的不相干处境的特征而言，它是一种恶魔般的喜剧，而不是神圣的喜剧。

喜剧正因为是惩戒性的，所以才是喜剧性的。正如悲剧中的情形，每一部喜剧都需要一个替罪羊，一个将受到惩罚并被从那个以场景模仿再现的社会秩序中驱逐出去的人。事件剧中发生的事只遵循阿尔托对场景的规定，即取消舞台，也就是说，消除表演者与观众之间的距离，"从身体上把观众包纳进去"。在事件剧中，替罪羊是观众。

[一九六二]

关于"坎普"的札记

世界上有许多事物还没有被命名；还有一些事物，尽管已经被命名，但从来没有被描述过。其中之一便是以"坎普"（"Camp"）这个时尚之名流传的那种感受力——它显然是现代的，是复杂性的一个变体，但并不等同于此。

感受力（不同于思想）是最难以谈论的东西之一；但就坎普而言，还有一些特别的原因，使坎普尤其没有得到探讨。它不是一种自然形态的感受力，如果存在着这类自然形态的感受力的话。的确，坎普的实质在于其对非自然之物的热爱：对技巧和夸张的热爱。而且坎普是小圈子里的东西——是某种拥有自己的秘密代码甚至身份标识的东西，见于城市小团体中间。除了克里斯托弗·伊斯特伍德的小说《夜晚的世界》（一九五四）花了两页篇幅潦潦草草地对其加以勾勒外，它几乎还没有形之于出版物。因而，谈论坎普，就是出卖坎普。如果能为这种出卖提供辩解的理由的话，那么可以说，出卖它，是为了有利于它所提供的那种启迪，或有利于它所解决的那种冲突的体面。就我自己而言，

反对阐释 | 375

我的理由是为了自我启迪，为了激发我本人感受力中的尖锐冲突。我既为坎普所强烈吸引，又几乎同样强烈地为它所伤害。这正是我为什么要谈论它以及我为什么能谈论它的原因。因为一个把全副身心都交给了某种感受力的人，不能分析它；不论他的愿望如何，他也只能展示它。要命名一种感受力、勾画其特征、描述其历史，就必须具备一种为反感所缓和的深刻的同情。

尽管我谈论的只是感受力——谈论的是这样一种感受力，其特征之一，是将严肃之物转化成琐碎之物——但这并非清楚明白之事。大多数人把感受力或趣味想象成纯粹主观偏爱的领域，那些还没有被纳入理性的绝对控制、大多充满感性色彩的神秘吸引力。他们恩准对趣味的考虑在他们对人和对艺术作品的反应中起某种作用。但这种态度是幼稚的，甚至更糟。显示趣味能力的优越，就是显示自己的优越。这是因为，趣味统辖着人们的每一个自由的——对立于老套的——反应。没有哪种趣味更具有决定性。既有对人的趣味，视觉趣味，情感方面的趣味，又有行为方面的趣味以及道德方面的趣味。智慧其实也是一种趣味：思想方面的趣味（一个需要慎重考虑的事实是，趣味倾向于不均衡地发展。同一个人既具有良好的视觉趣味，又具有良好的对人的趣味，还具有思想方面的趣味，这委实罕见）。

趣味没有体系，也无以验证。但具有某种类似趣味逻辑的东西：那种支配、产生某种趣味的连贯的感受力。感受力几乎是难以言喻的，但并非完全不能言喻。任何一种可以被塞进某种体系框架中或可以被粗糙的验证工具加以操控的感受力，都根本不再是一种感受力。它已僵化成了一种思想……

要以言语来框定一种感受力，尤其是一种活跃的、旺盛的感受力，[①]人们必须审慎而灵活。要把握这种独特的难以捉摸的感受力，札记的形式似乎比论文的形式（它要求一种线性的、连贯的论述）更恰当一些。以一种正经和专题论文似的方式对待坎普，只会使人不知所措。果真要这样做的话，那就得冒风险，因为自己炮制出来的东西，可能是一件非常低劣的坎普作品。

以下是就奥斯卡·王尔德的言论所作的札记。

"一个人应该要么成为一件艺术品，要么就穿戴一件艺术品。"

——摘自《妙语警句便览》

1. 先就一般而论：坎普是唯美主义的某种形式。它是

[①] 一个时代的感受力，不仅包括这种感受力的最有决定性的方面，也包括其最易消亡的方面。人们可以完全不触及一个时代的感受力或趣味，而去把握这个时代的思想（思想史）和行为（社会史），尽管这种感受力或趣味渗透于这些思想或行为中。能够向我们描述一个时代的感受力的历史研究——如赫伊津赫对中世纪后期的研究以及费弗尔对十六世纪法国的研究——颇为罕见。

反对阐释

把世界看作审美现象的一种方式。这种方式,即坎普的方式,不是就美感而言,而是就运用技巧、风格化的程度而言。

2. 强调风格,就是忽略内容,或引入一种相对于内容而言中立的态度。不消说,坎普感受力是不受约束的,是不受政治左右的——或至少是非政治的。

3. 不仅存在着一种坎普观,即一种看待事物的坎普方式。坎普也是一种见之于物体和人的行为中的品性。有"坎普式的"电影、服装、家具、流行歌曲、小说、人、建筑……这种区分至关重要。的确,坎普的眼光能使体验发生改观。但并非任何东西都能够被看作坎普。它并非全部取决于观看者的眼睛。

4. 以下随意列举的一些范例,属于坎普经典之作:

《祖雷卡·多布逊》
蒂凡尼的灯具
斯戈皮顿公司出产的电影
洛杉矶的布朗·德比旅馆
《探询》,标题以及报道
奥勃雷·比尔兹利的绘画
《天鹅湖》
贝里尼的歌剧
维斯康蒂导演的《莎乐美》和《可惜,她是一个婊子》

世纪之交的某些美术明信片

肖德萨克的《金刚》

古巴通俗歌手拉·鲁普

林恩·沃德的木板印刻的小说《上帝之子》

弗莱希·戈登的老式连环画

二十年代的女装（皮毛披肩，饰以流苏和珠子的上装）

罗纳德·菲班克和艾维·康普顿-贝内特的小说

只供男子观看的不激发欲望的色情电影

5. 坎普趣味与某些艺术有契合之处，但与其他一些艺术则不然。例如，服装、家具、一切视觉装饰因素，构成坎普的很大部分。因为坎普艺术常常是装饰性的艺术，不惜以内容为代价来突出质地、感性表面和风格。尽管协奏曲也没有内容，但它几乎不是坎普。譬如，它并不提供无聊或过度的内容与丰富的形式之间的一种对比……有时，整个艺术形式都充满了坎普。古典芭蕾、歌剧、电影似乎很长一段时间以来就是如此。在过去两年中，流行音乐（如后摇滚乐，即法国人称为"小阿飞"的音乐）也进入了这一行列。或许电影评论（例如对"我所看过的十部最差影片"的排名）是当今坎普趣味的最有影响力的普及者，这是因为，大多数人仍然以一种愉快的、不做作的心情去看电影。

6. 这样说不无道理："它太好了以至成不了坎普。"或者,它"太重要了",不够边缘(后一种说法后来更常用)。因此,让·科克托的个性及其许多作品是坎普,但安德烈·纪德的则不是;理夏德·斯特劳斯的歌剧是坎普,瓦格纳的则不是;纽约流行音乐集中区和英国利物浦的杂拌儿音乐是坎普,爵士乐则不是。从"严肃"的角度看,坎普的许多范例要么是糟糕的艺术,要么是媚俗之作,尽管并非全部如此。但坎普不仅不一定非是糟糕的艺术,而且,某些被视为坎普的艺术(如露易斯·菲伊拉德的主要影片)还值得予以最严肃的观赏和研究。

"我们越是研究艺术,我们对自然就越漠不关心。"
——摘自《谎言的衰朽》

7. 一切坎普之物和人,都包含大量的技巧因素。自然中没有什么东西能够成为坎普……乡村坎普仍为人工制品,而大多数坎普之物都是城市的(但它们通常具有一种与田园牧歌风格类似的宁静感——或质朴性。大量的坎普令人想到燕卜逊的那句短语:"城市田园牧歌")。

8. 坎普是一种以风格表达出来的世界观——不过,这是一种特别的风格。它是对夸张之物、对"非本来"(off)的热爱,是对处于非本身状态的事物的热爱。最好的例子见于新艺术中,它是最典型、发展最彻底的坎普风格。"新艺术"作品通常将一种东西转化为另一个东西:例如照明设施被制作成了开花植物的形状,起居室被制作成了名符其实的岩洞。一个著名的例子是:在十九世纪九十年代,赫克特·基玛把巴黎地铁的入口设计成了铁铸兰花柄的形状。

9. 作为一种对人的趣味,坎普尤其对那些十分纤弱以及极度夸张的人物感兴趣。女性化的男子或男性化的女子肯定是坎普感受力的最伟大的意象之一。例如:拉菲尔前派的绘画和诗歌中的那种孱弱、纤细、柔软的人形;被雕刻在灯具和烟灰缸上面的新艺术出版物和招贴画中的那些单薄、平滑、缺乏性感的身体;格丽泰·嘉宝绝色美貌背后的那种令人难以忘怀的男性化的闲散感觉。这里,坎普趣味显露出了一种大体上未被认可的趣味的真相:一个人的性吸引力的最精致的形式(以及性快感的最精致的形式)在于与他的性别相反的东西;在那些颇有男子气概的男子身上,最美的东西是某种具有女性色彩的东西;在那些颇有女人味的女子身上,最美的东西是某种具有男性色彩的东西……与坎普对男性化的女子或女性化的男子的趣味相类似的,是某种看起来完全不同、然而其实不然的东西:一种对夸张性特征和个性风格的爱好。出于显而易见的理由,这里所能引用的最好的例子是电影明星:如简纳·曼斯菲尔德、吉娜·洛罗布里基达、简·拉萨尔、弗吉尼亚·梅约的多愁善感、过于浮夸的女人气,斯蒂夫·里夫斯、维克多·马修尔的夸张的男子气,以及那些在气质和举止方面最伟大的风格家们,如贝蒂·戴维斯、芭芭拉·斯坦维克、塔露拉·班克赫德和艾德维奇·弗伊里埃尔。

10．坎普在引号中看待一切事物。例如这不是一只灯，而是一只"灯"；这不是一个女人，而是一个"女人"。从物和人中感知坎普，就是去理解其角色扮演的状态。它是生活是戏剧这一隐喻在感受力中的最远的延伸。

11．坎普是那种兼具两性特征的风格（"男人"与"女人"、"人"与"物"的可转换性）的胜利。但所有的风格，也就是说所有的技巧，终究是兼具两性特征的。生活没有风格。自然也没有。

12．问题不是"为什么是滑稽模仿、仿拟、戏剧性"，而是"滑稽模仿、仿拟、戏剧性何时获得了坎普的特别青睐"。为什么莎士比亚的喜剧（如《皆大欢喜》等）的基调不兼具两性特征，而《玫瑰骑士》却如此？

13．分界线似乎出现在十八世纪；在那里可以发现坎普趣味的起源（哥特风格的小说、中国工艺品、讽刺画、人工废墟等等）。但那时与自然的关系全然不同。在十八世纪，有趣味的人士要么经常惠顾自然（如草莓山），要么就试图将其重新塑造成某种人工制品（如凡尔赛）。他们也不知疲倦地惠顾过去。当今的坎普趣味消除了自然，或与自然全然格格不入。坎普趣味与过去的关系也极为感情用事。

14．当然，即便是坎普简史，也应该有一个更早的开端——可追溯到诸如庞托摩、罗梭、卡拉瓦乔这些具有独特风格的艺术家那里，或追溯到乔治·德·拉图尔的极富戏剧性的绘画或文学中夸饰的尤弗伊斯体（如李利等）。但最有说服力的起始点似乎还是十七世纪末和十八世纪初，因为这一时期对技巧、外表、对称有一种非同一般的感觉，对栩栩如生、扣人心弦的描绘有鉴赏力，对再现倏忽即逝的情感及性格的全貌有典雅的传统手法——如警句和有节奏感的对句（在文字中），如炫示性的动作和装饰性的颤音（在手势中和音乐中）。十七世纪末和十八世纪初是伟大的坎普时期：体现于蒲柏、康格里夫、沃尔浦尔等人，但不包括斯威夫特；体现于法国的女才子；体现于慕尼黑的洛可可风格的教堂；体现于佩戈莱西；体现于稍后的莫扎特的众多作品。但在十九世纪，这种曾经分布于一切高级文化领域的东西，变成了一种特别的趣味；它开始染上了敏感、晦涩、反常的色彩。仅就英国的情形而言，我们看到，坎普在十九世纪的唯美主义中苟延残喘（如伯恩-琼斯、佩特、拉斯金、丁尼生），复又随着视觉艺术和装饰艺术的新艺术运动而变得如日中天，并且在诸如王尔德、菲班克这等"才子"那儿找到了自己的自觉的意识形态家。

15. 当然，说所有这些东西都是坎普，并不是在声称它们只是坎普。譬如，若对新艺术运动进行全面分析，就会发现它并不等同于坎普。但这样一种分析不能忽视新艺术中的某些因素能够使新艺术被体验为坎普。新艺术充满了"内容"，甚至是政治-道德一类的内容；它是艺术中的一场革命，受着一种有机的政治和趣味的乌托邦幻象（介乎威廉·

莫里斯与包豪斯团体之间）的激励。然而，新艺术作品也有一个特征，暗示出一种超脱的、非正儿八经的"唯美主义者的"幻象。它为我们了解新艺术——以及遮蔽内容的坎普透镜为何物——提供了某种重要的信息。

16．因此，坎普感受力，就某些事物的理解的双重意义而言，是一种生动的感受力。然而，这不是那种我们所熟知的对字面意义以及象征意义的层层叠叠、错落有致的构织，而是作为某物或任何物的意指的物与作为纯粹人工制品的物之间的差异。

17．这一点明显地见之于"坎普"这个词作为动词的一种通俗用法，做某种事，称作"做坎普"（to camp）。做坎普是一种诱惑方式——它采用的是可作双重解释的浮夸的举止，具有双重性的姿态，行家深知其中三昧，外行却对此无动于衷。同样，延伸开来说，当这个词变成一个名词，当某个人或某个东西成了"一个坎普"（a camp），其意义也具有双重性。在事物可被理解的"直接的"公共意义的背后，人们发现对该物的个人的、滑稽的体验。

"做到自然，此乃万难长久保持的一种姿态。"
——摘自《理想的丈夫》

18．人们必须区分朴实的坎普与蓄意的坎普。纯粹的坎普通常是朴实的。知道自己是坎普的坎普（"做坎普"）

总是不那么令人满意。

19. 纯粹的坎普范例非蓄意而为；它们绝对严肃。新艺术的艺匠把盘绕的蛇雕刻在自己制作的灯具上，不是图好玩，也不是为取悦他人。他非常认真地说：瞧，东方情调！真正的坎普——例如，巴斯比·贝克利为三十年代早期华纳兄弟影业公司的那些音乐剧设计的数字标题（"第四十二街"，"一九三三年的淘金者"，"一九三五年的……"，"一九三七年的……"等等）——并非有意为了逗乐。而做坎普——例如诺尔·柯沃德的剧作——却是有意而为。如果大多数歌剧的创作者当初不是带着严肃的态度来创作带有传奇剧荒诞色彩的歌剧情节的话，那么歌剧的许多传统保留剧目就似乎不可能成为这种令人满意的坎普。人们不必了解艺术家私下的意图。艺术作品说明了一切（对比一下十九世纪的某部典型的歌剧与萨缪尔·芭芭拉的《瓦雷萨》这部特意制作的坎普之作，其间的差别显而易见）。

20. 也许，有意去做坎普，通常是有害的。在那些制作得最出色的坎普电影中，《天堂风波》和《马耳他之鹰》的完美无缺归因于那种使风格得以保存下来的不经意的、圆熟的方式。而五十年代的那些自诩为坎普的著名影片，如《前夜》和《难倒魔鬼》，却不是这样。这两部更晚出现的影片，都非常走红，但前一部影片过于圆滑，后一部影片过于歇斯底里；它们太想成为坎普，以至一再失去其节奏……尽管如此，也许这更多地并非是意料之外的效果与自觉的意图的问题，如坎普中的戏仿与自我嘲弄之间的微妙关系的问题。希区柯克的影片能显示这一问题。当自我嘲弄失之贫乏而显示出（即便是零星地）一种对主题和材料的轻蔑时——如《抓小偷》、《后窗》、《西北偏北》中的情形——效果就显得牵强、笨拙，很难说是坎普。成功的坎普——如卡雷的影片《古怪的戏剧》，梅·韦斯特和爱德华·艾维勒特·霍尔顿的电影表演，"傻瓜秀"的某些段落——即使在显示自我嘲弄时，也充满了自爱。

21. 因此，坎普有赖于天真。这就是说，坎普显露天真，但如果可能的话，它也腐蚀天真。当坎普的眼力挑中某个物时，作为物，它并不发生改变。然而，人却要对观众作出反应。人开始"做坎普"：如梅·韦斯特、比·利莉、拉·鲁普、塔鲁拉·班克赫德在《救生船》中的情形以及贝蒂·戴维斯在《前夜》中的情形（人甚至可以在己所不知的情况下被诱导去做坎普，如费里尼在《甜蜜的生活》中让阿尼塔·艾克贝格滑稽模仿她自己）。

22. 不那么严格地说，坎普要么是质朴的，要么就全然是自觉的（当人为坎普而表演时）。后一种情形的一个例子是王尔德的警句本身。

"把人们分为好与坏，这委实荒唐。人们要么有趣，要么乏味。"

——摘自《温德米尔夫人的扇子》

23. 在质朴或纯粹的坎普中，基本的因素是严肃，一种失败的严肃。当然，并非所有失败的严肃都可以作为坎普而获得救赎。只有那些适当地混合了夸张、奇异、狂热以及天真的因素的严肃，才能算作坎普。

24. 当某物被看作是坏（而不是坎普）时，这通常是因为它在志向上太过平庸。该艺术家没有试图把事情做得真正出奇（"这太过了"、"这太奇异了"、"这不可信"，这些平庸论调，是坎普热衷使用的标准用语）。

25. 坎普的标志是那种铺张的精神。坎普是一个身穿由三百万片羽毛织成的上装四处游荡的女人。坎普是卡罗·克里维利的绘画，画中的砖石结构上缀有真正的珠宝，画着栩栩如生的昆虫和裂缝。坎普是斯登贝格与蒂特里希合作拍摄的那六部美国影片中的令人惊叹的唯美主义，六部都是这样，但尤其是《那个魔鬼是一个女人》这最后的一部……在坎普中，通常有某种宏大的东西，这不仅见之于作品本身的风格，也见之于志向的品质。高迪在巴塞罗纳的那些绚丽、漂亮的建筑物之所以是坎普，不仅因为它们的风格，还因为它们显示了——最明显地见于萨格拉达·法米利亚天主教教堂——其创造者的志向，即一个人去完成通常花去整整一代人、整整一种文化的功夫才能完成的事。

26. 坎普是一种严肃规划自身的艺术，但它不能被全然严肃地对待，因为它"太过了"。《泰特斯·安德洛尼克斯》和《奇异的插曲》差不多是坎普，或可以被当作坎普来表演。戴高乐在公共场合里的举止和言谈常常是纯粹的坎普。

27．一件作品可以接近于坎普，但无意成为坎普，因为它已经达到了效果。爱森斯坦的影片很少是坎普，因为尽管它们铺张，却没有多余，达到了效果。如果它们多一点"离谱"的话，它们或可成为伟大的坎普——尤其是《伊凡雷帝》第一集和第二集。布莱克的素描和油画也是如此，尽管它们怪诞而又别具一格。它们不是坎普，而受布莱克影响的新艺术却是。

以一种不连贯或不狂热的方式展现的铺张，不是坎普。而任何看起来不是来自一种不可遏制、根本无法控制的感受力的东西，也不能算是坎普。没有激情，人们就只能得到伪坎普——即仅仅是装饰性的、四平八稳的东西，一句话，是花哨。在坎普沉闷的边缘上，存在着大量有吸引力的东西：达利的那些华丽的幻觉，阿尔比柯柯《金色眼睛的姑娘》中高级女装的那种风雅。但这两样东西——坎普和风雅——不可混为一谈。

28．坎普是尝试去做非同寻常之事。不过，这种意义上的非同寻常，通常是指特别、有诱惑性（如弧线、过于夸张的手势），而不仅仅指用功意义上的非同寻常。里普利《信不信由你》中的那些条目很难说是坎普。这些条目要么是自然界的怪异现象（长着两个脑袋的公鸡，长成十字架形状的茄子），要么是付出巨大劳动获得的成果（如某位男子依靠双手从美国走到了中国,某位女子把《新约》的全部文字刻在了一枚图钉的顶部),它们缺乏那种使某些夸张作为坎普与其他夸张区别开来的视觉特征——诱惑性和戏剧性。

29. 诸如《在海滩》这样的电影以及诸如《温斯贝格》、《俄亥俄》、《丧钟为谁而鸣》这样的小说,之所以就其可笑的程度而言是坏的、而就其有趣的程度而言是不坏的,原因在于,它们太拘泥,太做作。它们缺乏幻想。在诸如《浪子》、《参孙与大利拉》、由超级英雄马希斯特为主角的意大利系列彩色片以及无数的日本科幻影片(如《诺丹》、《秘星人》、《氢人》)这一类的坏电影中,存在着坎普,因为,尽管它们相对朴实和粗糙,但它们在幻想上更极端,更肆无忌惮——因而也就引人入胜,趣味盎然。

30. 当然,坎普的规则可以改变。时间对此起了很大的作用。时间可以提升那些现在看起来不过是刻板的或缺乏想象的作品,它们之所以看起来刻板或缺乏想象,是因为它们在时间上距我们太近,因为它们与我们自己的日常幻想太相像,我们从中感知不到奇异之处。当某种幻想不是我们自己的幻想时,我们倒更能把它当作一个幻想来赏识。

31. 这正是如此之多为坎普趣味所赞赏的物品之所以是不时髦、过时、陈旧之物品的原因。但这并非是对旧物的热爱。不过是因为,变旧或衰变的过程提供了那种必然的不偏不倚的视角——或唤起了某种必然的同情。当一部表现重大的、当代的主题的艺术作品受到冷落时,我们会感到愤愤不平。时间会改变这种情况。时间使艺术作品摆脱道德的纠葛，把它送到坎普感受力那儿……时间的另一个作用：它缩小了平庸的范围（严格说来，平庸总是同时代的一个范畴）。曾经平庸的东西，随着时间的流逝，可能变得奇异。许多人愉快地欣赏着由英国流行乐队"七戒"根据拉迪·瓦勒改编的流行歌曲，但假若他们是在拉迪·瓦拉当红的时代听他本人的演唱的话，那他们或许会被他逼得发疯不可。

因此，事物之变成坎普，不是当它们变得老旧的时候——而是当我们与它们不那么有瓜葛的时候，此时，我们才能够欣赏它们当初的失败，而不是为其失败所困惑。但时间的作用是不可预料的。或许"方法派表演"的表演（如詹姆斯·狄恩、罗德·斯泰格、沃伦·比蒂）在将来的某一天看起来也会是坎普，正如卢比·基勒现在的情形——或如莎拉·伯恩哈特在她事业生涯的末期演的那些电影在现在的情形。但也或许不会出现这种结果。

32. 坎普是对"性格"的赞美。说什么话无关紧要——当然，除非是谁在说（路易·富勒、高迪、塞西尔·B·德·米勒、克里维里、戴高乐等等）。坎普眼光所欣赏的是人物自身的一致性和感染力。因而，在老态龙钟的玛莎·格拉翰出演的每一部影片中，她都以玛莎·格拉翰的形象出现，等等，等等……这一点，明显地见于坎普趣味的伟大的严肃的偶像格丽泰·嘉宝。作为一个女演员，嘉宝在表演方面的不到位（至少，她缺乏深度）反倒增加了她的美。她总是她自己。

33. 坎普趣味感兴趣的是"固定的性格"（当然，这是非常有十八世纪色彩的说法）；与此相反，它对性格发展的意识不感兴趣。性格被理解成一种持续发光的状态——人成了一个非常密实的物。对性格的这种态度，是体现于坎普感受力的那种体验戏剧化的一个关键因素。它有助于解释这一事实，即歌剧和芭蕾被看作是坎普的珍品，因为这两种形式都无法方便自如地表现人性的复杂性。性格的发展出现在哪里，哪里的坎普就受到了削弱。例如，在歌剧中，《茶花女》（其中出现了性格的某种微小的发展）就不如《游吟诗人》（毫无性格发展）那样具有坎普的色彩。

"生活是如此重要的一件事，以至不能严肃地谈论它。"

——摘自《维拉，或虚无主义者们》

34. 坎普趣味反感惯常的审美评判的那种好—坏标准。坎普并不变易事物。它不去争辩那些看起来好的事物其实是坏的，或者看起来是坏的事物其实是好的。它要做的是为艺术（以及生活）提供一套不同的——补充性的——标准。

35. 通常，我们之所以高度评价一部艺术作品，是因为它所达到的成就具有严肃、庄重的性质。我们之所以高度评价它，是因为它达到了原初的效果——达到了它本来之所是，而且，据推测，也完全实现了当初隐藏在它背后的那种意图。我们断定在意图与成品之间存在着一种固有的关系，这就是说，一种直接的关系。根据这种标准，我们赞赏《伊里亚特》、阿里斯托芬的剧作、赋格艺术、《米德尔马契》、伦勃朗和夏特莱的画作、邓恩的诗歌、《神曲》、贝多芬的四重奏以及——在人们中——苏格拉底、耶稣、圣弗朗西斯、拿破仑、萨沃那洛拉。简而言之，是高级文化的万神殿：真、美与庄严。

36．但除了高级文化以及品评人物的高级方式的那种严肃性（无论是悲剧性的，还是喜剧性的）外，还有另外一些有创造性的感受力。不管一个人暗地里做些什么其他事，或有什么其他感觉，如果他表示只尊重高级文化的风格，那么，作为一个人，他是在自欺。

例如有一种以痛苦、残酷和错乱为标志的严肃性。我们确实承认意图与结果之间在这里发生了错位。我这里所谈论的，显然既是个体存在的一种风格，也是艺术中的一种风格；但最好的来自艺术。想一想博希、萨德、兰波、雅里、卡夫卡、阿尔托，想一想二十世纪大多数重要的艺术作品，这一类的艺术，其目标不在于创造和谐，而是使媒介紧张，引进越来越多的激烈而且无法解决的题材。这种感受力也强调这一原则，即要创作出一部过去意义上的作品（既指艺术中的作品，又指生活中的作品）是不可能的。只有"碎片"

是可能的……显然，这里运用的是与传统的高级文化不同的标准。某物之所以是好的，不是因为它达到了预期目的，而是因为它揭示了人类状况的另一种真相以及人之为人的另一种体验——简而言之，它揭示了另一种令人信服的感受力。

这些伟大的有创造性的感受力中的第三种，是坎普：它是一种对失败的严肃性以及体验的戏剧化的感受力。坎普既拒绝传统严肃性的那种和谐，又拒绝全然与情感极端状态认同的那种危险做法。

37．第一种感受力，即高级文化的感受力，基本上是道德性的。第二种感受力，即体现于当代众多"先锋派"艺术中的那种情感极端状态的感受力，依靠道德激情与审美激情之间的一种张力来获得感染力。第三种感受力，即坎普，纯粹是审美的。

38．坎普是坚持在审美层面上体验世界。它体现了"风格"对"内容"、"美学"对"道德"的胜利，体现了反讽对悲剧的胜利。

39．坎普是悲剧的对立面。在坎普中有严肃（就艺术家的参与程度意义上的严肃性），通常还有哀怜。痛苦也是坎普色调中的一种；亨利·詹姆斯著作中广泛的坎普因素，恰恰归功于他众多作品（如《欧洲人》、《青春期》和《鸽翼》）中的那种痛苦特征。然而，在坎普中，从来就没有悲剧，从来没有。

40．风格就是一切。例如，热内的思想非常坎普。热内的"行为的惟一准则是它是否优雅"①的说法,作为一种陈述,完全可以与王尔德的"在那些至关重要的事情中,关键的因素不是真诚,而是风格"进行互换。但重要的终究是表达思想的那种风格。例如,《温德米尔夫人的扇子》和《芭芭拉少校》中有关道德和政治的思想是坎普,但这不仅仅是因为这些思想本身的性质。还因为这些思想被以一种特别的、玩笑的方式表达出来。热内《花之圣母》中的坎普思想表现得过于严厉,而文笔本身又过于崇高、严肃,以致热内的著作成不了坎普。

41. 坎普的关键之处在于废黜严肃。坎普是玩笑性的,是反严肃的。更确切地说,坎普与"严肃"建立起了一种新的、更为复杂的关系。人们可以以严肃的方式对待轻浮之事,也可以以轻浮的方式对待严肃之事。

42. 当一个人意识到"真诚"不够时,他就会为坎普所吸引。真诚也有可能是浅薄平庸和思想狭隘。

43. 那种传统的超越一本正经的严肃性的手段——如反讽、讥讽——在当今显得软弱无力,不适合于为文化所浸透并滋养着当代的感受力的媒介。坎普引入了一种新的标准:作为理想的技巧,即戏剧性。

44. 坎普提出了一种喜剧色彩的世界观。但这里所说的喜剧不是某种苦涩的或论辩性的喜剧。如果说悲剧是深深

---

① 萨特在《圣热内》中对这句话的注释是:"优雅是那种将最大量的存在转化为显现的行为的特征。"

卷入某种事态的体验，那么喜剧就是不那么投入事态的体验，是不动声色、超然事外的体验。

"我喜爱那些简单的乐趣，它们是复杂之物最后的庇护所。"

——摘自《一个无足轻重的女人》

45. 超然，这是精英的特权；正如十九世纪的纨绔子在文化方面是贵族的替代者，坎普是现代的纨绔作风。坎普是对这一问题的回答：在这个大众文化的时代，怎样成为一个纨绔子。

46. 纨绔子受了优裕的教养；他的姿态要么倨傲，要么厌倦。他寻求那些稀有的、未被大众趣味糟蹋的感觉（范例：于斯曼《逆流》中的艾塞特、《伊壁鸠鲁主义者马里尤斯》中的马里尤斯以及瓦雷里的《台斯特先生》中的台斯特）。他献身于"优雅趣味"。

坎普鉴赏家发现了更巧妙的乐趣。他的乐趣不在拉丁诗歌、稀有的酒类和天鹅绒上衣上，而在那些最通俗、最常见的乐趣上，在大众的艺术上。仅仅是利用，并不糟蹋他的乐趣的对象，因为他学会了以一种稀有的方式来拥有它们。坎普——大众文化时代的纨绔作风——不在独一无二之物与大量生产之物之间进行区分。坎普趣味超越了对复制品的厌恶。

47. 王尔德本人是一个过渡性人物。终其一生，他都从来没能离开那些旧派纨绔作风的乐趣太远，他第一次到伦敦时，行头非常惹眼，头戴一顶天鹅绒软帽，身着饰有滚边的衬衫和棉绒质地的短裤，脚上则是黑色丝质长统袜；这种保守主义反映在《道连·葛雷的画像》中。但他许多的态度还是显露了某种更为现代的东西。当王尔德表示他志在"配得上"他的青花瓷器或声称一个球形门把手能与一幅油画一样令人赞叹时，他道出了坎普感受力的一个重要因素——即对一切物品等量齐观。当他宣称领结、别在钮孔里的花、椅子的重要性时，他已经是在提前实践坎普的民主精神。

48. 老派的纨绔子厌恶粗俗。而新派的纨绔子，即坎普的热爱者，则欣赏粗俗。老派的纨绔子常常感到厌恶或者不胜厌倦的地方，坎普鉴赏家则常常感到愉悦、兴致盎然。老派的纨绔子用洒了香水的手绢捂着鼻子，而且很容易昏厥，坎普鉴赏家则吸着气去嗅那些恶臭，而且为自己坚强的神经而洋洋得意。

49. 这当然是一项业绩。归根到底，是厌倦的威胁促成的一项业绩。但厌倦与坎普趣味之间的关系不能高估。坎普趣味从其本性上说只可能存在于富裕社会，存在于那些能体验到富裕的精神机能障碍的社会或者圈子。

"生活中反常的东西，对艺术来说却是正常的。而生活中惟一的事，是与艺术保持正常的关系。"

——摘自《对饱学者的几则忠告》

50．贵族气派是对于文化（也是对于权力）的一种立场，而坎普趣味的历史是自命不凡者趣味的历史的一个部分。然而，由于当今不再存在传统意义上的真正贵族，来倡导特殊的趣味，那么谁将是这种趣味的持有者？答案：一个临时拼凑的自选的阶层，大多是同性恋者，他们自封为趣味贵族。

51．必须对坎普趣味与同性恋之间的那种独特关系加以一番解释。尽管不能说坎普趣味就是同性恋趣味，但无疑这两者之间存在着某种特别的契合和重叠之处。并非所有的自由主义者都是犹太人，但犹太人显示出与自由主义和改良主义事业的一种特别的契合。同理，并非所有的同性恋者都有坎普趣味。然而，总的说来，同性恋者构成了坎普的先锋——以及最清晰可辨的观众（我并非随随便便选择犹太人与同性恋者进行类比。犹太人和同性恋者是当代城市文化中非常突出的有创造性的少数群体。说其具有创造性，是就这个词最真切的意义上而言：他们是种种感受力的创造者。现代感受力的两支先驱力量，分别是犹太人的道德严肃性和同性恋者的唯美主义及反讽）。

52．同性恋者中贵族姿态的盛行，其原因似乎也与犹太人的情形类似。这是因为，每一种感受力都自我服务于提

反对阐释 | 397

倡这种感受力的群体。犹太人的自由主义是自我合法化的一个姿态。坎普趣味也是如此，它肯定具有某种为其宣传的成分。不消说，运作这种宣传的方式恰好相反。犹太人把自己与现代社会的同化的希望寄托于道德感的提升。同性恋者却把自己与社会的同化，寄托在审美感的提升上。坎普是道德的一剂融解剂。它使道德义愤中立化，倡导游戏精神。

53. 然而，尽管同性恋者一直是坎普趣味的先锋，坎普趣味却不只是同性恋趣味。坎普把生活当作戏剧的隐喻，作为对同性恋者处境的某个方面的一个辩护和反映，显然特别恰当（坎普对"游戏"、而不是"严肃"的强调，也与那种永葆青春的同性恋欲望有关）。不过，人们感到，如果同性恋者不曾或多或少发明了坎普的话，那别的人也会去发明。这是因为，与文化有关的那种贵族姿态不可能消亡，尽管它或许只以某些日益反复无常、遮遮掩掩的方式苟延残喘。坎普是（重复一遍）一个风格的采纳已经变得大可怀疑的时代的风格的近似物（在现时代，除非是那种显然落伍过时的风格，每一种新风格都以某种反风格的面目出现）。

"读小耐儿之死的描写而不发笑，一个人非得有铁石心肠不可。"

——摘自《谈话》

54. 坎普的体验基于这一重大发现上，即高级文化的感受力并未完全做到细腻。坎普主张，良好的趣味并非只是良好的趣味；的确还存在着对劣等趣味的良好趣味（热内在《花之圣母》中谈到了这一点）。发现对劣等趣味的良好趣味，能使人摆脱重负。强调高级的、严肃的快乐的人，是在剥夺自己的快乐；他老是限制自己能够享受的快乐；容我打个比喻：他持之以恒地培养着他的良好趣味，可到头来，却因要价太高而失去了市场。坎普以一种肆无忌惮的、妙趣横生的享乐主义出现，对良好趣味施加影响。它使良好趣味的人在还没有意气消沉前就使他振奋起来。它对消化有利。

55．坎普趣味主要是欣赏、品味的一种方式——而不是评判。坎普宽宏大量。它想愉悦人。它不过看起来像牢骚满腹、愤世嫉俗而已（或者，如果它是一种愤世嫉俗的话，那也不是一种冷酷的愤世嫉俗，而是一种甜美的愤世嫉俗）。坎普并不认为严肃是低劣的趣味。它并不嘲弄那些成功地表达出严肃的激情的人。它所要做的是在某些充满强烈情感色彩的失败中发现成功。

56．坎普趣味是一种爱，对人性的爱。它品味而不是评判"性格"的小小的喜悦和笨拙的激情……坎普趣味认同于它所品味的东西。分享这种感受力的人不会嘲笑那些被他们标识为"坎普"的东西，他们欣赏它们。坎普是一种温柔的情感。

（这里，人们或许会把坎普与众多波普艺术作一比较，波普艺术——当其不只是坎普时——体现了一种与坎普虽然

反对阐释 | 399

有关但仍然大有区别的态度。波普艺术更单调,更枯燥,更严肃,更冷淡,最终是虚无主义的。)

57. 坎普趣味依靠那种已经融入某些物品和个人风格之中的爱来滋养自己。像《佩顿广场》(指那本书)和提希曼大厦这一类拙劣的玩意儿之所以成不了坎普,原因正在于它们缺乏这种爱。

58. 坎普的最终声明:它之所以是好的,是因为它是可怕的……当然,人们不能总这么说。只有在某些情形下,即在本札记中予以勾勒的那些情形下,才能这么说。

[一九六四]

一种文化与新感受力

过去数年间，就大约两世纪前随工业革命的来临而据说开始显露出来的文学-艺术文化与科学文化这"两种文化"之间的分离这一问题，人们进行了大量的讨论。根据这一诊断，任何有才智、头脑清晰的现代人，都只可能进入其中一种文化而排斥另一种文化。他所关切的，是不同于另一种文化的那些文献、技艺和问题；他说着不同于另一种文化的一种语言。最重要的是，掌握这两种文化所必备的那两类才具，具有巨大的差别。这是因为，文学-艺术文化被认为是一种总体文化。它针对任何一个人，只要他是人；它是奥特加·加塞特所定义的那种文化意义上的文化，说得确切些，它提升着这种意义上的文化：即当一个人忘却了他所读过的一切而依然为他所拥有的那种文化。与此形成对照的是，科学文化是属于专家们的一种文化；它以记忆为基础，而要把握它，就要求全神贯注于理解。文学-艺术文化旨在内在化和吸收——换言之，是教化——而科学文化则旨在积累和外在化，即在用来解决问题的复杂工具和把握问题的特殊手段方面的积累和外在化。

尽管T·S·艾略特在一篇著名论文中谈到十七世纪就已出现某种"感受力的分离",从而把这两种文化之间的分离上溯到现代史上更久远的年代,不过,把这一问题与工业革命连在一起,似乎在理。就众多文学知识分子和艺术家而言,他们对赋予现代社会以特征的那些变迁——其中主要的是工业化,以及每个人都体验到的工业化的那些后果,诸如规模巨大、毫无人情味儿的城市的激增,千篇一律的城市生活方式的盛行,等等——有着一种历史的反感。工业化,即现代"科学"的产物,无论是依据十九世纪和二十世纪早期的模式,把它看作是毁坏自然并使生活标准化的机器轰鸣、烟雾弥漫的人工过程,还是依据那种更新的模式,把它看作是出现于二十世纪下半叶的那种清洁的、自动化的技术,都无关紧要。给出的评判都大体相同。痛感人性自身的状况正在面临新科学和新技术的威胁的文人们,憎恶这种变化,悲叹这种变化。但文人们不可避免地处在守势,无论是十九世纪的爱默生、梭罗、拉斯金,还是二十世纪那些把现代社会说成是一个新得难以理解的、"异化的"社会的知识分子。他们深知,科学文化以及机器时代的来临不可遏止。

对"两种文化"这一问题的通常反应——这一议题的出现,比C·P·斯诺在数年前的一次著名演讲中就这一问题发表的那种粗糙、平庸的见解要早好几十年——是草率而浅薄地对艺术的功用进行一番辩护(使用的是"人道主义"这一更为含糊的意识形态词句),或仓促地把艺术的功用拱手让与科学。就第二种反应来说,我指的不是那些把艺术当作不精确、不真实之物、顶多不过是玩具而不予考虑的科学家(以及属于他们一派的那些艺术家和哲学家)的平庸论调。我指的是出现在那些热心投身于艺术的人们中间的那种严重的疑惑。有个性的艺术家在创造独一无二的艺术品以愉悦他人、培养其良知和感受力方面的作用,一再受到质疑。某些文学知识分子和艺术家则走得更远,以至预言人的艺术创造行为终将消亡。艺术,在一个自动化的科学社会,将会丧失功用,变得毫无用处。

不过,我却认为,这种结论完全站不住脚。的确,在我看来,整个议题的表述似乎都失之粗糙。这是因为,"两种文化"这一问题假定科学和技术是变化的,是变动不居的,而艺术则是静止的,满足人类的某种永恒不变的普遍功用(慰藉?教化?消遣?)。只有基于这种错误的假定,人们才会推断出艺术将面临被淘汰的危险的结论。

艺术的进步,并不是科学技术意义上的那种进步。然而艺术的确在发展,在变化。例如,在我们这个时代,艺术越来越变成了专家们的领域。我们时代最令人感兴趣、也最有创造性的艺术,并不面向那些受过一般教育的人;它要求特别的才具;它说着一种特别的语言。米尔顿·巴比特和莫顿·菲尔德曼的音乐、马克·罗斯柯和弗兰克·斯特拉的绘画、梅斯·卡宁翰和詹姆斯·瓦林的舞蹈,要求某种感受力的培养，其难度和学徒期的长度至少与掌握物理学或工程学所面临的难度和所需要的时间长度不相上下（在各类艺术中，只有小说未能提供相似的例子，至少在美国是这样）。当代艺术的玄妙深奥与现代科学的玄妙深奥在程度上的相似过于明显，以至不能忽视。当代艺术与科学文化的另一个相似之处是其对历史的关切。当代艺术最令人感兴趣的那些作品，都大量涉及艺术媒介的历史；只要它们评论过去的艺术，就必须具备历史方面的知识，至少是不远的过去的知识。正如哈罗德·卢森贝格指出的，当代绘画自身就是批评的行为，也是创造的行为。这一看法，同样也适合于当今的电影、音乐、舞蹈、诗歌和文学（欧洲文学）方面众多的作品。此外，在当代艺术与科学风格——这一次是就科学的积累方面而言——之间，还可以发现一个相似之处。

"两种文化"之间的冲突其实是一个幻觉，是发生深刻的、令人困惑的历史变化的时代产生的一个暂时现象。我们所目睹的，与其说是不同文化之间的一种冲突，不如说是某种新的（具有潜在一致性的）感受力的创造。这种新感受力必然根植于我们的体验，在人类历史上新出现的那些体验——对极端的社会流动性和身体流动性的体验，对人类所处环境的拥挤不堪（人口和物品都以令人目眩的速度激增）的体验，对所能获得的诸如速度（身体的速度，如乘飞机旅行的情形；画面的速度，如电影中的情形）一类的新感觉的体验，对那种因艺术品的大规模再生产而成为可能的艺术的泛文化观点的体验。

我们所看到的不是艺术的消亡，而是艺术功能的一种转换。艺术最初出现于人类社会时是作为一种巫术-宗教活动，后来变成了描绘和评论世俗现实的一种技艺，而到了我们这个时代，艺术僭取了一种新的功用——既不是宗教的，也不起世俗化宗教的功用，也不仅是世俗的或渎神的（"世俗的"或"渎神的"这一观念，在其对立观念"宗教的"或"神圣的"变得过时之时，也就失效了）。艺术如今是一种新的工具，一种用来改造意识、形成新的感受力模式的工具。而艺术的实践手段也获得了极大的拓展。的确，为应对艺术的这种新功用（这种新功用更多的是被感觉到的，而不是被清晰地系统表述出来的），艺术家不得不成为自觉的美学家：不断地对他们自己所使用的手段、材料和方法提出质疑。对取自"非艺术"领域——例如从工业技术，从商业的运作程序和意象，从纯粹私人的、主观的幻想和梦——的新材料和新方法的占用和利用，似乎经常成了众多艺术家的首要的工作。画家们不再感到自己必须受制于画布和颜料，还可以采用头发、图片、胶水、沙子、自行车轮胎以及他们自己的牙刷和袜子。音乐家们不再拘泥于传统乐器的声音，而去使用改装的乐器以及合成声（通常是录制的声音）和工业噪声。

一切为传统所认可的界限因而都受到了挑战：不仅是"科学"文化与"文学-艺术"文化之间的界限，或"艺术"

反对阐释 | 405

与"非艺术"之间的界限，而且也是文化领域本身之中众多的已经确立的区分——如形式与内容之间的区分，浅薄与严肃之间的区分，以及"高级"文化与"低级"文化之间的区分（这一区分，最为文学知识分子所看重）。

"高级"文化与"低级"（或"大众"、"流行"）文化之间的区分，部分基于对独一无二的艺术品与大量生产的艺术品之间的差异的一种评价上。在一个大规模技术性再生产的时代，严肃艺术家的作品之所以具有某种特殊的价值，不过是因为这件作品独一无二，因为它带有他个人的个性的印记。大众文化（甚至电影在很长一段时间里都被归于这一范畴）的作品之所以被看得一钱不值，是因为它们是被大量生产出来的物品，不带有个性的痕迹——是为那些没有多少个性特征的观众制作的大路货。但按照当代的艺术实践，这种区分看起来极为肤浅。近几十年来众多严肃的艺术作品具有明显无个性的特征。艺术作品重申自己作为"物品"的存在（甚至是作为大量制造或大量生产并吸收了大众艺术因素的物品），而不是作为"具有个性的个人表达"的存在。

当代艺术中对非个人（以及超个人）的探索，已经成为一种新古典主义；至少，与那种被认为是浪漫主义精神的东西背道而驰的做法，主导着当今大多数有趣的艺术。当今的艺术更接近于科学的精神，而不是传统意义上的艺术精神，它强调冷静，拒绝它所认为的那种多愁善感的东西，提倡精确的精神，具有"探索"和"问题"的意识。通常，这些艺术家的作品只是他们的思想，他们的观念。当然，这在建筑艺术中是一个常见的做法。人们也可能记得，文艺复兴时期的画家们常常在自己的画布上留出一些部分，让自己的学生去完成，记得在协奏曲的兴盛时期协奏曲第一乐章结尾部分的华彩段落被留给独奏者自己来随意发挥。但同样的做法在当今、在艺术的这个后浪漫主义时代具有一种不同的、更有争议性的意义。当诸如约瑟夫·阿尔伯斯、艾尔斯沃斯·柯里和安迪·沃霍尔这样的画家把自己作品的某些部分（如往上面添颜色）交给自己的一位朋友或当地的某个园丁来完成的时候，当诸如斯多克豪森、约翰·凯奇和卢伊吉·诺诺这样的音乐家给乐队成员随意改变总谱顺序以制造随意效果而且即席进行演奏的合作机会的时候，他们就在改变我们大多数人借以辨识艺术作品的那些基本规则。他们在表达艺术不必是什么，至少不一定非得不是什么。

新感受力的首要特征，是其典范之作不是文学作品，尤其不是小说。当今存在着一种新的非文学的文化，而大多数文学知识分子完全没有意识到这种文化的存在，更不用说其意义了。这个新的团体包括某些画家、雕刻家、建筑师、社会规划家、电影制作人、电视技术人员、神经病学家、音乐家、电子工程师、舞蹈家、哲学家和社会学家（少数诗人和散体作家也可以包括进来）。这个新的文化联盟的一些基本读本见于尼采、维特根斯坦、安托南·阿尔托、C·S·谢林顿、巴克明斯特·富勒、马歇尔·麦克卢汉、约翰·凯奇、安德烈·布勒东、罗兰·巴特、克洛德·列维-斯特劳斯、西格弗里德·吉迪恩、诺曼·O·布朗以及基奥吉·科普斯的著作。

那些为"两种文化"之间的隔阂忧心忡忡的人，即英国和美国的几乎全部文学知识分子，把一个显然必须重新加以审视的文化观念当成了不言而喻、理所当然的观念。也许最出色地表达出这种观念的人，要算马修·阿诺德（在他表达的这种观念中，文化的重要作为是文学的创造，而文学自身又被看作是对文化的批评）。这些人忽视了其他艺术中发生的重大的、引人注目的（所谓"先锋派"的）进展，沉迷于那个更为传统的文化观念的永恒幻觉里而变得盲目，一贯坚持认为文学是创造性表达的典范。

使文学获得突出地位的，是其肩负着"内容"的重荷，这既包括满篇的事实描写，又包括道德评判（正是这一点，才使英国和美国的大多数文学批评家能够把文学作品主要当作进行社会和文化诊断的文本、甚至是托词来加以利用——而不是专注于某部给定的小说或者剧作的那些作为艺术作品的属性）。然而，我们这个时代的典范艺术实际上是那些内容要少得多、道德评判方式要冷静得多的艺术——如音乐、电影、舞蹈、建筑、绘画和雕刻。这些艺术的实践——它们全都大量地、自自然然地、不觉尴尬地吸纳科学和技术的因素——是新感受力的核心所在。

简言之，"两种文化"的问题之所以成为问题，在于对我们当今的文化处境的无知、落伍的理解。它源起于文学知识分子（以及对艺术只有一知半解的了解的那些科学家，如科学家-小说家的C·P·斯诺本人）对一种新文化及其显露出来的感受力的无知。事实上，在科学技术与艺术之间，不可能出现分离，正如在艺术与社会生活形式之间不可能出现分离一样。艺术作品、心理形式和社会形式互为映衬，彼此相随变化。但是，大多数人自然难以敏捷地适应这种变化——尤其是在当今，当变化以前所未有的速度出现之时。马歇尔·麦克卢汉把人类历史描绘成以技术来拓展人类的能力的那些过程的连续，其中每一次拓展过程都对我们的环境和我们的思考、感觉、评价的方式带来了重大的变化。他说，变化的总趋势是把旧的环境提升至艺术形式（因而在新的工业环境中自然变成了美学价值和精神价值的容器），"然而这种新的状况却被人们视为堕落、退化"。显然，在任何一个既定的时代，只有某些艺术家才"具有那种与其时代的环境保持直接接触的才干和闯劲……这正是他们看起来似乎'超于其时代之前'的原因……更胆怯一些的人则乐于接受先前的环境的价值，把它们当作在自己时代延续下来的现实。我们天生有一种倾向，即只有把新出现的革新（例如自动化）当作一件能够为旧的伦理秩序所接纳的事物才能接受下来"。只有依据麦克卢汉所说的那种旧的伦理秩序，"两种文化"的问题才似乎成了一个真正的问题。对我们时代大多数有创造性的艺术家（小说家极少能够被列入其中）来说，这不成其为一个问题，因为他们中大多数人，不论自己是否意识到，已经摆脱了马修·阿诺德的那种文化观念，发现这种观念在历史意义和人道意义上都已过时。

马修·阿诺德的文化观念把艺术定义为对生活的一种批评——这被理解为提出道德、社会和政治诸方面的思想来进行思考。新感受力却把艺术理解为对生活的一种拓展——这被理解为（新的）活力形式的再现。道德评价的作用在这里并未被否定，只是其范围被改变了；它变得不那么严厉，它在精确性和潜意识力量方面的所获弥补了它在话语明确性方面的损失。这是因为，比起我们储存在我们的脑袋里的那些思想储存物所塑造的我们，我们之本是甚至能更强烈、更深刻地去看（去听、去尝、去嗅、去感觉）。当然，"两种文化"的危机说的支持者们仍旧能在晦涩难懂而在道德上保持中立立场的科学技术与道德上保持某种立场的属于人性范围的艺术之间发现一种绝望的对比。但是事情并不那么简单，也从来就不那么简单。一件伟大的艺术作品从来就不只是（或甚至主要不是）某些思想或道德情感的表达。它首要地是一个更新我们的意识和感受力、改变（不论这种改变如何轻微）滋养一切特定的思想和情感的那种腐殖质的构成的物品。义愤填膺的人道主义者们，务请留意。没有必要大惊小怪。当道德良知被理解为不过是人类的种种意识功能中的一种的时候，艺术作品并没有停止其在人类意识中的存在。

感觉，情感，感受力的抽象形式与风格，全都具有价值。当代意识所诉诸的正是这些东西。当代艺术的基本单元不是思想，而是对感觉的分析和对感觉的拓展（或者，即便是"思想"，也是关于感受力形式的思想）。里尔克把艺术家描绘成"为拓展个体感觉的领域"而工作的人；麦克卢汉把艺术家称为"感觉意识的专家"。当代艺术最引人入胜的作品（至少可追溯到法国象征主义诗歌）是对感觉的探索之作，是新的"感觉混合物"。大体上说，这样的艺术是实验性的艺术——但这并非出自精英人物对那些大多数人皆可获取之物的鄙视，而是恰恰意识到科学是实验性的。同样，这种艺术也显然是非政治性的和不说教的，或更确切地说，是次说教的。

当奥特加·加塞特在二十世纪二十年代写作《艺术的非人化》这部著名的论著时，他把现代艺术的种种特征（如非个人性、对痛苦的回避、对过去的敌意、拿一切不当真、随心所欲地标新立异、不承担伦理和政治方面的责任）归因于那种在他看来主导着我们这个时代的青春精神。[①]回过头去看，这种"非个化"似乎并不是指孩子气的天真无知的回归，而是指一种颇有成人色彩以及洞察力的反应。在紧随最初的麻木以及后来的醒悟并将理智抬举到情感之上而来的痛苦之外，是否可能还存在另外的反应，来应对我们时代的社

---

① 奥特加在著作中写道："假若艺术想去拯救人的话，那它只能靠把人从生活的严肃性中拯救出来并让他回复到一种意想不到的孩子气的状态方可做到这一点。"

反对阐释 | 411

会混乱和大量暴行，应对——这一点对我们的感受力来说同样重要，但不那么经常地为人们所注意——那种使我们的环境从可被理解的并且可见的状态带入难被理解的、不可见的状态的前所未有的变化？我把艺术的特征描述为更新和培养感受力和意识的一种工具，如今，艺术在一个不能被感觉所把握的环境中运作。

巴克明斯特·富勒写道：

> 在第一次世界大战中，工业突然从可见的基础变成不可见的基础，从有轨变成无轨，从有线变成无线，从合金的可见构成变成合金的不可见构成。第一次世界大战的大事是人们从此不再把感性频谱作为鉴别创新的首要标准……自第一次世界大战以来，所有重要的进展都处在电磁频谱的次感性或超感性的频率上。人的所有重要的技术如今都变得不可见了……那些曾经是感觉主义者的老大师们开启了不能为感性所控制的现象的潘多娜拉之盒，而他们此前一直避免认可这些现象……突然间，他们失去了对它们的真正控制，因为从那时起他们自己也不理解正在发生的事。如果你不理解，你就无法控制……自第一次世界大战后，那些老大师们已经消失得无影无踪了……

然而，艺术却保持着与感觉的联系。正如人们不能够让颜料飘浮在空中（不管怎样，画家都需要某一类的面，例如画布，无论这个面如何模糊，如何缺乏质感），人们不可能创造一件不触及人类感性的艺术作品。然而，意识到以下这一点，颇为重要，即人类的感性意识不仅具有一种生物学本质，还具有一种独特的历史，每一种文化都会看重某些感觉，而抑制其他的感觉（对人类一些重要的情感来说，情形也是如此）。这种历史，正是艺术（还包括其他东西）进入的地方，也是为什么我们时代最引人入胜的艺术对其产生这样一种痛苦和危机的感受的原因，无论这种艺术以怎样游戏、抽象、明显价值中立的面目出现。据说，至少是从工业革命开始，西方人就患上了一种群体的感觉麻痹症（马克斯·韦伯所说的"官僚体制的理性化"过程的伴随物），而现代艺术则起着某种既弄混我们的感觉、又打开我们的感觉的电击疗法的作用。

新感受力（它抛弃了马修·阿诺德的文化观念）的一个重要后果已经被人们所提及——那就是，"高级"文化与"低级"文化之间的区分似乎变得越来越没有意义。这是因为，这种区分对一个由那些致力于发掘种种感觉、对作为道德文章的那一类艺术不感兴趣的艺术家和科学家组成的创造性团体来说，没有任何意义。不管怎样，艺术总是要比道德文章多些什么。

对当今文化状况的特征进行描绘，就其最有创造性的方面而言，还有另外一种方式，那就是去谈论对于快感的一种新态度。在某种意义上,新艺术和新感受力对快感采取了一种甚为阴暗的看法(法国当代伟大的作曲家皮埃尔·布雷在十二年前为他的一篇重要论文起了《反对音乐中的享乐主义》这样一个题目)。现代艺术的严肃性排除了通常意义上的那种快感——人们离开音乐厅后还能哼得出的某段旋律带来的那种快感,人们能够识别、认同并按现实主义心理动机加以剖析的小说或戏剧中的某个人物带来的那种快感,描绘在画布上的一片美丽风景或一个戏剧性场景带来的那种快感。如果享乐主义指的是保持我们在艺术中发现快感的那些传统方式(传统的感觉形式和心理形式),那么,新艺术是反享乐主义的。它使人们的感觉受到挑战,或给感觉造成痛苦。新的严肃音乐刺痛人们的耳朵,新绘画也不娱人眼目,新电影和少数令人感兴趣的新散体文学作品则难以看下去。对安东尼奥尼的电影或贝克特、巴勒斯的叙事作品的通常的抱怨是它们难以看懂或者难以卒读,它们"乏味"。然而指责其乏味,其实出自虚伪。在某种意义上说,没有乏味这种东西。乏味只是某一类气馁感的别名而已。我们时代的那些引人入胜的艺术所说的那种新语言令大多数受过教育的人的感受力气馁。

然而,艺术的目的终究总是提供快感——尽管我们的感受力要花一些时间才能赶得上艺术在某个既定的时间提供的那种快感的形式。同样,人们也可以说,现代感受力抵消了当代严肃艺术的表面的反享乐主义,比以前任何时候都更深地涉及通常意义上的那种快感。这是因为，新感受力要求艺术具有更少的"内容"，更加关注"形式"和风格的快感，它也不那么势利，不那么道学气——就其并不要求艺术中的快感必须与教益联系在一起而言。如果艺术被理解为情感的一种训导或者感觉的一种引导的话，那么劳森贝格的一幅画所带来的感觉（或感受）就与"至尊演唱组"的一支歌曲所产生的感觉没有什么差别了。巴德·波艾蒂歇尔《勒格斯·戴尔蒙德的兴衰》的活泼和优雅或者迪昂娜·瓦维克的歌唱风格可以被当作一个复杂的、令人愉快的事件来加以欣赏。要体验它们，不必屈尊俯就。

这最后一点，在我看来，似乎值得强调一番。这是因为，众多更年轻的艺术家和知识分子对流行艺术的那种喜爱之情并不是一种新的平庸作风（如人们常常指责的那样），或某一类型的反智主义，或对文化的某种放弃行为，理解这一点非常重要。例如，美国众多最严肃的画家同样也是流行音乐中的"新声音"的着迷者，这一事实并非寻求消遣或者放松所致；例如，它与勋伯格也玩玩网球不一样。它反映了一种新的、更开放的看待我们这个世界以及世界中的万物的方式。它并不意味着否弃所有的标准：有大量的愚蠢的流行音乐，也有低劣的、装模作样的"先锋派"绘画、电影和音乐。关键之处在于，有着一些新标准，关于美、风格和趣味的新标准。新感受力是多元的；它既致力于一种令人苦恼的严肃性，又致力于乐趣、机智和怀旧。它也极有历史意识；

其贪婪的兴趣（以及这些兴趣的变换）来得非常快，而且非常活跃。从这种新感受力的观点看，一部机器的美、解决一个数学难题的美、雅斯贝·约翰斯的某幅画作的美、让-吕克·戈达尔的某部影片的美以及披头士的个性和音乐的美，全都可以同等接纳。

[一九六五]

后记：三十年后……[①]

回头去看三十年前或者更早以前的作品，并非益事。我的那种作为作家的能量驱使我往前看，使我感到自己现如今才刚刚起步，真的才刚刚起步，这使我难以心平气和地面对当初的那个我，一个名符其实的初出茅庐的作家。

《反对阐释》是我的第二本书，出版于一九六六年，不过，其中一些文章可追溯到一九六一年，那时，我仍在创作《恩人》。我于二十世纪六十年代初来到纽约，急切地想成为我从少女时代起就发誓要成为的那种作家。我以为作家是这么一种人：他对"一切"都感兴趣。我曾经一直兴趣颇广，因而，就我而言，对作家的职业作如是观亦属自然。此外，认为这么一种热情在一个大都市比在任何其他地方（包括我曾上过的那些优秀的大学）的外省生活中更有用武之地，也并非没有道理。惟一让我感到诧异的是，有我这种想法的人居然不多。

我发现《反对阐释》被人当成是如今以"六十年代"之名为人所知的那个杜撰出来的时代的一个典型文本。我在援用这一标签时，颇费踌躇，因为对那种把某个人的生活、某个人所属的时代的生活统统塞进十年里的普遍惯例，我并不热衷。况且，这也不是那个时候的"六十年代"。对我来说，六十年代主要是这么一段时光，我在那期间创作了我的第一部和第二部小说，并开始卸除妨碍我进行小说创作的那一大堆有关艺术、文化以及感知行为的观念的部分负担。那时的我充满了福音派教徒的那种热情。

我一生的巨大改变，一个发生在我移居纽约时的改变，是我决意不以学究的身份来苟且此生：我将在大学世界的令人神往的、砖石建筑包围的那种安稳生活之外另起炉灶。无疑，还存在着一些渺茫的新出路，而那些陈旧的等级也老朽得摇摇欲坠，但我当时并没有意识到这一点，至少在我写作这些文章的那个时期（一九六一年到一九六五年）是如此。我所信奉的那种自由不羁，我所提倡的那股闯劲，在我当时看来——亦在如今看来——并无新意。我把自己看作是一场非常古老的战役中一位披挂着一身簇新铠甲登场的武士；这是一场对抗平庸、对抗伦理上和美学上的浅薄和冷漠的战斗。我从来不会想到，纽约和巴黎居然处在一个后来被认为具有非凡创造力的时期的阵痛期的早期，自从结束漫长的求学期（伯克利、芝加哥、哈佛）后，我就移居到了纽约，而巴黎，我早就开始每年在那儿过暑假，每天都光顾电影资料

---

① 这篇后记是作者为一九九六年在马德里出版的《反对阐释》的西班牙语译本所写的前言。

馆。它们（纽约和巴黎）恰好是我当初所想象的那个样子——充满了发现、灵感以及种种可能性的感觉。我关心其作品的那些艺术家的献身精神、大胆冒险以及毫无私心，似乎正是本该如此的样子。我想每个月都有新的杰作面世乃是正常之事——最主要地是以电影和即席舞蹈表演的形式，但杰作也出现在实验剧院，出现在画廊，出现在临时凑成的艺术空间，出现在某些诗人以及其他一些不那么容易被归类的散体作家的创作中。或许我正处在顶峰上呢。我想我在凌空高飞，把一切尽收眼底，有时则俯冲而下，以便看得清楚些。

我心头满是崇敬之情：有那么多值得崇敬的东西。我环顾左右，发现那些蒙受他人不公看待的东西的重要性。也许正因为我的书呆子气，我的亲欧症，以及我在寻找美学天堂时听我调遣的那种能量，使我特别适合于看到我所看到的那些东西，理解我所理解的那些东西。不过，刚一开始，仍使我感到诧异的是，人们发现我所说的东西"新"（对我来说却并不怎么新），认为我处在感受力的前沿，而且自从我最初的那些文章问世以来，还认为我是一个引领趣味的人。当然，这些话令我洋洋自得，使得我显然头一个去注意我所谈及的那些事情；有时，我简直不敢相信自己的好运气，那些事情居然一直在等待着我来描述它们。（我思忖，奥登当初没有写过类似我的《关于"坎普"的札记》的文字，何其怪哉。）要知道，作为一个哲学和文学的年轻学者，我不过把我从尼采、佩特、王尔德、奥特迦（《艺术的非人化》时期的奥特迦）以及詹姆斯·乔伊斯作品中所接受过来的那种唯美派观点引申到一些新材料上而已。

我是一个好战的唯美主义者，还是一个几乎与世隔离的道德家。我并不打算去写太多的宣言，但是我对格言表达方式的不可抑制的偏爱，有时却令我大吃一惊地与那些针锋相对的目标不谋而合。在《反对阐释》所收集的那些文章中，我最喜欢的是这些东西：坚定不移，直截了当（我想，对我当初采取的大多数立场，我现在依然赞同），以及见之于论西蒙娜·韦伊、加缪、帕韦哲和米歇尔·莱里斯的那几篇文章中的心理和道德方面的某些判断。我现在所不喜欢的，是因教书匠的那种冲动导致行文不畅的那些段落，那些罗列，那些举荐！我想它们并非没有用处，但现在却令我反感。

我所指责的那些等级（高／低）和对立（形式／内容，理智／情感），是那些妨碍我对我所钦佩的作品进行正确理解的等级和对立。尽管我并不笃信"现代"，但维护新作品，尤其是那些一直遭人轻视、忽略、误判的作品，比为自己喜欢的那些老作品进行辩护，似乎更有用。在把我的这些发现形之于文字时，我仍肯定过去的经典珍品的卓越性。考虑到被我视为旧的禁忌的那种力量并未因此遭到削弱，那我所称许的这些冒犯似乎只对其有益而已。我所称赞（并被作为我用来重新表达对艺术创造和意识的看法的平台）的那些当代作品，并没有十分偏离我所崇敬有加的那些杰作。欣赏那种被称为"事件剧"的表演形式的放肆劲儿和风趣,并没有使我对亚里士多德和莎士比亚稍有懈怠。我曾经赞成——现在也赞成——某种多元的、多形态的文化。那么,就不存在等级了吗?当然,存在着一种等级。如果我非得在"大门乐队"与陀思妥耶夫斯基之间作一选择,那么——当然——我会选择陀思妥耶夫斯基。但是,我非得进行选择吗?

对我来说,电影是一个大发现:我对戈达尔和布勒松的影片印象尤为深刻。我围绕电影的话题所写的东西多于文学,这并不是因为我热爱电影甚于文学,而是因为我所喜欢的新电影要多于新小说。我清楚,除电影外,其他艺术全都未在如此高的层次上进行广泛的实践。在我写作后来被收集在《反对阐释》一书中的那些文章的年头里,我最感幸运的一项成就,是每天都要看一部、有时是两部或者三部电影。这些电影大部分是"老"电影。我对电影史的着迷,不过加深了我对某些新电影的感激之情,对这些新影片(以及我所喜欢的一些默片时代和二十世纪三十年代的影片),我看了又看,它们所显示的叙事方法上的那种自由和创造性、它们的感官性、吸引力和美是如此令人激动。

在写作这些文章的时代,电影是一种堪称典范的艺术行为,不过,在其他艺术门类中,也有一些令人耳目一新的因素出现。清新的风吹遍了每一个角落。艺术家又变得傲慢无礼了,正如他们在第一次世界大战之后直到法西斯主义崛起之前的那一段时间里的情形一样。"现代"仍是一个充满生机的观念。("后现代"观念所体现的那种屈从是后来的事。)我没有片言只语谈到在我写作这些文章中的最后几篇时正在发生的那场政治斗争:我指的是那时刚开始的反越战运动,从一九六五年到七十年代初(我想,七十年代初那几年仍应是"六十年代"),这场运动占据了我的生活的很大一部分。现在,回过头来看,这一切似乎不乏美妙之处。人们多希望它的胆量、乐观主义和对商业的鄙视态度能多少残留一点下来。具有鲜明现代特色的情感的两个极端,是怀旧和乌托邦。或许,如今被贴上"六十年代"这一标签的那个时代的最令人感兴趣的特征,是它根本没有怀旧的色彩。从这种意义上说,它的确是一个乌托邦的时代。

我写作这些文章时的那个世界已经不复存在。

我们不再生活在一个乌托邦的时代,而是生活在一个每种理想皆被体验为终结——更确切地说,已越过终结点——的时代。(因此也是文化终结的时代:如果没有利他主义,就不可能有真正的文化。)也许是对终结的一种幻觉——但这种幻觉并不比三十年前那种认为我们站在文化和社会的一个伟大的、积极的转型时期的门槛上的观点更虚幻。不,这不是幻觉,我这样认为。

这并不是说六十年代已经遭到否定,异端精神已经遭到压制,成了强烈怀旧的对象,而是比以前任何时候更加甚嚣尘上的消费资本主义价值促进了——实际上是强加了——文化的混合、傲慢无礼的态度以及对快感的辩护,这些我以前曾提倡过，但出自十分不同的理由。离开一定的背景，就谈不上什么可取之处。《反对阐释》一书收录的那些文章所显露的那些优点和热情，现已为许多人所接受。某种东西在起作用，想使这些边缘观点更容易被人接受，但我对此一无所知——倘若我对自己的时代有更好的了解的话，那么，这个时代（如果你愿意，你不妨以年代之名称之）或许会使我更加谨慎。可以不夸张地把这种东西称作整个文化中的一场巨变，是对价值的一次重估——对这一过程，可用许多名称表示。野蛮主义是表示这种取而代之的东西的一个名称。不过，还是让我们使用尼采的词句吧：我们已经进入、真的已经进入一个虚无主义的时代。

因此，我不禁以某种反讽的眼光来看待收在《反对阐释》一书中的那些文章。我仍旧喜欢其中大部分文章，但对其中少数文章，如《关于"坎普"的札记》和《论风格》，我更加偏爱。（的确，对该文集中的文章，我根本不喜欢的只有这一部分：两篇剧场纪事，这是为了给某个我所加盟的文学刊物派给我的任务交差而写的概述，当初接受此任务，是有违我自己更明晰的判断力的。）如果某人在三十多年前出版了一本由一些引起争论的文章结集而成的书，在三十多年后还能引起新一代的英语读者以及许多外语读者的注意，那他怎么会不感到满意？不过，我仍劝请读者不要忽视这些文章的写作年代的更大的充满崇敬气氛的语境——这得需要一些想象力才行。在那时，呼吁"艺术的色情学"，并不意味着要贬低批评智力的作用。称赞那时被屈尊俯就地称作"流行"文化的作品，并不意味着要合谋来否定高级文化及其复杂性。当我指责（如在关于科幻小说和关于卢卡奇的文章中）某种浅薄的道德观时，我是在以一种更警觉、不那么自鸣得意的严肃态度的名义。我那时不理解的是（我肯定不适于理解此类东西），严肃本身已经处于失去其在整个文化中的可信度的早期阶段，不理解我所欣赏的某些更为出格的艺术会强化轻浮的、仅仅是消费主义的出格行为。三十年后，严肃标准几乎悉数土崩瓦解，而占据优势的是这么一种文化，其最浅显易懂、最有说服力的价值来自娱乐业。如今，对大多数人来说，有关严肃之事（以及荣誉之事）的观念似乎已经变得不合情理了，是"非现实主义的"，也可能是——当被看作是性格的武断时——不健康的。

读者如今把《反对阐释》当作一个业已消失的时代的一份有影响的、开创性的文献来读或者重读，我以为这并没有错。但这不是我阅读此书的方式，或者不是我——既然已从怀旧转向乌托邦——希望读者阅读此书的方式。我希望本书今天的再版和新读者的获得，将有助于这一堂吉诃德式的任务，即维护这些文章和评论所依据的那些价值。这些文章中所表达的对趣味的种种评判或许已经流行开来。但据以作出这些评判的价值却并没有流行开来。

[一九九六年]

译后记

本译文依据的是二〇〇一年新版的美国版《反对阐释》（*Against Interpretation and Other Essays*，Picador USA，New York）。文集最早的美国版出版于一九六六年，所收入的文章全都写于一九六一到一九六五年之间，分别发表于《党派评论》、《纽约书评》、《常青评论》、《国家》等报纸杂志上，桑塔格在文集的每一篇文章后面都注明了最初发表的时间。读者需注意文集的出版时间与各篇文章最初的发表时间之间的差别。

文集中牵及到一些法文、日文和意大利文方面的资料，在翻译过程中，译者得到郭宏安先生、庄焰小姐和吴正仪女士的慷慨相助，在此谨致谢意。

尽管如此，由于译者才疏识浅，未能穷尽原作细致精微之处，难免犯错。还望大方之家不吝赐教。

译　者

Susan Sontag
AGAINST INTERPRETATION AND OTHER ESSAYS
Copyright © 1961,1962,1963,1964,1965,1966, Susan Sontag
Chinese Simplified Characters copyright © 2021 by
Shanghai Translation Publishing House
ALL RIGHTS RESERVED

图字：09 - 2002 - 637 号

图书在版编目(CIP)数据

反对阐释/(美) 苏珊·桑塔格(Susan Sontag)著；
程巍译. —上海：上海译文出版社，2021.3 (2024.10 重印)
(译文经典)
书名原文：Against Interpretation and Other
Essays
ISBN 978 - 7 - 5327 - 8623 - 7

Ⅰ.①反… Ⅱ.①苏… ②程… Ⅲ.①文艺评论—文集 Ⅳ.①I06 - 53

中国版本图书馆CIP数据核字(2021)第 032216 号

反对阐释

〔美〕苏珊·桑塔格/著 程 巍/译
责任编辑/宋 玲 装帧设计/张志全工作室

上海译文出版社有限公司出版、发行
网址：www.yiwen.com.cn
201101 上海市闵行区号景路159弄B座
苏州市越洋印刷有限公司印刷

开本787×1092 1/32 印张14.25 插页5 字数235,000
2021年5月第1版 2024年10月第4次印刷
印数：10,001—12,000 册

ISBN 978 - 7 - 5327 - 8623 - 7
定价：78.00 元

本书中文简体字专有出版权归本社独家所有，非经本社同意不得连载、摘编或复制
如有质量问题，请与承印厂质量科联系。T: 0512 - 68180628